Anne Gracie

Louée par la presse, adorée des lectrices, Anne Gracie insuffle un ton nouveau à la romance Régence. D'origine australienne, elle a parcouru l'Europe et la Malaisie durant son enfance. Ses romans, traduits dans le monde entier, ont reçu de nombreux prix. Elle vit aujourd'hui à Melbourne et donne des cours d'alphabétisation.

La fille du débauché

DE LA MÊME AUTRICE AUX ÉDITIONS J'AI LU

Les fiancées de Bellaire Gardens

1 – *La fille du maître chanteur*
2 – *La fille illégitime*

Les sœurs Chance

1 – *Abigail*
2 – *Damaris*
3 – *Jane*
4 – *Daisy*

Mariages de convenance

1 – *Noces hâtives*
2 – *Scandale*
3 – *Mon amoureux*
4 – *La mariée était en rouge*

Les sœurs Merridew

1 – *Le plus doux des malentendus*
2 – *Première valse*
3 – *Sauvetage amoureux*
4 – *Baisers parfaits*

ANNE

GRACIE

LES FIANCÉES DE BELLAIRE GARDENS – 3

La fille du débauché

Traduit de l'anglais (Australie)
par Sylvie Del Cotto

J'AI LU

J'AI LU POUR elle

Si vous souhaitez être informée en avant-première
de nos parutions et tout savoir sur vos autrices préférées,
retrouvez-nous ici :

www.jailu.com

Abonnez-vous à notre newsletter
et rejoignez-nous sur Facebook !

Titre original
THE HEIRESS' DAUGHTER

Éditeur original
Berkley Romance
Publié par Berkley, une marque de Penguin Random House LLC

Prologue

Studley Park Manor
Hampshire, Angleterre, 1806

— Cessez de gesticuler, jeune demoiselle, gronda Nanny. Vous voulez être jolie pour votre anniversaire ? Plus vous remuez, plus c'est laborieux.

Clarissa Studley s'efforçait de rester immobile, mais cela lui était pénible. C'était le jour de son anniversaire.

— Maman dit que maintenant que j'ai sept ans, je suis une jeune demoiselle.

— Alors tenez-vous comme une demoiselle. Laissez-moi finir de vous coiffer, la gourmanda Nanny en déroulant une longue bande de tissu qu'elle laissa de côté.

Coiffer Clarissa représentait un défi, comme se plaisait à le souligner Nanny. Ses cheveux châtains, ternes, raides et un peu broussailleux n'ondulaient pas – à moins qu'elle ne dorme avec des papillotes en tissu, ce qui n'était guère confortable. Cependant, c'était un mal nécessaire, car pour être jolie il lui fallait des anglaises, d'après sa mère.

Aujourd'hui plus que tout autre jour, Clarissa tenait à être jolie.

Sa mère lui avait commandé une nouvelle robe, rose et blanc, assortie à la nouvelle robe de sa maman – également rose et blanc, les couleurs préférées de Clarissa. La seule différence était que sur la robe de Clarissa, des nœuds en satin rose étaient cousus au niveau des chevilles.

Maman lui avait aussi apporté une paire de chaussures neuves, des mules en chevreau blanc avec un bouquet de minuscules roses en velours rose sur chaque orteil. Clarissa les adorait mais n'avait pas encore été autorisée à les porter. « Pas avant votre anniversaire. Et surtout, pas dehors ! » l'avait avertie Nanny.

— Voilà, c'est fini, vous êtes libre de bouger. Vous êtes très jolie, déclara Nanny en serrant le dernier nœud de satin rose dans les cheveux de l'enfant.

Il y en avait trois, parfaitement assortis à ceux de sa robe.

Clarissa examina son reflet dans le miroir, virevolta joyeusement dans un sens puis dans l'autre en regardant les nœuds voleter à chaque mouvement. Elle se sentait comme une princesse.

— Votre maman vous attend en bas, signala Nanny. Elle a une surprise pour vous.

— Quel genre de surprise ? s'enquit Clarissa avec impatience.

Elle savait déjà que sa maman avait commandé un dîner spécial, avec tous ses mets préférés. Des odeurs exquises s'étaient échappées de la cuisine toute la journée d'hier. Et un magnifique gâteau rose et blanc portait son nom, tracé en élégantes lettres glacées. Avec de minuscules boutons de roses en glaçage.

Et maintenant, encore une autre surprise.

— Si je vous le disais, ce ne serait plus une surprise. Filez... non, marchez. Ne courez pas. Vous êtes une demoiselle, à présent.

Clarissa descendit l'escalier à petits pas. Ses nouvelles chaussures étaient un peu étroites, mais ça n'avait pas d'importance. Elles se détendraient, au dire de Nanny. Elle était une grande fille.

Elle posait le pied sur le palier quand elle entendit les roues d'un fiacre cliqueter devant la maison. Qui cela pouvait-il être ? Elles recevaient rarement de la visite. S'agissait-il de la surprise de sa mère ?

— Je n'en ai pas pour longtemps, lança une voix masculine.

— Papa ! s'écria-t-elle, ivre de joie, avant de dévaler les dernières marches.

Son père venait si peu la voir. Pourtant il était là, pour son anniversaire. Ce devait être la surprise de maman.

Papa donna son chapeau à Maddox, le majordome, au moment où Clarissa sautait de la dernière marche et courait vers lui.

— Papa ! Papa ! Tu es là !

Il n'essaya pas de l'étreindre – son père n'étreignait jamais personne. Alors elle enlaça ses jambes.

— Par tous les diables, que fais-tu ? Ôte tes doigts poisseux de moi.

Il se pencha, déroula ses doigts et la repoussa.

— Regarde ça, tu as froissé mon pantalon, misérable gamine.

— Mes mains ne sont pas poisseuses, papa. C'est vrai, elles sont propres. Je viens de les laver. Je m'excuse d'avoir fait des plis.

Elle essaya de les lisser, mais il la repoussa brutalement.

— Quelqu'un peut-il faire disparaître cette môme ? cria-t-il avant de s'adresser à elle. Retourne à ta place, dans la nursery.

— Mais c'est mon anniversaire, papa.

L'ignorant, il entra dans la pièce qu'ils désignaient comme « le bureau de papa », même s'il ne s'en servait quasiment jamais. Clarissa lui emboîta le pas.

— Je pensais que tu étais venu pour le fêter, dit-elle d'une voix hésitante.

Il fouilla dans ses papiers, dans un tiroir du bureau.

— Fêter quoi ? rétorqua-t-il avec agacement.

— Mon anniversaire. J'ai sept ans.

Il eut un rire moqueur.

— Tu t'attends à ce que je fête ça ? Je compatis, plutôt.

Clarissa ne connaissait pas le sens du mot « compatir », mais sa sonorité ne lui inspirait rien de bon.

— J'ai une nouvelle robe, dit-elle d'une petite voix. Et de nouvelles chaussures très jolies. Papa, tu vois ?

Elle les lui montra.

Il ne lui accorda pas le moindre coup d'œil.

— De l'argent gaspillé. Rien ne te rendra jamais jolie.

Clarissa déglutit. Sa mère apparut sur le seuil.

— Ce n'est qu'une enfant, Bartleby. Ne peux-tu pas t'empêcher d'être aussi rude ? C'est son anniversaire.

Il rit de nouveau.

— Qu'y a-t-il à célébrer ? Une fillette bonne à rien, tout à fait quelconque.

Maman avança et prit la main de Clarissa.

— Je suis navrée, Bartleby. J'ai essayé de te donner un garçon. Je t'ai déçu, je le sais. Mais ce n'est pas la faute de notre fille.

— Il n'y a rien de moi chez cette enfant.

Maman en eut le souffle coupé.

— Bartleby ! Je te jure que je n'ai jamais... jamais...

— Je le sais, pauvre sotte. Qui voudrait de toi ? Si ce n'était pas pour l'argent... Ah, le voilà.

Il sortit un document du tiroir, le plia et le glissa dans sa poche. Puis il se retourna, jetant un coup d'œil à la mère et la fille, côte à côte dans leurs robes assorties, et émit un bruit de dédain.

— Regardez-vous. Toutes deux aussi laides et inutiles l'une que l'autre. Écartez-vous de mon chemin, je suis attendu à une réception.

Clarissa leva les yeux vers sa mère. La bouche tremblante, celle-ci tendit la main vers lui.

— Emmène-moi avec toi. S'il te plaît, Bartleby, je ne suis pas sortie de cette maison depuis des années.

Papa eut un ricanement moqueur.

— T'emmener, toi ? À une soirée mondaine ? Ne sois pas ridicule ! Autant emmener une truie de basse-cour à un gala. Écarte-toi de mon chemin, femme.

Il la poussa brutalement pour passer, attrapa son chapeau dans les mains de Maddox, grimpa dans le fiacre qui l'attendait et disparut.

Maman resta figée.

— « Une truie de basse-cour », murmura-t-elle, une larme sur la joue.

Clarissa pressa la main de sa mère.

— Je te trouve jolie, maman.

Celle-ci secoua la tête.

— Il y a un cadeau pour toi dans la bibliothèque, Clarissa. Je dois aller m'allonger. J'ai la migraine.

Elle monta lentement l'escalier, comme si chaque os de son corps était perclus de douleurs.

Clarissa la suivit des yeux, dépitée. Maman était toujours triste après le passage de papa à la maison.

Après un instant, elle trouva dans la bibliothèque un paquet emballé sur la table, sous la fenêtre. Elle déballa une poupée, une belle poupée aux cheveux d'or et aux yeux bleu clair. Sa robe était coordonnée à celle de Clarissa, jusqu'aux petits nœuds roses autour de l'ourlet et aux petits chaussons blancs cousus de minuscules roses sur les orteils.

Clarissa examina la poupée. De parfaites anglaises blondes. Des yeux bleus. Les cheveux de Clarissa étaient châtain terne et ses yeux n'avaient même pas de couleur définie ; leur étrange marron verdâtre virait tantôt au vert, tantôt au marron.

La poupée était belle. Pas Clarissa. Elle ressemblait trait pour trait à sa maman, tout le monde le disait.

« Une fillette bonne à rien, tout à fait quelconque… Aussi laides et inutiles l'une que l'autre… »

Elle reposa la poupée dans la boîte et sortit dans le jardin. Peu importait qu'elle salisse ses mules, à présent. Son anniversaire était terminé.

1

Londres, 1818

Dans son pavillon d'été, Clarissa Studley discernait le jardin par les fenêtres embuées de pluie. Après une nuit à pleuvoir sans discontinuer, les végétaux étaient détrempés, l'air chargé de riches fragrances d'humus et de notes florales. Si seulement elle réussissait à créer un parfum aussi magique...

Elle soupira. La feuille devant elle restait blanche. Elle s'était réfugiée dans le kiosque du jardin dans l'intention de rédiger son courrier hebdomadaire à sa vieille Nanny qui vivait recluse à la campagne, mais ce matin son esprit s'éparpillait.

Après le mariage de sa sœur avec Léo, lord Salcott, Clarissa n'avait pas fermé l'œil de la nuit.

Elle et sa sœur ne seraient plus ensemble – ou plus de la même façon. Plus jamais. Naturellement, elles se verraient très souvent. Après son voyage de noces, Izzy s'installerait dans la maison de Léo, de l'autre côté du jardin.

Mais à la fin de la saison, Izzy et Léo partiraient vivre sur le domaine de celui-ci dans le Hampshire. Après cela, qui sait à quelle fréquence Clarissa verrait sa sœur ? Oh, elle ne doutait pas qu'ils l'inviteraient à leur rendre visite, mais elle n'avait pas l'intention de tenir la chandelle.

Il fallait voir la réalité en face. Désormais, elle était fondamentalement seule. Bien sûr, il y avait la vieille lady Scattergood, la tante de Léo, chez qui elle vivait actuellement ; et Mme Price-Jones, engagée par Léo pour la chaperonner ; et Betty, sa femme de chambre, qu'elle connaissait depuis l'enfance. Mais en dépit de l'affection qu'elle leur vouait, ce n'était pas comparable à une sœur.

Ainsi, sa vie d'avant était révolue et il convenait d'adopter une nouvelle façon d'avancer.

Adopter ? Accepter, du moins.

Non, « adopter » était le mot juste. Si elle avait tiré une leçon de la vie, c'était que, pour qu'un vœu se réalise, se contenter de souhaiter, espérer ou rêver ne menait nulle part. Personne ne l'exaucerait pour vous. Il revenait à chacun d'agir pour le concrétiser.

Elle avait réussi à faire accepter à son père, bien qu'avec réticence et amertume, qu'Izzy était sa sœur et resterait vivre avec elle. Ce qui avait bouleversé son existence.

Et quand elles étaient venues à Londres à la suite du décès de son père, elles avaient convaincu Léo, son tuteur, de laisser Izzy faire ses débuts dans le monde en même temps que Clarissa, bien qu'Izzy soit illégitime. Cela n'aurait pas pu mieux tourner : Léo était tombé amoureux d'Izzy et l'avait épousée. Donc, à présent, Clarissa devait redéfinir ses objectifs et s'efforcer de les accomplir.

Mais que voulait-elle ? Songeuse, elle fit tourner sa plume, le regard dérivant vers la fenêtre fouettée par l'ondée et le jardin saturé d'eau.

Avant toute chose, elle voulait une famille – des enfants. Pas un seul enfant : plusieurs. Il n'était pas question que son enfant se sente aussi seul qu'elle avant de trouver Izzy. La rencontrer avait été une aubaine.

Et bien sûr, pour avoir des enfants, elle avait besoin d'un mari. Jusqu'à présent, elle avait attendu qu'un mari désirable se présente. Aucun candidat potentiel n'était apparu. Seuls les coureurs de dot se succédaient. C'est pourquoi elle devait endosser un rôle plus actif.

L'idée de se mettre en quête d'un mari la rebutait – elle tiquait devant les grossières tactiques des mères jouant les entremetteuses pour leurs filles ambitieuses. Elle n'était pas ambitieuse dans ce sens-là : elle voulait juste une chance d'être heureuse.

Mais quel genre de mari voulait-elle ? Elle réfléchit un instant, trempa sa plume dans l'encre et inscrivit en titre : *Qualités d'un mari désirable*. Et le souligna.

Elle dessina un cadre décoratif autour du titre.

Puis des fleurs autour du cadre.

Cesse de procrastiner. Elle encra sa plume et ajouta le premier critère :

1) Un homme aussi différent de papa que possible.

Cela allait sans dire. Mais elle devait être plus positive. Des qualités. Quoi d'autre ?

2) Séduisant. Elle examina le mot, le raya. N'étant pas jolie, ce serait hypocrite d'exiger un mari au physique avantageux. En outre, papa était bel homme, même dangereusement. Donc…

2) ~~Séduisant.~~ Attirant. Elle ajouta : *Pour moi*. Puis : *Et intéressant.*

3) Fidèle. À vrai dire, ce critère méritait d'apparaître en tête de liste. Elle voulait un homme qui lui soit fidèle. Contrairement à son père, qui avait brisé le cœur de sa maman avec ses liaisons tapageuses. Mais la liste n'était pas classée dans l'ordre.

Alors que les branches de l'arbre étaient secouées par le vent, elle songea à son voisin, lord Tarrant.

Il adorait ses trois filles qui aimaient grimper dans les arbres. Voilà une autre qualité essentielle.

4) Gentil, en particulier avec les enfants. Parce qu'elle voulait de tout son cœur avoir des enfants, et qu'ils aient un père gentil et affectueux. Ce qui était, réflexion faite, inclus dans le premier critère. Cependant, il s'agissait là d'une qualité spécifique, alors que le point numéro 1 était général.

Puis elle pensa aux petits chiens de lady Scattergood. La première fois qu'elle avait entrevu une faille dans l'apparente austérité de son beau-frère, c'était quand il s'était montré tendre avec la petite Biddy, si craintive à cause de maltraitances. Au numéro 4, elle ajouta : *Et les animaux.*

Quoi d'autre ? Une bourrasque projeta des gouttes de pluie qui éclaboussèrent la vitre du pavillon d'été. Elle se blottit au creux de son fauteuil. C'était merveilleusement confortable, par temps de pluie. Avec Izzy, elles avaient partagé tant d'heureux moments ici, à lire, rédiger des courriers ou bavarder. Peut-être que plus tard, quand elle serait mariée, elle disposerait de sa propre maison d'été. En supposant qu'elle épouse un homme attentionné, curieux de connaître ses opinions, et enclin à les respecter.

5) Respectueux. Qu'il s'intéresse à elle, pas à sa fortune.

De cette pensée découla la suivante.

6) Pas de coureur de dot. Ça, c'était crucial. Son père avait épousé sa mère pour son argent et, dès l'instant où ils avaient été mariés, il avait cessé de se montrer charmant et attentionné. Plus tard, une fois qu'il avait découvert que sa fortune dépendait de fonds de placements – ce qui l'empêchait de la dépenser à sa guise –, il était devenu d'une méchanceté infâme.

Clarissa avait hérité de cette même fortune. Son grand-père Iverley l'avait prévu ainsi : transmise de la mère à l'enfant, assortie d'un montant limité pour le mari. Et des administrateurs la géraient jusqu'à ce qu'elle se marie.

Qu'adviendrait-il après cela ? Les conditions seraient-elles identiques à celles de sa mère ? Aucune idée. Elle nota dans sa tête de se renseigner sur les termes de son héritage. Il n'était pas question qu'elle dupe un mari potentiel. Et si les conditions repoussaient un homme, cela révélerait qu'il se souciait plus de ses finances que d'elle.

Repensant à son père, elle nota un septième point : *7) Pas de débauché*. Cela aurait pu être associé à *Fidèle,* car les jouisseurs étaient habituellement infidèles, et elle doutait que quiconque puisse changer.

Rien d'autre ? Elle examina la liste d'un œil critique.

Une qualité manquait, la plus importante de toutes. Mais cela ne pouvait intégrer une telle liste. Néanmoins, comme c'était sa définition du mariage, elle inscrivit : *8) Amour.*

Puis elle biffa : *8) ~~Amour.~~*

C'était impossible de provoquer l'amour. Et d'aussi loin que sa mémoire remonte, sa mère lui avait dit que sa vie serait plus simple si elle ne cherchait pas l'amour, que les femmes comme elles, anodines et dodues, issues d'une famille ordinaire, n'étaient pas celles qu'un gentleman était susceptible d'aimer.

Papa aussi disait cela – très souvent. Et bien que Clarissa se soit efforcée de ne pas le croire, une petite voix tenace en son for intérieur n'avait de cesse de le lui rappeler : « Une fille quelconque… laide et inutile. S'il n'y avait pas l'argent… »

Déprimée, elle contempla la grisaille derrière la vitre. Elle savait comment cela se terminait : « S'il n'y avait pas l'argent… aucun homme ne voudrait d'elle. »

Un accès de colère lui fit redresser le dos. Ses parents se méprenaient. Tout le monde méritait d'avoir une chance d'être aimé, et même si elle ne pouvait pas provoquer l'amour, elle n'écarterait pas cette possibilité.

Elle reprit sa plume et rectifia en épaisses lettres majuscules : *8) ~~Amour.~~ AMOUR.*

Horatio – lord Randall, alias Race pour ses amis – passa le doigt autour de son jabot, soudain si serré qu'il l'étranglait presque.

C'était ridicule.

Il ne faisait rien de plus que rendre service à un ami. Léo était, après tout, le tuteur de Mlle Studley, et c'était l'ami le plus proche de Race. Celui-ci avait été son témoin à son mariage.

— N'en fais pas une épreuve, lui avait recommandé Léo. Je sais que Clarissa est d'une timidité maladive et peu bavarde – tout le contraire de ce que tu aimes –, mais tu ne peux pas nier qu'elle est bonne cavalière. Contente-toi de l'emmener galoper à travers la lande de temps à autre. Tu sais combien elle apprécie les longs galops, et son chaperon ne monte pas à cheval.

Race avait promis. Ce ne serait pas une corvée d'emmener Clarissa faire de l'équitation – loin de là. En outre, elle était effectivement une cavalière hors pair.

— Je sais à quel point les événements mondains t'insupportent, avait continué Léo. Alors je n'attends rien de toi pour ce qui est des soirées. J'ai averti son chaperon, Mme Price-Jones, d'être particulièrement vigilante avec les coureurs de dot. La fortune de Clarissa fait d'elle une cible, et d'après sa sœur elle est trop sensible pour son bien. Je ne serais pas surpris qu'une fripouille la persuade de fuguer avec lui. Au moindre problème, j'ai conseillé à Mme Price-Jones de t'appeler à l'aide en mon absence. J'espère que tu n'y vois pas d'inconvénient.

Bien entendu, Race avait accepté. C'est ainsi qu'il se trouvait à présent sur le perron de la maison de la tante de Léo, où Clarissa habitait, face au majordome.

— Je suis navré, lord Randall, mais lady Scattergood s'est absentée.

Le vieux domestique débita cette annonce d'une voix forte et complaisante.

Race fronça les sourcils.

— À d'autres, Treadwell. Lady Scattergood ne sort jamais de son domicile.

La vieille dame gardait la chambre depuis sept années, et les rares occasions où elle s'aventurait à l'extérieur, c'était dans une chaise à porteurs fermée, avec tous les rideaux baissés – la même chaise qu'il voyait posée dans le vestibule.

Le domestique répéta sans ciller :

— Madame s'est absentée.

Il s'apprêtait à refermer la porte, mais Race la bloqua avec son pied.

— Ayez la bonté d'informer Mlle Studley que lord Randall souhaite lui parler.

— Mlle Studley s'est absentée.

— Son chaperon, alors. Mlle…

Race avait un trou de mémoire. Comment s'appelait-elle ? Un nom composé, à la sonorité galloise.

— Mme Price-Jones s'est absentée.

Au même instant, le son d'une voix féminine suivie par un éclat de rire également féminin s'échappa d'un lieu indistinct, derrière le majordome.

— Bon sang, Treadwell, je les entends ! Ces dames sont là.

Il était trop tôt pour une visite de courtoisie. Pour une raison inconnue, on jugeait plus convenable de prendre des nouvelles l'après-midi. Qui d'autre que les occupantes de la maison pouvait donc être présent ?

L'ombre d'un sourire en coin fendilla le visage de marbre du majordome.

— Peut-être, mais pas pour vous. Ni maintenant ni jamais.

Il referma la porte au nez de Race.

Ce dernier fixa le battant en résistant à l'envie de lui flanquer un coup de pied. Le majordome avait-il perdu la raison ? Ou était-ce lady Scattergood ? Elle était, depuis toujours, excentrique.

La matinée se révélant claire et ensoleillée, il avait songé à emmener Clarissa faire leur première balade à cheval. Mais à présent, à cause de ce misérable majordome, il ne pouvait même pas franchir sa porte d'entrée.

Courroucé, il retourna chez lui, où il griffonna une invitation à l'accompagner en promenade dans Hampstead Heath.

— Un petit mot ? De la part d'un *homme* ?

Lady Scattergood releva son face-à-main.

— Oui, de lord Randall.

Clarissa considéra l'écriture du jeune homme. Un petit mot à l'encre noire. Personnel et écrit à la main. Un frisson de plaisir la parcourut. Lord Randall !

Lady Scattergood eut un rire moqueur.

— Ce libertin ! Que veut-il ?

— Il m'invite à une promenade à cheval ce matin, dit Clarissa, le souffle court.

Ce ne serait pas la première fois qu'elle galoperait avec lord Randall, mais les autres fois, Léo et sa sœur Izzy étaient présents. Cette fois, l'invitation la concernait elle seule.

— Comme c'est charmant..., commença Mme Price-Jones.

Mais lady Scattergood la coupa.

— Le libertin ! Quel toupet ! Déclinez en quelques mots secs.

— Oh, mais lord Randall n'a pas de mauvaises intentions, assurément, argua Mme Price-Jones.

La vieille dame grogna.

— As-tu oublié son père ? Randall le Libertin, le surnommait-on à juste titre. Le comportement de cet homme ! Scandaleux. Et son fils tient de lui.

— Je n'en suis pas si sûre, défendit Mme Price-Jones. Après tout, il est le meilleur ami de lord Salcott.

— Quoi qu'il en soit, Althea, tu as vécu ces vingt dernières années dans la campagne galloise. Tu ne connais pas aussi bien que moi les dangers du monde moderne. Et les hommes manquent de discernement pour savoir ce qui est approprié.

— Mais Léo a confiance en lui. Et c'est une si belle matinée. J'aimerais tant sortir à cheval ! argumenta Clarissa.

Hampstead Heath était l'un de ses endroits préférés. L'air frais, les grands espaces…

— Vous le savez, je me suis déjà promenée à cheval avec lui.

— Oui, avec mon neveu pour te protéger. Jamais seule.

— Je ne serai pas seule. Addis nous accompagnera.

Addis était le valet d'écurie que Léo, son protecteur et désormais beau-frère, chargeait de les escorter chaque fois qu'elle et sa sœur sortaient à cheval.

Lady Scattergood secoua la tête avec emphase.

— Addis est aussi un homme ! Non, Clarissa, avant de partir en lune de miel, mon neveu m'a spécifiquement demandé de veiller sur vous, et je ne le décevrai pas. J'ai banni ce lord Randall de la maison.

— Banni ? se récria Clarissa.

— Évidemment. Laisser entrer un renard dans le poulailler ? Il faudra me passer sur le corps ! Rabrouez ce vaurien.

Clarissa soupira. Léo avait recommandé à sa tante de veiller sur elle d'une manière informelle, mais lady Scattergood prenait la tâche trop à cœur. C'était comme si la vieille dame pensait devoir la cloîtrer dans une tour d'ivoire.

Elle avait déjà donné pour instruction que Clarissa ne puisse recevoir la visite d'aucun homme célibataire, et était très stricte pour sélectionner les événements auxquelles la jeune femme assistait, même sous la surveillance de Mme Price-Jones. Les soirées qu'elle approuvait semblaient dépendre entièrement de ce que lady Scattergood se rappelait sur les hôtesses concernées. De là à interdire à lord Randall de la voir...

Clarissa et son chaperon échangèrent des coups d'œil désenchantés. Quand lady Scattergood était dans cet état d'esprit, il était vain de la contredire.

— Très bien, dit Clarissa. Je décline son invitation.

Elle alla chercher sa petite écritoire. En quelques mots, elle remercia lord Randall pour sa gentille proposition et expliqua que lady Scattergood jugeait inconvenant qu'elle sorte à cheval sans escorte féminine, or Mme Price-Jones ne montait pas. Elle ne voulait pas qu'il pense que le refus émanait d'elle.

Une demi-heure plus tard, un autre petit mot fut livré – cette fois, d'une élégante écriture féminine sur du papier à lettres lavande.

— C'est adorable, dit Clarissa en cachant sa surprise. C'est Margaret, lady Frobisher, qui m'invite à me promener à cheval avec elle ce matin.

Elle connaissait peu lady Frobisher. En fait, elle ne l'avait rencontrée qu'une seule fois, en compagnie de lord Randall qui était son cousin.

Clarissa tourna son regard vers lady Scattergood.

— Son invitation est acceptable, me semble-t-il. Son mari nous escortera. Et bien sûr, Addis sera là aussi.

Lord Randall avait dû lire entre les lignes en recevant son courrier et tentait de nouveau sa chance. Un petit frisson exalté descendit le long de son dos. Il avait vraiment très envie de faire du cheval avec elle.

— Tous ces gens veulent soudain galoper avec vous ?

La moue dubitative, lady Scattergood réfléchit. Clarissa retint son souffle.

— Sans doute parce qu'il fait un temps idéal pour se balader à cheval, intervint Mme Price-Jones. Et une femme mariée en compagnie de son mari ? Il n'y a rien d'exceptionnel à cela. La réputation de lady Frobisher est irréprochable.

— Je ne sais pas, souffla lady Scattergood. Je ne connais pas la jeune génération des Frobisher, mais...

— Ils ne sont pas du tout comme leur grand-père. Cette génération est relativement ennuyeuse. Sage et affreusement conventionnelle, argua son chaperon en lui faisant un clin d'œil. En fait, vous êtes sûre d'avoir envie de vous promener avec ces gens, Clarissa ? Il n'y a aucun risque que vous vous amusiez, c'est certain.

Clarissa ravala un sourire. Lady Frobisher et son mari Oliver accompagnaient lord Randall le soir où il les avait escortées, elle et Izzy, à l'Astley's Amphitheatre. Lord Frobisher était effectivement réservé, mais « sage » et « conventionnel » ne s'appliquaient pas outre mesure à lady Frobisher.

« Appelez-moi Maggie, comme tout le monde », avait dit la dynamique jeune femme brune et, sous l'œil indulgent de son mari, elle avait ri et échangé des plaisanteries avec de parfaits inconnus.

— J'aimerais me dépenser un peu et prendre l'air, dit Clarissa avec espoir.

Les préparatifs du mariage de sa sœur et le grand bal dans la soirée lui avaient laissé peu de temps pour s'aérer, et encore moins pour s'accorder une balade revigorante.

La vieille dame soupira.

— Bon, d'accord. Mais soyez prudente. Tout peut arriver dans la nature sauvage.

Hampstead Heath était loin d'être « sauvage », mais Clarissa apprécia cette attention.

— Merci, chère lady Scattergood, dit-elle en embrassant sa joue fardée et ridée. J'en informe immédiatement lady Frobisher.

Avant que lady Scattergood se ravise.

Elle expédia un petit mot et monta se changer. Betty, sa femme de chambre, prépara sa tenue d'équitation, puis l'aida à la revêtir.

— Vous n'avez pas oublié, mademoiselle, dites-moi ?

— Oublié quoi ?

— Que nous avons dit à Mlle Izzy... à lady Salcott, pardon, que nous irions chercher une jeune fille à l'orphelinat pour qu'elle l'engage comme femme de chambre, et que nous la lui enverrions par le train.

— Je n'ai pas oublié, assura Clarissa, même si ce n'était pas l'entière vérité.

Elle n'avait pas complètement oublié, mais l'invitation de lord Randall avait chassé tout impératif.

— Nous irons cet après-midi. Où est mon chapeau ?

Vingt minutes plus tard, fin prête dans sa tenue de cavalière, elle patientait dans le salon. Addis attendait dans la rue, avec leurs chevaux.

Les restrictions imposées par lady Scattergood étaient pour le moins frustrantes. Et si sa sœur avait été là, elle aurait protesté. Mais Clarissa savait que la vieille dame tâchait de la protéger, ce qu'elle ne pouvait lui reprocher. Lady Scattergood avait ses propres anxiétés, et si elles dictaient son attitude quand il était question de la vie sociale de Clarissa, ce n'était que le temps de quelques semaines. Une fois Léo et Izzy rentrés de voyage, les choses reviendraient à la normale.

De plus, Clarissa ne recherchait pas les activités mondaines comme Izzy et Mme Price-Jones. Cependant, elle aimait monter à cheval. Et sortir de la ville pour profiter de la campagne.

Elle faisait les cent pas devant la fenêtre en scrutant la rue. Faire du cheval avec la cousine de lord Randall et son mari. Lord Randall viendrait-il aussi ?

Le claquement des sabots sur les pavés ramena son attention vers l'extérieur. Lord et lady Frobisher approchaient. Elle était éblouissante dans sa tenue rouge vif, rehaussée de lacets argentés à la hussarde. Sa bombe en feutre gris perle d'inspiration militaire évoquait un shako. Légèrement inclinée, elle apportait une touche féminine, ainsi que la longue écharpe rouge cerise qui flottait derrière elle, et les trois plumes d'autruche assorties au-dessus de son oreille gauche.

Clarissa ressentit un pincement de jalousie. Elle était parfaitement satisfaite de son ensemble cinq minutes plus tôt, mais à présent il lui paraissait sans intérêt par comparaison. Elle décréta aussitôt qu'elle avait besoin de nouveaux habits de cavalière plus élégants. Et d'une bombe.

Elle se précipita à leur rencontre, les salua et jeta des regards alentour. Pas de lord Randall. Tant pis. Sa gaieté s'assombrit un peu.

— Race n'est pas loin. Il se cache comme un malfaiteur dans un mélodrame, plaisanta discrètement lady Frobisher, pendant qu'Addis aidait Clarissa à se mettre en selle. J'adore l'idée de délivrer une jeune femme de son sérail. Comme c'est amusant ! ajouta-t-elle alors qu'elles se mettaient en marche, le regard animé.

Clarissa s'esclaffa.

— Ce n'est pas si effroyable. Lady Scattergood n'a pas de mauvaises intentions. Elle est juste un peu trop protectrice. Je suis autorisée à sortir avec mon chaperon, mais elle ne fait pas de cheval.

Lady Frobisher la regarda d'un air sceptique.

— Race prétend qu'il est banni de la maison.

Clarissa opina.

— Comme tous les hommes célibataires qui demandent à me voir.

Sa compagne fit la grimace.

— Grotesque ! Comment pourriez-vous trouver un mari, dans ce cas ?

Elle jeta un regard à son époux et lui sourit.

Clarissa entrevit le regard qu'il lui renvoya. Il était clair qu'il adorait sa femme extravertie.

— Oh, mais tous les célibataires ne sont pas indésirables. Lady Scattergood reçoit certains hommes non mariés, tant qu'ils sont accompagnés par une femme respectable. De préférence, une parente. Et avec mon chaperon, nous recevons beaucoup d'invitations à des bals et des réceptions. Que les hommes célibataires n'aient pas le droit de venir seuls à la maison, ce n'est qu'un petit désagrément.

— Race n'est pas de cet avis.

— J'en suis désolée. Mais mon beau-frère, qui est aussi mon tuteur, rentre de voyage de noces dans quelques semaines. Tout reviendra à la normale.

— Avez-vous des nouvelles de votre sœur ?

— Pas encore, mais ils ne sont pas partis depuis longtemps.

Tournant à l'angle, elle découvrit lord Randall qui patientait sur Storm, son majestueux hongre gris pommelé.

— Ah, voilà Race ! signala lady Frobisher.

— Mmm.

Un court instant, Clarissa ne put dire un mot. Voir lord Randall lui coupait le souffle à chaque fois. Il n'était pas vraiment beau mais elle le trouvait saisissant avec son nez saillant, son menton ferme, ses traits fins et son port élégant quoique désinvolte. À pied, sa grande silhouette élancée et sa décontraction étaient très attirantes, mais à cheval il était encore plus impressionnant.

Sa cravate et sa chemise blanches accentuaient son léger hâle. Le teint bruni n'était pas à la mode pour un homme, mais selon Clarissa cela amplifiait sa virilité et montrait son goût pour les activités au grand air. Amoureuse de la nature elle aussi, elle appréciait ce détail.

Son gilet chamois et son manteau bleu nuit magnifiquement coupé soulignaient sa minceur et sa carrure. Sa culotte en daim moulait ses longues cuisses musclées, et ses bottes en cuir noir à la bordure bronze étaient si bien cirées qu'elles étincelaient. Il portait des gants en peau de porc fauves, et un élégant chapeau de castor à bord recourbé recouvrait ses épais cheveux noirs.

Une lueur amusée dansait dans ses yeux gris.

— Bonjour, mademoiselle Studley. Je suis ravi que vous ayez pu vous joindre à nous.

Sentant ses joues chauffer, Clarissa baissa les yeux et murmura un bonjour. Curieusement, dès que lord Randall la regardait, elle se sentait bêtement troublée. Il n'y avait pas de raison à cela, elle le savait. Son but n'était pas de la déstabiliser – son comportement envers elle était en tout point respectueux. Mais étrangement, son attention... la déconcertait.

Cela venait de ses yeux. Des yeux gris auraient dû être froids et durs, comme pouvait l'être Léo par moments. Mais ceux de lord Randall étaient lumineux et semblaient – du moins, selon son imagination fertile – receler une invitation sur la nature de laquelle elle ne s'interrogeait pas. Et un homme n'était pas censé avoir de si longs cils.

C'était un épicurien, un libertin. Tout le monde le disait, elle devait s'en accommoder et cesser toute rêverie fantasque. Le père de Clarissa avait brisé le cœur de sa mère avec ses infidélités. Il n'avait pas cherché à les cacher, mais sa mère l'aimait néanmoins. Éperdument.

Clarissa lui ressemblait beaucoup. Un cœur tendre et crédule, la taquinait souvent Izzy.

Les conséquences avaient été terribles. Izzy était illégitime et cela aurait pu très mal tourner – finalement, tout s'était arrangé pour elle puisqu'elle avait épousé Léo. Naître hors mariage était une tare qui vous poursuivait à vie. Papa s'en était-il soucié ? Non, il avait séduit en toute insouciance la pauvre mère d'Izzy. Elle avait à peine seize ans quand il l'avait abandonnée, brisant sa vie et laissant une jeune femme et sa fillette dans la misère, condamnées par la société.

Un libertin était une créature dangereuse. Peu importait qu'il soit charmant et attirant. En réalité, plus il paraissait attirant, plus il était dangereux. L'aptitude à charmer les écervelées était la marque de fabrique de Casanova. Ce que Clarissa ne devait pas oublier.

Malgré tout, il était attentionné de la part de lord Randall de l'inviter à sortir par cette journée ensoleillée, et d'impliquer sa cousine et son mari afin que lady Scattergood le permette. Sa surprenante considération lui réchauffait le cœur.

2

Ils chevauchaient deux par deux dans les rues animées de Londres – lord Randall avec sa cousine, Clarissa avec lord Frobisher. Addis, le palefrenier, fermait le cortège.

Lady Frobisher et lord Randall bavardaient joyeusement. Elle débordait d'assurance et de vitalité, à tel point que Clarissa l'enviait. Il lui était difficile d'échanger des banalités avec des gens qu'elle connaissait peu. Par conséquent, elle se sentait inintéressante – ce qui, fatalement, ne l'aidait pas à trouver des choses à dire.

Avec son partenaire, ils avançaient en silence. Par chance, cela ne semblait pas lui déplaire. Il était fort agréable et semblait heureux de laisser sa femme au centre de l'attention tandis qu'il restait en retrait. En apparence, ils formaient un couple improbable, mais de toute évidence il s'agissait d'un mariage d'amour qui les comblait.

Un homme la regarderait-il un jour comme lord Frobisher regardait sa femme ?

Elle soupira. Probablement pas. Lady Frobisher était tout ce que Clarissa n'était pas : jolie, gaie, sûre d'elle-même, gracile et élégante. Sans la fortune qui lui était destinée, peu d'hommes s'intéresseraient à elle.

Arrête ça ! s'exhorta-t-elle. À quoi bon se dénigrer ? Elle était qui elle était, et serait aimée pour elle-même – ou pas.

Les rues étant de moins en moins fréquentées, ils avancèrent tous les quatre côte à côte un moment. Puis, lorsqu'ils reformèrent des binômes, lord Randall s'associa à elle.

— Je me réjouis que vous ayez pu vous joindre à nous, dit-il.

— Oui. Merci d'avoir organisé cette sortie.

— Oh, Maggie était ravie d'apporter son aide. Elle ne refuse jamais une facétie.

— Une facétie ?

— Ne vous a-t-elle pas dit qu'elle venait délivrer une jeune femme de son sérail ?

Clarissa se força à rire.

— Ce n'est pas aussi austère que ça en a l'air.

Un peu, tout de même, mais elle ne voulait pas critiquer lady Scattergood. La vieille dame n'avait que de bonnes intentions, et Clarissa était son invitée.

Il ne répondit pas, mais quand elle hasarda un regard vers lui, il haussa un sourcil.

— Je vous assure que non, insista-t-elle. Lady Scattergood ne fait qu'appliquer ce qu'elle pense être le mieux pour moi.

— Et en quoi est-ce mieux pour vous qu'elle me bannisse de sa résidence ? Étant le témoin de Léo, j'aurais cru…

Elle s'empourpra. Elle ne pouvait décemment pas lui répéter les propos de lady Scattergood. « Laisser entrer un renard dans le poulailler ? Il faudra me passer sur le corps ! »

— Les hommes célibataires sont admis, tant qu'ils sont accompagnés par une femme de leur famille que lady Scattergood connaît. Et approuve.

— Je vois. Alors, dans l'idéal, une tante ou une grand-mère ?

À son grand soulagement, il ne creusa pas davantage le sujet. Parce qu'elle ne doutait pas que la vieille dame lui interdirait l'entrée, même si une femme respectable l'accompagnait.

Quelques minutes plus tard, ils se retrouvèrent tous les quatre côte à côte, suivis par Addis, puis reprirent la formation par deux. Clarissa se réjouit de chevaucher de nouveau avec lord Frobisher, car bavarder avec lord Randall était ardu. Un simple coup d'œil ou un sourire de sa part suffisait à éparpiller ses pensées.

Maggie, la cousine de Race, regarda la jeune femme à la dérobée.

— C'est une gentille fille, mais qui n'a rien de remarquable.

Race s'abstint de répondre.

— Dis-moi, cousin, aurais-tu enfin l'intention de te fixer ? D'avoir un héritier ?

— J'ai bien le temps, répondit-il avec désinvolture. Mon père ne s'est pas marié avant ses quarante ans, ce qui signifie qu'il me reste une dizaine d'années de liberté avant de devoir m'inquiéter d'assurer ma descendance.

— Alors pourquoi t'intéresses-tu à Mlle Studley ? Tu n'as pas besoin de sa fortune, je crois… à moins que tu n'aies perdu la tienne aux cartes ?

— Je rends service à mon ami Léo, c'est tout.

— Tu veilles sur elle pendant son voyage de noces ? Je vois. C'est donc un devoir plus qu'un plaisir.

Il haussa les épaules.

— C'est toujours un plaisir de monter à cheval par beau temps.

— Celle-ci, elle ne montera pas autre chose que son cheval, plaisanta Maggie avec malice.

Race rit.

— Ce que tu es mauvaise. Mlle Studley est parfaitement respectable. Tout à fait comme il faut, ajouta-t-il avec une austérité feinte.

Maggie était devenue plus scandaleuse depuis son mariage, se délectant de la liberté que lui conférait son statut de femme mariée, comparé aux restrictions imposées aux jeunes femmes célibataires.

Elle s'esclaffa sans retenue.

— Je n'aurais pas cru qu'une petite innocente ordinaire et potelée serait ton style.

— Elle n'est pas pote... Attention ! s'écria-t-il alors qu'un gamin des rues en haillons filait sur la route juste devant eux, rasant les sabots des chevaux.

Le cheval de Maggie se cabra. Saisissant la bride, Race le fit redescendre, le maintenant le temps qu'il se calme. L'enfant, guère troublé d'avoir frôlé la catastrophe, disparut dans une venelle.

— Ce sale gosse aurait pu se faire tuer, râla Maggie, son désarroi se transformant en colère. Que fait un enfant de cet âge à courir dans les rues sans surveillance ? Où sont ses parents ?

Race secoua la tête. Sa cousine savait aussi bien que lui que les rues étaient pleines d'orphelins. Mais ces derniers mois, elle était devenue très sensible au sort des enfants.

Son mari les rattrapa et lui prit la main.

— Tu vas bien, mon amour ?

— Très bien, dit-elle, sans plus aucune trace de nervosité. Il s'en est fallu de peu, mais l'enfant n'a pas été blessé. Un petit frisson ne nuit pas. Continuons, voulez-vous ?

Ils reprirent leur promenade.

— Que disais-tu ? demanda-t-elle à Race.

— J'ai oublié.

— Tu disais que Mlle Studley n'est pas... quoi ?

Comme il ne répondait pas, elle insista :

— Que n'est-elle pas ?

Race haussa les épaules.

— Je ne sais plus. Excuse-moi un instant.

Il se dirigea vers un marchand, auquel il acheta un sac de pommes. Il n'avait pas l'intention de discuter de son opinion sur Mlle Studley, ni de tout éventuel projet d'avenir. Il était très attaché à Maggie, qui était la personne qu'il préférait dans sa famille, mais la discrétion n'était pas son fort. De toute façon, il n'avait pas de projet d'avenir. Rien de précis. Juste des... possibilités.

Selon lui, Mlle Studley était tout sauf ordinaire. Vraiment, avec cette peau satinée, ces grands yeux noisette – des yeux dans lesquels un homme se noierait facilement. Et ce sourire ! Le plus adorable de tous. Pour ce qui était de ses rondeurs, le terme « voluptueux » était plus approprié. D'ailleurs, il avait une folle envie de sentir ces rondeurs sous ses doigts.

Pour la juger ordinaire, il fallait être aveugle.

Quand il revint avec les pommes, sa cousine formait un duo avec son mari, suivi par Mlle Studley. Il la rejoignit.

— Lord Frobisher s'inquiète pour lady Frobisher à cause de la frayeur que lui a causée ce garçon des rues, expliqua-t-elle.

Race hocha la tête. Il doutait que Maggie, qui avait des nerfs d'acier, ait été effrayée à ce point.

— Je pense qu'elle se fait du souci pour cet enfant.

Il pensait connaître l'origine de l'inquiétude croissante de Maggie à l'égard des petits orphelins. L'incapacité à tomber enceinte, après dix-huit mois de mariage, la rongeait. Certes, elle faisait bonne figure, mais aux yeux de la haute société, une femme n'avait qu'un seul devoir à accomplir : donner un héritier à son mari.

Race avait entendu plusieurs femmes pourtant bien intentionnées l'interroger avec plus ou moins de délicatesse, ou lui suggérer des méthodes pour stimuler sa fertilité. « Mange ceci, bois cela. As-tu essayé… ? »

Non que cela semble ennuyer Oliver, le mari de Maggie. Celui-ci avait souligné à plusieurs occasions qu'ayant des frères cadets il n'était pas pressé d'avoir un héritier. Mais Race savait que, sous ses airs frivoles, Maggie souffrait de cette situation.

Jetant un regard à Mlle Studley, il la vit considérer avec mélancolie sa cousine et son mari.

— À quoi pensez-vous ? dit-il doucement.

Elle tressaillit.

— À rien de particulier, répondit-elle, les joues roses. Je pensais à la fille que nous devons choisir pour qu'elle devienne la femme de chambre de ma sœur.

Quelle piètre menteuse – encore une chose qu'il appréciait chez elle. Personne ne devenait songeur à l'idée de recruter une servante. Cependant, il la laissa expliquer qu'avec sa bonne elles iraient dans un orphelinat chercher une jeune fille qui servirait sa sœur là où elle se trouvait.

— C'est fort louable, dit-il. Mais pourquoi ne pas engager une femme de chambre expérimentée dans une agence ?

Elle hésita.

— Ma servante Betty vient d'un orphelinat. Nous aimerions offrir une chance à une autre orpheline. L'idée plaît à Izzy.

Elle ne disait pas tout – l'histoire des sœurs Studley avait ses zones d'ombre. Bien qu'intrigué, Race savait qu'il valait mieux ne pas la pousser dans ses retranchements. À certains égards, Clarissa Studley était comme les anémones qu'il trouvait dans les flaques laissées par la mer quand il était enfant : si on s'approchait trop, elle se repliait sur elle-même.

Raison pour laquelle il avançait à pas de loup.

— Ma servante et moi allons cet après-midi sélectionner une fille.

Race hocha la tête.

— Pas votre chaperon ? Mme…

— Mme Price-Jones ? Non, elle a rendez-vous avec notre couturière. Et comme Betty sera responsable de la formation de la jeune fille, je veux qu'elle m'aide à choisir celle qui convient.

Sur la défensive, elle ajouta :

— Ma sœur et moi connaissons Betty depuis l'enfance. Elle est originaire de la même campagne que nous. Je me fie entièrement à son jugement.

— Excellent plan, dit-il avec douceur.

Ils cheminèrent en silence, occupés à éviter les porteurs et les marchands de quatre-saisons, les balayeurs, les colporteurs et les galopins, les chiens errants et tout ce qui composait l'habituel chaos des rues de Londres.

Devant eux, Maggie causait avec animation. Elle dit quelque chose à Oliver, qui éclata de rire.

— Je suis désolée d'être d'aussi mauvaise compagnie, dit soudain Clarissa.

— Détrompez-vous. J'apprécie votre compagnie.

Elle parut sceptique.

— Je sais que je ne suis pas aguerrie à l'art de la conversation.

— Tout le monde n'est pas un moulin à paroles comme ma cousine. Dieu merci. Sinon, nous ne pourrions jamais en placer une.

Dubitative, elle arbora un sourire de façade.

— Avant de venir à Londres, nous n'avions aucune expérience de la communication en société.

— Vraiment ? Pourquoi ça ?

Elle hésita.

— Ma sœur Izzy et moi n'étions pas autorisées à nous mélanger aux gens de notre région.

Il fronça les sourcils.

— Pourquoi ?

Elle haussa les épaules avec indifférence.

— Notre père ne l'autorisait pas. Il n'a jamais fourni d'explication.

Elle savait pourquoi, songea Race en l'observant. Converser n'était peut-être pas naturel pour elle, mais son visage était extrêmement expressif, en particulier ses yeux. Ils étaient ce qu'elle avait de plus beau. Larges et limpides, ils avaient une couleur changeante qui le fascinait. Parfois ils semblaient noisette, plutôt verts, d'autres fois entre le miel et le doré, comme ses cheveux sous le soleil.

— La conversation est une aptitude comme une autre, dit-il. Elle s'acquiert avec la pratique.

Elle secoua la tête.

— Ma sœur Izzy aime rencontrer de nouvelles personnes et se sent à l'aise avec des étrangers. En ce qui me concerne, je trouve cela... ardu.

— Oh, mais j'espère ne pas être un étranger à vos yeux, la taquina-t-il à voix basse. Vous pouvez tout me dire. Je ne me froisserai pas.

Bien qu'elle rougisse, elle le regarda en face.

— Je ne badine pas non plus.

Elle l'avertissait, ce qu'il trouvait charmant.

— C'est un autre talent qui se perfectionne.

— J'en suis sûre, répliqua-t-elle sèchement.

Il savait qu'elle essayait de le dissuader, mais cela avait l'effet inverse. Les défis l'exaltaient.

— Exercez-vous sur moi, suggéra-t-il.

— Non merci.

— Vous pouvez me faire confiance, vous savez.

— J'en suis sûre. Après tout, mon protecteur vous a demandé de veiller sur moi, n'est-ce pas ?

Il décela une certaine tension dans sa voix.

— Vous nous avez entendus ?

Qu'avait-elle surpris d'autre de sa conversation avec Maggie ? Il avait essayé de détourner la curiosité de sa cousine, mais peut-être que Clarissa l'avait mal interprété.

Elle haussa les épaules avec indifférence.

— Léo m'a en effet demandé de vous proposer une sortie à cheval, admit-il. Mais n'allez pas croire que je le prenne comme une corvée, car ce n'est pas le cas. Je me ferai un plaisir de vous accompagner où vous voulez. Mais encore plus à cheval, puisque vous êtes une excellente cavalière.

Elle ne croyait pas à sa sincérité, manifestement.

— Alors merci d'avoir organisé cette sortie, dit-elle avec la politesse d'une écolière.

Ils continuèrent en silence, débouchant sur la campagne qui s'ouvrait devant eux. Les constructions s'éloignant dans leur dos, des champs se succédaient des deux côtés à présent. De-ci, de-là, outre les petites parcelles de choux ou d'autres cultures, les champs verdoyants étaient parsemés de moutons et de bovins. Et de maisons en construction.

Race regarda Clarissa à la dérobée. Il envisagea de la taquiner un peu, mais toute envie de plaisanter s'évapora lorsque, suivant son regard, il vit Oliver baiser la main de Maggie.

Ne se sachant pas observée, Mlle Studley se mordit la lèvre, l'expression rêveuse, mélancolique.

— Je donnerais cher pour savoir à quoi vous pensez, dit-il doucement.

— Tant que ça ? répliqua-t-elle, surprise, avant d'émettre un rire peu convaincant. Bonté divine, mes pensées ne valent pas un centime. De toute façon, je pensais encore à la servante que nous allons choisir cet après-midi.

Aucune servante ne pourrait susciter ce genre d'expression. Il examina sa cousine et son mari qui trottinaient très près l'un de l'autre, main dans la main.

— Un couple romantique, n'est-ce pas ?

Elle hocha la tête.

— À quelqu'un d'extérieur, ils peuvent donner l'impression d'être comme l'eau et le feu. Il est certain que personne n'avait prédit qu'ils s'accorderaient aussi bien. On disait que Maggie se lasserait très vite d'Oliver, qui a la tête sur les épaules. D'autres pariaient que l'inconstance de Maggie agacerait Oliver. Nous en sommes loin et je doute que cela se produise.

La tête inclinée, elle le scruta d'un air songeur.

— Jamais ? Vous le pensez vraiment ?

— Je le sais. Ma cousine est une sorte de papillon, et Ollie est son roc.

Elle fronça les sourcils.

— Vous insinuez qu'il l'a sous son contrôle ?

Il rit.

— Je défie quiconque d'essayer une telle chose. Non, c'est difficile à expliquer, mais depuis leur mariage Oliver est plus détendu, plus heureux. Autrefois, il était assez sombre. Un peu crispé. Et elle a toujours été volage, mais ses proches connaissent sa fragilité sous-jacente. Or cette fragilité a disparu et à présent elle est juste... heureuse. En sécurité. Ensemble, ils s'équilibrent. Ah, nous y voilà ! dit-il alors que le bourg d'Hampstead se dessinait devant eux. Dans quelques minutes, vous pourrez vous lancer au galop. Je sais que vous aimez galoper.

— Oui. Avec ma sœur, nous aimions faire la course.

— Formidable ! Voyons si nous pouvons battre ce vieux couple plan-plan, lança-t-il d'une voix forte en dépassant sa cousine et son mari.

La course débuta dans les éclats de rire et les cris. Après quelques minutes de frénésie, ils ralentirent, profitant de l'air frais et du soleil. Ils descendirent de cheval aux abords d'un étang pour déguster les pommes. Race éplucha et trancha un fruit pour Mlle Studley, qui le remercia avec courtoisie.

Ils distribuèrent les trognons et les pelures aux chevaux. Et avant que Race s'en rende compte, sa cousine et son mari disparurent dans les bois, le laissant seul avec Mlle Studley – en plus d'Addis qui se prélassait dans l'herbe, non loin de là, tout en s'occupant des chevaux.

Race maudit Maggie pour ses machinations.

— Ma cousine est une friponne, dit-il à Mlle Studley. Voulez-vous faire quelques pas autour de l'étang ?

Le plan d'eau n'étant pas très vaste, le palefrenier pouvait aisément les surveiller sans les suivre.

— Merci, ce serait agréable.

Mais ses yeux racontaient une tout autre histoire. Si seulement il avait su laquelle…

Il aurait aimé la délester de cette politesse qui lui servait d'armure pour révéler la femme en dessous avec ses sentiments, ses pensées et ses rêves. Il les sentait bouillonner sous cette façade lisse.

Une fois encore, il songea aux anémones de mer. S'il insistait, elle se rétracterait encore plus.

L'étang était parsemé de canards de toutes sortes. Race fit soudain halte.

— Ça alors, un camarade ! s'exclama-t-il.

Elle regarda autour d'elle.

— Où ça ?

— Là.

Il indiqua un gros canard qui se dandinait dans l'herbe en direction de la mare.

— Je ne vois personne.

— Le zigoto à l'air pompeux, là-bas. Celui qui approche de l'étang comme s'il lui appartenait.

— Le canard ? dit-elle, incrédule.

— Oui, confirma-t-il avec le plus grand sérieux. Il est membre du Parlement.

Elle eut l'air éberluée.

— Un canard. Au Parlement ?

— C'est lui, j'en suis sûr, avec sa perruque rousse et son gilet rose. Lord Wigeon.

Elle émit un grondement.

— D'une prétention à toute épreuve, continua-t-il. Quelle démarche ! Il se prend pour le maître du monde, regardez-le. Et vous devriez écouter ses discours – interminables, ronflants, répétitifs et aussi monotones que... Non, surtout ne les écoutez pas. À moins que vous ne souffriez d'insomnie. Et même dans ce cas, je les éviterais. À cause des cauchemars, voyez-vous.

— C'est absurde, dit-elle malgré un sourire qui affleurait sur ses lèvres.

— Oh non, en voilà un autre, dit-il en montrant un mâle au bec rouge noueux. Sir Humphrey Shelduck. Il est membre de mon club et, croyez-moi, il vaut mieux l'éviter lui aussi. Non que vous risquiez de fréquenter mon club. Interdit aux femmes, ce qui garantit d'y mourir d'ennui. Le voyez-vous ?

Elle gloussa.

— C'est vraiment trop absurde.

— Je suis pourtant sérieux comme un pape. Vous voyez son gros nez rouge ? C'est le signe qu'il siffle deux ou trois bouteilles de porto ou de madère tous les soirs. Un type épouvantable. Il ne parle que des vins et des repas qu'il ingurgite. Maintenant que j'y pense, c'est une bonne chose que les dames ne soient pas autorisées au club. Mesure de protection. Ça vous préserve des raseurs.

— Il doit avoir bon goût, alors, dit-elle.

Il se retourna vers elle, étonné.

— Comment ?

— Manifestement, il est bien farci et mariné à souhait.

Il s'esclaffa.

Une cane se propulsa sur l'eau à leur approche, suivie par une flottille de canetons hirsutes.

— C'est sûrement sa femme, la pauvre petite opprimée, dit-il.

— Comment savez-vous qu'elle est pauvre et opprimée ? s'indigna Clarissa. Elle a tous ces beaux bébés.

— Oui, mais depuis quand n'a-t-elle pas eu de nouvelle robe ?

Clarissa examina les plumes marron de la cane.

— Peut-être aime-t-elle les couleurs discrètes.

— Non, il la néglige.

— Pourquoi l'a-t-elle choisi, alors ?

Il y avait un sous-entendu sérieux sous ces absurdités. Race se rappela, un peu tardivement, que Léo lui avait dit que les parents de la jeune femme formaient un couple de ce genre. Il aurait pu se gifler.

— Il devait être séduisant dans sa jeunesse. Il l'a séduite en la couvrant de cadeaux mirobolants.

Elle pencha la tête sur le côté.

— Quel genre de cadeaux ?

— Des limaces, répondit-il du tac au tac. De grosses limaces juteuses.

Elle rit.

— Peu importe, je refuse de croire qu'elle soit pauvre et opprimée. En tout cas, on n'a pas besoin de vêtements chics quand on élève autant d'enfants. Et ils sont si mignons. Regardez-les.

Il observa les petites boules duveteuses barboter vigoureusement derrière leur mère. L'un d'eux, resté à la traîne, se mit à piailler de détresse.

— C'est le petit dernier, dit-il. En manque d'affection, ça le rend bruyant. Et celui-là…

Il désigna un caneton qui, ignorant les coin-coin maternels, furetait dans les roseaux.

— Lui, c'est l'aventurier. Il va causer du souci à sa mère… et il finira probablement par lui briser le cœur.

Durant une courte pause, il la sentit scruter son visage. Il feignit de ne pas le remarquer, dans l'espoir d'éviter toute question sur ce thème.

— Comment savez-vous que c'est un garçon ? Les filles aussi peuvent avoir l'âme aventureuse.

— Je n'en doute pas. Mais je pense que c'est un garçon.

Le caneton criaillait bruyamment.

— Et maintenant, vous vous attendez à ce que j'entre dans l'eau pour sauver ce diablotin, et que j'abîme mes bottes pour déterminer son sexe ?

— Certainement pas. Mais sauriez-vous déterminer son sexe ?

— Non, mais un marchand de volaille saurait.

Le caneton se libéra de ce qui l'entravait dans les roseaux, et navigua sur l'eau vers ses frères et sœurs en battant de ses petites ailes. La famille canard s'éloigna, telle une petite armada.

— Vos bottes seront préservées, dit-elle.

— Mon valet en sera soulagé. Il est très protecteur envers mes bottes.

Ils reprirent leur balade.

— Combien de frères et sœurs avez-vous ? demanda-t-elle après un moment.

— Zéro.

— Oh, pardon. Je pensais, après tout ça… Vous avez l'air de bien connaître les enfants.

Il haussa les épaules.

— Dix années de pensionnat.

— Oh. Et vos parents ? s'enquit-elle après une courte pause.

— Tous les deux morts. Ma mère quand j'avais onze ans, mon père une dizaine d'années plus tard. Et votre mère ?

Il savait quand son père était décédé.

— Elle s'est éteinte quand j'avais huit ans.

Le silence retomba entre eux. Race se reprocha d'avoir évoqué sa mère. Elle commençait à se détendre, et maintenant...

— Vous semblez démoralisée.

Elle le regarda d'un air coupable.

— Oh, pardon.

Ne voulant pas la questionner sur sa mère, il réorienta la conversation.

— Votre sœur vous manque ?

— Oui... Bon, non, répondit-elle, un peu confuse. Elle n'est partie que depuis quelques jours.

— Aviez-vous été séparées avant cela ?

Elle le considéra d'un air surpris.

— Pas depuis que nous nous sommes rencontrées.

Il leva un sourcil interrogateur.

— Rencontrées ?

Elle se mordit la lèvre.

— Je n'aurais pas dû dire ça. Mais vous savez pour ma sœur, je suppose ?

— Je sais. Et je ne le répéterai pas.

Il était l'une des rares personnes à Londres à savoir qu'Izzy était en réalité sa demi-sœur, la fille naturelle de son père et non sa sœur légitime, contrairement à ce qu'elles prétendaient.

Elle le fixa longuement, puis hocha la tête.

— Très bien. Nous avions presque neuf ans. Son oncle maternel l'a amenée à Studley Park Manor juste après l'enterrement de sa mère. Il ne voulait pas s'en occuper, et estimait qu'elle était la responsabilité de mon père. Mon père ne l'a même pas regardée. Il a donné des instructions pour qu'elle soit placée dans l'orphelinat le plus proche, dit-elle d'une voix tremblante. Ses mots précis furent : « Débarrassez-vous de la gamine. »

Elle marqua une pause, perdue dans ses souvenirs.

— Il s'est ravisé ? l'encouragea Race après une minute.

Le regard de la jeune femme s'éclairant, son sourire révéla des fossettes.

— Pas exactement.

Il se rapprocha.

— Là, vous m'intriguez...

— Nous l'avons cachée jusqu'à ce que papa reparte à Londres.

— Cachée ? Vous l'avez cachée ?

Elle haussa les épaules, vaguement embarrassée.

— Il se trouve que je connaissais les meilleures cachettes.

— Et quand vous l'avez sortie de sa cachette, personne n'a émis d'objection ?

— Oh que si. Mais j'ai insisté pour la garder.

Il était clair pour Race qu'elle avait joué un rôle déterminant dans l'adoption de sa demi-sœur.

— Et quand votre père est revenu, il l'a autorisée à rester ?

— Oh non. Nous avons dû cacher Izzy chaque fois qu'il rentrait. Heureusement qu'il ne revenait pas souvent. Sinon, cela aurait été compliqué. Il a fini par céder.

Race sentait qu'il y avait une histoire plus étoffée à raconter. De l'avis de tous, sir Bartleby Studley était un fanfaron et un tyran – sauf quand il faisait usage de son charme pour séduire des innocentes. Et pourtant cette jeune femme sereine et effacée lui avait non seulement tenu tête, mais elle avait gagné le droit de garder sa sœur illégitime. À neuf ans, qui plus est !

Maggie se méprenait en la jugeant ordinaire. Elle était... fascinante. Réservée, certes, mais avec un sens de l'humour exquis et, ainsi qu'il le découvrait, une multitude de facettes. Une autre jeune femme se serait targuée d'avoir vaincu son père, mais il fallait amadouer Mlle Clarissa pour qu'elle admette le rôle qu'elle avait joué.

Il lui avait fallu un courage incroyable pour le défier de la sorte, ce dont elle ne semblait pas avoir conscience. Il repensa à cette soirée au bal des Arden lorsque lord Pomphret, le camarade alcoolisé de son défunt père, avait accusé sa sœur Isobel d'être illégitime...

Même s'il vivait jusqu'à cent ans, Race n'oublierait jamais la manière dont la soi-disant timide et ordinaire Clarissa Studley, loin de se recroqueviller face à cet esclandre, avait traversé la piste de danse désertée, sous les yeux d'une foule figée par le choc et assoiffée de scandale, et avait publiquement soutenu sa sœur. Et refusé de s'éloigner d'elle jusqu'à la fin de la soirée.

Cette démonstration de loyauté avait secoué Race jusqu'au tréfonds de son être.

Aussi incroyable cela soit-il, ils avaient réussi à étouffer le scandale – encore qu'il n'aurait su dire comment. Certes, cela n'avait pas nui que Pomphret soit totalement ivre à ce moment-là, ni qu'il se soit suicidé peu après, mais il n'y avait aucun doute dans son esprit que le soutien de Clarissa avait joué un rôle décisif.

Si elle avait hésité, ou montré un soupçon de doute, de peur ou de culpabilité – car après tout, l'accusation était justifiée –, le couperet serait tombé. Et la réputation des deux demoiselles aurait été brisée. La bonne société avait le don de débusquer des bribes de ragots et de les faire enfler jusqu'à ce qu'un scandale éclate.

Malgré cela, Clarissa n'avait pas eu une seconde d'hésitation. Et elle en était ressortie victorieuse.

— Houhou ! Race, dépêche-toi, veux-tu ? cria sa cousine sur la rive opposée de l'étang. Nous devons rentrer. J'ai un rendez-vous cet après-midi.

— Oh, moi aussi ! répondit Clarissa avant d'ajouter pour Race : Je dois recruter la nouvelle servante, vous vous rappelez ?

En chemin, la circulation les obligea de nouveau à former des duos. Cette fois, Clarissa se retrouva associée à Maggie Frobisher. Elle se sentait mal à l'aise, car celle-ci connaissait la promesse que lord Randall avait faite à Léo à son sujet.

Dans un premier temps, Clarissa avait été ravie que lord Randall se soit arrangé pour que sa cousine et son mari viennent la chercher afin de contourner les exigences de lady Scattergood. Passionnée d'équitation, elle était aux anges qu'il s'en souvienne et organise une excursion rien que pour elle. Cette démarche l'avait fait se sentir exceptionnelle.

Mais, somme toute, il n'avait fait qu'honorer une promesse. Le savoir avait gâché un peu le plaisir de la sortie.

Même quand il avait épluché une pomme pour elle, lui tendant chaque tranche – ce qui lui avait rappelé que Léo avait eu la même attention pour Izzy lors d'un pique-nique –, elle n'avait pas trouvé cela romantique. Cela faisait partie de son « devoir », assurément. Et lord Frobisher ayant fait de même pour sa femme, cela correspondait probablement aux conventions. Autrement dit, lord Randall avait juste fait preuve de politesse.

Elle n'avait pas le moral. Et elle était vexée. Ce n'était pas comme si elle était une sorte d'enfant irresponsable, à surveiller à tout prix. Et elle était capable de peler ses pommes… à condition d'avoir un couteau. Elle nota dans un coin de sa tête d'acheter un canif.

Mais où le ranger ? Les vêtements masculins étaient munis d'innombrables poches. Les dames disposaient parfois d'une minuscule poche pour glisser un mouchoir, mais à part ça, elles étaient censées ranger leurs effets dans un réticule. Quelle injustice.

— Alors, retour au sérail ? la taquina Maggie, interrompant ses pensées.

— Ce n'est en rien un sérail, dit-elle d'un ton acerbe puis, confuse, elle adoucit le ton de sa voix. Je suis libre d'aller partout où je veux avec mon chaperon. Et, encore une fois, lady Scattergood pense bien faire.

— Les restrictions ne vous exaspèrent pas ? Elles me rendraient folle.

Clarissa secoua la tête.

— C'est l'affaire d'un mois, le temps du voyage de noces de mon tuteur.

— En attendant, vous êtes obligée de recevoir les visiteurs en présence d'une parente, dit Maggie avec une grimace. J'ai peu d'estime pour les hommes qui courtisent des jeunes femmes avec leur mère ou leur tante.

Clarissa haussa les épaules.

— C'est un stratagème, rien de plus. Comme lord Randall qui vous demande de m'inviter à une balade à cheval.

— Je ne suis la tante de personne ! s'exclama Maggie, faussement indignée.

Après un instant, elle redevint sérieuse.

— Prenez garde à ne pas accepter une proposition plus « convenable » juste pour vous enfuir.

— Il n'y a pas de danger. Est-ce ce que vous avez fait ?

— Grands dieux, non. Bien au contraire. J'ai refusé tant de propositions de beaux partis que ma mère commençait à désespérer et à faire de sombres prédictions sur mon avenir. Notamment que je finirais vieille fille.

Elle rit.

— Mais ça valait la peine d'attendre, puisque j'ai fini par ferrer mon cher Oliver. Ma pauvre maman a failli lui sauter au cou, tant elle débordait de gratitude.

Elles chevauchèrent en silence quelques minutes.

— Vous savez, dit Clarissa avec véhémence, je déteste cette expression. Vieille fille.

Maggie inclina la tête.

— Vous ne craignez pas de rester vieille fille ?

— Non, répondit-elle d'un air morose. Avec mon héritage, c'est peu probable. Il y a trop d'hommes en quête d'argent.

Cela l'agaçait aussi.

— C'est certain.

— Mais même si je n'étais pas fortunée et que je ne me mariais jamais, continua Clarissa, je ne me considérerais pas comme une vieille fille. Ce n'est pas parce qu'une femme ne se marie pas qu'elle se fripe comme une... vieille pomme. Nous n'attendons pas d'être cueillies, à la merci des caprices des hommes ! J'ai bien le temps de vieillir et d'avoir des rides.

Elle marqua une pause tandis qu'un marchand ambulant traversait devant elles.

— Si quelqu'un doit cueillir l'autre, je veux être la cueilleuse !

Maggie s'esclaffa.

— Bravo, Clarissa ! Bien dit. Nous autres femmes ne sommes pas des pommes ! Nous faisons nos propres choix.

Clarissa rougit. Cela ne lui ressemblait pas d'être aussi catégorique et d'émettre des avis aussi tranchés, en particulier avec des personnes qu'elle connaissait peu. Mais il était aisé de parler à Maggie Frobisher. Peut-être même deviendrait-elle une véritable amie. Presque toute sa vie, Izzy avait été sa meilleure amie. À présent, plusieurs femmes étaient susceptibles de devenir ses amies proches, ce qui la réconfortait.

Les femmes ne se souciaient pas qu'elle soit riche ou non. Ni qu'elle soit grassouillette ou ordinaire ou même timide. Pourquoi les hommes ne pouvaient-ils pas suivre leur exemple ?

Peu après, ils modifièrent la formation des cavaliers. Oliver, à l'invitation de sa femme, la doubla pour accompagner Mlle Studley, alors que Maggie retrouvait Race à l'arrière.

— J'ai décidé que je l'aimais bien, annonça Maggie à Race. Je me suis trompée : elle n'est pas assommante. Peu loquace et timide, sans doute, mais il suffit de gratter un peu pour découvrir une vraie vivacité d'esprit. Et c'est une remarquable écuyère.

La tête inclinée sur le côté, elle scruta son cousin.

— « Il faut se méfier de l'eau qui dort. » L'adage lui va comme un gant. Tu ne crois pas ?

Race arqua un sourcil.

— Tu repars à la pêche aux informations, Maggie ?

Elle rit.

— Comment sais-tu que je ne parle pas de mon cher Ollie ? Il faut se méfier de l'eau qui dort avec lui. Il est aussi grisant que de l'eau-de-vie.

— Je te connais, friponne. Souviens-toi, quand tout le monde spéculait sur toi et ton cher Ollie, et vous condamnait sous prétexte que vous n'alliez pas ensemble, me suis-je rallié aux critiques ?

— Non, soupira-t-elle.

— Bien.

Elle fit la moue.

— Bon, d'accord. Mais je ne t'avais jamais vu t'intéresser à une jeune innocente, encore moins à une innocente dénuée de beauté ou de charme particulier. Et ne me regarde pas comme ça, tu sais que je l'apprécie. Tout ce que je dis, c'est qu'elle n'est pas ton genre.

— Je te rappelle que Léo m'a demandé de l'emmener faire du cheval.

Sa cousine renifla.

— Et je suis censée croire qu'il n'y a rien d'autre ? Tu sais, je te connais, cousin. Et je suis intriguée.

Il haussa les épaules.

— Ton « intrigation » n'est pas mon problème.

Elle fronça le nez.

— « Intrigation » ? Ce mot existe, au moins ? Tu te débines, ma parole.

— Et ça fonctionne ?

Elle s'esclaffa.

— Tu t'évertues à être pénible. Soit. Je tâcherai d'être agréable, quant à moi. Je suis censée l'inviter de nouveau à une promenade à cheval un jour prochain, je suppose ?

Race pencha la tête sur le côté.

— Si tu veux bien me faire ce plaisir...

Ils trottèrent quelques minutes.

— Au fait, dit Maggie, je lui ai demandé pourquoi lady Scattergood refusait ta visite.

Race haussa un sourcil.

— Et ?

— Elle pense que tu es un dangereux libertin. La vieille dame, pas Mlle Studley.

Race haussa les épaules.

— Elle pense sûrement cela de tous les célibataires. Et de la plupart des hommes mariés. À vrai dire, elle ne tient pas les hommes en haute estime.

— Pourtant, beaucoup d'hommes célibataires sont admis.

Race tourna brusquement la tête vers elle.

— Comment ? Beaucoup, dis-tu ? Qui ?

Maggie haussa les épaules.

— Je n'ai pas demandé les noms. En revanche, je sais que ceux qui sont admis doivent être accompagnés par une parente. Une mère, une grand-mère ou une tante.

Race médita un instant. Que le majordome lui refuse l'entrée de la maison Scattergood l'avait indigné.

— Tante Bérénice n'envisagerait pas...

Maggie gloussa.

— Arracher ma mère à son précieux jardin à cette période de l'année ? Pour venir à Londres ? N'y compte pas. Tu sais qu'elle déteste la ville.

Race hocha la tête. C'était un espoir vain. Sans oublier que demander pareil service était humiliant. Nom d'un chien, aucune maison du royaume ne lui avait jamais refusé l'entrée !

— Néanmoins, je pourrais me laisser persuader de venir lui faire mes amitiés avec toi...

Il cilla.

— Pour endurer des bavardages idiots et du thé tiède ?

— Il n'empêche que je suis curieuse. J'admets que j'aimerais voir tous ces hommes en visite avec leurs tantes et grands-mères. Mais, plus que tout, je veux rencontrer lady Scattergood. J'ai toujours cru qu'elle vivait recluse. Or, Mlle Studley affirme qu'elle aime recevoir. Elle ne sort jamais de chez elle, par contre. Cela m'intrigue, comprends-tu. Une excentrique, imagine !

— Elle l'est.

— Tant mieux. Je prendrai des notes.

Il la regarda longuement.

— Je crains presque de demander pourquoi.

Elle eut un petit rire.

— Je projette de devenir excentrique quand je serai vieille. Je crois qu'elle reçoit le lundi, le mercredi et le vendredi. Passe me prendre mercredi à 14 heures... Nous arrivons à Mayfair. Dis-nous adieu, mon cousin, avant que ton petit complot ne soit démasqué.

Race s'écarta du groupe en râlant. Comment avait-il pu laisser sa cousine s'immiscer dans ses affaires ? Malgré son affection pour elle, il protégeait farouchement sa vie privée et ne confiait rien à personne. Non qu'il ait fait des confidences à Maggie. Mais elle se mêlait de sa vie par des chemins détournés.

Quel autre choix avait-il ?

Si Mlle Studley était courtisée par des hordes d'inconnus dans la relative sécurité de la demeure de lady Scattergood, c'était le devoir de Race, en l'absence de son meilleur ami qui était son tuteur, de la protéger.

3

— La sortie avec lady Frobisher et son mari vous a plu ? demanda lady Scattergood lorsque Clarissa rentra.

— Beaucoup. Il fait un temps magnifique et je me sens... oh, comme si j'avais retiré toutes mes toiles d'araignée !

Ce qui était vrai. Entre l'air frais, le soleil et la campagne environnante, sans oublier ses compagnons, elle se sentait revigorée. Lord Randall et sa cousine avaient veillé à la faire rire.

En outre, elle avait pris une décision : elle devait libérer lord Randall de son obligation de l'escorter. Bien sûr, il avait habilement prétendu qu'il l'appréciait, mais il ne faisait que respecter sa promesse à un ami.

Elle avait honte quand elle repensait à sa joie, ce matin, à l'idée qu'il ait organisé la sortie et se soit donné du mal pour elle. C'était déprimant de réaliser qu'il ne faisait que son devoir.

— Des toiles d'araignée ?

Lady Scattergood leva son face-à-main pour examiner le plafond.

— Je ne vois pas de toiles d'araignée, mais ma vue faiblit.

— Des toiles d'araignée métaphoriques.

Renfrognée, la vieille dame examina plus attentivement les coins du plafond.

— Des toiles d'araignée métaphoriques ? Encore plus inquiétant.

— Il n'y a pas de vraies toiles d'araignée, clarifia la jeune femme. Ce que je veux dire, c'est que je me sens merveilleusement ragaillardie.

— Pourquoi ne l'avez-vous pas dit ? Vous êtes sûrement fatiguée. Montez vous reposer.

— Merci, mais je ne me sens pas fatiguée. En fait, j'ai prévu de me rendre dans un orphelinat cet après-midi. Je monte me changer.

— Un orphelinat ? s'étonna la vieille dame en ajustant son face-à-main. Pour y faire quoi ?

— Je vous en ai parlé, rappelez-vous. Quand Izzy et Léo sont partis en voyage de noces. Ma femme de chambre et moi allons choisir la petite orpheline qui sera la femme de chambre d'Izzy.

Lady Scattergood hocha vaguement la tête.

— Ah oui. Mais vous devrez attendre. Althea est sortie. Je ne sais plus où.

Clarissa savait que son chaperon avait rendez-vous avec leur couturière, Mlle Chance. Elle avait choisi ce moment pour aller à l'orphelinat pour cette raison précise. Elle aimait beaucoup Mme Price-Jones, mais celle-ci voulait tout régenter, et elle tenait à choisir avec Betty.

— Aucune importance. J'irai avec Betty et un valet de pied. Peut-être Jeremiah, s'il a terminé de promener les chiens ?

Les six petits corniauds ronflaient, lovés dans tous les coins de la pièce, ce qui signifiait qu'ils étaient déjà sortis.

Lady Scattergood pinça les lèvres.

— Je ne sais pas. Jeremiah est très jeune...

— Bien sûr, nous prendrons la voiture, s'empressa d'ajouter Clarissa. Donc le cocher sera là aussi.

— Et un garçon d'écurie.

— Oui. Donc nous serons bien protégées, conclut Clarissa.

La dame soupira.

— Possible… mais je n'aime pas ça. D'après Treadwell, ce satané libertin rôde autour de la maison.

— Quel libertin ?

— Ce maudit lord Randall.

— Il est passé devant la maison pendant que j'étais en promenade ? demanda Clarissa avec innocence.

Lady Scattergood agita la main d'un air grognon.

— Je ne me rappelle pas. Bon, c'est entendu. Allez chercher votre servante orpheline. Même si je ne comprends pas que vous soyez obligée de vous en occuper vous-même. À mon époque, la gouvernante gérait le personnel. Un orphelinat n'est pas un endroit pour une jeune dame.

— Merci, chère lady Scattergood.

Clarissa se leva et embrassa la vieille dame sur sa joue fardée et flétrie, puis elle se dépêcha d'aller se changer.

— J'ai vraiment hâte, mademoiselle, dit Betty en sautillant sur la banquette de la calèche. Qui que nous choisissions, elle sera reconnaissante. Je me rappelle comment c'était, là où j'étais. Nous pensions toutes qu'il valait mieux entrer au service d'une famille, encore plus d'une dame, que travailler dans l'une de ces manufactures dégoûtantes ou récurer des sols. C'est ainsi qu'elles finiront – pour les plus chanceuses. Il y a nettement pire que ça.

Sortie d'un orphelinat, Betty était entrée à dix ans au service de Clarissa et Izzy, qui avaient à peu près le même âge. Lorsqu'elles pouvaient emmener une domestique avec elles à l'extérieur et que leur nourrice vieillissante ne voulait pas les suivre, elles choisissaient Betty.

Mais plus elles approchaient de l'orphelinat, plus Betty se murait dans le silence.

— Ça te rend anxieuse, Betty ? s'inquiéta Clarissa.

La servante grimaça.

— Pas vraiment, mademoiselle. C'est juste que... je n'aime pas ces endroits.

— Ne te sens pas obligée d'entrer.

Betty secoua la tête et déclara résolument :

— Non, ça ira, mademoiselle. Je veux vous aider. Et je ne vais pas vous laisser y aller seule.

Elles sonnèrent et furent invitées à entrer. Peu après, une grande femme austère, entièrement vêtue de gris, les accueillit. La surveillante en chef se présenta sous le nom de Mlle Glass. En marchant vers son bureau, elles passèrent devant une pièce où une dizaine de filles cousaient en silence, supervisées par une autre femme. Ces filles portaient toutes la même futaine marron.

— Ce sont les cours de perfectionnement, indiqua Mlle Glass. Elles partiront bientôt travailler, sitôt que nous leur aurons trouvé un emploi respectable.

Elle invita Clarissa et Betty à pénétrer dans la salle. À l'unisson, les filles se levèrent et articulèrent un monotone « Bonjour, mademoiselle Glass » avant de se remettre à l'ouvrage, leurs aiguilles piquant le tissu pendant qu'elles examinaient les visiteuses avec des coups d'œil furtifs. Même si leur curiosité était compréhensible, Clarissa se sentit déconcertée. L'une de ces filles deviendrait la femme de chambre d'Izzy, mais elles se ressemblaient toutes. Comment choisir ?

Mlle Glass les escorta ensuite dans son bureau.

— Mademoiselle, puis-je attendre à l'extérieur ? chuchota Betty, visiblement angoissée, et Clarissa acquiesça.

En prenant du thé et des biscuits, la matrone la questionna sur ses besoins précis.

— Plusieurs filles sont susceptibles de correspondre, dit-elle après son explication. Nous allons organiser des entretiens.

Elle sortit avec majesté.

Décidant que Betty devait participer aux entretiens, Clarissa la chercha dans le couloir, en vain. Un passage partait sur la droite. Clarissa s'y enfonça, pensant que la servante s'y trouvait. Personne.

Au moment où elle repartait vers le bureau, Betty accourut dans sa direction.

— Mademoiselle, vous devez voir ça !

Elle débordait d'agitation. Clarissa hésita.

— Je dois retourner...

Betty la tira par le bras.

— Non, c'est important. Venez voir ! Vite !

Elle entraîna Clarissa dans le couloir, tourna à gauche et emprunta un dédale d'étroits corridors.

— J'ai un peu exploré, dit-elle en pressant le pas. En façade, ces endroits sont accueillants pour les visiteurs, mais à l'arrière... c'est là qu'est la vérité.

— Mais...

— Regardez !

Elle s'arrêta pour montrer une fille brune qui frottait sans enthousiasme une caricature tracée au crayon gris sur le mur. Elle était de dos mais il était évident qu'au lieu d'essayer d'effacer le dessin elle nettoyait autour. Le motif était aisément reconnaissable : nez et menton pointus, regard sévère. C'était un portrait de Mlle Glass, peu flatteur mais ressemblant.

— Très réussi, murmura Clarissa, mais je dois vraiment...

— Pas le dessin, la fille !

Betty s'élança vers l'orpheline, l'attrapa par le bras et la retourna face à sa maîtresse.

L'air quitta le corps de Clarissa. Elle fut prise de vertige. Ça ne pouvait pas être...

— Vous voyez, je vous l'avais dit, mademoiselle. Incroyable, non ?

Renfrognée, la fille repoussa la main de Betty.

— Lâche-moi.

Elle examina Clarissa dans ses beaux vêtements et eut un rictus dédaigneux.

— Qu'est-ce que vous regardez comme ça ? Vous venez lorgner de pauvres orphelines ? Ouste, dégagez !

— Non, je...

Clarissa déglutit, prit plusieurs profondes respirations et s'efforça de se calmer.

— Vous voyez ce que je veux dire, mademoiselle ? C'est troublant, hein ? murmura Betty.

Clarissa ne pouvait s'empêcher de fixer l'orpheline, incapable de trouver quoi dire. Contrairement aux filles de la salle de couture, la tenue de celle-ci était rapiécée et élimée, et mal ajustée. Mais ce n'était pas sa robe ou le dessin qui fascinait Clarissa. C'était la fille elle-même.

— C'est toi qui as dessiné ça ? réussit-elle à demander. C'est très adroit.

La fille eut un sourire narquois.

— La vieille Glass n'est pas de cet avis.

— Qui es-tu ? bredouilla Clarissa.

Les yeux verts de la fillette s'étrécirent.

— Zoé. Pourquoi ?

— Tu vis ici, c'est ça ? Tu fais partie des...

— Orphelines, ouais. C'est pas un gros mot, vous savez.

— Je sais. Betty et moi sommes deux orphelines.

La fille émit un son grossier.

— Ouais, ça se voit.

— Je suis une enfant trouvée, j'ai grandi dans un établissement comme celui-ci, dit Betty. Je détestais. Mais maintenant, je travaille pour Mademoiselle.

La fille la considéra d'un œil sceptique.

— Et ?

Clarissa la fixait. Cet air renfrogné, ces yeux, ce rictus cynique. Ils lui étaient aussi familiers que son propre reflet. C'était Izzy trait pour trait. Izzy il y avait quatre ou cinq ans. Sans la différence d'âge, cette fille et sa sœur auraient pu être jumelles.

— Mademoiselle Studley, vous êtes là ? Mademoiselle Studley ?

Mlle Glass apparut à l'angle du couloir, le souffle court.

— Mademoiselle Studley, les visiteurs ne sont pas autorisés dans cette...

Elle s'interrompit et fusilla du regard la fillette.

— Susan Bennet, tu n'as pas encore effacé cette saleté ? Dépêche-toi de nettoyer ça, et retourne étudier. Mademoiselle Studley, si vous voulez bien me suivre, quelques filles sont prêtes pour les entretiens.

Clarissa s'avança et posa la main sur le bras de la jeune fille.

— Inutile, mademoiselle Glass. J'ai choisi celle-ci.

La fille qui s'appelait Susan – ou était-ce Zoé ? – écarta son bras en considérant Clarissa avec méfiance.

— Choisi ? Pour quoi faire ?

— Susan Bennet ? s'exclama Mlle Glass. Oh, non, non ! Elle ne convient pas du tout à vos besoins. Elle n'a ni le tempérament ni l'aptitude à devenir femme de chambre.

— Femme de chambre ? répéta l'orpheline. Je veux pas devenir...

Betty la pinça.

— Boucle-la ! chuchota-t-elle.

Clarissa espérait que Mlle Glass ne pouvait pas l'entendre.

— Mlle Clarissa et moi allons te sortir d'ici.

Susan/Zoé plissa les yeux.

— D'autres filles conviendraient mieux, intervint Mlle Glass.

— J'en suis sûre, dit aimablement Clarissa. Mais ma décision est prise. C'est elle que je veux.

— Je crains de ne pouvoir autoriser...

Sourcils haussés, Clarissa argua le plus tranquillement possible :

— Je pensais que vous vouliez placer toutes les filles dans un lieu de travail respectable.

— Oui, mais...

— Donc c'est réglé. J'emmène Mlle Bennet. Immédiatement, si vous le voulez bien.

— Benoît, bougonna l'orpheline.

— Vous ne comprenez pas. Cette fille ne vous attirera que des ennuis. Elle est indisciplinée, incontrôlable, rebelle, indocile et obstinée. C'est une forte tête...

— Vous ne serez pas tenue pour responsable en cas de problème, affirma Clarissa en espérant que son anxiété ne se voyait pas. Rassemblez vos affaires, mademoiselle Bennet. Vous venez avec nous.

Méfiante, la fille hésitait. Elle examina les deux femmes puis Betty, qui l'encouragea d'un hochement de tête. Après un haussement d'épaules, elle se retourna et grimpa en courant un escalier étroit que Clarissa n'avait pas remarqué, talonnée par Betty.

Clarissa et Mlle Glass retournèrent à l'accueil, la responsable s'escrimant à la persuader que cette jeune fille était un mauvais choix. Clarissa fournit des réponses rassurantes, mais ne plia pas.

Elle était résolue à ne pas laisser Susan/Zoé lui échapper.

Quelques minutes plus tard, Betty et la fille reparurent. La mine revêche, la seconde portait un petit ballot noué et un long tube en carton. Elle ne croulait pas sous les effets personnels. Et à en juger par son attitude, Betty n'avait pas réussi à la convaincre que c'était pour son bien. De toute façon, elle s'adoucirait dès que Clarissa lui expliquerait.

Ce qui ne serait pas chose facile. Cette histoire était à dormir debout.

Clarissa remercia Mlle Glass, et les trois demoiselles grimpèrent dans la calèche. Silencieuse, la fille serrait son baluchon et son tube contre elle. Elle examina l'intérieur d'un air cynique, sans commentaire.

La voiture repartit. Clarissa et Betty regardèrent la fille, se regardèrent et éclatèrent de rire.

— J'ai bien cru qu'elle ne céderait jamais, commença Betty.

— Non, je…

— Mais qui êtes-vous ? explosa la fille avec rage en saisissant la poignée de la portière. Je sais pas ce que vous voulez mais je vais vous dire une chose : je suis pas une foutue femme de chambre, la vieille Glass avait raison. Alors je vous avertis que si vous faites la traite des blanches ou un truc comme ça, je saute tout de suite de cette calèche. Et je m'en fiche qu'on roule vite.

Betty lui saisit le bras.

— La traite des blanches ? s'exclama Clarissa, choquée. Bien sûr que non ! Je suis Clarissa Studley. Elle, c'est Betty, ma femme de chambre. Comme nous l'avons dit. Nous sommes parfaitement respectables et tu n'es pas en danger. Tu n'as rien à craindre.

— Bien au contraire, dit Betty. Si nous ne nous trompons pas à ton sujet.

Les yeux verts de la fille se plissèrent.

— Comment ça ? Vous pensez quoi à mon sujet ?

— Je t'expliquerai quand nous serons à la maison, se dépêcha de répondre Clarissa. C'est trop bruyant pour discuter dans une voiture. Mais tu es en sécurité avec nous, je t'assure.

Durant de longues minutes, la fille se tassa dans un coin, muette et suspicieuse, protégeant son petit baluchon et son tube à dessins.

— Z'allez pas essayer de faire de moi une femme de chambre ? lança-t-elle finalement.

— Je te l'ai dit, nous discuterons de cela en privé.

Après un instant, une idée vint à Clarissa.

— Mlle Glass t'a appelée Susan Bennet, mais tu as prononcé un autre nom.

La fille ricana.

— Elle aime pas mon vrai nom. Elle trouve qu'il sonne bizarre et étranger. Alors elle l'a modifié en Susan Bennet, qui est un nom plus convenable pour une orpheline, d'après elle.

Clarissa se renfrogna. Disait-elle la vérité ou pas ?

— Quel est ton vrai nom ?

— Zoé. Zoé Benoît.

Elle parut défier Clarissa de la contredire.

— En grec, *zoé* ça veut dire « vie ».

— Zoé Benoît, répéta Clarissa, avant de hocher la tête. Dans ce cas, c'est comme ça que nous t'appellerons.

L'air méfiant de Zoé ne s'adoucit pas.

Un instant plus tard, le véhicule ralentit devant la demeure de lady Scattergood. Elles descendirent. Zoé examina les lieux.

— C'est chez vous ?

— Cette maison appartient à lady Scattergood, la tante de mon tuteur, expliqua Clarissa. C'est ici que j'habite avec Betty pour le moment. Et c'est ici que tu vivras aussi.

Du moins l'espérait-elle. Parce que même s'il s'avérait qu'elle s'était trompée sur Zoé – non que son cœur lui dise qu'elle se leurrait –, elle lui devait une sorte de sécurité. Mais pas une place de femme de chambre, sans doute.

Treadwell ouvrit la porte et, voyant Zoé, battit des paupières. Son expression d'ordinaire impassible se fissura, ses sourcils remontant vers la naissance de ses cheveux tombés depuis longtemps.

— Mademoiselle Studley ? dit le majordome pour solliciter une explication.

Mais Clarissa n'avait pas l'intention d'expliquer quoi que ce soit avant de s'être entretenue avec son invitée.

— Merci, Treadwell. Betty, veux-tu emmener Zoé à l'étage, s'il te plaît ? Montre-lui où ranger ses affaires. Sers-lui une tasse de thé et quelque chose à manger. Je vous retrouve quand vous serez prêtes. Oh, et laisse-moi fournir les explications.

Sitôt que les deux filles montèrent, Clarissa partit à la recherche de lady Scattergood.

En dégustant un thé et des biscuits, elle relata l'incroyable hasard.

— Alors vous comprenez, lorsque j'ai vu cette fille, j'ai tout de suite su… Voyez par vous-même et dites-moi ce que vous en pensez.

Se levant, Clarissa convoqua Zoé et Betty.

Zoé entra d'un pas prudent, regardant autour d'elle avec des yeux écarquillés. Clarissa avait oublié l'impression que dégageait le fatras d'objets colorés au charme exotique, rapportés des quatre coins du monde, à quiconque n'y était pas habitué. Pire encore : la vue de la vieille dame maigre enveloppée dans une dizaine de châles indiens, coiffée d'un large turban bigarré et assise dans un théâtral fauteuil paon qui ressemblait à un trône.

— Lady Scattergood, j'aimerais vous présenter Mlle Zoé Benoît.

La vieille dame cilla et se pencha en avant, cherchant à tâtons son face-à-main.

— Juste ciel ! Approchez, jeune fille.

Zoé jeta un œil à Clarissa avant d'avancer avec prudence. Le face-à-main de lady Scattergood la survola lentement de la tête aux pieds. Quand elle remonta, elle hocha la tête d'un geste brusque.

— Eh bien, eh bien... Et vous l'avez trouvée dans un orphelinat, dites-vous ?

Elle secoua la tête avec une exclamation de dégoût.

— Quelle honte ! Noyé à la naissance, voilà ce qu'il aurait fallu !

Zoé lança à Clarissa un regard alarmé et recula comme si elle se préparait à s'enfuir.

— Elle ne parle pas de toi, Zoé, fit précipitamment Clarissa. Lady Scattergood parle de mon père.

Celle-ci opina.

— C'était un coureur, vil et irresponsable ! La société est remplie de dépravés abominables.

— En effet, dit Clarissa pour l'apaiser. Essayons d'en apprendre un peu plus sur l'histoire de Zoé, voulez-vous ? Assieds-toi, Zoé. Je te sers une autre tasse de thé ?

Le regard de la jeune fille s'échappa vers l'assiette de biscuits, mais elle secoua la tête. Elle s'assit au bord d'une chaise, face à Clarissa, visiblement sur la réserve. Plusieurs des petits chiens de lady Scattergood vinrent renifler sa jupe. Regardant avec prudence Clarissa et lady Scattergood, Zoé baissa la main et les laissa la renifler et la lécher. Puis elle se mit à les caresser.

Lady Scattergood approuva d'un mouvement de tête.

— Peux-tu nous parler de ta mère, Zoé ? demanda Clarissa.

La jeune fille se raidit. Un instant, Clarissa crut qu'elle allait refuser, mais elle soupira. Puis elle répondit d'une voix morne, comme si elle répétait un conte sans s'attendre à être crue :

— Maman était française. Elle est venue ici quand elle avait onze ans pour fuir la Terreur. Elle était toute seule. Le reste de la famille a été guillotiné.

Lady Scattergood manifesta sa désapprobation, marmonnant une remarque peu flatteuse sur les Français.

— Cela a dû être extrêmement difficile pour elle, dit Clarissa avec sympathie. Comment a-t-elle fait pour s'en sortir ? Avait-elle de la famille en Angleterre ?

Zoé secoua la tête.

— Pas de famille. Et les autres émigrés étaient...

Elle haussa les épaules avec dédain.

— Mais maman savait dessiner. Elle a commencé à dessiner à la craie sur le trottoir.

Clarissa se remémora l'habile caricature sur le mur de l'orphelinat.

— Et tu as hérité de son talent.

Là encore, Zoé haussa les épaules. Puis elle reprit, sur la défensive :

— Plus tard, elle est devenue modèle pour des artistes. Elle était belle, vous savez, et c'était mieux payé.

— J'en suis sûre, fit Clarissa avec gentillesse, s'aventurant sur un terrain glissant. Comment est-elle morte ? C'est là que tu as été placée à l'orphelinat, je présume ?

— J'avais douze ans. Elle est tombée malade. Ils ont dit que c'était le choléra.

— Je suis désolée de l'entendre. Alors maintenant tu as quel âge ? Quinze, seize ans ?

— Bientôt seize.

Clarissa hocha la tête.

— Et ton père ?

Zoé leva une épaule avec détachement.

— Je ne l'ai jamais rencontré. Je suis une *bâtarde*.

Elle cracha le mot comme un défi. Clarissa ne releva pas.

— Ta mère ne t'a jamais révélé son nom ?

— En quoi est-ce important ? Il ne voulait pas de moi.

— Pour me faire plaisir.

Zoé fronça le nez. Un instant, Clarissa crut qu'elle allait répondre.

— C'était un aristo, ça je le sais.

— Rien d'autre ?

Elle eut un rire ironique.

— Une fois ou deux, je l'ai entendue l'appeler « Black Bart, l'homme au cœur sombre ». Il ne lui a rien donné, à part faire la bête à deux dos.

Devant l'air perplexe de Clarissa, elle précisa :

— Un bébé, quoi. Moi.

Un aristo surnommé Black Bart... Clarissa lança un coup d'œil à lady Scattergood en réprimant à peine son air victorieux. De sir Bartleby à Bart, il n'y avait qu'un pas. Et les cheveux de son père étaient noirs. Dans son village natal, deux garçons d'écurie s'appelaient Harry ; à cause de la couleur de leurs cheveux, ils étaient désignés comme Red Harry pour le roux, et Black Harry pour le brun.

Et si son père avait eu un cœur, Clarissa n'en avait jamais eu la preuve. Sans doute avait-il séduit et abandonné la mère de Zoé comme celle d'Izzy. Sa mère aurait subi le même sort sans la fortune du grand-père Iverley, qui l'avait incité à l'épouser.

Ces deux éléments, combinés à la ressemblance frappante entre Zoé et sa sœur Izzy, constituaient des preuves suffisantes à ses yeux.

Songeuse, lady Scattergood hocha la tête et s'adossa dans son fauteuil paon.

— Bien, bien, bien... Donc, nous en avons une de plus. Bien joué, Clarissa.

— C'est Betty qui l'a trouvée, nuança Clarissa en souriant à la servante qui piqua un fard et lissa sa jupe.

Embarrassée, Zoé remua.

— Qu'est-ce qui se passe ? Une de plus ?

— Oh, pardon, je vais t'expliquer, dit Clarissa en buvant son thé déjà tiède. Mon père s'appelait sir Bartleby Studley. Ce nom t'est familier ?

— Non.

— Tu es sûre ?

— Sûre.

— Je pense qu'il est celui que ta mère surnommait Black Bart.

Zoé plissa le nez.

— Votre père était Black Bart ?

— Oui, du moins je le pense. Je pense que toi et moi, et ma sœur Izzy, avons le même père. Je crois que tu es notre sœur. Notre demi-sœur, précisément.

Zoé fit une grimace, incrédule.

— Sœur ? fit-elle avant de se tourner vers Betty. Elle a perdu la tête ou quoi ?

— Écoute-la, gronda Betty.

Clarissa continua :

— Tu comprendras quand tu verras Izzy. Tu es son sosie. Au même âge, du moins.

— Bah quoi ? Elle est brune aux yeux verts ? Ça ne fait pas de moi sa sœur. Ni la vôtre, parce que je ne vous ressemble pas du tout.

— Izzy non plus, convint Clarissa. Mais vous ressemblez toutes les deux beaucoup à mon père. Qui est celui d'Izzy. Nous ne sommes pas de la même mère. Et ta ressemblance avec Izzy va bien au-delà des cheveux et des yeux.

— Alors, où est cette Izzy ? Non que je vous croie ni rien de ce genre...

— Je le conçois, admit Clarissa avec sympathie. Moi-même, j'ai un peu de mal à l'accepter. La dernière chose à laquelle je m'attendais en partant cet après-midi était de me découvrir une autre sœur. Mais plus je te regarde, plus j'ai la certitude que c'est le cas. Quant à Izzy, elle est en lune de miel en ce moment. Tu ne la rencontreras que dans quelques semaines.

Zoé s'adressa à lady Scattergood :

— Qu'en pensez-vous ? Cette demoiselle et moi, nous sommes sœurs d'après vous ?

La vieille dame hocha la tête.

— Votre ressemblance avec Isobel est extraordinaire. Les preuves matérielles sont minces, mais une enquête sur votre passé clarifierait la question.

Zoé secoua la tête.

— Je pense que vous êtes toutes cinglées. Je suis une bâtarde ! J'ai grandi dans la misère, je viens d'un orphelinat. Je vois pas comment je pourrais être la sœur de deux aristos.

— Ma sœur Izzy est née hors mariage, elle aussi, précisa Clarissa. Et quand je l'ai rencontrée, elle venait de perdre sa mère, et mon père demandait à ce qu'elle soit envoyée dans un orphelinat. Ce sont ses termes. Je les ai entendus de mes oreilles. Il n'a pas nié le lien de parenté, juste refusé d'assumer ses responsabilités.

Elle eut un sourire satisfait.

— Mais j'ai décidé de la garder. Et c'est ce que j'ai fait.

— Comme un chiot errant ? railla Zoé.

— Non, comme une sœur bien-aimée, corrigea Clarissa avec douceur.

— Et vous avez l'intention de me garder aussi ? dit la jeune fille sur un ton de défi.

— J'aimerais beaucoup, admit Clarissa avant de se tourner vers lady Scattergood. Madame ?

Celle-ci hocha la tête.

— Oui, oui, évidemment, nous lui donnerons un foyer, avec nous. Elle est très visiblement de la famille, et les chiens l'aiment bien. Ce sont d'excellents juges pour ce qui est de la nature humaine.

Clarissa soupira de soulagement en entendant ce « avec nous ». C'était étrange de ramener à la maison une parfaite inconnue alors qu'elle-même était hébergée.

— Merci, madame. En ce cas, Zoé, oui, j'aimerais te garder. Mais la décision te revient.

Muette, Zoé les regarda tour à tour, le visage pétri de doutes et de suspicion.

Difficile de lui en vouloir. Cela faisait beaucoup à assimiler, en particulier venant d'inconnues.

— Donnons-lui la chambre bleue. Elle n'est pas grande mais ça ne la dérangea pas, après avoir vécu dans ces lieux immondes.

Lady Scattergood orienta son face-à-main sur Zoé.

— Qu'on lui trouve des vêtements décents, pour l'amour du ciel ! Je ne voudrais pas que les gens la confondent avec mon aide-cuisinière. Laquelle, je me dois de l'ajouter, s'habille mieux que cela.

— Oui, bien sûr, convint Clarissa. Elle peut porter des vêtements d'Izzy.

Il y eut un bref silence.

— Vous voulez que j'habite ici ? demanda enfin Zoé.

— Oui.

— Et vous ne tenez pas un bordel ou quelque chose comme ça ?

— Un bordel ! s'exclama lady Scattergood en lâchant son face-à-main dans un éclat de rire. Mon enfant, est-ce ce que vous avez cru ?

— Faut dire qu'avec toutes ces statues obscènes… Je ne suis jamais entrée dans un bordel, mais ça doit y ressembler.

Zoé montra les statues venues de contrées lointaines dont la plupart représentaient des gens nus dans toutes sortes de poses. Maintenant que Clarissa les examinait attentivement, certaines étaient plutôt suggestives.

Lady Scattergood gloussa.

— Des cadeaux de mon défunt mari, jeune fille. Il a voyagé dans le monde entier et m'envoyait tous ces objets qui l'amusaient. On m'a affublée de quantité de surnoms, mais jamais traitée de « mère maquerelle ».

Elle rit encore, semblant apprécier l'accusation pourtant choquante.

— Et c'est pas pour faire de moi une femme de chambre ? insista Zoé.

— Non, trancha Clarissa. Ni une domestique d'aucune sorte. Reste en tant que sœur.

Un long silence s'installa. Zoé questionna Betty du regard, laquelle l'encouragea d'un mouvement de tête. Celle-ci était presque aussi excitée que Clarissa. Bien qu'elle sorte également de l'orphelinat, elle n'avait pas l'air de jalouser la chance de Zoé.

Clarissa savait que dans les orphelinats, les enfants faisaient le vœu qu'une famille prestigieuse les sauve d'une vie de misère. Betty semblait croire que dans le cas de Zoé, ce vœu s'était réalisé.

Par contre, Zoé restait sceptique. Clarissa ne doutait pas qu'elle finirait par accepter la situation. Ce n'était qu'une question de temps. Une fois qu'elle aurait vu Izzy, elle se rendrait à l'évidence.

— Lady Frobisher et lord Randall. Nous venons voir lady Scattergood, annonça Maggie.

Le majordome la dévisagea d'un sale œil mais Maggie, qui maîtrisait les subtilités de la vie sociale, avait déposé sa carte chez lady Scattergood la veille. Le regard du majordome dériva vers Race derrière elle, et il renifla.

— Vous pouvez entrer, madame, mais pas lui. Interdit.

— Interdit ? Lord Randall est mon cousin et mon escorte, déclara Maggie sur un ton hautain.

Le majordome haussa les épaules.

— Je n'y peux rien, les ordres sont les ordres. Entrez-vous, madame ?

— Scandaleux ! souffla Maggie. Très bien...

Quand elle se retourna vers Race, malgré son rictus contrarié, l'amusement brillait dans ses yeux. Sa cousine se délectait de la situation.

— Je te retrouve dans vingt minutes, Race, dit-elle avant d'entrer en s'adressant au majordome : Vous ne resteriez pas une minute à mon service !

Avec un sourire en coin, le majordome referma la porte au nez de Race.

Celui-ci remonta dans son cabriolet en se demandant quelle peine il encourrait pour « majordomicide ». Et décida qu'il plaiderait les circonstances atténuantes.

Vingt minutes plus tard, après un nombre incalculable de tours dans Hyde Park, il s'arrêta de nouveau devant le domicile de lady Scattergood et patienta. Peu après, sa cousine émergea. Il l'aida à s'installer dans le cabriolet et repartit.

— Alors ? dit-il après une minute de mutisme.

— Attendons d'être rentrés. C'était sans surprise. Bavardages insipides et thé tiède. J'ai besoin d'une tasse de thé chaud.

— Insipides ?

— Oui, mais seulement du côté des visiteurs. Pour le reste, c'était fascinant. Mais sois patient, Race : Ollie voudra savoir aussi, et je refuse de tout répéter.

Une fois à Frobisher House, sa cousine prolongea l'attente en montant se préparer. Elle redescendit enfin après avoir ôté son chapeau et sa pelisse – ce qui nécessitait apparemment un quart d'heure.

— Alors ? s'impatienta Race dès qu'elle apparut dans le salon, où il discutait avec son mari de l'état de la nation.

Ollie était un garçon plutôt sérieux.

— C'était formidable, déclara Maggie en se laissant choir sur le canapé à côté de son mari.

— Tu t'es plainte que c'était insipide et que le thé était tiède.

— J'ai dit que la conversation des visiteurs était ennuyeuse, pas l'entrevue... Lady Scattergood est extraordinaire. J'aimerais que tu puisses la rencontrer, Oliver. Savais-tu qu'elle condamnait notre mariage ? dit-elle en riant. Elle m'a conseillé de t'envoyer faire un long voyage en mer dont, avec un peu de chance, tu ne reviendrais pas. Ce qui, quand je repense à certains des hommes qui m'ont courtisée avant toi, aurait pu être la solution. Mais toi, mon chéri, tu corresponds exactement à mes souhaits.

Elle posa la main sur la cuisse de son mari et la pressa avec douceur.

— Et Mlle Studley et ses prétendants ? intervint Race.

Après tout, c'était le motif de leur visite.

— Et, oh ! la maison ! continua Maggie comme s'il n'avait pas parlé. Elle déborde d'objets extraordinaires : des statues et des figurines, dont certaines d'un érotisme déroutant, d'autres clairement hors de prix ou sans valeur, venues d'on ne sait où. Tout cela est entassé pêle-mêle. Avec les cendres de son mari, qui sont dans un pot sur le manteau de la cheminée entre la statue d'un individu à tête d'éléphant et celle d'une femme avec trop de bras pour son confort... enfin, je pense...

Elle réfléchit un instant à cette notion, secoua la tête et reprit avec entrain :

— Lady Scattergood est enveloppée dans une superposition de châles aux couleurs vives qui contrastent magnifiquement. Assise dans un imposant fauteuil paon, elle accueille ses visiteurs telle une impératrice et déclame ses jugements lapidaires.

Merveilleuse ! Je veux être comme elle quand je serai vieille.

— Et les invités ? lui rappela Race.

— Il y a cinq ou peut-être six petits chiens, tous sortis de la rue, des corniauds au physique particulier, mais elle les adore tous. C'est charmant. Nous devrions adopter un bâtard, Oliver. Ce sera bientôt la grande mode, tu verras.

— Tout ce que tu voudras, mon amour, mais Race t'a posé une question plusieurs fois.

— Oh, oui, bien sûr…

La porte s'ouvrit, et le majordome entra avec un valet de pied portant un grand pot de thé, un autre de café, des tasses et des soucoupes, une sélection de biscuits et un gâteau.

— Enfin, voilà le thé !

Race échangea un regard amusé avec Oliver.

— Connaissais-tu quelqu'un parmi les invités ? demanda-t-il pendant que Maggie servait du café pour les deux hommes.

— Oui. Le jeune Frencham était là avec sa grand-mère. Des biscuits au ratafia, au gingembre ou du gâteau aux graines de carvi ?

Elle lui tendit deux assiettes. Race choisit un biscuit au gingembre dans lequel il croqua férocement. Frencham était un coureur de dot, un fainéant très séduisant qui ne se fatiguait pas à gérer les biens laissés dans un état pitoyable par son père. Il avait cru que Léo l'avait chassé, mais il reparaissait en l'absence de celui-ci.

— Et Taunton était là avec sa tante. Ou était-ce sa marraine ? Pas moyen de m'en rappeler. Prends du gâteau, c'est le préféré d'Oliver.

Race accepta une tranche et la posa de côté. Taunton ? Encore un paresseux, dont les propriétés étaient à louer. Jeune, bel homme, dont les pertes aux tables de jeu étaient connues de tous. Bon sang, cette vieille bique lui refusait l'entrée et autorisait deux arrivistes à courtiser Mlle Studley en l'absence de Léo !

— Qui d'autre ?

— Sir Jasper Vibart et sa grand-mère. Vous imaginez ? Vibart joue la bienséance avec une vieille dame guindée à sa suite. Hilarant.

Maggie jeta un regard à son mari.

— Ne te tracasse pas, mon amour, je lui ai à peine parlé.

Puis elle précisa à l'intention de Race :

— Sir Jasper s'est évertué à me séduire avant que je me marie.

Elle coula un nouveau regard espiègle à son mari.

— En vain, ajouta-t-elle, puis elle lui tapota la cuisse. Mon Oliver me suffit amplement.

— Mais montrait-il de l'intérêt envers Clar... mademoiselle Studley ? s'enquit Race.

Vibart était un écervelé licencieux doublé d'une crapule.

— Ça en a tout l'air. Ne te fais pas de souci, la vieille lady Scattergood l'a vite cerné. Elle l'a informé en termes clairs et précis qu'il ne serait plus le bienvenu. Toutefois, sa grand-mère sera reçue à sa guise.

Elle mordit dans un biscuit au ratafia et soupira.

— Quel bonheur de pouvoir manquer de politesse envers un invité qui le mérite !

— À ma connaissance, la grand-mère de Vibart fait pression sur lui pour qu'il se marie et ait un héritier, dit Oliver. Ça explique pourquoi ce scélérat rend visite à une jeune fille convenable.

Race considéra sa tasse de café d'un regard noir. Sidérant. Deux fameux coureurs de dot, ainsi qu'un débauché tristement célèbre. Même si le scélérat ne serait plus reçu. Peut-être que finalement il envisagerait le majordomicide...

Il fallait avertir Mlle Studley.

— Oh, reprit Maggie, et il y avait un jeune homme que j'avais déjà croisé, sans faire sa connaissance. Il n'est pas à Londres depuis longtemps. Quelques semaines, je pense.

Race arqua un sourcil interrogateur.

— Clayborn. Cuthbert Clayborn. Et sa tante, Mme Faircloth. Ou était-ce sa grand-tante ? Peu importe. Une dame âgée aux cheveux gris, en tout cas. Ils sont arrivés quelques secondes après moi. Je suis surprise que tu ne les aies pas croisés.

Race haussa les épaules.

— Je n'ai vu personne.

Il fulminait trop à cause du majordome pour remarquer quiconque.

— Le connais-tu ? s'enquit Maggie.

— Clayborn ?

Race secoua la tête.

— J'ai cru comprendre que c'est un fidèle visiteur, dit Maggie. Du café, Race ?

— Non merci. Comment ça, un « fidèle visiteur » ?

Elle remplit la tasse de son mari.

— De toute évidence, lui et Mme Faircloth sont venus plusieurs fois la semaine dernière. Et ils avaient l'air à l'aise. Ce sont les invités préférés, à ce que j'ai compris. Mme Faircloth est veuve et sans enfant, comme lady Scattergood. Elles se connaissent depuis toujours.

Elle lança un regard à Race.

— Pour ce qui est de courtiser, M. Clayborn est déjà en première place…

Race n'aimait pas cela.

— Que sais-tu sur ce Clayborn ?

— Trois fois rien. Il a l'air très apprécié des douairières et des très jeunes femmes. Tu vois le genre : le teint pâle et angélique avec quelque chose de tragique, des cheveux blonds ondulés, un menton un peu plus viril...

Elle choisit un autre biscuit au ratafia.

— Sans oublier la claudication héroïque.

— Il claudique ?

Maggie mâchonna son biscuit.

— Blessé à Waterloo. Il s'aide d'une canne pour marcher. Il en souffre encore, il grimace au moindre mouvement. Cependant, il endure la douleur avec noblesse. Toutes les femmes s'agitent en sa présence.

— Toutes ? Pas toi, je suppose.

Elle rit.

— Pas mon genre. Je le trouve un peu... je ne sais pas. Sa pudeur est trop ostentatoire dès qu'il est question de son héroïsme. Je les préfère un peu moins tragiques et vertueux.

Elle fit un clin d'œil à son mari, qui se tranchait sereinement une large part de gâteau.

— Tu sais quelque chose sur lui, Oliver ? demanda Race.

Oliver avala sa bouchée de gâteau, se rinça avec du café et secoua la tête.

— Rien du tout. Jusqu'alors, il était on ne sait où pour se rétablir de ses blessures, et soudain on le voit partout.

— Dans les réceptions les plus chics, renchérit Maggie.

Oliver, ayant englouti sa seconde tranche de gâteau, entreprit de nettoyer son assiette, saisissant chaque graine de carvi avec le bout du doigt avant de la croquer.

— Malgré tout, j'ai remarqué qu'il privilégiait les demoiselles fortunées, dit-il. Mlle Studley est une héritière, n'est-ce pas ?

Il croqua une graine.

— Oui, mais la grand-tante de M. Clayborn a mentionné plusieurs fois qu'elle lui léguerait toute sa fortune, précisa Maggie.

Race fusilla du regard le marc de café au fond de sa tasse. Il n'était pas coutumier des réceptions en vogue. Il préférait les divertissements moins formels.

Il fallait que ça change.

4

Clarissa s'examina d'un regard critique devant la psyché. Elle soupira. La jolie robe était impeccablement ajustée. La couturière, Mlle Chance, avait réalisé un ouvrage admirable.

Le problème n'était pas la robe.

— Vous êtes très jolie, mademoiselle, dit Betty, un peu en retrait. La couleur pêche vous va à ravir.

— Merci, Betty.

Elle essaya d'étouffer la voix de son père : « On ne saurait faire d'une buse un épervier... »

— Et la coupe de la robe est magnifique.

Elle soupira.

— Je sais.

C'était sa silhouette qui était moins que magnifique. Quoi qu'elle fasse, elle ne réussissait jamais à mincir assez pour égaler l'allure fragile et gracieuse d'Izzy. Et bien que Betty l'ait joliment coiffée, rien ne pouvait la rendre belle. Or elle aurait aimé être belle. Ou au moins jolie.

Autant espérer décrocher la lune.

— Alors pourquoi vous froncez les sourcils ? remarqua Zoé, assise sous la fenêtre.

— Je ne fronce pas les sourcils, répondit Clarissa. Je suis juste un peu... nerveuse.

Ce n'était pas pour cela qu'elle fronçait les sourcils. Réflexion faite, le bal de ce soir la rendait anxieuse. En fait, à la première excuse, elle annulerait.

Toutefois, elle savait dominer sa nervosité lors des grands événements. Elle était à Londres depuis des semaines à présent.

— Mlle Izzy - lady Salcott - vous manque. Oh, je ne m'y fais pas ! Notre Mlle Izzy, une comtesse !

Elle ajusta une branche de minuscules roses en soie qu'elle avait nouée dans les cheveux de Clarissa.

— Mme Price-Jones sera avec vous, n'est-ce pas ?

— Oui, bien sûr.

C'était la première fois depuis des années que Clarissa assistait à une soirée sans sa sœur. En fait, était-elle déjà sortie sans elle ? Pas étonnant qu'elle se sente perturbée. Mais c'était stupide. Maintenant qu'Izzy était mariée, Clarissa devait apprendre à devenir indépendante.

Elle se força à sourire.

— Cette coiffure est ravissante. Merci, Betty.

Elle se tourna vers son reflet.

— Vous ressemblez tant à votre maman, mademoiselle. Elle serait tellement fière de vous si elle vous voyait fréquenter la bonne société.

Émue, Clarissa déglutit. Betty avait raison. Sa pauvre maman aurait été ravie qu'elle évolue parmi la haute société londonienne. Son père ne l'avait pas une fois autorisée à se rendre à Londres, encore moins à participer à une quelconque réception. Maman n'était pas à la hauteur des exigences de son père, selon lui, et être vu avec elle l'aurait mis dans l'embarras.

Et Clarissa était tout le portrait de sa mère. Qu'avait dit son père, de sa voix débordante de mépris ? « Habille-la avec tous les froufrous du monde. Sans cette fichue fortune, aucun homme ne s'intéresserait à elle. » Et après cela, toutes les variantes possibles, quantité de fois.

Son sentiment d'être laide l'avait imprégnée bien avant qu'elle en soit consciente, bien avant qu'elle ait trouvé Izzy.

Elle s'examina avec sévérité. Quelconque et fruste, elle l'était peut-être, néanmoins elle avait droit au bonheur. Et comme pour sa mère, la fortune de grand-père Iverley était dans un fidéicommis à son nom – ce qui, pour beaucoup, compensait ses défauts et insuffisances.

Non qu'elle veuille un homme qui ne s'intéresse qu'à sa fortune. Cela avait été l'erreur de sa mère.

La robe de Mlle Chance était splendide et lui allait très bien, elle le savait. Et que disait souvent la couturière ? « Toutes les femmes sont belles à leur façon... »

Clarissa songea à lady Scattergood, dont le visage était un amas de rides. Pourtant, l'intelligence et la bonté irradiaient de ses yeux. Et elle arborait son assortiment de vêtements saugrenus et démodés avec une telle assurance qu'elle était malgré tout saisissante. Il y avait assurément de la beauté en elle.

« Et la clé pour être belle, avait ajouté Mlle Chance, est qu'il faut commencer par se sentir belle. Tout est une question d'attitude. »

L'esprit rempli des recommandations de la couturière, Clarissa se redressa. Comment se sentir belle quand on savait qu'on ne l'était pas ?

En faisant semblant.

Elle était douée pour faire semblant. Les huit premières années de sa vie, elle avait prétendu qu'elle avait une sœur imaginaire avec qui elle partageait ses secrets et ses rêves. Puis, juste avant son neuvième anniversaire, elle avait trouvé Izzy cachée dans les buissons, et entendu son père donner l'ordre d'abandonner celle-ci dans l'orphelinat le plus proche. Une vraie sœur, en chair et en os. Alors Clarissa l'avait gardée.

Elle se considéra dans le miroir et, cette fois, redressa le menton. Elle ferait semblant d'être belle, et tout ce qu'elle n'était pas. En espérant que son rêve secret se réalise.

Cela valait la peine d'essayer. C'était mieux que se sentir ordinaire et sans attrait, indésirable hormis pour la fortune familiale.

— Êtes-vous prête ? demanda Mme Price-Jones sur le seuil de la pièce. Regardez-moi ça ! Vous êtes ravissante !

Clarissa sourit.

— Vous aussi, madame Price-Jones.

Son chaperon eut un petit rire.

— Nous allons les éblouir, n'est-ce pas ?

— Certainement.

Mme Price-Jones avait un penchant pour les couleurs vives. Ce soir, sa robe en soie jaune vif était ornée d'appliqués rouge foncé et verts autour de l'encolure, de l'ourlet de la jupe et des manches. Sur ses épaules, elle avait déplié un châle brodé multicolore – emprunté à lady Scattergood – et sur sa tête, un large turban vert émeraude – aussi emprunté à leur hôtesse – était piqué de trois plumes violettes. Tout cela n'aurait pas dû s'accorder mais, contre toute attente, l'ensemble était plaisant. Globalement, elle ressemblait à un oiseau exotique.

Souriante, Clarissa prit son bras et elles descendirent les marches jusqu'à leur calèche. Impossible de déprimer avec une compagne aussi exubérante !

Clarissa avait calmé sa nervosité le temps d'atteindre leur destination et de saluer leurs hôtes en haut des marches. Marquant une pause dans l'entrée de la salle de bal, elles inspectèrent les lieux.

— Épatant, déclara Mme Price-Jones. Il y a déjà foule. Plein de séduisants jeunes hommes pour danser avec vous, et peut-être même quelques délaissés pour moi, fit-elle avec un clin d'œil à Clarissa. Je dois juste faire un petit tour par le salon des dames. Inutile de m'accompagner, je ne serai pas longue.

Clarissa regarda autour d'elle en espérant voir son amie et voisine, lady Tarrant. Puis elle se rappela que celle-ci levait le pied jusqu'à la naissance de son bébé.

Une autre voisine, Milly Harrington, et sa mère discutaient dans une alcôve devant une fenêtre avec un vieux monsieur. Dès qu'elle aperçut Clarissa, Milly lui tourna le dos, comme si elle ne l'avait pas vue. Milly détestait la rivalité. Même si elle était issue d'une famille plus aristocratique que Clarissa, étant une parente éloignée d'un duc, et même si elle était plus jolie, elle n'avait pas sa fortune.

Mme Price-Jones poussa doucement Clarissa du coude et ajouta :

— La charmante lady Peplowe et sa fille Penny sont là-bas. Vous les voyez ? Allez vous asseoir avec elles, je vous rejoins dans deux minutes.

Seule, Clarissa commença à traverser la foule. Un groupe de jeunes hommes bavardaient près d'un bosquet de palmiers en pot. Elle s'arrêta un instant. Elle se sentait complexée lorsqu'elle passait à proximité de jeunes hommes, consciente qu'ils la lorgnaient et la jugeaient inintéressante. Parfois, ils faisaient des commentaires qui la perturbaient, même quand elle n'en saisissait pas entièrement le sens.

En général, à moins qu'Izzy ou quelqu'un d'autre l'accompagne, elle s'efforçait d'éviter ces groupes. Mais là, elle hésitait. Elle avait décidé d'apprendre à se défendre seule. À être courageuse, sans dépendre des autres.

Comporte-toi comme si tu étais belle et confiante.

Elle prit une longue respiration et, le dos droit, marcha vers les jeunes hommes. Toutefois, ses pieds bifurquèrent à la dernière seconde, lui faisant contourner les palmiers en pot, ainsi placés entre le groupe et elle.

En dépassant les palmiers, Clarissa entendit l'un d'eux déclarer :

— Tu tentes le coup, finalement ?

— Bah, évidemment, répondit un autre. Qui laisserait filer une telle fortune ? La belle Studley n'est plus sur le marché, mais la petite grosse sans intérêt est encore disponible. Elle devrait se montrer convenablement reconnaissante.

Elle vacilla, pétrifiée sur place. « La petite grosse sans intérêt » ? « Convenablement reconnaissante » ?

Un autre dit quelque chose qu'elle n'entendit pas, et tous ricanèrent. Puis le premier reprit :

— Disons que financièrement ça vaut le coup.

À quoi le second répondit :

— La nuit, tous les chats sont gris.

Et ils rirent de plus belle.

Cela lui fit l'effet d'une gifle tombée de nulle part. Elle se sentait mal.

— Ne faites pas attention, murmura Mme Price-Jones en la rejoignant. Les jeunes hommes, en particulier en groupe, sont bêtement grossiers. Je n'ai pas tout entendu, mais cela vous a manifestement contrariée.

Clarissa se força à sourire.

— Pas du tout. Je pensais à autre chose. Rejoignons lady Peplowe et Penny, voulez-vous ?

Elle jeta un discret coup d'œil derrière son épaule et repéra celui qui l'avait durement critiquée. Ainsi qu'elle le soupçonnait au son de sa voix, il s'agissait d'Edgar Walmsley, qui lui avait rendu plusieurs fois visite chez lady Scattergood. Sur le moment, il lui avait semblé séduisant et agréable.

Désormais, elle savait qu'il n'était qu'un démon insensible. Et un affreux coureur de dot.

Elles passèrent un bref instant avec lady Peplowe, puis Mme Price-Jones aperçut d'autres amies plutôt âgées dont la conversation tournait autour de leurs derniers symptômes et de leurs affections respectives. Fronçant le nez, elle emmena Clarissa loin d'elles.

— Les personnes âgées se font vieillir avant l'heure, murmura Mme Price-Jones. Je n'ai aucune patience avec elles. Venez, les danses vont débuter.

En effet, l'orchestre terminait d'accorder les instruments, et les convives s'associaient pour la première danse de la soirée.

Derrière Clarissa, quelqu'un s'éclaircit la voix.

— Mademoiselle Studley ?

Se retournant, elle se figea. C'était Edgar Walmsley, le porc qui l'avait vilipendée devant ses amis. Elle le toisa. Habillé à la dernière mode, il portait un haut col à pointes tellement amidonné qu'il pouvait à peine bouger la tête. Il arborait une cravate à fanfreluches et sa redingote soulignait son buste. Une élégante montre à gousset pendait à une épaisse chaîne en or.

Il se présentait devant elle avec son sourire arrogant, suprêmement sûr d'être le bienvenu. « La petite grosse sans intérêt » ? « Convenablement reconnaissante » ? La rancœur monta en elle. Manifestement, il s'attendait à ce que son attention la flatte.

M. Walmsley n'était pas aussi attirant qu'il lui avait paru jusqu'alors. Certainement pas autant qu'il pensait l'être. Son attrait était gâché par un menton fuyant et un air désabusé. Et il respirait la suffisance. Quand il s'adressait à elle, ses yeux s'égaraient comme s'il regardait ailleurs, ou quelqu'un d'autre de plus intéressant, de plus digne de son attention. Ce qui insupportait Clarissa.

En temps normal, elle aurait ravalé sa fierté et prétendu être ravie de danser avec quelqu'un qu'elle n'appréciait pas. C'était la chose polie à faire.

Non. Je ne l'aime pas du tout, je refuse de danser avec lui par politesse, sachant son opinion sur moi.

Sans répondre, elle laissa son regard errer jusqu'à un point au-delà de son épaule, sans regarder personne en particulier, juste pour lui rendre la pareille.

Il jeta un œil derrière lui et, sourcils froncés, répéta :

— Mademoiselle Studley ?

— Oui ?

Elle lui accorda un vague regard, comme si elle ignorait qui il était.

— Nous nous sommes rencontrés à plusieurs reprises chez lady Scattergood.

Elle haussa les sourcils.

— Ah ? Nous recevons tellement de monde. Je crains de ne pas...

Elle leva les mains d'un geste navré. Bien que désarçonné, il s'inclina.

— Edgar Walmsley, pour vous servir, fit-il d'une voix pleine de reproches.

— Ah... oui, lâcha-t-elle avant de commencer à se détourner.

Elle tremblait intérieurement, un mélange de nervosité et d'excitation. Jamais elle n'osait être impolie, mais cet homme avec ses commentaires méprisants avait attisé sa fureur.

— La première danse, mademoiselle Studley, dit-il.

— Oui, et... ?

Il parut un peu agacé.

— Me feriez-vous cet honneur ? demanda-t-il sur un ton suggérant qu'elle n'était pas bien futée.

Grâce à une vie entière d'apprentissage, elle savait qu'elle devait faire une révérence, le remercier avec amabilité et accepter son invitation. Une dame ne déclinait jamais une invitation.

S'attendait-il à ce qu'elle soit reconnaissante ? Elle fit mine de réfléchir longuement et ne répondit que lorsqu'il montra des signes d'impatience.

— Je ne pense pas, dit-elle avec affabilité. Je ne danse qu'avec les gens que j'apprécie. Au revoir, monsieur Walmsley.

— Au revoir ? bredouilla-t-il. Vous me refusez une danse ? Mais... mais...

Il détala, ouvrant et refermant la bouche comme un poisson. Clarissa avait envie de rire, si ce n'est que son propre toupet la choquait presque autant que lui. En fait, c'était fabuleux d'être impolie.

Son chaperon reparut, l'air soucieux.

— Un problème, ma chère ?

— Aucun, dit Clarissa.

Elle l'avait fait. Elle n'avait jamais refusé une danse de toute sa vie. Malgré ses tremblements, elle se sentait triomphante.

— Vous savez qu'après avoir éconduit M. Walmsley vous ne danserez sans doute avec personne d'autre ce soir ? lui murmura Mme Price-Jones à l'oreille.

Clarissa hocha la tête. Elle le savait. C'était frustrant car elle adorait danser, mais une soirée à faire tapisserie, ce n'était pas cher payé pour avoir mouché cet odieux personnage.

De la part de « la petite grosse sans intérêt ». Comment osait-il parler d'elle en ces termes ? Même si c'était vrai, elle était davantage qu'un physique ou une fortune. Elle méritait du respect.

— Ah, mademoiselle Studley, vous voilà !

Lord Randall apparut à côté d'elle. Clarissa battit des paupières. Que faisait-il ici ? Il n'assistait jamais aux bals.

En costume noir et chemise blanche impeccable, sans froufrous, et gilet sans manches en soie du même gris que ses yeux, il était resplendissant.

Le regard de Clarissa tomba sur les élégants boutons argentés de son gilet : le premier était ouvert. Oh, une négligence. Devait-elle le lui signaler ?

Mais avant qu'elle ait pu en décider, l'orchestre joua l'accord d'ouverture et les couples se formèrent sur la piste de danse.

— Dansons, voulez-vous ?

Lord Randall lui tendit le bras. Clarissa hésita.

— Elle ne danse pas, lança Edgar Walmsley un peu plus loin.

Lord Randall lui adressa un regard dédaigneux.

— Pas avec vous, c'est certain. Mais elle m'a promis cette danse avant le bal.

— Elle a omis de m'en informer, riposta l'autre. Si elle m'avait expliqué...

Randall le coupa.

— Pourquoi le devrait-elle ? Mademoiselle Studley, hâtons-nous si nous ne voulons pas rater cette danse.

Perplexe, un peu secouée mais se délectant de la confusion de Walmsley, Clarissa se laissa guider par lord Randall sur la piste de danse.

— Ça ne vous dérange pas, j'espère ? murmura-t-il. C'est un crétin indigne de vous.

— Il cherche une femme aisée, dit Clarissa. Et n'est pas très gracieux avec ça.

Lord Randall la considéra d'un œil perçant.

— Vous le saviez, alors ? Bravo. Vous êtes ravissante dans cette robe, à propos.

Un peu du plaisir de Clarissa s'envola. Pourquoi les hommes pensaient-ils devoir lui prodiguer des compliments hypocrites ? Elle était habituée à ce genre d'attitude avec les coureurs de dot, dont la duplicité était le fonds de commerce. Peut-être était-ce aussi celui des débauchés.

Mais les compliments ne la rendaient que plus consciente de ses défauts. La robe était admirable et elle savait qu'elle était assez jolie dans cette tenue, mais elle n'était certainement pas « ravissante ».

C'était un peu décevant que lord Randall s'autorise un tel lieu commun et des politesses vides de sens. Il n'en restait pas moins qu'il l'avait sauvée des conséquences de son rejet de Walmsley, ce qui lui permettrait de danser toute la soirée.

— Je présume que c'est encore pour rendre service à Léo, mon tuteur, dit-elle.

— Grands dieux, non ! Léo n'oserait pas espérer que je participe à un bal, même pour lui rendre service.

Elle fronça les sourcils.

— Pourtant, vous êtes là.

Il sourit, la blancheur de ses dents éclatant sous les lustres scintillants.

— Je suis là, oui.

Ce qui ne l'éclairait pas du tout. Le bal fut ouvert et, comme il s'agissait d'une danse folklorique, toute conversation fut exclue.

Durant la première partie de la danse, Clarissa se concentra sur ses pas. Avec Izzy, elles avaient suivi des cours en arrivant à Londres, mais même si la plupart des danses folkloriques étaient fondées sur les mêmes mouvements, ils ne s'enchaînaient pas dans le même ordre.

Alors qu'elle prenait de l'assurance, ses pensées retournèrent à M. Walmsley. Et à ce qu'elle avait éprouvé en l'envoyant au diable.

Combien de fois avait-elle dansé, ou dîné, ou marché avec des hommes qui lui déplaisaient ? Pour se conformer aux règles de politesse. Mais bien qu'elle préférât la courtoisie, rien ne l'obligeait à appliquer la politesse sans condition, ni à endurer la compagnie d'hommes qu'elle n'aimait pas. En particulier ceux qui n'avaient aucun respect pour elle.

Elle pensa à ce qu'elle avait dit à Maggie Frobisher. « Nous n'attendons pas d'être cueillies, à la merci des caprices des hommes... Si quelqu'un doit cueillir l'autre, je veux être la cueilleuse ! »

Sur le moment, elle s'était surprise. Ce n'était pas son style d'être aussi… grandiloquente. Mais, avec le recul, elle décida qu'elle souhaitait suivre cette maxime.

Elle continua de danser, absorbée dans ses pensées. En jeune femme indépendante, elle pouvait décider ce qu'elle faisait et avec qui. Et ce qu'elle disait. Elle n'avait pas besoin de plaire à quiconque. Elle avait besoin de se plaire à elle-même : ne pas être égoïste, ni être une carpette pour autant.

Elle ne pouvait nier sa légère propension à être une « carpette ». Comme sa mère. Izzy ne la laissait pas faire, car elle-même n'était pas une chiffe molle. Ni Clarissa, dans les cas où l'enjeu lui importait.

Or son futur bonheur n'était-il pas important ?

Ce soir, elle ne s'était pas laissé rabaisser. Et cela lui avait fait un bien fou.

L'essentiel n'était pas de prétendre mais d'agir, ne serait-ce que modestement.

La danse prit fin. Lord Randall s'inclina, elle fit la révérence, et il l'escorta hors de la piste. Comme elle continuait de réfléchir à ce qu'elle voulait devenir, à la nouvelle Clarissa, elle remarqua à peine ce qu'il disait. D'ordinaire, elle avait intensément conscience de sa proximité.

Il posa une question et, présumant qu'il proposait un rafraîchissement, elle acquiesça d'un murmure.

— Formidable ! Ensuite, bien sûr, nous souperons ensemble, dit-il.

Elle le dévisagea.

— Pardon ?

— La valse survient avant le souper, vous savez.

— La valse ?

— Oui, dit-il, amusé. Je n'étais pas sûr que vous m'écoutiez. Vous aviez la tête ailleurs, n'est-ce pas ? Eh bien, vous avez quand même donné votre accord : la valse, et ensuite le souper. Trop tard pour revenir en arrière. À présent, allons chercher un verre, voulez-vous ? Vous avez l'air d'avoir chaud. De manière attirante, cela va de soi.

Sans attendre de réponse – de fait, ne trouvant pas ses mots, elle craignait d'imiter un poisson comme M. Walmsley –, il héla le serveur pour qu'il lui apporte une boisson. Puis il lui trouva un fauteuil et s'assit à côté d'elle, jambes croisées, en toute décontraction.

L'air amusé, aussi. Conscient d'avoir rusé pour obtenir cette valse, il n'en ressentait aucun scrupule.

— Vous valsez, n'est-ce pas ?

— Oui, répondit-elle.

Elle avait appris cette danse durant ses cours et l'avait même dansée à l'Almack's quelques semaines plus tôt.

C'était une chose de décliner une danse, mais c'en était une autre de se rétracter. Elle avait enfreint une règle, ce soir ; elle n'aurait certainement pas le cran d'en enfreindre une seconde.

Cela dit, une valse avec lord Randall… suivie d'un souper…

Cramponnée à son éventail, elle prit son courage à deux mains.

— Lord Randall…

— Comment s'est passée la visite à l'orphelinat ?

Elle sursauta.

— Comment ça ?

Il ne pouvait pas savoir pour Zoé, tout de même ?

— Vous deviez recruter une femme de chambre. En avez-vous trouvé une ?

— Oui… Enfin, non. Aucune fille ne convenait.

Il haussa un sourcil.

— Vraiment ?

Elle sentit son visage s'échauffer.

— Vraiment. Betty et moi retournons dans un autre orphelinat demain.

— J'ignorais que choisir une servante était aussi compliqué.

Elle se mordit la lèvre alors que le serveur apportait un verre de limonade. Ravie de cette distraction, elle s'en saisit et but goulûment, avec une conscience aiguë de ses yeux gris qui l'observaient. Et des petits démons qui dansaient à l'intérieur.

— Voilà votre chaperon, madame... mmm, dit-il alors qu'elle vidait son verre.

— Price-Jones, répondit-elle machinalement.

— Exactement, dit-il en se levant. Bonsoir, madame Price-Jones. Toutes ces couleurs lumineuses sont si rafraîchissantes. Vous êtes un rayon de soleil un jour de pluie.

Aux anges, le chaperon gloussa.

— Quel flatteur vous êtes, lord Randall ! Un vrai coquin.

— Coquin ? Mon Dieu, non. Je vous assure, je suis tout ce qu'il y a de vertueux, dit-il en battant des cils. Dans ma façon de flirter, tout du moins.

Son sourire était l'essence même de la friponnerie.

— C'est dans d'autres domaines que je suis réputé coquin.

Mme Price-Jones tapota son bras de son éventail.

— Vous dites des sottises. Laissez-nous.

Il inclina la tête, salua également Clarissa, puis s'éloigna.

— Quel homme divin ! commenta Mme Price-Jones en attrapant le bras de Clarissa. Oh, lady Bentinck est là. J'ai deux mots à lui dire. Je peux vous laisser seule un instant ?

Sans attendre sa réponse, elle se précipita vers son amie. Peu après, une dame élégante accosta Clarissa.

— Mademoiselle Studley ?

Pas loin de la trentaine, elle avait un charme inouï. Svelte, brune, elle débordait de vitalité. Sa robe en soie bordeaux arborait un décolleté échancré.

— Puis-je m'asseoir ?

— Je vous en prie.

Souriante, Clarissa lui indiqua le siège à côté du sien, mais son esprit s'agitait. Qui était cette dame ? Avaient-elles été présentées, et Clarissa l'avait-elle oubliée ? Peu probable.

— J'ai vu votre expression quand vous dansiez avec lord Randall, dit l'inconnue.

Clarissa ne savait quoi répondre à cela.

— Ah ?

La dame se pencha vers elle.

— Ne vous faites pas d'illusions. Il est hors d'atteinte et indigne de confiance.

Clarissa cilla.

— Il est connu pour donner de faux espoirs aux jeunes vierges, continua la dame. Afin de mieux les briser ensuite. Gardez vos rêves pour un homme qui les mérite.

Sur un bref hochement de tête, elle s'éclipsa. Clarissa la suivit du regard, consternée.

Cette dame avait manifestement remarqué son coup de cœur secret pour lord Randall, même si elle savait qu'il n'était pas pour elle. Qui d'autre l'avait remarqué ? Elle déglutit. L'idée que des gens l'aient observée et aient eu pitié d'elle était humiliante.

Elle tourna les yeux vers lord Randall, entouré d'un demi-cercle de dames élégantes qui riaient avec lui. Il était le centre de toute l'attention.

L'inconnue avait raison : lord Randall était un séducteur-né. Les compliments jaillissaient de lui comme de l'eau d'un tuyau percé. « Clarissa est ravissante, Mme Price-Jones est un rayon de soleil… » Et qui savait ce qu'il disait en ce moment à ces élégantes dames qui gloussaient et rougissaient ? Ses paroles étaient creuses.

Oh, combien elle regrettait de s'être laissé éblouir par lui et de lui avoir accordé une valse ! Et un souper. Il était trop grand, trop séduisant, trop charmant

– d'autant que tout était factice. En dépit de ses compliments insignifiants, il l'avait troublée.

Il suffisait d'un sourire lascif dans ses yeux pour que sa détermination se dissolve.

Et à en croire cette dame, tout le monde l'avait remarqué.

Que faisait-il à ce bal, pour commencer ? Il était connu pour fuir les événements mondains. Pourquoi venir à celui-ci ?

Une valse. La danse la plus romantique. Et avec lord Randall. Suivie d'un repas.

Trop tard pour s'y soustraire à présent.

Quoique... elle pouvait prétexter une migraine pour rentrer tôt.

Non, ce serait lâche, alors qu'elle était résolue à ne plus céder à ses anxiétés. En conséquence, elle danserait cette valse avec lui.

Oh, maman...

Néanmoins sa maman, même si elle avait encore été de ce monde, n'aurait rien pu faire pour l'aider. Elle-même avait succombé à un grand et bel homme, charmeur mais infidèle, qui s'était révélé un mari effroyable. Sans cœur.

Pour autant, sa mère l'adorait et trouvait des excuses à toutes ses méchancetés.

C'était ce qu'elle devait garder à l'esprit, songea Clarissa. Elle ressemblait trop à sa mère – que ce soit son caractère ou son physique. Raison de plus pour éviter les coureurs de dot. Mais lord Randall était riche, à en croire ce qui se disait. Et il n'était peut-être pas cruel.

C'était difficile à dire. Son père n'avait dévoilé sa cruauté qu'après le mariage, quand il avait su qu'il ne pourrait mettre la main sur la fortune de sa femme.

Jamais elle ne se permettrait de s'éprendre de lui comme sa mère de son père. Il lui suffisait pour cela de rester résolue.

De plus, elle était certaine qu'il agissait par politesse. Quoi qu'il en dise, elle savait qu'il était là pour veiller sur elle à la place de Léo. Elle avait entendu sa cousine le mentionner. Pour quel autre motif participerait-il à ce bal, au mépris de ses habitudes ?

Charmer les dames était pour lui une seconde nature. Elle avait vu sa démarche langoureuse quand il avait traversé la piste de danse, suivi du regard par la moitié de la gent féminine. Elle jeta un œil dans sa direction. Sans surprise, il était encore entouré par un petit groupe d'admiratrices, toutes se donnant des airs, papillonnant, rivalisant pour capter son attention.

La plupart avaient au bas mot cinq ans de plus qu'elle – certaines paraissant même plus âgées que lui. Et toutes celles qu'elle reconnaissait étaient mariées. Non que cela fasse une différence pour lui. Il dit quelque chose qui les fit toutes rire. Puis, alors qu'il lui adressait une œillade, elle détourna le regard.

Ne sois pas sotte. Garde tes rêves pour un homme qui les mérite.

Ce n'était pas moins sot de se sentir nerveuse à la perspective de valser avec lui. Il n'était pas quelqu'un de sérieux, tout le monde l'affirmait. Il ne présentait donc aucun danger véritable. À condition qu'elle contrôle son absurde sensibilité.

Lorsqu'une des dames posa la main sur le bras de lord Randall, il inclina la tête pour l'écouter. Ainsi, ils avaient l'air très intimes...

Clarissa prit une décision. Elle danserait cette valse avec lui. Et elle s'amuserait. Si les autres dames pouvaient flirter avec lord Randall, en profiter sans conséquence, pourquoi pas elle ?

Tu joues avec le feu, murmura une petite voix dans sa tête.

L'essentiel était de ne pas oublier qu'un libertin restait un libertin.

Et durant le souper, elle saisirait l'occasion pour le mettre au pied du mur, pour expliquer que, bien qu'elle apprécie sa protection, elle n'en avait pas besoin, et que les promesses qu'il avait faites à son tuteur la concernant étaient inutiles.

Tel était son plan.

— Mademoiselle Studley, quel plaisir de vous voir ici ! Et votre robe, quelle jolie couleur ! Elle vous va à ravir.

Clarissa se retourna. C'était l'un de ses prétendants les plus dévoués, Cuthbert Clayborn.

Elle sourit.

— Monsieur Clayborn, je ne savais pas que vous seriez présent à ce bal.

Il était très élégant. Sur sa chemise à discrètes fanfreluches, il portait un gilet bleu brodé d'or qui mettait en valeur ses yeux bleu clair et le doré de ses cheveux. Ses boucles, joliment domptées avec de la brillantine, luisaient sous la lumière des lustres. Son étroite culotte bleu marine était associée à de hautes bottes noires, peu appropriées pour un bal. Il était vrai qu'il portait des bottes pour maintenir sa jambe estropiée.

— Je suis venu uniquement pour vous, ma chère demoiselle. Vous avez mentionné ce bal, et ma grand-tante et moi avions justement des invitations. Je suis là pour vous demander une danse. M'accorderez-vous la prochaine ?

Clarissa hésita. Avec sa jambe...

— Vous songez que je boite, devina M. Clayborn. Je suis coupable d'impertinence, je l'avoue, car en vérité j'espérais passer cette danse confortablement assis près de vous.

Il grimaça avant d'ajouter :

— Cette malheureuse blessure m'empêche de danser, voyez-vous.

— Naturellement. Je serai heureuse de passer cette danse assise près de vous, monsieur Clayborn.

Il sourit.

— Comme c'est gentil à vous. J'ai failli ne pas oser demander, mais je me suis dit : même si l'adorable Mlle Studley est tellement appréciée qu'elle sera entourée de messieurs, une jeune femme aussi douce et bienveillante accordera peut-être à un ancien soldat...

Le défaut de M. Clayborn résidait dans ses compliments excessifs. Et éventuellement dans son parfum trop prononcé, à moins que ce ne soit la brillantine.

Elle le coupa :

— Où nous asseyons-nous ? Là ?

Elle indiqua le siège près d'elle. Mme Price-Jones, ayant sans doute vu M. Clayborn approcher, l'avait libéré depuis peu. Elle bavardait à quelques mètres de là avec un monsieur aux cheveux blancs, tout en gardant un œil sur Clarissa.

M. Clayborn secoua la tête.

— Si ça ne vous dérange pas, je préférerais prendre l'air sur la terrasse. On étouffe ici, et le vent est délicieusement rafraîchissant. J'ai remarqué tout à l'heure que des chaises avaient été disposées dans ce but.

Clarissa jeta un regard à Mme Price-Jones, restée assez près pour les entendre. Celle-ci hocha la tête, et la jeune femme se leva en arrangeant son châle sur ses épaules.

— Dehors, ce serait très agréable. Merci.

Il fit un pas, grimaça et lui offrit son bras.

— Êtes-vous sûr... ? commença-t-elle.

— Oh, ça ? dit-il en indiquant sa jambe blessée. N'y prêtez pas attention. C'est un triste désagrément, tout au plus.

Néanmoins, en l'escortant vers les baies vitrées ouvrant sur la terrasse, il boitait fortement et grimaçait sans réussir à le cacher.

Puisqu'il n'appréciait pas la compassion, elle ne pouvait pas exprimer la sienne. Il était selon elle d'un courage exemplaire.

Et comme sa grand-tante répétait souvent qu'il était la prunelle de ses yeux, et l'héritier exclusif de sa fortune, il était cette rareté parmi ses prétendants : tout sauf un coureur de dot.

Ils trouvèrent des places au bout de la terrasse, où les attendaient une petite table en fer forgé et deux chaises assorties.

M. Clayborn avança la chaise de Clarissa.

— Avant de nous installer, je vais vous chercher un verre ?

Il semblait prêt à repartir mais, pour ne pas lui infliger un surplus de souffrances, elle assura qu'elle n'avait besoin de rien.

Il s'assit à côté d'elle, de manière qu'ils puissent tous deux admirer le jardin bien entretenu. Un bref silence s'ensuivit. Clarissa se creusa la tête pour trouver quelque chose à dire.

— Vous aviez raison. Il y a un peu de vent.

Ce n'était pas le meilleur exemple d'une conversation lumineuse, mais son esprit restait désespérément vide.

Il la regarda avec inquiétude.

— Vous avez froid ?

— Absolument pas.

Un autre silence.

— C'était à Waterloo, vous savez… La blessure.

— Oui. Je pense l'avoir entendu.

Il l'avait mentionné à maintes occasions.

— Je n'aime pas en parler.

— Je comprends, dit-elle en jouant avec son éventail. Êtes-vous allé au théâ…

— Le pire, ce n'est pas la blessure, ou la douleur constante, mais l'impression d'avoir abandonné mes hommes. Les qualités de meneur sont fondamentales dans l'armée, vous savez, et mes hommes me tenaient en haute estime.

— Naturellement.

— Je crains qu'ils n'aient été perdus après que j'ai été évacué du champ de bataille. J'aurais refusé de les abandonner si j'avais eu le choix. Hélas, j'étais blessé et sans connaissance.

— Quelle épreuve...

— En effet. Cela continue de me hanter, de ne pas savoir ce qu'ils sont tous devenus.

Elle tiqua. Ne s'était-il pas renseigné ? Peut-être n'avait-il pas été en état de le faire, après avoir été hospitalisé.

Il soupira.

— La vie est ainsi faite.

— Oui.

Il lui sourit.

— Incroyable que je parle autant de moi. Je n'aime pas évoquer la guerre, mais avec vous je me sens tellement à l'aise. Je vous prie de me pardonner.

— Il n'y a rien à pardonner.

— Vous êtes trop bonne. La guerre n'est pas un sujet pour les dames.

— Êtes-vous allé au théâtre récemment ? essaya-t-elle une nouvelle fois.

— Non, pas récemment. Il me coûte de rester assis trop longtemps sans bouger.

Il étira sa jambe douloureuse en grimaçant.

— Certains sont encore moins bien lotis que moi. Vous êtes férue de théâtre, mademoiselle Studley ?

— Très. Ma sœur et moi n'avions pas l'opportunité de voir des pièces de théâtre, plus jeunes. Pour nous, c'est chaque fois un événement.

— Votre sœur. Elle a épousé votre tuteur et est actuellement en voyage de noces, c'est bien cela ?

— Tout à fait. C'est étrange pour moi. Nous n'avions jamais été séparées très longtemps.

— Je n'ai pas vécu ça. Je n'ai ni frère ni sœur. Pas de famille du tout, à part ma grand-tante. Qui est très âgée.

Il exhala un soupir.

Clarissa n'avait pas non plus de famille, hormis sa sœur Izzy. Et désormais Zoé. Elle espérait que Zoé finirait par apprécier la situation. Elle rechignait à nouer des liens, au grand dam de Betty.

Clarissa ne se tracassait pas. Elle finirait par s'adoucir. Dans l'intervalle, elle comprenait que Zoé préférait ne pas se faire de faux espoirs. L'espoir pouvait s'avérer douloureux, et l'expérience de la vie qu'avait la jeune fille ne l'aidait pas à avoir confiance en la bonne volonté des autres.

— Mademoiselle Studley ?

Ramenée au présent, elle sursauta.

— Pardonnez-moi, monsieur Clayborn, je rêvassais. Que m'avez-vous demandé ?

Quel embarras ! Pourtant, elle se sentait bien avec lui.

L'intérêt qu'il lui portait ne la troublait pas ni ne l'embrasait comme avec d'autres messieurs. Tout au plus, elle s'ennuyait un peu, ce qui était très ingrat de sa part. Rares étaient les hommes qui lui accordaient une attention aussi flatteuse. À moins qu'ils ne courent après son argent, ce qui n'était pas son cas.

— Je suis désolé de vous ennuyer, dit-il, vexé.

— Oh, détrompez-vous ! Je suis seulement préoccupée. Répétez votre question, je vous prie.

— Vous êtes sûre ? Si vous ne voulez pas être vue avec un invalide, dites-le. Je ne serai pas froissé.

Clarissa était horrifiée.

— Je ne pense rien de tel, se défendit-elle avec virulence. Je ne suis pas aussi superficielle. De surcroît, avoir été blessé en servant le roi et la nation n'est rien de moins qu'héroïque. À présent, répétez votre question, s'il vous plaît.

— Ce n'était pas important. Juste une invitation à une promenade en voiture dans Hyde Park demain après-midi.

Elle avait prévu d'aller avec Betty en quête d'une autre orpheline. Mais après ce moment d'étourderie, il était difficile de refuser.

— Avec plaisir. J'en serai ravie.

Rigide, il se leva et redressa sa jambe en grimaçant.

— Merci, mademoiselle Studley. À 15 heures ? Mais j'entends les dernières notes : notre danse s'achève. Je vous ramène à votre chaperon, afin que vous puissiez vous préparer pour le prochain monsieur désireux de danser avec vous. Merci d'avoir si gentiment consenti à passer cette danse assise avec un infirme.

Clarissa trouva cela un peu blessant : elle aurait passé cette danse assise avec quiconque le lui aurait proposé. Son infirmité n'avait rien à voir avec ça. D'ailleurs, il n'était pas réellement « infirme ». Cependant, sa santé étant pour le pauvre homme un sujet sensible, il était exclu qu'elle argumente. Elle prit le bras qu'il lui tendait, et ils retournèrent dans la salle de bal.

5

Race parcourait d'un pas raide le périmètre de la salle de bal, saluant quelques personnes de-ci, de-là sans trop s'attarder. Il était au fait des spéculations suscitées par sa présence. C'était pour cela qu'il assistait si rarement aux mondanités.

Le problème n'était pas tant les femmes mariées qui espéraient tromper l'ennui avec lui que l'attention des mères espérant marier leurs filles. Sa cousine n'était pas la seule à spéculer sur ses velléités à se fiancer.

Quelle plaie. Il s'en irait tout de suite après le souper.

D'ici là, il en était réduit à regarder les jeunes hommes bourdonner autour de Mlle Studley. Comme ce Clayborn. Maudits soient les héros de guerre. Il l'avait détesté de prime abord. Un visiteur régulier et privilégié chez lady Scattergood, lui ? Pouah !

Au moins, Race avait remporté la valse du souper avec elle. Non seulement il avait hâte de la tenir entre ses bras – du moins, autant que la bienséance le permettait –, mais pendant le souper il pourrait lui promettre que l'attention qu'il lui témoignait était sans lien avec ses engagements envers Léo. Encore une fois, il se demanda ce qu'elle avait entendu de sa conversation avec Maggie.

Il n'avait pas encore décidé s'il déclarerait qu'il la courtisait. Il avait le sentiment que ce serait trop direct. Sa petite fleur timide risquait de se recroqueviller, comme elle l'avait déjà fait une fois ou deux.

Non, mieux valait rechercher sa compagnie à chaque opportunité et la laisser tirer ses propres conclusions. Tant qu'il clarifiait le fait que Léo n'avait rien à voir avec ses attentions.

Il regarda la piste de danse et serra les dents. Il devrait aussi l'alerter sur ces coureurs de dot que lady Scattergood recevait. Et sur ce scélérat, Vibart. Elle dansait avec lui en ce moment même – et que diable avait-il dit pour qu'elle rie ainsi, le rouge aux joues !

Mais s'il essayait de la mettre en garde contre Vibart et les autres, cela ne renforcerait-il pas l'impression qu'il la protégeait en attendant le retour de Léo ?

Bon sang, jamais il n'avait été aussi indécis de sa vie...

Une fois qu'il la tiendrait dans ses bras et la ferait virevolter autour de la salle, il saurait quoi faire assurément. Suivre son instinct.

Il jeta de nouveau un œil vers la piste et rongea son frein. Son instinct lui intimait d'étrangler Vibart.

Las de voir Mlle Studley danser et se laisser charmer par des dandys, des débauchés et des bons à rien – et que faisait son chaperon, nom d'un chien ? –, il s'obligea à faire quelques pas dans le jardin.

Au bout d'un moment, il entendit la danse folklorique s'achever. La danse suivante était la valse qu'elle lui avait promise. Il retourna dans la salle et la chercha des yeux. Ah, elle était là – encore avec cette crapule de Vibart, qui se tenait bien trop près d'elle. Et voilà qu'elle rougissait encore, maudit soit-il !

Alors qu'il approchait, Vibart lui décocha un sourire sournois.

— Randall, vous avez l'honneur de danser cette valse avec cette délicieuse demoiselle ?

— Oui, la danse du souper, répondit Race.

— Je suis triste d'être privé de sa charmante compagnie, dit Vibart. Sincèrement, je doute que vous appréciiez à sa juste valeur l'honneur qu'elle vous fait. Nous sommes une dizaine disposés à vous provoquer en duel pour avoir la chance de dîner avec cette adorable demoiselle, ajouta-t-il avec un sourire complice à Mlle Studley.

Qui rougit. Encore.

— J'ai conscience de ma chance, rétorqua Race, agacé. Elle a fait son choix.

— Et je suis juste là, rappela calmement Mlle Studley. Parfaitement capable de parler pour moi-même. Lord Randall, allons-y, voulez-vous ?

— Volontiers.

Race lui offrit son bras et l'escorta sur la piste au moment où les premiers accords de la valse se faisaient entendre. Les lèvres pincées, elle avait l'air agacée. Par la pluie de compliments de Vibart, peut-être ? Ou son verbiage l'avait-il séduite ? Vibart était réputé pour être excessivement charmant. D'après Race, cela ne sautait pas aux yeux.

— Vous savez que Vibart est un débauché notoire, n'est-ce pas ?

Elle le regarda en coin.

— Ce n'est pas le seul.

Race cilla. Quels autres dépravés lui faisaient la cour ? Où ce chaperon avait-il la tête pour laisser des libertins la harceler ?

— S'il vous plaît, je n'ai pas envie de discuter de ça, ajouta-t-elle avant qu'il ait pu répondre. Profitons plutôt de cette danse.

Face à lui, elle posa une main sur son épaule et lui offrit l'autre. Il la saisit, plaçant une main légère sur sa taille. Bien vite, il la fit tournoyer parmi les autres couples.

Un peu raide au début, son corps se détendit rapidement. Après cela, elle s'accorda avec souplesse aux pas de son cavalier. Sa réactivité l'enchantait. Nul doute qu'elle serait aussi réactive dans d'autres domaines... Saisi d'une envie fulgurante de l'attirer contre lui, il essaya de se refréner. Sa timidité était adorable.

Mais que ce soit l'effet de la musique ou de son étreinte soigneusement respectueuse, elle flottait presque dans ses bras.

Malgré cela, elle ne disait pas un mot et ne le regardait jamais directement. En fait, après quelques coups d'œil furtifs, elle parut fermer les yeux. Timidité, décida Race. La valse était une danse très intime, après tout. Pendant qu'ils dansaient, il la sentait s'abandonner entre ses bras. Son expression était... rêveuse. Elle était légère comme une plume, douce comme un nuage.

Il maudit en silence les autres invités dans la salle ; il se languissait de la tenir convenablement contre lui.

Il décida de l'amener à se confier un peu.

— Vous avez le pied très léger.

Elle cilla, surprise, et esquissa un petit sourire.

— Une danseuse-née, renchérit-il.

— J'aime beaucoup danser.

Son regard s'échappa derrière son épaule vers les autres danseurs et, quand il revint sur lui, chuta immédiatement sur son gilet.

— Vous admirez mon gilet ? murmura-t-il.

— Le dernier bouton. Il est détaché. Ça me déconcentre.

— C'est scandaleux. Mon valet en sera mortifié.

Après un moment, il ajouta :

— Vous pourriez peut-être le boutonner pour moi ?

Elle lui lança un regard compassé.

— Certainement pas.

— Je n'y verrais pas d'objection. Je vous invite à faire tout ce que bon vous semble avec mes boutons.

Elle se contracta et, malgré l'adorable voile rose qui recouvrit son teint impeccable, déclara avec une dignité qui l'impressionna :

— Merci de ne pas essayer de flirter avec moi, lord Randall.

— Essayer ? Je ne réussis pas ? la taquina-t-il.

— Non, hélas.

Race se renfrogna. C'était une chose de réaliser que son badinage la faisait se replier comme une anémone de mer, mais cette requête de ne pas flirter était... déconcertante. Avec les femmes, il ne pouvait s'empêcher de flirter.

— Le flirt n'est pas à prendre au sérieux, vous savez. Ce n'est que de l'amusement, dit-il. Un peu comme le jeu de volant.

Elle parut perplexe.

— Le flirt est un jeu. Les hommes et les femmes se renvoient des remarques comme un volant, dans un échange amusant. Rien de sérieux.

— Je n'ai jamais pratiqué le jeu de volant et je suis novice dans le flirt, mais je comprends ce que vous m'expliquez. Vous n'avez pas du tout la réputation d'un homme sérieux, lord Randall.

— Ce n'est pas ce que je voulais dire. Je suis sérieux avec ce qui a de l'importance.

Elle lui jeta un bref regard.

— Vraiment ?

— Oui, je...

— Comme respecter une promesse faite à un ami ?

Il grimaça.

— Par exemple.

Il faisait des promesses avec parcimonie, car il les honorait toujours.

— Sachez que vous n'avez pas besoin de tenir cette promesse. Vous avez promis à Léo de garder un œil sur moi, je crois ?

— Non, je...

— Je vous ai entendu le mentionner à votre cousine. Mais je n'ai ni le besoin ni le désir que quelqu'un garde un œil sur moi.

Sidéré, Race la fit tourner dans un sens puis dans l'autre. Reprenant son souffle, elle continua :

— Cessez donc de faire le chien de garde, si bien intentionné soyez-vous. J'informerai Léo de ma décision de vous libérer de votre promesse.

Race n'avait pas l'intention de débattre ici et maintenant.

— Pourquoi parlez-vous à mon bouton ?

— Votre bouton ?

Elle leva vers lui des yeux surpris.

— Celui qui est détaché, précisa-t-il. Toujours envie de le fermer ?

De charmantes roseurs se propagèrent sur ses joues.

— Je ne m'intéresse pas à votre... bouton.

Se mordant la lèvre, elle détourna les yeux.

Il ne la laissait pas aussi indifférente qu'elle le prétendait. Race avait envie de ronronner de satisfaction.

— Je plaisante.

Il la fit pirouetter sur elle-même.

— Mais je tâcherai d'être plus sérieux avec vous.

— Pourquoi ? s'enquit-elle.

— Cependant, on ne peut pas attendre d'un homme qu'il soit sérieux en permanence. Ce serait ennuyeux au possible. Autorisez-moi de petits flirts occasionnels.

Elle haussa les épaules.

— Avec qui vous flirtez, cela ne me concerne pas.

— Cela ne concerne que vous.

Elle le dévisagea d'un air éberlué.

— Vous vous moquez encore de moi.

— J'ai promis d'être plus sérieux, non ?

— Oui, mais... je ne sais pas si je dois vous croire.

— Pourquoi pas ?

Elle pinça les lèvres.

— C'est à cause de vos yeux.

— Mes yeux ? Qu'est-ce qu'ils ont ?

— Ils rient tout le temps.

— Ils ne rient pas. Ils pétillent, rectifia-t-il.

Sceptique, elle ne commenta pas.

— Parler avec vous fait pétiller mes yeux, expliqua-t-il.

— Ça, c'est ridicule.

— Non, c'est parfaitement sérieux.

Elle battit des paupières. Sa rougeur s'intensifiant, elle évita son regard.

— Cessez de me taquiner, s'il vous plaît, chuchota-t-elle, et il comprit qu'elle ne tarderait pas à faire l'anémone.

Il changea de sujet.

— Avez-vous des nouvelles de votre sœur ?

Elle se détendit un peu.

— Pas encore. C'est un peu tôt. Et elle a mieux à faire qu'écrire.

Prenant conscience de son allusion involontaire, elle s'empourpra de nouveau. Comme elle était adorable ! Il changea une nouvelle fois de sujet.

— Alors, demain, vous irez chercher une servante.

— Non, je vais devoir reporter. M. Clayborn m'emmène en promenade demain après-midi.

— Clayborn ? Ce...

Il s'interrompit.

— C'est un monsieur très correct, dit-elle avec une légère note de reproche. Et un héros de guerre.

Race avait envie de pester. On ne pouvait critiquer un héros de guerre mutilé, si ennuyeux soit-il.

Le restant de la valse, il s'efforça de reconquérir le territoire perdu. Il n'y eut pas de flirt, ni rien de suggestif. Il entretint une conversation légère, divertissante et, espérait-il, inoffensive.

En pure perte. Elle ne s'adoucit pas. Sans être impolie ni même froide, elle donnait l'impression de danser avec un octogénaire. Ou un parfait inconnu. Réflexion faite, elle aurait probablement été plus chaleureuse avec un vieillard. Elle était dotée de cette gentillesse-là.

Toutefois, pendant le souper, ils auraient une vraie conversation qui lui permettrait de résoudre ce petit malentendu, quel qu'il soit.

Valser dans les bras de lord Randall était... enivrant. Et épuisant.

Il l'emportait d'un bout à l'autre de la piste, la tenant d'une main légère, sans un seul geste déplacé. Malgré tout, elle percevait la chaleur de son grand corps svelte, sa puissance contenue dans sa façon de diriger la danse.

La fine barrière de leurs gants avait pour seul effet de l'inciter à se demander ce que cela ferait de sentir sa main dénudée sur elle, le contact de sa peau.

Elle aimait danser. Depuis qu'avec sa sœur elle s'était exercée à la valse en prévision de leur première soirée à l'Almack's, elle l'avait dansée avec divers partenaires. Mais avec aucun d'eux elle ne s'était sentie aussi légère, gracieuse et presque féerique que dans les bras de lord Randall.

Les premières minutes, elle s'était demandé si accepter cette danse avait été une erreur.

Parce que la valse, dans ses bras, était un véritable acte de séduction.

Puis elle avait rejeté ses doutes. Et s'était rappelé qu'elle était là pour se divertir, et ne risquait pas d'y laisser son cœur puisque sa tête était plus forte. Et que s'il était un dévergondé, ce n'était pas sans raison mais parce qu'il faisait le nécessaire pour que les femmes se sentent bien. Plus que bien.

Cela se vérifiait : elle se sentait divinement bien. Et elle était déterminée à en profiter.

Décontractée dans ses bras, elle s'abandonna à la musique. Elle se rapprocha de lui, se laissant transporter vers elle ne savait où.

Les autres convives dans la salle devenant flous, elle n'avait plus conscience que de lui. La légèreté de son contact n'occultait pas la force qui irradiait de lui pendant qu'il la faisait tourner. C'était facile de se laisser guider, de s'en remettre à lui, de tournoyer comme une feuille sous le vent.

Après un instant, elle ferma les yeux pour échapper au regard impérieux de lord Randall qui ne quittait pas son visage. Son attention ne s'égarait pas dans la salle vers les autres. Bien au contraire, il ne semblait pas remarquer leur présence, si ce n'est qu'il ne heurtait jamais un autre danseur, ne faisait jamais un faux pas.

Son regard intense la flattait, mais la déconcertait aussi.

Fermer les yeux ne fut pas sa meilleure idée, car ainsi elle était plus consciente de lui.

De la chaleur de ses paumes à travers ses gants et de la légère pression de sa main sur sa taille. De son parfum subtil qui titillait ses narines, de la note virile de son savon à raser, des épices de son eau de Cologne et… Elle inspira profondément. Fascinée par les odeurs depuis toujours, elle finit par comprendre que la senteur sous-jacente était celle de sa masculinité. Celle de lord Randall.

Danser la valse avec lui était un pur acte de séduction... jusqu'à ce qu'il amorce une conversation. Cela rompit le charme. Elle était médiocre quand il s'agissait de plaisanter. Sa capacité à la troubler était toujours aussi évidente, mais cette fois elle sentait qu'elle résistait. Plus ou moins. Elle n'en était pas peu fière.

Non que cela fasse une grande différence. Chaque mouvement qu'il esquissait, chaque mot qu'il prononçait, chaque regard qu'il lui adressait était un acte sensuel.

Rien de comparable avec sa danse avec lord Vibart. Un autre célèbre coureur, à la beauté sombre et attrayante, sans pour autant qu'il agite ses sens. De plus, ses remarques enjôleuses la faisaient à peine rire ou rougir. Elle ne se sentait pas du tout attirée par lui, et de ce fait la danse avait été aisée, joyeuse.

Danser avec lord Randall était... un enchantement. Malgré l'effet qu'il lui faisait, elle ne le regrettait pas un seul instant. Elle comprenait, plus que jamais, pourquoi les femmes recherchaient autant sa compagnie.

En dépit de la magie – ou à cause d'elle –, elle savait que succomber lui serait fatal. Par conséquent, elle résistait.

Lorsqu'il l'escorta vers la salle à manger, elle constata que Mme Price-Jones l'observait depuis le fond de la salle.

— Ici, ce sera très plaisant.

Lord Randall l'emmena vers une petite table près de la fenêtre. Avec deux chaises. La table avait manifestement été apportée d'une autre partie de la maison pour l'occasion, mais le cadre était trop intime. Clarissa avait déjà clarifié les choses sur le fait qu'elle ne voulait pas de sa protection, encore moins pour le compte de Léo.

Elle jeta des regards alentour en espérant trouver des places près d'une de ses connaissances, en vain.

Il l'aida à s'asseoir, puis tira sa propre chaise.

— Quelle aubaine ! s'exclama Mme Price-Jones en le poussant pour s'installer à sa place. Je suis exténuée. Je crains d'avoir trop dansé.

Elle sourit à lord Randall.

— Je vous remercie infiniment de m'avoir déniché une chaise. Mon partenaire m'a abandonnée, je le crains. Clarissa, remercions le ciel pour la galanterie de ce monsieur.

Elle fit un clin d'œil à sa protégée. Clarissa, qui se retenait de rire après ce détournement de chaise éhonté, marmonna un son étouffé en guise d'approbation.

Lord Randall la transperça du regard. Il voyait clair dans son jeu mais, par courtoisie, se pliait à ses stratagèmes.

— Je vois. Je vais chercher une autre chaise.

— Merci, mon cher garçon. Et peut-être que vous en trouverez deux ? Mon cavalier arrive. Il ne m'a pas abandonnée, après tout. Heureuse d'apprendre que je n'ai rien perdu de mon charme.

Lord Randall, avec une patience à toute épreuve, partit chercher deux chaises.

— Cela ne vous ennuie pas, j'espère ? murmura Mme Price-Jones à Clarissa.

— Pas du tout.

C'était un doux euphémisme. Elle n'éprouvait rien d'autre que du soulagement.

Quelques minutes plus tard, en revenant avec un valet portant deux chaises, Race trouva le cavalier du chaperon, un élégant monsieur aux cheveux gris, déjà assis à côté de Mlle Studley.

— Mettez ça là, indiqua Mme Price-Jones. Et nous n'aurons pas besoin de la deuxième. Ce cher sir Henry s'est trouvé une chaise. Ce qu'il est dégourdi ! le flatta-t-elle en souriant.

Le valet disposa une chaise à côté du chaperon et repartit avec l'autre.

Race examina le placement autour de la table. La vieille bique, avec ses tenues colorées et ses airs ingénus, l'avait habilement mis à l'écart. Mlle Studley, assise entre son chaperon et sir Henry, lui était désormais inaccessible. La conversation privée n'était pas pour ce soir.

Mme Price-Jones sourit sans vergogne à Race et tapota la chaise inoccupée.

— Asseyez-vous, mon garçon. Ne soyez pas timide.

Race la regarda un instant et rit.

— Pic, repic et capot, dit-il en secouant la tête, avant de s'asseoir à côté d'elle.

Il ne pouvait s'empêcher d'apprécier cette femme insupportable.

Elle battit des cils.

— Vous êtes très aimable, monsieur. Je ne fais que suivre les instructions de notre cher lord Salcott.

— Bien entendu, concéda-t-il avec ironie.

Elle avait de même entravé les plans de lord Salcott quand il souhaitait parler à Izzy en aparté. Ses airs frivoles et étourdis cachaient une ruse de général. Et une excentricité assumée.

Les yeux écarquillés, Clarissa se pencha en avant pour rencontrer son regard malgré la forte corpulence de son chaperon placé entre eux.

— Pic, repic et *garrot* ?

Mme Price-Jones pouffa.

— Pas « garrot », « capot » ! La formule qui signale une défaite au jeu de piquet. Même si je ne saurais dire ce que sous-entend lord Randall... Sir Henry est un maître à ce jeu. N'est-ce pas, sir Henry ?

ajouta-t-elle avec une pointe de malice. Peut-être pourriez-vous expliquer ce jeu à Mlle Studley.

— Avec joie, répondit l'homme avant de se lancer dans une description enthousiaste du jeu de piquet.

Race alla chercher un dîner pour lui-même et les dames. Revenant avec un valet qui portait un plateau chargé de trois flûtes de champagne et de trois assiettes pleines – plutôt mourir que de servir sir Henry –, il faillit éclater de rire devant l'expression lointaine de Mlle Studley. Sir Henry s'épanchait sur un sujet qui visiblement ne l'intéressait pas.

Penchée en avant, elle lança un regard accusateur à Race. Comme si c'était sa faute !

Il écarta les mains en signe d'innocence, ce qui ne l'empêcha pas de rire. La situation était frustrante mais aussi amusante, somme toute.

Il distribua le champagne et posa les assiettes devant les dames et lui-même. Mme Price-Jones passa immédiatement l'assiette de Race à sir Henry, qui l'examina avec envie.

— Oh, des gâteaux de crabe ! J'en raffole.

Oubliant les joies du piquet, il goba trois gâteaux de crabe en une demi-minute. Race le regardait d'un sale œil. Il avait un faible pour les gâteaux de crabe, lui aussi.

— Vous n'avez pas faim, mon garçon ? demanda le chaperon avec une innocence feinte en fixant le vide sur la table devant lui.

— Non.

Il était vain de retourner remplir une assiette maintenant. Les gâteaux de crabe partaient toujours en premier.

Race sortit dans la nuit froide et inhala profondément. C'était un soulagement de quitter la réception. L'air de Londres n'était certes pas pur, mais l'atmosphère du bal était étouffante. Les événements de la société. Et les cancans... Il leva les yeux au ciel.

Il n'était pas tard, à peine minuit. Il pouvait faire un saut dans l'un de ses clubs, jouer quelques parties de cartes. Ou siroter un brandy ou deux avec une connaissance. Néanmoins, il n'était pas d'humeur à chercher de la compagnie. Le bal lui avait fait passer toute envie de ce genre.

De plus, il y avait ces maudits paris notés dans les registres des clubs. Irrité, il tapa du pied dans un caillou. Les gens n'avaient-ils rien de mieux à faire ?

Mieux valait rentrer chez lui, avec son humeur massacrante. Pensif, il prit la direction de son logement. Clarissa se faisait une fausse idée de lui. Une petite remarque innocente sur ses boutons, et elle s'était fermée comme une huître.

« N'essayez pas de flirter avec moi, lord Randall. »

Après cela, elle était restée distante jusqu'à la fin de la soirée. Pourtant elle était attirée par lui, il en était sûr. Il connaissait les femmes, et tous les signes étaient là. Encore que son innocence l'empêchait peut-être de le comprendre...

Pensait-elle qu'il ne faisait que flirter ? Ou pire, tentait de la séduire ? Ignorait-elle qu'il ne badinait jamais avec des innocentes ?

Bien sûr, elle l'ignorait. Qui aurait pu le lui dire ? Au contraire, elle avait dû être mise en garde par une fichue commère. Des dizaines, même.

Il fallait qu'il la raisonne. Qu'il lui assure que ses intentions étaient honorables. Et sans lien avec son amitié avec Léo.

Il avait besoin d'un tête-à-tête, sans que ce chaperon s'en mêle. Il avait prévu de le lui confier en dînant, mais la harpie avait ruiné son plan. Et laissé entendre qu'elle contrecarrerait tous ses plans à l'avenir.

Il dépassa Berkeley Square, enveloppé dans l'obscurité. Le vent frais du soir s'intensifia, faisant murmurer les feuillages des arbres.

Il s'arrêta, le regard perdu dans la pénombre. Quel abruti !

Sa mauvaise humeur s'évapora.

— Vous l'intéressez, vous savez.

Clarissa sursauta. Elle était avec Mme Price-Jones dans la calèche qui les reconduisait chez elles après le bal. Il était tard, elle avait sommeil.

— Qui donc ?

— Lord Randall.

— Oh, lui ! Je n'ai pas pensé une seule fois à lui depuis le dîner, lâcha Clarissa avec indifférence, ce qui était un mensonge. Pourquoi parlons-nous de lui ?

— Parce qu'il s'intéresse à vous... sérieusement.

Le cœur de Clarissa se mit à palpiter. Elle réussit à garder une voix posée.

— C'est absurde. Chacun sait que lord Randall ne prend rien au sérieux.

— Il n'empêche que tout le monde parle de sa venue au bal. Ce n'est pas le premier auquel il apparaît. Rappelez-vous, le bal Arden le mois dernier, et d'autres entre-temps. Des bals où vous êtes aussi apparue.

— En quoi cela intéresserait qui que ce soit ?

— C'est inhabituel. Les gens supposent qu'il s'est enfin décidé à prendre une épouse. Je crois même que des paris à ce sujet ont été consignés dans les registres qui sont tenus dans les clubs réservés aux hommes.

D'une voix grave, elle confia cette information capitale :

— Des paris qui vous relient tous les deux. Mais ne vous faites pas de souci, vous n'êtes pas nommée de manière explicite. Rien d'aussi scandaleux. J'ai appris qu'il était fait référence à une demoiselle C.S. Admettez qu'il vous accorde une attention exceptionnelle, ces derniers temps.

— Sornettes ! Il fait juste preuve de politesse en l'absence de Léo. C'est une faveur qu'il lui rend, rien de plus.

— Peut-être.

Clarissa secoua la tête.

— Je ne pense pas que les paris se réfèrent à lord Randall et moi. De toute façon, qui s'en soucierait ?

— Pour être franche, cela étonne qu'il vous ait choisie. C'est un joli coup pour vous.

— Pourquoi ? Parce qu'il ne se montre qu'avec des beautés renversantes ?

Elle s'attendait à ce que Mme Price-Jones nie et profère une ineptie sur la beauté qui ne réside que dans l'œil du spectateur. Clarissa était lasse des compliments hypocrites. Elle en avait eu son lot ce soir.

Mme Price-Jones la surprit.

— Exactement. Et il est richissime, donc ce n'est pas votre fortune qui l'attire. Mais les hommes sont étranges : ils sélectionnent leurs... appelons-les des « flirts »...

— Ou leurs maîtresses ?

Autrefois, son père évoquait sans détour ses nombreuses maîtresses pour humilier sa mère.

— Soit, leurs « maîtresses », pour parler crûment. Ils les choisissent pour leur beauté, mais quand il s'agit de choisir une épouse, d'autres facteurs entrent en jeu.

— Je sais. Ils les préfèrent riches et belles, mais quand ils ne peuvent pas avoir cela, ils les veulent obéissantes, pudiques, chastes, prévenantes et aptes à donner un héritier et à tenir une maison, énuméra Clarissa.

Autant de qualités d'un ennui déprimant. Sa mère lui avait enfoncé ces termes dans le crâne. Pour autant, cela n'avait guère servi sa pauvre maman.

— Pas nécessairement, répondit son chaperon. Mon cher mari m'a choisie plutôt que toutes les beautés qui lui faisaient les yeux doux. Béni soit-il. Vous en conviendrez, je ne suis pas et je n'ai jamais été une beauté. Pas plus que je ne suis pudique, docile ou même élégante.

Clarissa garda le silence.

— Et je n'avais pas de fortune. Non qu'il en ait eu besoin, étant lui-même bien pourvu, ce cher homme.

La calèche cliquetait sur les pavés. Au loin dans la rue, des noceurs criaient et riaient. Dans l'obscurité, Clarissa distingua le visage de sa compagne : elle était perdue dans ses pensées. Puis sa voix s'égaya :

— Il n'était même pas le genre d'homme que je pensais vouloir. Il était si calme, si réfléchi, un veuf casanier. Il avait une passion pour les livres, alors que vous savez combien j'aime la fête. Malgré tout, nous sommes tombés amoureux, et en dépit de nos différences nous avons été heureux ensemble. Mon seul regret est de ne pas avoir eu d'enfant. Sa première femme lui en avait déjà donné, et ils étaient à un âge où ils refusaient qu'une autre remplace leur mère.

Elle soupira.

— Assez parlé de moi. Revenons à lord Randall.

— Le devons-nous ?

— Bien sûr, c'est important. Il est de loin le favori parmi vos prétendants. En outre, il est évident qu'il ne vous laisse pas indifférente. N'est-ce pas ?

Se sentant rougir, Clarissa se félicita qu'il fasse nuit.

— Peu importe que je sois indifférente ou pas. C'est un débauché, je ne me marierai pas avec un homme de ce genre. De plus, chacun sait qu'il ne prend rien au sérieux. Si des paris sont lancés, il en a certainement connaissance, et il doit être content de duper son monde.

Elles longèrent un marché où, à cette heure tardive, les marchands commençaient d'installer leurs étals à la lueur des lanternes. Plus loin, la voiture replongea dans les ténèbres.

— Je n'en suis pas sûre, dit Mme Price-Jones. Certes, il adopte une attitude désinvolte la plupart du temps, mais j'ai vu la façon dont il vous observe quand il pense que personne ne le regarde. À mes yeux, il a tout d'un homme déterminé à vous courtiser.

Clarissa secoua la tête. Ces conjectures étaient quelque peu... énervantes. Elle savait parfaitement que tous ces gens qui répandaient des ragots, qui imaginaient des choses entre lord Randall et elle, se trompaient.

— Vous faites erreur. Il ne me fait pas du tout la cour. Il a promis à Léo de veiller sur moi durant son absence, et c'est ce qu'il fait. Il me protège contre les coureurs de dot et autres indésirables. Je l'ai entendu l'expliquer à sa cousine lady Frobisher, le jour où nous sommes sortis à cheval.

— Oh.

Un long silence s'écoula.

— Malgré cela, je ne suis toujours pas convaincue, répliqua Mme Price-Jones. Je pense qu'il est sérieux et qu'il convient de l'encourager.

— Alors si vous pensez qu'il est un bon parti et que je devrais l'encourager, dit Clarissa exaspérée, pourquoi l'avoir empêché de s'asseoir à côté de moi à table ?

Elle savait qu'il avait prévu une sorte de conversation privée, raison pour laquelle elle était si nerveuse. Sa chaperonne ne pouvait pas le savoir.

Mme Price-Jones s'esclaffa.

— Oh, ma chérie, ne l'avez-vous pas encore compris ? Plus un homme rencontre d'obstacles, plus une femme lui résiste, plus il redouble d'efforts. Et accessoirement, ajouta-t-elle en riant, n'était-ce pas amusant ?

6

— Non, non et encore non, mademoiselle Clarissa ! Je n'irai pas me promener dans Hyde Park avec vous.

Zoé affrontait Clarissa avec cet air têtu qui lui rappelait tant sa sœur Izzy.

Depuis qu'elle était arrivée chez lady Scattergood, Zoé n'était pas sortie une seule fois, pas même pour promener les chiens avec Jeremiah. Elle semblait heureuse de discuter avec lady Scattergood, Clarissa et Mme Price-Jones, mais elle refusait de recevoir avec elles les visiteurs.

Et quand elles étaient occupées de leur côté, elle assistait Betty ou les domestiques. Elle s'intéressait à la manière dont Clarissa utilisait les végétaux pour confectionner des crèmes et autres produits cosmétiques, sans pour autant s'aventurer dans le jardin. Clarissa commençait à s'inquiéter qu'elle développe la même affliction que lady Scattergood.

— Pourquoi pas ? Ce n'est pas l'heure la plus fréquentée. Il n'y aura pas grand monde. Te promener te ferait le plus grand bien. Et ne m'appelle plus Mlle Clarissa. Je suis ta sœur. Tu n'es pas une domestique. Je suis juste Clarissa pour toi. Et tu dois me tutoyer.

— Je suis pas convaincue d'être votre demi-sœur. Je changerai peut-être d'avis quand je rencontrerai cette Izzy, celle à qui je ressemble d'après ce que tout le monde dit. Ou quand vous aurez une vraie preuve, mais là...

— Mais quelques pas dans le parc...

— Feraient jaser. Et votre réputation serait encore compromise.

Clarissa fronça les sourcils.

— Encore ?

— Betty m'a raconté, mam'zelle. Ce que vous avez fait pour Mlle Izzy, quand vous l'avez emmenée dans la haute société. C'était très risqué, elle a dit. Mlle Izzy s'est mariée à un lord, alors ça va. Mais si on me voit avec vous...

— Les gens penseront que tu es notre jeune sœur. Ce que tu es. J'en ai la certitude. Et appelle-la Izzy. Pas Mlle Izzy. Et c'est « mademoiselle », pas « mam'zelle ».

Zoé lui lança un regard dubitatif.

— Une jeune sœur dont personne n'a entendu parler ?

Clarissa haussa les épaules.

— Pourquoi pas ? Tu es jeune, tu ne feras pas ton entrée dans le monde avant quelques années. Pour ce qu'ils en savent, tu pouvais vivre à Studley Park Manor, notre maison d'enfance. Ou dans une école.

Zoé ricana.

— Une école ? C'est sûr que je suis tellement bien éduquée !

Clarissa fit la moue. C'était bien vu. Elle savait lire mais mal, même si faire la lecture des revues et journaux à lady Scattergood l'aidait à progresser. Et si elle avait une jolie écriture en arabesques, son orthographe et sa grammaire étaient catastrophiques. Sa mère avait fait de son mieux pour l'instruire, mais elle était française et maîtrisait mal l'anglais, et son éducation s'était arrêtée à l'âge de onze ans quand elle avait dû fuir la violence de la Révolution. Et bien sûr, pouvant à peine s'acheter à manger, elles pouvaient encore moins payer l'école ou une gouvernante.

— Alors nous marcherons dans le jardin derrière la maison, persista Clarissa. C'est protégé, seuls les résidents des maisons qui l'entourent y ont accès. Nous ne voyons quasiment personne dans ce jardin. Généralement, lady Tarrant et ses enfants. C'est une bonne amie, une dame très aimable. Elle voit peu de monde ces temps-ci, et de toute façon elle est digne de confiance. Ses fillettes sont trop jeunes pour se soucier de quoi que ce soit.

Zoé réfléchit à cette idée, puis hocha la tête de mauvaise grâce.

— Si vous êtes sûre.

— Je le suis. Viens, tu es enfermée depuis trop longtemps dans cette maison. L'air frais et un peu d'exercice te seront bénéfiques. Va chercher ta pelisse, le vent est vif. Et pense à me tutoyer.

— « Va chercher la pelisse d'Izzy », tu veux dire, rectifia Zoé en s'éloignant.

Clarissa soupira. Elle connaissait l'origine des difficultés de Zoé à accepter sa nouvelle identité – et les vêtements d'Izzy. L'insécurité. La jeune fille était certaine que Clarissa se méprenait, qu'elle découvrirait qu'elles n'avaient pas de lien de parenté et la renverrait à l'orphelinat. Sa crainte était compréhensible.

Mais même si elle s'avérait ne pas être sa sœur – ce que Clarissa ne croyait pas –, elle n'avait pas l'intention de se débarrasser d'elle. Elle se prenait d'affection pour cette jeune fille, pour ce qu'elle était.

La confiance viendrait avec le temps.

Elle griffonna un petit mot pour avertir lady Tarrant qu'elle emmenait sa demi-sœur dans le jardin et faire appel à sa compréhension car elle était timide. En promettant de tout lui expliquer ultérieurement. Elle confia à Jeremiah le soin de livrer le message.

Peu après, elle sortait avec Zoé par la porte de derrière, débouchant dans Bellaire Gardens, le vaste jardin privé qui donnait son nom à la propriété.

— Que c'est joli ! s'exclama la jeune fille en regardant autour d'elle et en humant l'air. Et ça sent presque comme… comme du parfum. On se croirait pas dans Londres.

Clarissa sourit, enchantée qu'elle apprécie. Le jardin était son endroit préféré au monde, maintenant qu'elle ne vivait plus à Studley Park Manor.

— À cette période de l'année, les roses sont en pleine efflorescence, elles dégagent presque toutes une odeur divine. Celui qui a conçu ce jardin l'a créé pour ses odeurs autant que pour sa beauté.

Elles l'explorèrent sans se presser. Clarissa lui montra le pavillon d'été et la cachette pour la clé. Elle identifia différentes plantes pour Zoé, au début avec hésitation. Elle s'intéressait peu aux dénominations des plantes ou aux variétés de roses. Mais Zoé, très intéressée, posait beaucoup de questions. À moins que ce ne soit par politesse.

Quand elles entendirent les rires des enfants, elles se dirigèrent vers le grand platane où les fillettes de lord et lady Tarrant aimaient jouer. Mais peu avant le platane, une voix s'écria :

— Izzy Studley, que faites-vous ici ? Je vous croyais en voyage de noces…

Zoé et Clarissa se retournèrent. Clarissa soupira. Il avait fallu que Milly choisisse ce moment précis pour vagabonder dans le jardin. À peu près du même âge qu'elles, celle-ci faisait aussi son entrée dans le monde mais, depuis le début, elle n'avait été qu'une épine dans leur pied.

— Bonjour, Milly, dit Clarissa.

Milly l'ignora. Elle se rapprocha en fixant Zoé d'un air perplexe.

— J'ai cru que tu étais Izzy, renvoyée chez elle quand lord Salcott a compris son erreur. Mais tu n'es pas Izzy. Encore que tu portes ses vêtements... je reconnais cette pelisse. Qui diable es-tu ?

Zoé ouvrit la bouche, mais Clarissa posa la main sur son bras.

— Je le redis : bonjour, Milly. Puisque tu demandes, je te présente ma s...

— *Cousine*[1], s'empressa de terminer Zoé.

Milly se rembrunit.

— « Kouzine » ? répéta-t-elle, n'ayant manifestement pas appris le français.

Zoé redressa le menton.

— Oui. Zoé Benoît, la *cousine* de Mlle Studley. Une *cousine* éloignée venue de France voir sa famille.

Milly étrécit les yeux.

— Une cousine française ? Pourtant, tu ressembles trait pour trait à Izzy. En fait, je t'ai prise pour elle jusqu'à ce que tu te retournes.

Zoé haussa les épaules.

— Suis-je responsable de ce que vous pensez ? dit-elle en regardant Milly de la tête aux pieds. Et qui êtes-vous pour nous aborder de cette façon ? C'est à la limite de la politesse. Mais il faut dire qu'en France nous avons l'art des bonnes manières.

Milly avait le feu aux joues et ses yeux brillaient d'animosité.

Clarissa masqua son sourire. La petite sœur perdait sa timidité. Ce camouflet était rondement mené.

— Zoé, c'est Mlle Millicent Harrington, qui habite cette maison avec sa mère.

Elle indiqua la maison. Milly inclina la tête avec grâce.

1. En français dans le texte. *(N.d.T.)*

— Ma mère est la cousine d'un duc.

Guère impressionnée, Zoé renifla.

— En France, ils coupent la tête des ducs.

Clarissa ravala un rire. Milly se renfrogna.

— Tout le monde sait que les Français sont des barbares. En fait, je ne crois pas que tu sois française. Tu es autant anglaise que moi, sauf que ton accent vient de la rue. Une rue anglaise. Je pense que tu es une autre Izzy, une que sir Bartleby Studley a...

Avant que Clarissa puisse intervenir, Zoé déversa un flot de termes français. Elle s'emportait tant que Clarissa avait du mal à suivre. Si son éducation n'était pas impressionnante, elle avait de solides notions de français. Elle saisit quelques mots : « incivilité », « impolie », « arrogante », « une vache », « je m'en fiche », et « salope » – franchement insultant.

Milly rejeta ses anglaises brunes et toisa Zoé.

— Tu te figures que tu es très futée à baragouiner comme ça ? Même si ça sonne vaguement français, je ne...

Des applaudissements l'interrompirent.

— Bravo, bravo, *ma petite,* s'émerveilla une jeune femme avec le sourire. C'est magnifique mais c'est du gâchis, une telle tirade pour une personne comme celle-ci, dit-elle en se tournant vers Milly. Et vous, mademoiselle Je-ne-sais-qui, j'ai entendu une partie de ce que vous avez dit et je peux vous assurer que cette demoiselle parle français, et même excellemment.

Elle décocha un clin d'œil à Zoé et précisa :

— Certes, quelques mots étaient loin d'être tendres. Son accent est toutefois parfaitement aristocratique.

Lady Tarrant arriva derrière elle.

— Oh, Clarissa, vous êtes là ! Et cette demoiselle doit être Zoé, votre jeune s...

— Cousine, la coupa prestement Zoé.

— Ma cousine venue de France, affirma Clarissa.

Elle se sentait affligée que Zoé se braque contre leur statut de sœurs, mais la stratégie était habile, surtout avec Milly parvenant si vite à la juste conclusion. Zoé avait visiblement réfléchi à la situation. Et son français était impressionnant.

— Ravie de vous connaître, Zoé. Bonjour, Milly, dit lady Tarrant. Je vous présente ma filleule, Lucy, lady Thornton, venue de Vienne avec son mari, mon neveu Gerald. Il appartient au corps diplomatique.

Milly grommela un bonjour. À en croire le regard noir qu'elle lança à Zoé, elle rêvait de poursuivre la dispute.

— Milly, je pense que tout est dit, déclara fermement lady Tarrant.

Milly s'apprêta à partir, mais se retourna.

— Je suppose que vous ne savez pas qui a acheté la maison dans l'angle ?

— Non, je l'ignore, répondit Clarissa.

Une semaine entière, elles avaient subi le brouhaha des ouvriers tapant et martelant.

— Je pense que le nouveau propriétaire la réaménage du sol au plafond avec un bon goût exceptionnel, dit lady Tarrant.

— N'importe qui peut le constater, mais qui est-ce ? rétorqua Milly. Maman a essayé de se renseigner. Elle pense qu'il est essentiel de préserver le prestige de notre cadre de vie, et que ce serait terrible si le nouveau propriétaire était un vulgaire citoyen ou un commerçant. Quand elle a questionné le chef de chantier, en plus d'être vulgaire, il a été très grossier.

Clarissa ravala un sourire, imaginant un ouvrier rabrouer l'imposante Mme Harrington.

— Ce ne sont pas nos affaires, et de toute façon nous n'y pouvons rien. La maison est vendue.

Milly renifla.

— Maman dit que nous devrions faire front pour lui montrer qu'il n'est pas le bienvenu. C'est une adresse de haut standing.

Un long silence s'ensuivit.

— Nous devons rentrer, annonça lady Tarrant.

— Oui, se dépêcha d'agréer Clarissa. N'est-ce pas votre mère qui vous appelle, Milly ?

— Je n'entends rien, fit Milly, boudeuse.

— File, dit lady Tarrant. Je ne voudrais surtout pas que ta mère s'inquiète.

Milly leur assena un regard provocant, renifla et détala.

Alors qu'elle s'en allait, Zoé murmura quelque chose en français. Lady Thornton eut un rire enchanté.

— Tout à fait ! Mais parlons anglais, à présent.

Zoé eut un sourire penaud.

— Et appelle-moi Lucy, continua-t-elle. Je sens que nous allons devenir bonnes amies. Zoé, tu dois faire la connaissance de mes adorables nièces. J'espère que tu aimes les chats…

Prenant Zoé par le bras en papotant, elle montra le chemin menant au grand platane qui dominait la partie centrale du jardin.

Clarissa suivit lady Tarrant, qui marchait moins rapidement.

Celle-ci lui sourit d'un air confus.

— Pardon d'être aussi lente.

Clarissa lui pressa le bras.

— Cela ne me dérange pas. Je suis ravie pour vous.

C'est alors que Lina, la belle-fille cadette de lady Tarrant qui venait d'avoir huit ans, surgit.

— Je ne savais pas où tu étais ! Tu ne dois pas sortir toute seule, gronda-t-elle.

— J'étais avec Lucy, répondit lady Tarrant avec douceur.

Serrant le bras de sa belle-mère, Lina sourit à Clarissa.

— Savez-vous, mademoiselle Studley, que nous allons avoir un bébé ?

Clarissa sourit à la fillette. L'instinct protecteur de Lina envers sa belle-mère était émouvant.

— C'est merveilleux. Tu préférerais un garçon ou une fille ?

Lina secoua la tête.

— Papa dit que ça n'a pas d'importance. Qui que ce soit, nous l'aimerons de la même façon. Bon, j'ai déjà deux sœurs. J'aimerais bien que ce soit un garçon.

— J'espère que « qui que ce soit » décidera de venir bientôt, glissa lady Tarrant. Je suis lasse de me sentir comme un éléphant.

— Tu n'es pas du tout comme un éléphant, déclara Lina. Tu es plus belle que jamais. C'est papa qui l'a dit, et papa a toujours raison.

Lady Tarrant eut un petit rire, puis se pencha pour embrasser Lina sur la tête. Souriante, l'enfant se pelotonna contre elle.

Clarissa déglutit. Quel bonheur d'avoir une famille comme celle-ci, un mari comme lord Tarrant qui adorait ouvertement sa femme et ses filles...

— Votre nièce... euh, votre filleule et son mari restent longtemps en Angleterre ? s'enquit Clarissa.

Lady Tarrant sourit.

— Elle est à la fois ma filleule et ma nièce par alliance, mais je sais que ça prête à confusion. Gerald, mon neveu, est diplomate à Vienne mais il a été rappelé à Londres. Selon lui, il est possible qu'il soit envoyé à Paris.

— Quelle vie exaltante !

— C'est vrai qu'il poursuit une belle carrière. Il était dans l'armée avant, jusqu'à ce que Napoléon soit enfin vaincu.

— Ensuite il a intégré le corps diplomatique ?

— Oui, et il a épousé Lucy. Un vrai coup de foudre. Ensuite ils sont partis à Vienne. Après l'armée, la vie civile ne l'attirait pas. Même si, selon moi, la vie diplomatique n'est guère différente de la haute société. Le quotidien tourne autour des dîners, des danses, des réunions, des discours monotones, mais je suppose que derrière tout cela il y a un sens et un objectif plus profonds. Une sorte de partie d'échecs sociale. Quoi qu'il en soit, ils sont heureux et c'est l'essentiel. Allons voir ce que font ces enfants, à présent. J'ai demandé à faire servir du thé et des gâteaux à l'intérieur.

— *Buongiorno,* lord Randall, salua le majordome de Léo. Que puis-je faire pour vous, monsieur ? Vous n'êtes pas sans savoir que lord Salcott n'est pas encore rentré...

— Oui, je sais, Matteo, dit Race en lui confiant son chapeau. Je ne viens pas pour lui. J'aimerais accéder au jardin.

Matteo le regarda un instant avant de sourire.

— Ah, *sì,* bien sûr. Vous souhaitez voir les jeunes dames.

Les dames ? Race fit peu de cas du pluriel. Malgré ses rapides progrès en anglais, Matteo était encore loin de la perfection.

— Euh, oui. Le majordome de lady Scattergood refuse...

— N'en dites pas plus, monsieur. Matteo connaît ce diable de majordome.

Il leva les yeux au ciel, puis indiqua la porte donnant sur l'arrière.

— Par ici, monsieur. Je fais servir des rafraîchissements dans le pavillon d'été ? Alfonso, il aime s'entraîner à faire des gâteaux à l'anglaise pour les jeunes dames.

— Une autre fois, dit Race. Je ne suis pas sûr que Mlle Clarissa soit là.

— Elle sort dans le jardin presque tous les matins. Elle aime cueillir des fleurs avec… l'eau du matin dessus.

— La rosée.

— *Sì,* c'est le mot que je cherchais. *Prego,* monsieur.

Race accéda au jardin par le portail de Léo. Cet écrin de verdure admirablement agencé était réservé aux résidents des maisons voisines. L'intimité était un bien précieux dans cette ville qui se développait à toute allure.

Il tendit l'oreille, scruta le jardin mais n'entendit que le bruissement du vent dans les branches, le bourdonnement des abeilles et le pépiement des oiseaux. Il vérifia le pavillon d'été, fermé à clé et inoccupé. La tonnelle de roses, peut-être ? Il l'avait un jour entendue dire que les roses étaient ses fleurs préférées.

Au détour de l'allée, il la trouva occupée à tailler des roses, seule. Un panier contenant une variété de fleurs à ses pieds.

— On chaparde des fleurs ? lança-t-il.

Elle sursauta et se retourna.

— Non, j'ai la permission. Et couper les fleurs leur fait du bien. Ça stimule la floraison.

— Je plaisantais, dit-il en avançant. Bonjour, mademoiselle Studley. N'est-ce pas une magnifique matinée ?

— Bon-bonjour, bredouilla-t-elle. Oui, très agréable. Comment êtes-vous entré ? Treadwell…

— Non, Matteo.

— Oh, je comprends.

Elle n'avait pas l'air ravie de le voir. Elle jetait des regards autour d'elle comme si elle s'attendait à voir quelqu'un d'autre arriver.

— Je suis seul, dit-il.
— Oui, bien sûr.
Elle ramassa son panier.
— Je dois…
— Permettez, fit-il en lui prenant le panier des mains.
— Il n'est pas lourd du tout.
Il ignora sa remarque.
— Je voulais vous dire un mot en privé.
Elle regarda son panier.
— Je dois vraiment les mettre à sécher dans la remise.
— Ce ne sera pas long.
Elle recommença à jeter des coups d'œil autour d'elle, comme si elle cherchait quelqu'un.
— Très bien. Allons nous asseoir là-bas.
Elle fit un geste vague vers la tonnelle. Trop ouverte à son goût.
— Le pavillon d'été, corrigea-t-il.
Race ouvrit la marche, certain qu'elle le suivrait. Après tout, il avait pris ses fleurs en otage.
Il sortit la clé de sa cachette. Voyant cela, elle se rembrunit, car ce secret était censé rester entre les résidents. Après avoir ouvert la porte, il l'invita à entrer.
Elle choisit une chaise près de la porte. Pas le fauteuil rembourré dans lequel il l'avait déjà vue se prélasser. Elle se tenait au bord du siège, les pieds joints, les mains croisées sur les genoux comme une écolière qui attend un sermon de sa directrice.
Ce n'était pas ce qu'il avait espéré.
— De quoi souhaitez-vous me parler, lord Randall ?
— Vous m'avez accusé hier soir de… comment avez-vous dit ? Ah oui, de « faire le chien de garde ». Pour Léo.
— Oui.
— Ce n'est pas vrai.

Elle haussa les sourcils.

— Croyez-moi, ça ne l'est pas, insista-t-il. J'admets que Léo m'a suggéré de vous inviter à une promenade à cheval occasionnelle, et j'ai répondu que j'en serais ravi. Mais c'est tout.

— Vraiment ?

Son expression montrait clairement qu'elle ne le croyait pas.

— Oui, vraiment. Pour être précis, il a dit qu'il savait que je ne participerais jamais à un bal ni à rien de la sorte, mais que votre chaperon suffirait.

— Pour me protéger ?

— Oui.

— En d'autres termes, vous et Léo avez discuté de la manière d'assurer ma protection.

— Oui... Enfin non, pas du tout.

De toute évidence, elle n'en démordrait pas.

— Merci de vous inquiéter pour ma sécurité, lord Randall, mais il est inutile de vous préoccuper de mon bien-être.

— Vous vous méprenez. Je vous cour...

— Clarissa ! Je viens de voir les peintures de lady Thornton. Elles sont... Oh !

Une jeune fille entra en trombe dans le pavillon d'été et, le voyant, se figea.

Race se leva, sonné. C'était une version plus jeune d'Izzy, la femme de Léo.

Elle regarda Clarissa d'un air coupable.

— Désolée, dit-elle.

— Lord Randall, Mlle Zoé Benoît est ma cousine venue de France. Zoé, voici lord Randall, un ami du mari d'Izzy.

Elle lui fit la révérence et le salua en français. Race fut surpris par la qualité aristocratique de son français, tandis que ses quelques mots d'anglais la situaient plutôt en bas de l'échelle sociale.

Il s'inclina.

— Enchanté de vous rencontrer, mademoiselle. Que disiez-vous sur les peintures de lady Thornton ?

Elle le regarda avec perplexité, puis secoua la tête comme si elle n'avait pas compris.

— Désolée, Clarissa, répéta-t-elle avant de soulever le bas de ses jupes et de filer.

— Pardonnez ma jeune cousine, elle est timide.

— « Jeune cousine », mon œil, dit Race avec sympathie. C'est une autre demi-sœur, n'est-ce pas ? Non seulement elle est le portrait craché d'Izzy, mais son anglais révèle au moins la moitié de son éducation, et celle-ci a été moins que raffinée. Néanmoins, la qualité de son français est remarquable.

— La gouvernante qui lui apprenait l'anglais n'a malheureusement...

— N'a jamais existé ?

Clarissa se mordit la lèvre. Après un moment de silence, elle s'assit en soupirant.

— Je peux compter sur votre discrétion ?

Inclinant la tête, il regagna sa chaise.

— Cela va de soi.

— Merci.

— Vous m'expliquez ?

Elle lui raconta comment elle avait découvert Zoé dans un orphelinat, où elle avait été rebaptisée Susan Bennet.

— Donc, à la place d'une servante, vous avez trouvé une demi-sœur.

Elle hocha la tête.

— Mais Zoé a du mal à l'accepter. Elle exige des preuves et craint que cela ne nous crée des problèmes, à Izzy et moi.

— Sage enfant.

Révéler l'existence d'une demi-sœur illégitime raviverait les rumeurs sur la légitimité d'Izzy. Son mariage avec Léo avait fait taire la plupart, mais les gens étaient friands de scandales et il en faudrait peu pour relancer les ragots. Ce qui affecterait aussi Clarissa.

Par ailleurs, la prudence de cette Zoé à l'idée de s'affirmer comme leur sœur l'impressionnait. À première vue, elle n'avait pas eu la vie facile et, véritable sœur ou pas, ce serait compréhensible qu'elle saute sur l'occasion d'élever son statut. Or apparemment elle était réticente.

— Peu importe que ce soit sage ou pas. Elle est ma sœur, je la garde, déclara farouchement Clarissa.

Race sourit. Il n'était pas surpris : la loyauté et l'amour étaient les deux forces motrices de la jeune femme.

— Alors nous devrions concevoir un plan pour la faire accepter.

Elle se renfrogna.

— « Nous » ?

— Bien sûr. Je suis entièrement à votre service.

— Oh.

Il attendit un moment.

— C'est futé de la présenter comme votre cousine française, assura-t-il.

Elle grimaça.

— L'idée vient de Zoé. Je la désapprouvais au début, mais ce sera probablement mieux que de prétendre que notre jeune sœur étudiait dans une école à l'étranger, ce qui était mon plan de départ.

— Gardez le subterfuge de la cousine. Son français est excellent... Comment a-t-elle acquis un accent aussi aristocratique ? Et sa grammaire est irréprochable, en français du moins.

Son anglais demeurait le gros problème.

Clarissa lui révéla les origines de Zoé. Race acquiesça.

— L'histoire de la gouvernante qui devait lui apprendre l'anglais est moins crédible, objecta-t-il ensuite.

Clarissa soupira.

— Je sais, mais quelle autre solution avons-nous ?

— Nous trouverons. Alors, pour en venir à la raison de ma...

— Du thé, mademoiselle Clarissa ? Monsieur ?

Matteo avait surgi dans l'entrée avec une assiette de petits gâteaux.

— Ou du chocolat chaud ? continua-t-il avec un sourire. Alfonso a préparé des gâteaux anglais pour vous et...

— Je vous ai dit que je ne voulais pas de..., commença Race, agacé par cette énième interruption.

Mais Clarissa bondit de sa chaise.

— Ça alors ! La matinée s'est envolée. Je dois mettre ces fleurs à sécher. Lady Scattergood m'attend pour déjeuner. Ensuite j'ai promis d'accompagner M. Clayborn en promenade.

Elle sourit à Matteo.

— Merci, Matteo, mais proposez les gâteaux d'Alfonso à lady Tarrant. La dernière fournée était succulente, ses petites filles se sont régalées. De même que lady Tarrant.

S'emparant de son panier posé aux pieds de Race, elle lui décocha un bref sourire.

— Merci, lord Randall. J'ai apprécié notre petite discussion.

— Mais...

Il n'avait pas eu l'occasion d'aborder le sujet de sa venue, à savoir qu'il la courtisait !

Mais elle avait déjà disparu. Matteo, avisant l'air contrarié de Race, se dépêcha de disparaître avec ses maudits gâteaux.

Race referma le pavillon, glissa la clé dans sa cachette et posa un œil mécontent sur le jardin. *De l'intimité, ça ?*

À la surprise de Clarissa, quand il vint la chercher pour se promener au parc, M. Clayborn resta dans son élégant phaéton noir rutilant, et envoya son palefrenier toquer à sa porte.

C'était étonnant, mais surtout mal élevé. Cependant, il s'expliqua quand elle se retrouva devant son phaéton.

— Je dois m'excuser de ne pas être venu vous chercher moi-même mais, avec ma jambe invalide, ce n'est pas un joli spectacle de me regarder traîner la patte pour descendre ces marches. Je préférais vous éviter ça.

Elle se demanda pourquoi, dans ce cas, il avait choisi une voiture aussi haute. Toutefois, songeant que les hommes avaient leur orgueil, elle sourit.

— Cela ne me dérange aucunement, monsieur Clayborn.

— C'est si généreux de votre part, mademoiselle Studley. Mon valet va vous aider.

Il claqua des doigts, et le valet accourut pour aider Clarissa à grimper.

— Attendez ! Attendez-moi ! chantonna Mme Price-Jones en apparaissant sur le perron.

Comme Clarissa, elle portait une robe d'après-midi, mais si celle de Clarissa était vert sauge clair, ornée de plusieurs bordures vert foncé aux pieds et d'un fin liseré de velours assorti autour de la taille haute, avec un bonnet jaune paille rehaussé d'un bandeau vert, son chaperon avait opté pour une tenue arc-en-ciel, à rayures jaunes et orange avec d'amples manches plissées bleu roi, parées de rubans orange. Sur sa tête, un chapeau de paille à larges bords était orné de plumes d'autruche jaune et bleu roi.

Clarissa et M. Clayborn la regardaient fixement.

— Madame ? fit-il, renfrogné.

— Madame Price-Jones ? dit Clarissa en même temps.

Son chaperon ne l'avait pas avertie qu'elle l'accompagnerait. Celle-ci haussa les épaules.

— Ce sont les ordres de lady Scattergood, j'en ai peur. Elle se tracassait de vous savoir seule avec un homme.

— Mais…

— Je sais, je sais : traverser Hyde Park à bord d'un carrosse ouvert, à la vue de tous, est très *comme il faut,* mais lady Scattergood insiste. De plus, c'est une journée idéale pour sortir au grand air.

Elle sourit au valet.

— Mon bon ami, aidez-moi à grimper dans ce splendide phaéton.

— Mais, mais, mais…, bredouilla M. Clayborn.

Mme Price-Jones haussa un sourcil finement épilé.

— Une objection concernant ma présence, monsieur Clayborn ?

— Pas la moindre, chère madame, dit-il précipitamment. Mais il n'y a que… deux places dans mon phaéton.

Mme Price-Jones rit.

— Oh, ne vous souciez pas de ça ! Au pire, nous nous tasserons un peu.

Clarissa avait des doutes, mais elle tint le réticule de Mme Price-Jones, le temps qu'elle monte. Son embonpoint était important, tant et si bien que M. Clayborn tira, que le valet poussa et que, après quelques minutes de tension, elle se retrouva assise à côté de M. Clayborn, haletante et triomphante. Elle tapota les quelques centimètres restant disponibles sur le siège.

— Clarissa, cessez de lambiner. Ne faites pas trop attendre les chevaux de M. Clayborn.

Clarissa hésita.

— Je ne pense pas pouvoir me glisser là.

— Ne dites pas de sottises ! Il y a de la place. Comme ça va être plaisant, tous assis là. Vous ne croyez pas, monsieur Clayborn ?

Mme Price-Jones se rapprocha de lui en se tortillant. Il dut se cramponner au bord du carrosse pour ne pas chavirer.

— Sans doute, dit-il, lèvres pincées.

Clarissa se faufila tant bien que mal dans le minuscule espace restant.

— Parfait, déclara Mme Price-Jones en gigotant encore un peu, puis elle tapota le bras de son voisin. En route, monsieur Clayborn !

Le valet accroché à l'arrière, ils démarrèrent. Clarissa comprit rapidement qu'elle n'aurait pas l'opportunité de s'entretenir avec M. Clayborn. De fait, elle ne le voyait même pas, à moins de se pencher dangereusement en avant.

Même si l'embonpoint de son chaperon ne lui avait pas bloqué la vue, le large chapeau de paille et les plumes auraient fait entrave. Plusieurs fois, Clarissa se pencha pour s'excuser d'un geste, mais n'aperçut que la main gantée de M. Clayborn qui repoussait avec irritation la plume d'autruche qui pendouillait devant son visage.

Adossée, elle écouta Mme Price-Jones narrer une joyeuse anecdote ou une autre à M. Clayborn, dont les réponses devenaient plus brèves et plus sèches au fil du temps. Elle réprima un rire nerveux. Le pauvre homme avait manifestement prévu une sortie d'un autre genre.

— Je vous déposerai à l'entrée de Hyde Park, dit-il fermement à Mme Price-Jones à l'approche du portail. Vous pourrez ainsi marcher avec vos amies.

— J'en serai ravie.

Le portail franchi, le phaéton ralentit. Ils n'étaient pas les seuls à avoir eu l'idée de profiter de cette belle journée, à en croire la file de véhicules en tout genre. Phaétons, carricks, landaus, calèches et barouches avançaient à peine.

La file s'immobilisait de temps en temps, quand les occupants des véhicules s'arrêtaient pour échanger quelques mots avec un promeneur, à pied ou dans une autre voiture. Certains descendaient d'une voiture pour monter dans une autre. L'humeur était très nonchalante et conviviale.

— Vous me direz où je vous dépose, dit Clayborn.

— Bien sûr, dès que je verrai mes amies.

Bizarrement, Mme Price-Jones ne semblait disposée à marcher avec aucune des dames chics qui se promenaient dans le parc, la plupart échangeant pourtant des gestes et des salutations avec elle.

— Mademoiselle Studley, madame Price-Jones, quelle surprise de vous voir ici par ce bel après-midi ! dit une voix grave à la gauche de Clarissa.

— Lord Randall !

Il était hissé sur son superbe Storm, et son visage était à peu près à la hauteur du sien.

— Drôle de surprise, dites-moi, rétorqua-t-elle.

Il savait parfaitement que Clayborn l'avait invitée au parc, puisqu'elle l'avait mentionné dans la matinée.

— Une surprise des plus charmantes et fortuites, assura-t-il platement, le regard pétillant.

Clayborn se pencha vers lui.

— Randall, dit-il avec un air mauvais.

Lord Randall inclina froidement la tête.

— Clayborn.

— Quelle joie de vous voir ici, lord Randall ! fit Mme Price-Jones. Enfin quelqu'un avec qui je serai ravie de discuter. Et je n'ai même pas besoin de descendre ni de marcher. Je peux rester confortablement assise. N'est-ce pas épatant, monsieur Clayborn ?

— Épatant, bougonna-t-il.

Lord Randall se pencha pour murmurer à l'oreille de Clarissa :

— « Confortablement » ?

Elle se mordit la lèvre, mais se garda de tout commentaire. Son chaperon jacassait de son côté, terminant apparemment une histoire qu'elle relatait à Clayborn.

— Je suis heureux de voir qu'elle ne sabote pas que mes tentatives de converser avec vous, observa Randall.

Clarissa le regarda avec surprise.

— Vous n'aviez pas remarqué ? dit-il. Aujourd'hui, c'est Clayborn qu'elle écarte de vous. Hier soir au bal, c'était moi. Repousse-t-elle tous vos prétendants ?

— « Prétendants » ? répéta Clarissa, éberluée que lord Randall se range dans cette catégorie.

C'était impossible, il n'avait pas de sérieuses intentions à son égard... De toute façon, elle n'en avait pas envers lui. C'était un débauché.

— Vos amis masculins, rectifia-t-il. Préparez-vous à rencontrer très bientôt sir Humphrey Shelduck, au long nez rouge.

— Sir Humphrey Shelduck ? s'étonna-t-elle.

Le canard ?

Un homme imposant approchait sur son cheval gris. Il souleva son chapeau à leur intention et s'inclina sur sa selle, ce qui la fit crisser.

— Mesdames, Randall, monsieur...

Il lança un bref coup d'œil à Clayborn. Lord Randall déclara :

— Sir Humphrey, permettez-moi de vous présenter Mme Price-Jones, Mlle Studley et M. Clayborn. Mesdames, Clayborn, un ami de mon club, sir Humphrey Sheldon.

Après un bref échange, sir Humphrey reprit son chemin.

— Vous voyez, je vous l'avais dit, murmura Randall à Clarissa. Comment peut-on avoir un nez pareil ?

Elle pouffa. Sir Humphrey avait en effet un nez très large et très rouge, ainsi qu'un air pompeux. Le phaéton repartit. Les minutes suivantes, Mme Price-Jones bavarda avec lord Randall qui suivait le rythme sur son cheval. Pour sa part, Clarissa s'interrogeait sur les paroles de Randall au sujet de son chaperon qui éconduirait ses prétendants. Ce qui la déconcertait surtout était qu'il s'inclue dans cette catégorie. Il y avait assurément un malentendu.

Elle se rappela que dans la calèche, après le bal, Mme Price-Jones avait dit que lord Randall s'intéressait à elle.

Était-ce possible ? Réflexion faite, il se montrait très attentionné ces temps-ci, entre la promenade à cheval, l'invitation à danser – deux le même soir – et le souper. Sans oublier sa visite secrète dans le jardin. Et à présent, il surgissait dans le parc alors qu'il savait que Clayborn l'emmenait en balade.

Pour autant, elle ne pouvait pas croire qu'il était réellement intéressé par elle. S'il était vu en public avec une dame, il s'agissait invariablement d'une beauté raffinée et éblouissante. Pas une banale campagnarde comme elle, ordinaire, timide et issue d'une famille qui avait fait fortune dans le commerce.

Elle avait essayé d'accepter son physique. Mlle Chance lui répétait souvent qu'il suffisait de se sentir belle pour que les gens vous voient ainsi. En dépit de ses efforts, ça ne marchait pas. Toutefois, avec l'assistance de Mlle Chance, elle pouvait se vêtir élégamment, être chic et à la mode. L'élégance demeurait toujours, alors que la beauté se fanait.

Et tandis que nombre d'aristocrates snobaient les familles de commerçants, ils dédaignaient moins leur fortune.

Le plus gros problème de Clarissa était son cœur. Elle craignait d'avoir hérité du cœur loyal de sa mère : une fois qu'il était donné, il n'était pas repris, quoi qu'il advienne.

Donc, si elle ne voulait pas qu'il finisse brisé, elle devait le préserver. Et si cela impliquait de choisir un mari avec sa tête plutôt qu'avec son cœur, eh bien tant pis. La plupart des gens agissaient ainsi, après tout. Son rêve était d'être aimée, mais était-ce trop demander ?

Elle jeta une œillade à lord Randall, qui divertissait son chaperon avec une histoire à dormir debout. Il était l'incarnation du bourreau des cœurs. Une abeille voletant de fleur en fleur, insouciante.

Ainsi qu'elle l'avait dit à Mme Price-Jones dans la calèche, il prenait tout à la légère. Lord Randall était bel homme, amusant, et d'agréable compagnie, mais il n'était pas à prendre au sérieux. Encore moins par une fille au cœur bêtement sensible.

La vérité était que, bien qu'elle lui ait affirmé ne pas avoir besoin qu'il la protège, il continuait de le faire. Comme Mme Price-Jones.

Et pourquoi cette pensée ne la réconfortait-elle pas ? Ce n'était pas normal.

Il n'était absolument pas un candidat qualifié. Elle le savait, et depuis le début. Elle devait se conformer à sa liste. À tout ce qu'elle voulait et ne voulait pas.

Lord Randall, si charmant soit-il – et en partie parce qu'il était si charmant –, n'était pas l'homme qu'il lui fallait.

Après le parc, Race retourna à la pension pour chevaux pour ramener son étalon. Il mit pied à terre, donna une pomme à Storm, le caressa, et lança un shilling au garçon d'écurie qui prenait soin de sa monture. Quand il émergea dans la rue, un phaéton ralentissait devant la remise à calèches voisine.

C'était Clayborn, à présent seul. Un sourire chatouillant ses lèvres, Race repensa à Mme Price-Jones tassée entre lui et Mlle Studley.

Clayborn descendit maladroitement du véhicule pendant que son valet tenait les chevaux. Avec une patte folle, c'était grotesque de louer un phaéton surélevé, songea Race en ricanant. En particulier pour promener des dames. Le mieux aurait été de louer un barouche ou un landau – plus bas et plus spacieux.

Il salua Clayborn en passant.

— Randall ! l'apostropha ce dernier.

Race se retourna.

— Clayborn ?

— Dans le parc, cet après-midi, je n'ai pas apprécié votre intrusion.

Race arqua un sourcil.

— Mon intrusion ?

— Mlle Studley était avec moi.

Race inclina la tête.

— J'avais remarqué. Tout comme Mme Price-Jones.

— Cette femme-là..., enragea Clayborn avant de soupirer. Le fait est que vous avez monopolisé Mlle Studley aujourd'hui au parc. Comme hier soir au bal.

— Mlle Studley n'est pas un os qu'on se chamaille.

— Ce n'est pas...

Race continua d'une voix sévère :

— Elle est libre. Libre de choisir avec qui elle danse, avec qui elle dîne ou parle. Sans que quiconque ait besoin de la critiquer.

Clayborn devint rubicond.

— Je ne...

— Quant au parc aujourd'hui, je dirais que je l'ai divertie. Elle n'avait pas l'air d'apprécier follement la promenade.

— C'est la faute de ce satané chaperon, se défendit Clayborn.

— Le fait est que ni vous ni moi, ni qui que ce soit d'autre que Mlle Studley et peut-être son tuteur et son chaperon, n'a le droit de décider à qui elle peut parler ou qui elle peut fréquenter. Est-ce clair ?

Clayborn murmura quelque chose que Race ne comprit pas. Non qu'il s'en soucie. Il s'apprêta à repartir.

— Je ne sais pas pourquoi ça vous concerne. Ne faites pas comme si une fille comme elle pouvait vous intéresser, râla Clayborn.

— « Une fille comme elle » ? Qu'insinuez-vous ?

Race serra les poings. Il avait envie de frapper cet abruti empli d'arrogance, mais nul ne pouvait s'en prendre à un mutilé de guerre.

Clayborn haussa les épaules.

— Tout le monde sait que seule la beauté vous attire. Une fille terne comme Mlle Studley...

Quel ignorant ! Avec un grondement dégoûté, Race tourna les talons.

— Quoi qu'il en soit, j'ai le droit..., ajouta Clayborn.

Race se retourna et attendit qu'il aille au bout de sa phrase.

— Le fait est que Mlle Studley et moi...

Il déglutit.

— Mlle Studley et vous... ? l'encouragea Race.

Clayborn prit une longue respiration.

— Mlle Studley et moi avons un accord. Je suis autorisé à décider à qui elle parle ou non. Je vous remercie donc de cesser de l'importuner.

Race se raidit.

— « Un accord » ? répéta-t-il d'une voix glaciale.

Les joues roses, Clayborn redressa fièrement le menton.

— Oui, un accord privé, comprenez-vous ? Son tuteur s'étant absenté...

— Je vous comprends parfaitement, rétorqua Race avant de s'éloigner d'un pas furieux.

Un accord. Que fallait-il en déduire ? Elle n'envisageait pas d'épouser Clayborn, tout de même ? Elle ne pouvait pas faire ça. Cet homme était un crétin. Pompeux et aveugle. Il n'était pas à la hauteur de Clarissa Studley.

Cependant, les femmes semblaient attirées par les héros tragiques, qui avaient montré un courage exemplaire sur le champ de bataille. Bon sang !

7

Le lendemain matin, Clarissa et Betty se rendirent dans un autre orphelinat. Elles en revinrent avec Joan, une agréable jeune fille, pondérée, enthousiaste à l'idée de devenir femme de chambre.

Betty installa Joan à l'étage et commença à la former pour qu'elle devienne la servante attitrée d'Izzy. La première chose qu'elles firent consista à trier les vêtements laissés par Izzy, et à décider de la meilleure manière de les ajuster pour Zoé.

Vingt minutes plus tard, une Zoé paniquée rejoignit Clarissa.

— Elles transforment tous les vêtements de Mlle Izzy pour moi ! Alors qu'elle ne sait même pas que j'existe !

Clarissa sourit et lui tapota le bras.

— Izzy a emporté tout ce qu'elle voulait garder chez son mari, dans la maison d'en face donnant sur le jardin. La connaissant, elle renouvellera sa garde-robe à son retour.

— Mais…

— Rassure-toi, Betty sait ce qu'elle fait.

Zoé secoua la tête.

— Je suis pas sûre. Y a des gens qui sont déportés à l'autre bout du monde parce qu'ils ont chipé un mouchoir. Et ça, c'est bien plus grave.

Clarissa l'étreignit.

— Personne ne commet de vol, et tu n'iras nulle part.

Zoé n'était toujours pas convaincue. Elle darda un regard vers l'escalier.

— Ça ne serait pas un problème si j'allais voir Lucy ? Lady Thornton, je veux dire, mais elle m'a dit de l'appeler Lucy… Elle est peintre, tu le savais ?

— Non, je ne savais pas.

— Elle a peint de magnifiques fresques sur les murs des chambres des fillettes. Elle m'a montré l'autre jour. Je voulais t'en parler, mais il y avait cet homme avec toi et je ne savais pas quoi faire.

Son visage se crispa.

— J'aurais pas dû dire ça, hein ?

— Il n'y a aucun souci. Lord Randall est le meilleur ami du mari d'Izzy. Il connaît la vérité, et il sera discret.

Zoé rit avec sarcasme.

— Quelle vérité ? Aucune de nous ne connaît la vérité sur moi, même pas moi-même.

— Aie confiance, petite sœur, aie confiance, dit Clarissa. Bien sûr, tu peux rendre visite à Lucy. En fait, je viens avec toi. Il y a quelque chose dont j'aimerais discuter avec lady Tarrant. Je lui envoie un petit mot pour la prévenir.

Lady Tarrant fit porter une lettre répondant qu'elle serait heureuse d'avoir de la compagnie. Ainsi, Clarissa et Zoé traversèrent le jardin, saluèrent d'un geste les trois fillettes qui jouaient dehors sous la surveillance de leur gouvernante et entrèrent par la porte de derrière. Zoé et Lucy montèrent ensemble admirer la nouvelle peinture commencée par la seconde.

Dans la pièce ensoleillée à l'arrière de la maison, Alice tricotait de minuscules habits en laine blanche.

Clarissa s'émerveilla devant la qualité de l'ouvrage, et prit des nouvelles de sa santé.

— Lasse d'attendre, ma chère, et excitée en même temps. Et possiblement un peu anxieuse. C'est mon premier. Et je ne suis pas toute jeune.

Clarissa supposait que les mères attendant leur premier enfant étaient toutes nerveuses. Et elle avait entendu d'autres femmes relater à lady Tarrant les affres de l'accouchement, prenant presque plaisir à dramatiser – ce qui n'était pas d'un grand secours.

— Je suis sûre que tout va bien se passer, dit-elle chaleureusement. Et vous serez une mère exceptionnelle. Regardez comme vos belles-filles vous adorent.

Lady Tarrant sourit.

— Elles sont très impatientes que leur petit frère ou leur petite sœur arrive.

Du thé et des biscuits furent servis. Elles s'installèrent pour deviser sur quantité de sujets : le temps qu'il faisait, la sortie au parc de Clarissa, une nouvelle pièce à l'affiche qu'aucune d'elles n'avait vue, et d'autres choses jusqu'à ce que, finalement, la future maman déclare :

— Dites-moi, de quoi vouliez-vous me parler ?

Clarissa soupira.

— N'est-ce pas évident ?

Lady Tarrant s'esclaffa.

— Pas tant que ça. Mais je vois que quelque chose vous perturbe. Est-ce l'un de vos prétendants ? J'ai compris que vous voyiez souvent M. Clayborn. Et lord Randall, entre autres…

Clarissa fit la moue, ne sachant par quel bout présenter le tumulte de ses pensées.

— Vous n'êtes pas forcée de vous marier avec l'un d'eux, dit gentiment lady Tarrant. Je sais que tout le monde vous incite à faire un choix, mais rien ne vous oblige à vous marier, surtout que vous avez les moyens de subvenir à vos besoins.

— Je sais, mais je veux me marier. Je veux fonder une famille, avoir des enfants. Seulement…

Elle secoua la tête.

— C'est tellement compliqué ! Comment savoir si un homme est le bon ? Comment savoir si le visage qu'il montre est son vrai visage ? Comment savoir s'il est sincère… en particulier par rapport à ma fortune ? Et comment être sûre qu'il sera fidèle ?

Lady Tarrant réfléchit longuement. Le seul son dans la pièce était le cliquetis des aiguilles à tricoter.

— C'est difficile, je sais. Et je n'ai pas les réponses à vos questions. Je ne le nie pas : le mariage est un pari, et il incombe aux demoiselles d'être prudentes dans leur choix.

Ce qui ne l'aidait pas outre mesure. Clarissa but un peu de thé.

— Comment avez-vous trouvé lord Tarrant ?

— Oh, je ne l'ai pas « trouvé ». Il m'a « trouvée », et j'avoue que cela ne me réjouissait pas au départ.

— Vraiment ? Pourquoi cela ?

— Je n'avais aucune intention de me remarier. Mon premier mariage a été… peu heureux, et une fois veuve je me préparais à une vie tranquille et solitaire.

Des éclats de rire enfantins montèrent du jardin, la faisant sourire.

— Voyez comme mon plan a tourné ! J'en suis reconnaissante au destin.

— Comment est-ce arrivé ?

— James n'a pas renoncé à moi. Disons qu'il m'a eue à l'usure. N'ayez crainte, il ne m'a forcée sur aucun plan, loin de là. Il a fait preuve de patience, il a respecté mes peurs et mes angoisses, et petit à petit il m'a convaincue qu'il ne serait en rien comme mon premier mari.

Elle termina son rang et retourna le tricot.

— Dans le fond, je ne pouvais pas m'empêcher de l'apprécier. Enfin, vous avez vu comment il se comporte avec ses filles. Et je pense que vous avez remarqué qu'il est très attirant.

Clarissa sourit. Lord Tarrant était en effet bel homme. Et le voir avec ses filles avait été une révélation, pour elle et pour Izzy, sur le fait qu'un père pouvait être ouvertement affectueux.

Lady Tarrant continua :

— C'est ça, il a dissipé mes peurs petit à petit.

Elle baissa la voix et regarda Clarissa.

— Ça reste entre nous, d'accord ?

Clarissa hocha la tête.

— Bien sûr.

— J'ai sollicité l'avis d'une amie plus âgée, très heureuse en mariage.

Elle tricota une minute. Ses joues s'empourprèrent.

— Elle m'a conseillé de... d'essayer.

— « Essayer » ?

Alice acquiesça.

— Je ne devrais probablement pas dire ça, ce n'est pas convenable, mais je sais que vous n'avez personne de plus âgé pour vous conseiller. Certes, il y a lady Scattergood, et votre chaperon, mais je n'ai pas l'impression que lady Scattergood ait été heureuse en mariage.

Clarissa sourit.

— Pas avant que son mari passe dans l'au-delà.

— Exactement. Et je ne connais pas très bien votre chaperon, alors...

— S'il vous plaît. Je serais très reconnaissante pour tout conseil que vous pourriez me donner. « Essayer », disiez-vous ?

Lady Tarrant déglutit.

— Oui. Voyez-vous, avec mon premier mari, je, mmm... détestais le lit conjugal.

Clarissa cilla.

— C'est différent avec chaque homme, précisa Alice. Et avec mon premier mari, c'était...

Elle secoua la tête.

— Alors, avant d'accorder ma main à lord Tarrant, j'ai...

Il y eut un silence, seulement rompu par les bruits lointains des jeux des enfants. Puis elle révéla en hâte :

— Je l'ai laissé m'emmener dans son lit.

Clarissa ne savait pas quoi dire.

— Plusieurs fois. En fait, nous avons passé quelques jours ensemble, seuls, dans un petit cottage.

— Je... je vois.

— C'est moralement répréhensible, je sais, mais nous n'avons fait de mal à personne et je ne regrette rien. Parce que c'était... merveilleux.

Après un court silence, elle examina Clarissa.

— Vous ai-je choquée ?

— Pas du tout, affirma Clarissa.

Ce qui était vrai. Elle était surprise, en particulier parce qu'elle ne s'attendait pas à des révélations aussi intimes. Mais la solution de lady Tarrant - dissiper ses appréhensions en s'accordant un « essai » - lui semblait sensée.

— Je m'en félicite puisque ça a changé ma vie. Pas un jour ne se passe sans que je sois reconnaissante d'avoir pu mettre mes angoisses de côté et me donner une nouvelle chance. Avec James pour mari, les trois filles et maintenant ça..., dit-elle, la main sur son ventre arrondi. Je n'aurais pas rêvé qu'un tel bonheur soit possible. Cela dit, je ne vous conseille pas de laisser un homme vous toucher. Ceci doit être une joie, pas une erreur, conclut-elle en caressant son ventre.

Elle sourit à Clarissa.

— Mais un baiser ou deux, en cachette, ne nuit pas.

Clarissa hocha la tête, se rappelant que Mme Price-Jones lui avait dit un jour qu'il fallait embrasser beaucoup de crapauds avant de trouver son prince. Ce n'était pas le genre de conseil que donnaient habituellement les chaperons, mais celui-ci n'était pas comme les autres.

— Merci, lady Tarrant, dit-elle et, en proie à un flot d'émotions, elle se pencha pour l'enlacer. C'est si plaisant de pouvoir parler avec vous. Je suis heureuse que vous soyez notre amie.

— Le plaisir est partagé, ma chère.

La tête inclinée, Alice tendit l'oreille. Clarissa écouta, mais n'entendit rien.

— Qu'y a-t-il ?

Lady Tarrant posa son tricot et se leva maladroitement.

— Je n'entends plus un bruit. Avec les enfants, c'est généralement le signe qu'ils font une bêtise. Allons voir comment leur gouvernante s'en sort.

Après cette discussion avec lady Tarrant, Clarissa se réfugia dans son endroit préféré du jardin, la tonnelle de roses. Zoé était restée avec Lucy. Elle se réjouissait qu'elle ait trouvé une amie, même si cela la chagrinait un peu qu'elle ne se lie pas aussi aisément avec sa sœur.

Mais c'était naturel qu'elle soit attirée par une jeune femme qui partageait ses centres d'intérêt. La mère de Zoé était peintre et modèle. Se rappelant sa caricature sur le mur de l'orphelinat, Clarissa songea qu'elle avait aussi la fibre artistique. Il faudrait qu'elle lui achète du matériel de dessin.

Assise sur le banc en bois, elle huma les senteurs environnantes : rose, lavande et géranium. Autour d'elle bourdonnaient les abeilles.

Elle tira une feuille d'épiaire et, caressant sa surface veloutée, réfléchit aux conseils de lady Tarrant. Son amie avait bravé les peurs qui l'empêchaient d'avancer, et son courage avait été amplement récompensé.

Clarissa songea à ses prétendants. En prenant tout en considération, M. Clayborn était celui qui lui correspondait le plus. Il ne courait pas après l'argent, il était gentil, bien élevé et attirant. Pas très attentionné, mais il la respectait, sans aucun doute. Et c'était un héros de guerre, ce qui signifiait qu'il était courageux et avait risqué sa vie pour défendre son pays. Et même si cet élément n'était pas sur sa liste, cela voulait dire quelque chose. Pour couronner le tout, il ne menait pas une vie dissolue.

Il convenait certainement mieux que lord Randall.

Elle repensa au conseil de lady Tarrant. « Un baiser ou deux en cachette ne nuit pas. »

À la prochaine opportunité, elle laisserait M. Clayborn l'embrasser.

L'esprit de Race était agité. Clarissa Studley avait-elle passé un accord avec Clayborn ? Ou celui-ci avait-il inventé ce détail pour le défier ?

Il aurait aimé pouvoir demander confirmation à l'intéressée.

Le lendemain matin, il s'introduisit dans le jardin privé en passant par la maison de Léo, mais elle ne s'y trouvait pas. Il n'y avait que des enfants qui jouaient, gardés par une gouvernante.

Bien sûr, il ne pouvait pas sonner à la porte de lady Scattergood, avec ce maudit majordome.

Et ce n'était pas le genre de question qu'on posait par courrier. Il avait demandé à sa cousine de lui rendre visite, mais elle avait un autre engagement, et de toute façon la discrétion n'était pas son fort.

Absorbé dans ses pensées, il avançait dans la rue sans se soucier de là où il allait, la tête remplie de pensées maussades, quand une voix l'arrêta.

— Randall. Bonjour, mon vieux.

Il leva les yeux.

— Grantley ! Parbleu, je ne t'ai pas vu depuis des années.

Grantley sourit.

— J'étais à la guerre. Comment vas-tu, Randall ? J'ai appris que tu avais perdu ton père. Mes condoléances.

Race hocha la tête.

— Ça fait des années. Comment se portent tes parents ?

— Mon père s'est éteint. Ma mère garde la forme. Les petits-enfants l'obligent à rester active.

— Des petits-enfants ?

— Dix en tout.

— Dix ? s'exclama Race.

— Ce ne sont pas tous les miens, précisa Grantley en riant. J'ai deux sœurs. Mais j'ai déjà trois enfants, deux garçons et une fille.

Il passa le bras sous le sien et commença à marcher avec lui.

— Je suis marié avec une Espagnole, une femme merveilleuse. Elle est restée avec moi malgré toutes les campagnes, sans s'effrayer de la saleté ou du danger. Une vraie dame... Ah, j'y suis.

Race regarda la façade devant laquelle ils s'étaient arrêtés, et la discrète plaque en cuivre : Apocalypse Club.

— Tu manges un bout avec moi ? offrit Grantley. Ils font un délicieux pain de viande. Ou un succulent filet grillé, selon tes préférences.

— Merci, mais je ne pense pas. Pas mon genre d'endroit, dit Race en jetant un œil à l'écriteau.

— Pourquoi pas ?

Grantley lui lança un regard rusé.

— Oh, je sais. Tu t'attends à ce que ce soit rempli d'anciens combattants qui se remémorent leurs jours de gloire ?

Race hocha la tête.

— Quelque chose de ce genre.

— La guerre n'a rien de glorieux, soupira Grantley. Toi et moi, nous le savons, n'est-ce pas ? Ce club ne s'adresse qu'aux vrais soldats.

— Alors je n'y ai pas ma place. Je n'ai fait qu'un passage éclair dans l'armée.

— N'exagère pas. Ce n'est pas ta faute si ton régiment a été rappelé en Angleterre après que le colonel Grant a été blessé. Si mes souvenirs sont bons, le 15e régiment de hussards du roi ?

Race opina.

— Vous avez remporté de belles victoires, assura Grantley. Vous avez vaincu deux régiments de cavalerie française en une seule bataille. Et... n'as-tu pas secouru un camarade dont le cheval avait été abattu sous lui ?

Race haussa les épaules. Il détestait évoquer sa brève carrière d'officier de cavalerie. À vingt-trois ans, il était parti à la guerre rempli d'idées romantiques. La bataille mentionnée par Grantley avait été abominable et sanglante. Il gelait tant que le froid engourdissait leurs mains. Ils avaient reçu l'ordre de chevaucher en rang à la rencontre des fantassins, qui les avaient accueillis avec des salves de tirs. Les hurlements des chevaux et des hommes, des deux camps, lui avaient donné des cauchemars pendant des années. Les chevaux en particulier le hantaient. Contrairement aux hommes, ils n'avaient pas choisi de combattre.

Il avait perdu toutes ses illusions ce jour-là.

Après ce carnage, le 15e régiment avait été rappelé en Angleterre. Les deux premières années, il s'était vautré dans l'ennui et la frustration, exacerbés par les récits des batailles qu'il lisait dans la presse. Puis son père était mort, et Race avait dû assumer ses responsabilités patrimoniales et parlementaires.

Il parlait peu de sa vie militaire, honteux de sa brièveté et d'être ressorti de son unique bataille indemne, hormis quelques blessures superficielles, tandis que d'autres...

— Viens dîner avec moi, insista Grantley. Je te promets que personne ici ne cherche à étaler ses exploits. Il n'y a que des hommes qui ont combattu et ont envie d'un repas paisible et convivial, et de la bonne gastronomie anglaise. Crois-moi, leur pain de viande est un régal.

N'ayant pas vu son ami depuis des années, Race oublia sa réticence initiale et accepta l'invitation.

Clarissa se dirigea vers les portes-fenêtres donnant sur le jardin de lord et lady Carmichael. Par cette belle soirée, elle était sur les nerfs. Elle avait attendu toute la soirée cet instant.

Elle s'apprêtait à sortir avec M. Clayborn et, s'il y consentait, à le laisser l'embrasser. Personne ne l'avait embrassée jusqu'à maintenant.

Bien que tremblante, elle était déterminée. Elle se rappela la devise de son chaperon : « Il faut embrasser beaucoup de crapauds avant de trouver son prince. » Sur le moment, cette idée l'avait choquée, en particulier venant d'une dame chargée de préserver sa vertu.

Mais ensuite, lady Tarrant lui avait recommandé « un baiser ou deux, en cachette ».

Enhardie par leurs conseils, elle se préparait donc à recevoir son premier baiser. Elle scruta le jardin. Quelques lanternes étaient suspendues dans les arbres – pas de quoi chasser les ombres. C'était une invitation à batifoler. D'ailleurs, plusieurs couples avaient disparu dans la pénombre.

Se mettait-elle en quête d'une histoire d'amour, ou commettait-elle une sottise ?

Elle frémit.

— Le vent est un peu frais. Êtes-vous certaine de vouloir prendre l'air ? demanda M. Clayborn.

— Ce sera revigorant après la touffeur de la salle de bal, dit-elle, décidée.

Elle voulait savoir ce que cela faisait d'être embrassée. Plus spécifiquement, elle voulait vérifier ce que cela faisait d'être embrassée par Clayborn.

Elle glissa un regard vers lui. Voudrait-il l'embrasser, au moins ? Elle n'aurait su le dire. Jusqu'à présent, ses attentions restaient d'une parfaite correction. Devait-elle signaler son souhait d'une manière ou d'une autre ? Mais comment ? D'après elle, le premier pas incombait aux hommes. Les dames, ainsi qu'on le lui avait enseigné, étaient supposées freiner tout geste intime. Mais personne n'avait jamais essayé de l'embrasser.

« Qui ne tente rien n'a rien », se dit-elle en sortant sur la terrasse.

— Ah, Clayborn, je suis content de vous trouver ! lança une voix derrière eux.

Lord Randall les rattrapa.

— Votre grand-tante se sent mal. Dépêchez-vous d'aller voir.

M. Clayborn hésita, son regard passant de Randall à Clarissa. Même si cette dernière paraissait désappointée, le devoir l'appelait.

— Ne vous inquiétez pas pour moi, monsieur Clayborn. Allez la retrouver. Dois-je venir avec vous ?

— Inutile, mademoiselle Studley, plusieurs dames s'occupent d'elle, dit lord Randall. Mais, bien sûr, elle réclame son neveu adoré. Ne vous en faites pas, Clayborn, je veille sur Mlle Studley. Filez !

Clayborn lui décocha un regard irrité.

— Je suis navré, mademoiselle Studley…

— Le temps est compté, lui rappela lord Randall.

— J'espère qu'elle n'a rien de grave, dit Clarissa à Clayborn qui s'éloignait en claudiquant, grimaçant à chaque pas.

— Ce n'est pas grave, lui dit lord Randall.

Elle tourna vers lui des yeux étrécis.

— Vous avez l'air content de vous, lord Randall...

— Qui, moi ? répliqua-t-il en souriant. Pourquoi ne serais-je pas content d'avoir la compagnie d'une adorable dame ? Vous vous apprêtiez à vous promener dans le jardin, je crois. Allons-y.

Il la prit par le bras et avança vers les marches. Elle repoussa sa main.

— Est-ce vrai, à propos de la grand-tante de Clayborn ?

Il haussa les épaules.

— Un peu trop de champagne, tout au plus.

— C'est... scandaleux !

— Ah, vous trouvez ? Beaucoup de dames âgées boivent quelques gouttes de trop à l'occasion. Ce n'est pas un crime.

— Je ne parlais pas de ça, et vous le savez, gronda-t-elle. Je vous soupçonne d'avoir délibérément empêché M. Clayborn de m'escorter dans le jardin.

Il fit un geste désinvolte, sans chercher à nier.

— Il n'aurait pas dû vous emmener dehors. Il devrait le savoir. Vous aussi, d'ailleurs.

— Une promenade innocente pour prendre l'air ?

— Ce qui commence comme une promenade innocente peut engendrer des ragots, et bien vite votre réputation est entachée...

— Entachée ?

— Entachée, dit-il fermement. Et en moins de temps qu'il n'en faut pour le dire, vous voilà fiancée. Que vous le vouliez ou non.

— Ce sont des inepties !

— Loin de là. C'est ainsi que la société fonctionne.

Sa main nichée au creux de son bras, il la guida dans l'escalier qui menait au jardin.

— Ma réputation, je m'en moque.

Il tourna brusquement la tête.

— Pardon ? Mais pourquoi ?

Elle haussa les épaules.

— Une demi-douzaine d'hommes rien que dans cette salle de bal seraient heureux de m'épouser, même si ma réputation était souillée. Pour eux, ma fortune est la seule chose qui importe.

Il s'arrêta et la regarda.

— Aimeriez-vous être liée à un homme de ce genre pour le restant de vos jours ?

Bien sûr que non. Elle fit mine d'ignorer sa question.

— Ce jardin est ravissant, n'est-ce pas ?

— Parce que vous ne devriez pas, continua-t-il. Vous devriez épouser un homme qui vous aime, qui vénère le sol que vous foulez, un homme qui vous épouserait même si vous étiez sans le sou.

Quel rêve… Elle leva les yeux au ciel.

— C'est sûr qu'il y a des dizaines d'hommes comme ça.

— Pas des dizaines, dit-il avec douceur. Juste un.

À en juger par sa voix, rauque et tendre, il était sincère. Et elle avait envie de le croire. Mais il était réputé pour son insouciance. Les petits discours enjôleurs étaient une seconde nature pour lui. Hors de question qu'elle s'autorise à baisser la garde.

S'ensuivit un bref silence. Ses mots suspendus dans l'air finirent par se disperser sous le vent.

— Quoi qu'il en soit, si je choisis de prendre l'air, avec qui ou pourquoi, cela ne vous concerne pas. Vous n'êtes pas mon tuteur, ni mon frère…

— Fort heureusement.

Elle lui décocha un regard corrosif.

— Je vous saurais gré de cesser d'interférer.

— Vous êtes très fâchée, pour quelqu'un qui voulait juste prendre l'air. En avez-vous respiré assez ?

Il inspira profondément.

— Sentez-vous ça ? Romarin, non ?

Le fait qu'il n'y ait pas un soupçon de romarin dans l'atmosphère exacerba son agacement. Lord Randall la dupait. Il ne prenait rien au sérieux, ce misérable.

— Ce n'était pas juste pour l'air frais. C'était...

Les joues en feu, elle s'interrompit et détourna les yeux.

— Quoi ? Quelle était donc cette mystérieuse raison ?

Espérant qu'il ne la voie pas rougir dans la faible luminosité du jardin, elle ne répondit pas.

Sous l'effet d'une douce brise, les lanternes se balancèrent et les ombres dansèrent.

— Doux Jésus. Vous étiez prête à le laisser vous embrasser, devina-t-il.

— Et alors ? s'énerva-t-elle. Ce n'est pas un crime. Je suis sûre qu'il en avait envie, et je n'ai jamais...

Elle laissa sa phrase en suspens.

— Vous n'avez jamais quoi ? Été embrassée ? Est-ce bien ça ? Tout ce que je peux dire, c'est qu'avec une bouche pulpeuse comme la vôtre les hommes que vous avez rencontrés devaient terriblement manquer d'ardeur.

— Le pensez-vous ?

Comment ça, « une bouche pulpeuse » ?

— Bien sûr, et je me considère comme le pire de tous. Suivez-moi.

Il l'entraîna dans une allée.

— Que faites...

Avant qu'elle ait pu terminer sa phrase, il l'attira entre ses bras. Clarissa savait qu'il convenait de résister, mais pour une raison étrange elle ne le pouvait pas.

— À quoi jouez-vous ?

Elle s'efforçait de se fâcher, mais sa voix était suave et un brin haletante.

— Votre premier baiser ne devrait pas être avec un lourdaud comme Clayborn.

8

Il se pencha et l'embrassa. D'abord doucement, à peine un frottement de ses lèvres sur les siennes. Pourtant, elle en eut le souffle coupé.

Était-ce cela, un baiser ? C'était agréable, mais...

Il l'embrassa encore, d'un geste plus appuyé, ses lèvres douces mais sa bouche ferme. Merveilleusement ferme et virile.

Après un instant, il s'écarta. Elle déglutit. Donc c'était cela, un baiser. Très plaisant, mais que devait-elle faire à présent ? Le remercier et lui dire au revoir ? Elle ouvrit la bouche pour... Oh, il recommençait et sa langue... c'était...

Elle n'avait plus les idées claires. Sa saveur, sa chaleur. Des sensations, étranges et envoûtantes, tournoyèrent à travers elle telles des ondes. Elle s'accrocha à lui, pressée contre son torse, trop étourdie pour réagir...

À un moment il recula, sans cesser de l'étreindre avec fermeté. Une bonne chose, en fait, car elle tenait à peine debout. Lentement, confusément, elle reprit conscience de l'instant. C'était *ça,* un baiser. Oh, grands dieux...

Elle avait le souffle court. Lui aussi. Ses mains étaient appuyées sur son torse. Était-ce son cœur qui battait sous ses paumes ?

Elle rencontra son regard. Il la contemplait, ses yeux sombres indéchiffrables dans la nuit.

— Encore, chuchota-t-elle.

Il émit une sorte de gémissement, puis sa bouche la dévora, la posséda, et elle ne put que s'agripper à lui pour braver la tempête – une magnifique tempête.

— Ah ! C'est donc ça que vous mijotiez, mécréant !

Ils se séparèrent. Mais lord Randall la garda contre lui, un bras autour de sa taille.

Clayborn continua :

— Je devrais vous défier en duel. Vous souillez la réputation d'une innocente jeune fille ! Pour le plaisir, car elle ne représente rien pour vous. N'est-ce pas, Randall ? Sordide débauché que vous êtes !

Clarissa était sans voix, encore étourdie par ce sublime baiser. Elle n'avait qu'une vague conscience que M. Clayborn attendait la réponse de lord Randall. Mais ce dernier restait silencieux, encore essoufflé comme elle.

Avec un grondement de dégoût, M. Clayborn la saisit par le bras et l'éloigna de Randall.

Elle eut froid, soudain.

Lord Randall ne tenta pas de l'arrêter. Il la regardait avec une expression étrange.

Clayborn commença à l'entraîner vers la salle de bal.

— Venez, mademoiselle Studley. Vous êtes à l'abri de ce vaurien, à présent. Je suis là !

Hébété, Race se laissa choir sur un banc dans le jardin. *Bien*, se disait-il. *Bien, bien*...

Elle l'avait assurément pris par surprise.

Il l'admirait depuis un moment, conscient de son attirance pour elle, et avait eu hâte de l'embrasser – d'autant plus qu'il s'agissait de son premier baiser. Il s'était attendu à apprécier la chose.

Mais il ne s'était pas attendu à recevoir ce coup de massue.

Il avait embrassé des dizaines de femmes, possiblement une centaine. Mais rien – rien ! – ne l'avait préparé au baiser de Clarissa. L'association de l'innocence et de la passion, de la douceur et de la sensualité... Inimaginable.

En la serrant dans ses bras, il avait eu un mal fou à se contrôler. Son corps désirait ardemment la posséder.

Cependant, bien qu'elle soit merveilleusement réactive, elle n'était pas encore prête pour lui. Dans ses beaux yeux vifs, il y avait eu de l'excitation, mais aussi de la confusion – voire du doute. Il devait gagner sa confiance avant de pouvoir ne serait-ce que rêver de conquérir son cœur.

Mais, Seigneur ! Ce baiser-là l'avait ébranlé jusqu'au fond de l'âme.

Il n'aurait sûrement pas dû la laisser partir avec Clayborn, mais pour rien au monde il ne permettrait qu'elle soit le sujet d'une querelle comme un os entre deux chiens. Et même s'il était clair que Clayborn cherchait la bagarre, même si Race aurait adoré le réduire à néant, lui et son prétendu « accord », nul ne pouvait assommer un ancien soldat qui avait été blessé en protégeant sa patrie.

De plus, cela aurait bouleversé Mlle Studley.

Non qu'il croie un seul instant qu'elle ait passé un quelconque accord avec Clayborn. Elle était une créature loyale – loyale jusqu'à la moelle – et s'ils avaient passé le moindre accord, elle aurait refusé de le suivre. Elle ne l'aurait certainement pas laissé l'embrasser et l'aurait encore moins embrassé en retour avec cet enthousiasme enchanteur.

Or elle avait montré tant de passion, tant de ferveur, tant de sensualité...

Race se détendit et inspira une longue bouffée d'air nocturne. Il n'était pas habitué à toutes ces... émotions. Sa vie était calme, relativement prévisible et tellement simple, jusqu'à cette soirée où Mlle Studley avait vaillamment traversé la salle de bal, à la vue de tous, pour témoigner son soutien à sa sœur illégitime – et cela lui avait ouvert les yeux. Et le cœur.

Assis, il regardait sans le voir le jardin autour de lui, conscient d'une unique chose : son monde avait bougé de son axe.

Traînée par M. Clayborn dans l'allée pour regagner la salle de bal, Clarissa jeta un œil à lord Randall par-dessus son épaule. Assis sur un banc, il conservait la même étrange expression.

Cela lui était égal que M. Clayborn l'ait insulté ?

L'avait-il réellement embrassée juste pour le plaisir ? *Probablement,* songea-t-elle, le cœur gros.

S'en souciait-elle ? En fait, oui. Au mépris de toute raison. Elle avait toujours su qu'il n'était pas fiable. La désillusion luttait contre l'euphorie.

Au moins, maintenant, elle savait ce que cela faisait d'être embrassée. Sa bouche – son corps entier – continuait de la picoter délicieusement. Sa saveur, son goût masculin si excitant, était gravé au tréfonds de son être. Elle ne l'oublierait jamais.

Elle avait enfin été embrassée. Et quel baiser ! Plusieurs baisers. Rien ne serait plus jamais comme avant. Elle se sentait comme une chenille qui, un court instant, était devenue papillon.

Encore un peu abasourdie, toute sa conscience fixée sur les baisers de lord Randall, elle se laissa entraîner par M. Clayborn.

Jusqu'à ce qu'elle se rende compte de la teneur de ses propos.

— ... idiote de suivre cet homme-là et vous laisser attirer dans un coin sombre comme une putain !

Elle eut l'impression d'être aspergée d'eau glacée.

— « Une putain » ?

Elle tira sur son bras pour se libérer de sa main qui la cramponnait.

— Ce n'est pas ce que je pense, bien entendu, se hâta-t-il de préciser. Mais c'est ce que les gens diront. Les ignorants. Les fauteurs de troubles avides de ragots.

Elle le regarda calmement.

Il continua :

— Vous êtes trop innocente pour vous en rendre compte, mais lord Randall est un tombeur, immoral et sans scrupules. Un dépravé à qui on ne peut confier une jeune fille décente et...

Elle le coupa.

— Lord Randall est un bon ami de mon tuteur.

Et elle n'avait constaté aucun signe de dépravation chez lui. Avec elle, il était attentionné et respectueux. Certes, il n'aurait probablement pas dû l'embrasser, mais ce n'était pas complètement sa faute. Elle avait coopéré. L'avait même invité à le faire, ou presque.

Il eut un rire amer.

— Quel ami ! Entraîner la protégée de son ami dans un coin sombre et la séduire...

— Il ne m'a pas séduite.

— Non, parce que je suis venu à votre secours.

Il essaya d'attraper sa main. Elle esquiva.

— Vous ne m'avez pas secourue.

— Mais si ! Que pensez-vous qu'il serait arrivé si les gens l'avaient vu vous malmener de cette façon ?

— Il ne m'a pas malm...

— Vous auriez été détruite. Ou, pire encore, compromise et forcée de l'épouser pour sauver votre réputation. Il comptait sans doute là-dessus, le scélérat.

Elle recula.

— Ne soyez pas ridicule. Il n'a pas essayé de me séduire. Il ne m'a pas malmenée. Et même si ce n'était pas tout à fait convenable, nous étions très discrets, à l'abri des regards. Pour ce qui est de me compromettre...

Elle secoua la tête.

— Ce n'était qu'un baiser. Et j'étais consentante, ajouta-t-elle d'un air de défi.

Il la considéra d'un regard indigné.

— Consentante ? Vous étiez consentante ? Disposée à laisser ce coquin... ?

Comme Clarissa hochait la tête, il la fixa longuement.

— Alors dans ce cas...

Il la saisit et plaqua sa bouche sur la sienne. Ses doigts s'enfoncèrent dans ses bras. Les lèvres de Clarissa furent écrasées contre ses dents.

Après un moment, il se détacha d'elle, haletant.

— Je n'ai pas..., commença-t-elle, mais il repartit à la charge et plongea la langue dans sa bouche.

C'était intolérable. Elle tenta d'y mettre un terme, de s'arracher à lui mais il accentua son emprise. Finalement, elle fut obligée de le repousser avec brutalité.

Il recula en titubant, grimaçant quand il appuya sur sa jambe blessée. Il la dévisagea avec une expression de fureur et s'essuya la bouche. Un frisson d'anxiété parcourut l'échine de la jeune femme qui se prépara à des paroles déplaisantes, voire pire. Au lieu de cela, l'expression de son compagnon se modifia.

— Oh, pardonnez-moi, ma chère demoiselle Studley. Je me suis laissé emporter. Mes sentiments pour vous m'ont submergé. J'ai été scandalisé par la manière dont ce vaurien a profité de votre innocence, entachant votre pureté, et voilà que je fais la même chose que lui. Aurez-vous la bonté de pardonner un homme rendu fou par votre...

Elle le coupa.

— Il commence à faire froid. J'aimerais retourner au bal.

Et boire un verre pour effacer son goût dans sa bouche. Elle se dirigea vers les lumières de la salle de réception.

Il se précipita à sa suite en bredouillant de nouvelles excuses, interrompues par de petits cris chaque fois qu'il prenait appui sur sa jambe douloureuse.

Clarissa le laissa déblatérer. Elle repensait aux conseils que Mme Price-Jones leur avait donné, à elle et à Izzy, le soir de leurs débuts : « Il faut embrasser beaucoup de crapauds avant de trouver son prince. »

Cela l'avait choquée sur le moment car une chaperonne n'était pas censée prodiguer ce genre de conseil, mais à présent elle savait : les baisers de lord Randall étaient magiques mais, à cause de son mode de vie, il était exclu qu'il devienne son prince.

Et M. Clayborn, pour convenable qu'il soit à bien des égards… était assurément un crapaud.

Pressée de s'éloigner de lui et de ses vaines et exaspérantes excuses, elle pressa le pas. Mais les efforts qu'il faisait pour la rattraper lui donnèrent mauvaise conscience. À contrecœur, elle ralentit.

Elle était furieuse qu'il l'ait déçue. Elle avait espéré que ce baiser confirmerait qu'il était l'homme qu'il lui fallait. Au lieu de cela, elle avait eu confirmation du contraire. Et son torrent d'excuses haletantes l'horripilait. Toutes ces sornettes sur sa pureté et son innocence !

À la seconde où ils entrèrent dans la salle de bal, elle l'interrompit.

— Je meurs de soif. Pourriez-vous aller me chercher un rafraîchissement, s'il vous plaît ? Une limonade, de préférence.

Après un instant d'hésitation, il inclina la tête. Il n'était pas le genre d'homme que les serveurs et les valets remarquaient. De fait, après quelques minutes à essayer d'obtenir leur attention, il partit chercher lui-même sa limonade.

Clarissa exhala un soupir de soulagement. Elle avait besoin de quelques minutes pour faire le tri dans le tourbillon de ses sentiments. Pour un premier baiser, l'expérience était un franc succès. Dans la dernière demi-heure, elle avait embrassé deux hommes. Deux ! Et avec des résultats contrastés. C'était vraiment perturbant…

Pourquoi lord Randall ne pouvait-il pas être le crapaud ?

— Votre petite entreprise a échoué, n'est-ce pas ? dit une voix sardonique derrière elle.

Surprise, Clarissa se retourna. Une dame à l'allure soignée, à la dernière mode, se tenait un peu trop près d'elle.

— Est-ce à moi que vous parlez ?

Le visage de l'intruse était familier, bien que son nom lui échappe. Elle ne répondit pas tout de suite. Son regard parcourut lentement Clarissa, de la tête aux pieds, puis elle s'esclaffa avec dédain.

— Vous n'avez pas la moindre chance, mademoiselle l'Innocente aux mains pleines. Race Randall n'est pas du genre à se laisser piéger par une fillette terne comme vous. Il a bien meilleur goût que ça.

— Je vous demande pardon ? répliqua Clarissa.

Lady Snape, c'était son nom. Clarissa n'appréciait ni son attitude ni le ton insultant avec lequel elle suggérait qu'elle avait essayé de piéger lord Randall.

L'autre continua :

— Vous cacher dans la pénombre avec un homme et revenir avec un autre ? Quelle petite intrigante ! Vous devez être affreusement désespérée.

— Comment osez…

— Vous feriez bien de vous accrocher à l'éclopé au visage d'ange. Il vous passera peut-être la bague au doigt, si vous êtes assez rusée. Mais tirez un trait sur Race Randall. Il n'y a pas moins sérieux que lui. Comment pourrait-il l'être, alors qu'il n'est attiré que par les plus belles femmes ?

Hautaine, elle se désigna d'un geste.

— Je sais de quoi je parle. Nous sommes des amis *intimes*.

Clarissa était à court de mots.

— Une petite boulotte insipide comme vous ? railla lady Snape en la parcourant du regard. Vous réalisez que vous vous ridiculisez en courant après lui ?

Clarissa ne courait pas après lord Randall – c'était plutôt l'inverse. Izzy aurait remis cette garce à sa place avec une repartie pleine d'esprit, mais elle n'était pas assez rapide. Et quand elle fulminait et essayait d'être mordante, elle échouait. Mais elle avait sa façon de traiter les créatures maléfiques telles que celle-ci.

— C'est adorable de vous tracasser pour moi, dit-elle chaleureusement. Mais ce n'est vraiment pas nécessaire.

Lady Snape ne cacha pas sa surprise.

— « Adorable » ? répéta-t-elle, incrédule.

— Oui, vraiment, vous êtes trop aimable, l'amadoua Clarissa. Mais n'ayez crainte. Je n'ai pas de vues sur lord Randall, pas plus qu'il n'en a sur moi. Il ne fait que veiller sur moi, le temps que mon tuteur rentre de voyage de noces. Il est plutôt comme… un oncle pour moi.

La femme en resta bouche bée.

— Un oncle ?

— Oui, un oncle bienveillant. Assez étouffant, je l'avoue, mais bien intentionné. Il n'y a rien de personnel là-dedans. Donc, vous voyez, il est inutile de craindre que je ne vous vole son attention. Ou à toutes ces belles dames qu'il préfère, selon vous.

Lady Snape plissa les yeux.

— Mais merci. C'est vraiment adorable de vous tracasser pour moi, lady Snake[1], termina Clarissa.

Il y eut un silence.

— Stupide en plus. Et mon nom est Snape, pas Snake, bougonna l'autre avant de disparaître.

— Oh, je ne pense pas…, murmura Clarissa en la regardant partir.

Elle ne se défendait peut-être pas avec la même vivacité qu'Izzy, mais en répondant à la méchanceté par une chaleur prétendument naïve elle désarçonnait aussi efficacement ses interlocuteurs.

Les piques de cette vipère ne pouvaient pas l'atteindre. Oh, elles l'avaient atteintes, mais tant que la harpie ne s'en apercevait pas, elle avait l'impression de sortir vainqueur de la bataille.

Bon, si seulement cette soirée pouvait s'achever ! Elle se mit en quête de Mme Price-Jones, décidée à lui demander de rentrer tôt en prétextant une migraine. Ce ne serait pas un mensonge complet. Elle était exténuée.

Race demeurait sur le banc, dans l'obscurité du jardin. Ses pensées tourbillonnaient. La cause ? Mlle Clarissa Studley.

Il ne l'avait pas vraiment remarquée lors de leur première rencontre. Elle n'était que la pupille de Léo, une jeune femme plaisante, quoique timide.

Ses talents de cavalière l'avaient impressionné en premier lieu. Les jeunes femmes réservées et sans prétention, d'après son expérience, savaient à peine monter à cheval. Tout au plus trottaient-elles dans le parc. Clarissa était non seulement une cavalière habile, mais elle avait de l'allure. Le contraste entre son comportement en société, effacé et convenable, et ses prouesses à cheval avait piqué sa curiosité.

1. « Serpent » en anglais. *(N.d.T.)*

Puis, après avoir assisté à l'incident au bal des Arden où elle avait publiquement soutenu sa demi-sœur – et assumé les conséquences –, il avait réalisé qu'elle était courageuse et extraordinairement loyale envers ceux qu'elle aimait.

Il y avait la Mlle Studley publique – calme, timide, sans prétention – et la Clarissa privée, à l'abord toujours calme et timide, mais certainement pas vulnérable. Elle était pleine de surprises.

Ces dernières semaines, Race s'était retrouvé en sa compagnie plus que d'ordinaire, et en apprenant à la connaître il s'était rendu compte qu'elle était belle. Oh, il ne s'agissait pas d'une évidente harmonie des traits que la société assimilait à de la beauté – il était aguerri à ces beautés mondaines qui réclamaient son attention.

La beauté de Clarissa était plus subtile, quelque chose à voir avec le satiné et la pureté de sa peau, la clarté de ses grands yeux noisette et la multitude d'expressions et de pensées qui se reflétaient en eux avec candeur. Il y avait chez elle une douceur rare et précieuse – et il n'était pas seulement question de son sourire, ou de sa bouche pulpeuse… ou de ce baiser ! Il secoua la tête avec frustration.

Non, aucune liste de caractéristiques ne pouvait résumer Clarissa : elle était plus, tellement plus que la somme de ses parties. Au début, il avait été trop aveugle pour s'en rendre compte, mais maintenant qu'il la voyait réellement, il ne voyait plus que cela. Elle était belle. Et chaleureuse, et gracieuse. Absolument désirable.

Il la voulait, cela ne faisait pas de doute. Mais, cet exceptionnel baiser mis à part, elle se révélait bigrement résistante à ses charmes.

— Tu n'as pas rendu visite à lady Scattergood récemment, je suppose ? demanda Race sur un ton qu'il espérait décontracté.

Il était passé chez sa cousine préférée prendre de ses nouvelles. Du moins, c'est ce qu'il avait prétendu. Ils prenaient le thé ensemble.

— Pourquoi ? As-tu un faible pour la vieille dame ? Moi aussi, je la trouve amusante.

Race arqua un sourcil narquois.

Maggie éclata de rire avant de lui lancer un regard complice.

— Il se trouve que j'y suis allée. Et pour ce qui est des nouvelles intéressantes, le chaperon de Mlle Studley a laissé entendre que l'angélique Clayborn développe une attention très particulière à son égard. Elle était ravie.

Race serra la mâchoire. Clayborn ? Non, elle ne pouvait pas...

— Elle m'a fait comprendre qu'elle ne serait pas étonnée si une annonce était faite dans un avenir proche, continua Maggie. Excitant, n'est-ce pas ?

Race ne pipa mot. Il n'avait pas cru au prétendu « accord » révélé par Clayborn. Et si finalement ce n'était pas de la vantardise ? S'ils avaient conclu une sorte d'entente, et n'attendaient que le retour de Léo pour annoncer leurs fiançailles ?

Impensable. Mais il n'allait pas rester sans rien faire, à attendre que cela se concrétise. Il devait agir, et vite.

Plusieurs événements avaient lieu ce soir. Une partie de cartes. Une soirée musicale. Un dîner très sélect à l'ambassade autrichienne. Curieusement, Race avait reçu des invitations pour les trois. Sa cousine aussi, sans doute.

— Avez-vous des projets pour ce soir, Oliver et toi ? s'enquit-il nonchalamment.

— Oh oui, évidemment, répondit Maggie. Tu sais que j'aime être occupée. Oliver et moi sommes invités à un dîner à l'ambassade d'Autriche. Tu connais sa passion pour les débats politiques, mais si c'est trop ennuyeux, je l'ai prévenu que dès la fin du repas j'irais dans un lieu plus divertissant.

— Compréhensible.

Sa cousine ne s'intéressait aucunement à la politique. Elle inclina la tête, intriguée.

— N'as-tu pas reçu d'invitation à ce dîner ?

— Si, et plusieurs autres.

Ces temps-ci, depuis que la rumeur courait qu'il cherchait à se marier, il croulait sous les invitations. Là barbe.

— Alors, quels sont tes projets ? Viens-tu avec nous à l'ambassade ?

— Je n'ai pas encore décidé. Tu ne connais personne d'autre qui irait, par hasard ?

Il imaginait mal pourquoi Mlle Studley serait invitée, mais cela limiterait ses options.

— Plusieurs des amis indigestes d'Oliver seront là.

Maggie but du thé, grignota un morceau de sablé, puis déclara sur un ton enjoué :

— Mlle Studley prévoit d'assister à la soirée musicale de lady Gastonbury, ce soir.

— Ah bon, dit-il avec une indifférence feinte.

Sa cousine rit joyeusement.

— Tu ne trompes personne, cher cousin. J'ai veillé à m'informer des plans de Mlle Studley pour la semaine à venir. Je savais que tu aimerais les connaître. Ce soir, elle va à la soirée musicale puis au raout des Peplowe, et mercredi elle sera à l'Almack's. Non que cela t'intéresse. Je sais ce que tu penses de l'Almack's.

Race se leva.

— Merci pour le thé, Maggie. C'était délicieux.

— Dit l'homme qui a laissé son thé refroidir sans boire une goutte et n'a pas goûté une miette des délicieux sablés de Cook.

Sa cousine lui tapota la joue.

— Ne t'en fais pas, je te tiendrai informé de toutes ses activités. Nous ne pouvons pas laisser ce héros de Waterloo nous vaincre, n'est-ce pas ?

Race ne trouva rien à redire à cela. Il ne tenait pas à ce que sa cousine cancanière se mêle de cette histoire, mais puisqu'il ne pouvait rendre visite à Mlle Studley – la plaie ! –, il n'avait pas le choix. Pour lui, c'était contre nature. Il s'était toujours occupé de ses affaires en privé.

Il embrassa la joue de sa cousine et prit congé.

Les soirées musicales de la vieille lady Gastonbury étaient étrangement prisées par la haute société, sans que Race comprenne pourquoi. Ces événements servaient avant tout à exhiber les talents de sa petite-fille bien-aimée. Il n'avait jamais assisté à un récital de Cicely, mais la rumeur la présentait comme une fille aimable et incapable de chanter juste. Apparemment, ni elle ni sa grand-mère n'en avaient conscience.

Lady Gastonbury était très appréciée, et ses soirées étaient réputées pour les dîners majestueux qui suivaient les prestations. Il présumait que ceci expliquait cela.

Race arriva un peu en retard, pour ne pas paraître trop impatient. Lady Gastonbury l'accueillit avec effusion, et les spéculations se propagèrent parmi le public qui patientait. Il grinça des dents. Il avait préparé ses oreilles à subir des tortures au nom de l'amour, mais il détestait l'attention dont il était l'objet.

Posté près de la porte, il survola la pièce du regard. Cinq ou six femmes agitèrent immédiatement la main – à la fois des mères cherchant un époux pour leur fille, et des femmes mariées en quête de plaisir. S'ensuivit une vague de mouvements alors que chacune d'elles lui faisait une place.

Mlle Studley se trouvait dans le fond de la salle. La chance lui souriait : il y avait une chaise inoccupée près d'elle. Son chaperon bavardait avec une autre dame. Mlle Studley ne semblait pas l'avoir remarqué pour l'instant. Elle regardait droit devant elle... sauf que son teint rosissait. Elle l'avait vu.

Il se faufila entre les rangées de sièges dans sa direction, distribuant des bonjours en chemin, mais quand il arriva enfin à la hauteur de Mlle Studley, le siège libre était pris.

Il lança un regard noir au dandy aux cheveux gris qui avait volé sa place. Le vieillard lui sourit.

— Bonsoir, jeune Randall. Vous venez profiter de la belle musique ? Mlle Cicely est un miracle. Qu'en dites-vous ?

Il se tourna vers Mlle Studley, assise à côté de lui.

— Mmm. Je suppose que vous préféreriez vous asseoir à ma place. Mais cette aimable demoiselle m'a invité à m'asseoir près d'elle. Quel imbécile refuserait, n'est-ce pas ?

Elle l'avait *invité* ?

La jeune femme souriait poliment, mais évita son regard.

Race inclina la tête.

— Bonsoir, sir Oswald, Mlle Studley, Mme Price-Jones...

Mlle Studley répondit d'un murmure, toujours sans rencontrer son regard.

Le vieux sir Oswald Merridew continuait de radoter, mais Race ne lui accordait que le minimum d'attention. Pourquoi refusait-elle de le regarder ? Se sentait-elle embarrassée à cause de leur baiser ?

Si cela l'avait ébranlé au plus profond de son être, peut-être avait-elle ressenti un effet similaire. Cela l'avait-il alarmée ? Son premier aperçu de la passion.

Ou avait-elle réellement l'intention d'épouser Clayborn ?

Cette pensée remplit ses veines de glace. Mais pour quelle autre raison éviterait-elle son regard ?

Et pourquoi inviterait-elle un vieil homme à s'asseoir à côté d'elle, alors qu'elle savait qu'il était là et aimerait occuper le siège voisin du sien ?

Lady Gastonbury agita une clochette, et le silence se fit dans le public. À présent, seuls quelques sièges restaient libres de l'autre côté de la salle. Race se dirigea au bout de la rangée et s'appuya au mur, d'où il pourrait voir la jeune femme ainsi que le spectacle.

Ce soir, elle portait une robe d'un vert très clair, qui lui faisait des yeux presque verts. Changeants comme ils étaient, jamais il ne se lasserait de les contempler.

Elle était tout à fait consciente de sa présence, décida-t-il. Le récital avait commencé – pas encore Cicely, mais une soprano dont il ignorait le nom. Plutôt douée, d'ailleurs. Mlle Studley se concentrait sur l'interprétation. Le rouge de ses joues s'était un peu dissipé, mais pas entièrement. Et elle lui lançait des coups d'œil furtifs en faisant la moue.

Si adorable.

Il ne pouvait concevoir qu'elle songe à se marier avec ce misérable Clayborn.

La soprano concluant son tour de chant, la foule applaudit. Puis Cicely monta sur la petite scène. Race se prépara – il n'avait jamais assisté à ces soirées, mais la réputation de Cicely la précédait.

La pianiste joua les premiers accords. Cicely ouvrit la bouche, et le bruit qui en jaillit... Seigneur, il y avait intérêt à ce que le dîner vaille le coup ! Il jeta un œil vers Mlle Studley et faillit éclater de rire face à son expression rigide au sourire poli. Ses oreilles aussi se faisaient lacérer.

À la fin de la chanson, elle applaudit avec enthousiasme. Race aussi, en se disant que ces applaudissements étaient dus au soulagement.

Mais ils n'étaient pas au bout de leurs peines. Après cela, elle massacra une aria de Mozart, extraite de *Così fan tutte,* puis une ballade écossaise, et elle s'attaqua de nouveau à Mozart, qui devait se retourner dans sa tombe.

Le concert n'en finissait plus. Quel était l'animal capable de fermer ses oreilles ? Les loutres ? Les phoques ? Race aurait aimé avoir cette aptitude pour se préserver de l'assaut que les invités subissaient.

Finalement – ô bonheur ineffable –, Mlle Cicely se tut et le souper fut annoncé. Mlle Studley se leva, murmura quelques mots à son chaperon. Toutes deux sortirent précipitamment.

Besoin naturel, se dit-il en se rendant d'un pas nonchalant dans la salle à manger pour attendre son retour. Dix minutes s'écoulèrent, puis dix autres. Où était-elle ? Était-elle souffrante ?

Il patienta quelques minutes de plus avant de se diriger vers le vestibule devant le cabinet des dames. Une dame âgée qu'il ne connaissait pas était sur le point d'entrer.

— Pourriez-vous me dire si ma, euh... cousine est à l'intérieur, je vous prie ? lui demanda-t-il. Elle a les cheveux châtain clair et porte une robe vert clair.

Quelques minutes plus tard, elle ressortit.

— Il n'y a personne à l'intérieur. Elle est sûrement dans la salle de réception. Les soupers des Gastonbury sont très prisés.

Cependant, elle ne s'y trouvait pas. Elle avait quitté la soirée. Compréhensible, vu que ses oreilles saignaient certainement. Sauf qu'elle savait qu'il était ici et voulait s'entretenir avec elle. Mais à part un bonjour murmuré à son arrivée, elle ne lui avait pas adressé un mot.

Elle l'évitait. Pourquoi ?

— Vous revenez, jeune Randall ? s'enquit sir Oswald en lui tapant le dos. Vous aurez une place assise, cette fois. Moins de monde pour la deuxième partie, la plupart s'en vont après le repas. La raison m'échappe, personnellement.

Une seconde partie de simulacre de musique était prévue ? Race était effaré. Murmurant des excuses, il prit congé de sir Oswald, remercia lady Gastonbury et Cicely, mentit comme un arracheur de dents en soulignant que la soirée avait été extrêmement agréable et qu'il était navré d'être attendu ailleurs. Après quoi, il s'enfuit.

— Préférez-vous que ce soit moi ou Joan qui vous prépare une bonne tisane relaxante, mademoiselle ? demanda Betty en relevant minutieusement la robe de Clarissa au-dessus de sa tête.

— Je n'en veux pas, merci, répondit Clarissa.

Ce n'était pas d'une tisane relaxante dont elle avait besoin, mais d'une purge – une purge pour éliminer lord Randall.

— Si vous êtes sûre, mademoiselle. Cela ne nous dérange pas.

Betty aidait Clarissa à se préparer pour le coucher, et en même temps chuchotait des instructions à Joan pour la former, lui expliquant comment laver les bas en soie de Mademoiselle, nettoyer ses chaussures et ranger sa jolie robe – en l'enveloppant dans du tissu de cette façon précise pour éviter les plis. Les secrets d'une femme de chambre au service d'une dame.

— Merci, mais j'ai juste besoin de dormir.

Elle ne méritait pas la sollicitude de Betty. Elle devenait une menteuse. C'était la deuxième fois de la semaine qu'elle prétextait un mal de tête pour quitter de bonne heure une soirée. Mais que faire d'autre ?

La façon dont lord Randall s'était appuyé au mur, bras croisés, faisant semblant d'écouter l'effroyable Cicely alors que tout ce temps il épiait Clarissa – elle avait senti son œil de lynx l'effleurer comme une chaude caresse. Cela l'avait sottement embarrassée. Elle était certaine que tout le monde avait remarqué qu'elle piquait un fard.

Betty termina de délacer son corset et le posa de côté, laissant Clarissa en chemise. Sa chemise de nuit était prête, étalée sur le lit.

— Puis-je..., commença Betty.

— Non, ce sera tout. Merci, Betty. Et Joan, dit-elle en souriant à la nouvelle servante. J'aimerais faire ma toilette d'abord. Je n'aurai plus besoin de vous ce soir. Merci de m'avoir attendue.

— Vous avez besoin d'eau chaude, alors, dit Betty. Joan...

— Non, froide, ça ira très bien. Bonne nuit.

L'eau froide était exactement ce dont elle avait besoin.

Restée seule, Clarissa se rafraîchit avec l'eau de l'aiguière restée sur la console en marbre.

Il fallait qu'elle trouve un moyen d'anéantir les sentiments inconvenants et malvenus qu'elle éprouvait pour cet homme. Elle n'aurait pas dû permettre ce baiser, si magique, si enivrant et profondément perturbant, qu'elle ne pouvait chasser de ses pensées.

Elle tamponna le carré de flanelle frais sur ses joues brûlantes. À quoi jouait-il ? Il ne venait jamais aux soirées musicales, même si des gens avaient suggéré qu'il appréciait l'opéra. Non pas qu'elle se soit renseignée sur lui, mais il était un sujet de commérages courant parmi certaines dames de sa connaissance. Et celles qu'elle avait entendues ne s'adressaient pas à elle directement.

Le consensus semblait être que ce n'était pas tant la musique qui l'attirait à l'opéra que les ballerines. Les danseuses attiraient la plupart des hommes, à en croire la rumeur. D'après ce que Clarissa avait compris, c'étaient de jeunes femmes attrayantes de petite vertu. Très petite.

Cependant, aucun amateur de grande musique n'assisterait aux soirées de lady Gastonbury à moins d'être sourd, épris de la vieille dame ou de Cicely, ou prêt à tout pour bien manger. Pas un seul de ces critères ne correspondait à lord Randall.

Donc il était venu pour elle – mais comment avait-il su qu'elle figurerait parmi les spectateurs ?

Elle se mit au lit et remonta l'édredon.

Sa cousine... Évidemment. Elle l'avait mentionné devant Maggie récemment, laquelle avait répondu en plaisantant que ses oreilles le regretteraient.

Il l'espionnait, avec le concours de sa cousine. Ce qui était humiliant. Elle frappa son oreiller pour mieux s'installer. Elle avait cru que Maggie devenait son amie. Comme c'était démoralisant de réaliser qu'il ne s'agissait pas d'une sincère amitié, que la dame pleine d'allant avait des intentions cachées : tenir lord Randall informé.

C'était pire que démoralisant, c'était rageant. Léo avait nécessairement chargé lord Randall de la surveiller. Qu'il nie autant qu'il le voulait, elle connaissait la vérité à présent.

Et il avait décidé de se divertir en l'aguichant, en flirtant. Après tout, il était réputé pour ça.

La souvenir de sa posture contre le mur pour la surveiller, ce... cette lueur dans ses yeux, comme s'ils partageaient un secret... Même rétrospectivement, elle se sentit rougir.

Elle cogna encore l'oreiller. Ce petit faible ridicule qu'elle avait pour un homme inconvenant, il fallait qu'elle y remédie. Forte de cette résolution, elle souffla la chandelle près de son lit et, allongée, fixa l'obscurité. Et fit le vœu de trouver « le sommeil qui démêle l'écheveau du souci », pour citer Shakespeare.

Cependant, quand le sommeil la cueillit enfin, non sans difficulté, elle rêva d'une paire d'yeux gris rieurs et d'un homme au magnétisme horripilant.

Le matin suivant la soirée musicale se révélant radieux, Race fit porter un petit mot à sa cousine pour qu'elle invite Mlle Studley à faire un tour à cheval. Il fallait qu'il la voie, qu'il sonde ses sentiments. Pourquoi l'avait-elle évité ? Était-elle gênée ? Regrettait-elle leur baiser ? L'avait-il contrariée par mégarde ?

Une demi-heure plus tard, sa cousine lui répondit que Mlle Studley n'était pas disponible pour sortir à cheval aujourd'hui.

« Peu importe. Il reste la réception des Peplowe », ajoutait Maggie.

Soit. Il la verrait chez les Peplowe, en ce cas.

9

— Encore des fleurs apportées par M. Clayborn, annonça Treadwell d'une voix funèbre. Le plus gros bouquet à ce jour. Il attend dans le vestibule.

Il se tenait sur le seuil du salon à l'arrière de la maison, tenant d'un air triste une brassée de fleurs cultivées sous serre, dont des orchidées, des lys et d'autres espèces rares et coûteuses.

— Le malheureux ! s'exclama lady Scattergood.

— C'est le troisième bouquet en trois jours, se réjouit Mme Price-Jones. Et celles-ci sont encore plus onéreuses. Il est merveilleusement passionné, n'est-ce pas ?

Aux anges, elle sourit à Clarissa.

— Veuillez informer M. Clayborn que je ne suis pas là, dit Clarissa au majordome.

Elle n'avait pas la moindre envie qu'il soit « merveilleusement passionné ». Elle voulait juste qu'il déguerpisse.

— Vous devez lui parler, décréta son chaperon. Je ne devrais pas gâcher la surprise mais je crois que ce jeune homme… ce jeune homme très épris… a quelque chose d'important à vous dire.

Elle souligna son propos d'un clin d'œil.

Clarissa soupira. Elle savait exactement ce que Clayborn se préparait à lui dire. Il avait été on ne peut plus clair. Après avoir « entaché son innocence » en laissant sa passion pour elle le submerger, il était disposé, ou plutôt impatient de l'épouser.

Il lui avait rendu visite le lendemain du bal et l'avait quasiment demandée en mariage. Elle s'était sentie mal à l'aise en l'accueillant – leur baiser avait clarifié tous ses sentiments envers lui. Elle s'était efforcée de le décourager, avec douceur, et de le détourner du sujet du mariage. Ce n'était pas sa faute s'il s'avérait être un crapaud, le pauvre homme.

Elle pensait avoir clairement exprimé son désintérêt, mais il était revenu le jour suivant avec un bouquet encore plus volumineux – pieds-d'alouette, lys, œillets, grandes giroflées et roses – et un sourire encore plus déterminé. Après lui avoir offert les fleurs et avoir renouvelé brièvement sa proposition de mariage – qu'elle avait rejetée, non sans fermeté –, il avait demandé à s'entretenir en privé avec Mme Price-Jones. Après cela il avait disparu, à son grand soulagement.

Mais voilà qu'il revenait. Encore.

— Je n'ai pas envie de lui parler, insista Clarissa.

— Vous faites bien, approuva lady Scattergood. Obligez-le à se donner du mal pour vous conquérir. J'ai forcé Scattergood à renouveler sa demande une douzaine de fois avant de l'accepter.

— Je ne veux pas qu'il me conquière, contesta Clarissa. Je ne veux pas le voir du tout.

Jamais. Ce n'était pas juste le baiser qui l'avait dégoûtée de lui, c'était son obstination à croire qu'il avait porté atteinte à son innocence.

Ce qui était faux : ce n'était qu'un baiser, très peu plaisant qui plus est. Le pire étant son attitude envers elle. C'était comme si, l'ayant embrassée, il avait le sentiment qu'elle lui appartenait désormais. Et n'avait pas besoin de tenir compte de ce qu'elle disait. Cela l'indignait au plus haut point.

Même s'il ne l'avait pas embrassée, son comportement montrait qu'elle ne pouvait l'envisager en tant que mari potentiel. Son indifférence à l'égard de ses réactions prouvait qu'il ne respectait pas son opinion, et si Clarissa était catégorique sur un point, c'était sur le respect au sein d'un mariage. L'amour était peut-être un rêve, mais le respect était une exigence.

— Je pense que vous devez au moins le voir, conseilla Mme Price-Jones. Hier, il m'a expliqué qu'il se sentait affreusement mal d'avoir laissé ses émotions le submerger. Il craint de vous avoir heurtée dans votre innocence, et a sollicité mes conseils.

Encore une référence à son innocence.

— Il ne m'a pas heurtée. Je n'ai simplement pas envie de le voir.

— Néanmoins, je pense qu'il doit pouvoir présenter ses excuses.

— Il s'est excusé maintes fois.

Un court silence suivit.

— Alors, que dois-je faire ? demanda Treadwell.

— Mettre ces pauvres choses dans un vase, bien sûr, rétorqua lady Scattergood. Et que je ne les voie pas. Je ne comprends pas pourquoi les gens envoient des fleurs, tout ça pour qu'elles se fanent. Qui a envie de regarder des végétaux mourir du matin au soir ?

— Je reformule ma question, rectifia Treadwell avec dignité. Que dois-je faire avec le jeune monsieur ?

Mme Price-Jones se pencha pour poser la main sur le bras de Clarissa.

— Parlez-lui, ma chère. Vous n'êtes pas obligée de vous engager. Je lui ai expliqué hier qu'il fallait la permission de votre tuteur pour vous marier. Il m'a répondu qu'il avait l'impression de vous avoir compromise, et qu'il lui incombait de vous demander en mariage…

— Compromise ? s'écria lady Scattergood. Il l'a compromise ? La crapule ! Le scélérat ! Jetez-le dans la rue, Treadwell !

— Il ne m'a aucunement compromise, s'empressa d'affirmer Clarissa. M. Clayborn exagère.

À un point ridicule.

Lady Scattergood leva sa lorgnette pour examiner le visage de la jeune femme.

— Est-ce vrai ?

— Absolument.

Si un baiser pouvait être qualifié de « compromettant », c'était celui de lord Randall. Mais Clarissa était déterminée à garder cela secret.

— Bon, soit. Je présume que ça ne nuirait pas de lui parler. Faites-le entrer dans le petit salon, Treadwell. Et gardez l'œil sur lui.

— Mais je..., commença Clarissa.

La vieille dame rejeta ses objections d'un geste.

— Il ne peut pas demander votre main sans la permission de Léo. Alors parlez-lui, dites-lui de cesser de remplir ma maison de fleurs agonisantes et informez-vous sur ses projets de voyage.

— Ses projets de voyage ? répéta Clarissa, confuse.

— Bien sûr. Combien de fois devrai-je vous dire, jeune fille, que le secret d'un mariage heureux est que le mari parte au bout du monde peu après le mariage ? Qu'il voyage et envoie des cadeaux extraordinaires de temps en temps en gage de sa considération.

Elle indiqua d'un geste vague le fatras d'objets exotiques, plus ou moins de valeur, qui encombraient chaque coin de la pièce.

— Comme l'a fait mon cher Scattergood durant les vingt années de notre mariage.

Elle lança un regard affectueux à l'urne qui abritait les cendres de son mari.

— Alors découvrez quels sont les projets de voyage du jeune Claymore.

— Clayborn, rectifia Clarissa sans enthousiasme.

— Oui, c'est ça. Et s'il n'en a pas, veillez à implanter la notion dans son esprit. Maintenant, filez.

— Mademoiselle Studley !

Lorsque Clarissa entra dans le petit salon, Clayborn se leva d'un bond, envoyant valser sa canne.

— Chère mademoiselle Studley, vous avez consenti à me voir, dit-il avec un immense sourire. Oserai-je croire que vous avez pardonné mon impétuosité ?

Elle ramassa sa canne et la lui rendit.

— Monsieur Clayborn, asseyez-vous, je vous prie.

Il se figea.

— Quelle froideur. Vous ne m'avez pas pardonné ?

Clarissa réprima un soupir.

— Ainsi que je l'ai déjà dit, et pas qu'une seule fois, il n'y a rien à pardonner. Alors, je crois savoir que vous vouliez me dire quelque chose ?

Horrifiée, elle regarda Clayborn se cramponner à sa canne d'une main, et de l'autre s'abaisser sur un genou avec un grognement.

Clarissa se leva d'un bond.

— S'il vous plaît, cessez cela immédiatement ! Il n'est pas nécessaire de vous agenouiller.

Il se redressa péniblement.

— Tant de gentillesse, tant de considération..., dit-il avant de se rapprocher d'un pas. Ma chère demoiselle Studley, vous connaissez mes sentiments pour vous, lesquels s'amplifient chaque fois que vous m'accordez un moment en votre charmante compagnie. Me feriez-vous l'honneur...

— Monsieur Clayborn, n'en dites pas plus, ordonna Clarissa. Je sais ce que vous allez me demander, mais ma réponse est toujours non.

— Je sais, vous avez besoin de la permission de votre tuteur. Mais...

— Ça n'a rien à voir avec mon tuteur. Ainsi que je l'ai déjà exprimé, très clairement, bien que j'aie... de l'estime pour vous, il n'y a aucune chance, absolument aucune pour...

Clayborn leva une main.

— Oh, ne le dites pas. Vous ne pouvez pas être aussi cruelle !

« Cruelle » ? Clarissa fronça les sourcils.

— Je suis désolée que vous pensiez cela. Néanmoins, comme je l'ai dit et bien que votre demande me flatte, je ne vous épouserai pas.

Il écrasa sa main sur son cœur.

— Vous m'avez donné de faux espoirs, cruelle demoiselle. Et vous avez brisé mon cœur.

Elle appela Treadwell qui, ayant écouté à la porte, apparut instantanément.

— Au revoir, monsieur Clayborn.

— Non, non ! Vous ne pouvez pas me congédier de la sorte. Ô créature impitoyable et insensible...

— Treadwell, raccompagnez Monsieur, je vous prie.

— Bien, mademoiselle.

Treadwell s'inclina, rendit son chapeau à Clayborn et, comme ce dernier ne bougeait pas, glissa la main sous son coude pour l'escorter vers la sortie.

— Oh, quelle cruauté, mademoiselle Studley... C'est parce que je ne suis pas entier, n'est-ce pas ? Vous n'avez pas de cœur ! J'ai combattu pour ma patrie et vous m'éconduisez à cause de mon...

La porte se refermant derrière lui, ses mots s'évanouirent.

Clarissa se laissa tomber dans le fauteuil, bouleversée et tremblante. Elle était restée ferme, au moins, mais le débordement émotionnel de Clayborn l'avait désarçonnée. Lui avait-elle donné de faux espoirs ?

Pas de son point de vue. Elle lui avait tenu compagnie le temps de quelques danses, lui avait accordé un unique baiser, voilà tout. Et son refus n'était certainement pas motivé par sa blessure. En fait, elle lui avait exprimé son respect pour cela.

Au son de la porte du hall qui se refermait, elle exhala un soupir de soulagement. Elle prierait Treadwell de ne plus le laisser entrer.

Sa réaction était affligeante, mais plus ses accusations résonnaient dans son esprit, plus elle enrageait. Elle avait pu le considérer comme un prétendant au début, parmi plusieurs autres, mais à aucun moment elle ne lui avait donné de raison d'espérer qu'elle aimerait faire de lui son mari. Un baiser ne faisait pas office d'assentiment au mariage. Encore moins après qu'elle eut clairement exprimé son refus.

Elle se leva. Elle ne pouvait affronter l'interrogatoire qui l'attendait dans le salon de lady Scattergood. Elle se sentait brisée après les accusations de Clayborn, et elle avait besoin de s'évader un peu. De se calmer. Elle se faufila dans le jardin par la porte de derrière. La sérénité des lieux ne manquait jamais de la réconforter.

Elle arpenta les allées, trop tourmentée pour s'asseoir. Avait-elle mené en bateau M. Clayborn ? Certes, elle avait accordé ce baiser – non qu'il lui ait laissé tellement le choix, sur le moment. Mais Mme Price-Jones et lady Tarrant avaient toutes deux insinué, chacune à sa façon, qu'échanger un baiser ou deux était acceptable, tant que cela restait discret.

Non, M. Clayborn dramatisait. En réalité, rétrospectivement, elle doutait qu'il l'aimait. Il avait l'air plus fâché que chagriné.

C'était décourageant. Elle avait laissé deux hommes l'embrasser, et aucun d'eux ne l'aimait. L'un était un épicurien, qui embrassait comme un dieu mais qui embrassait vraisemblablement toutes les femmes qu'il désirait, et l'autre était… un casse-tête.

Pourquoi M. Clayborn fulminait-il autant parce qu'elle l'avait repoussé ? Il la connaissait à peine. Et, étant l'unique héritier de sa grand-tante, il n'avait pas besoin de la fortune de Clarissa. Alors pourquoi faire autant d'histoires ? Elle était sûre qu'il ne l'aimait pas.

Certains hommes toléraient très mal d'être rejetés.

Rassérénée par cette idée, à défaut de mieux comprendre le tumulte de ses émotions, elle se dirigeait vers son banc préféré sous la tonnelle de roses quand elle remarqua Zoé, assise en tailleur sur la pelouse. Elle était seule, penchée au-dessus de quelque chose. Clarissa n'avait même pas songé à s'enquérir de ce que faisait sa sœur. Elle était juste soulagée que celle-ci n'ait pas assisté à la discussion avec lady Scattergood et Mme Price-Jones sur M. Clayborn.

La pauvre fille s'ennuyait probablement. Elle persistait à ne pas vouloir aller où que ce soit avec Clarissa, même pour faire des emplettes. Elle refusait de rencontrer les visiteurs et passait ses journées soit dans la demeure, soit dans le jardin, soit chez lady Tarrant et les fillettes, en compagnie de Lucy avec qui elle avait noué une amitié instantanée.

Se rapprochant, Clarissa constata que le crayon de Zoé remuait en tous sens au-dessus d'un carnet blanc.

— Bonjour, Zoé. Ne fait-il pas un temps magnifique ? Être dehors, il n'y a pas mieux.

Zoé sursauta et pivota vers elle en serrant son carnet sur sa poitrine.

— Oh, c'est toi. Je craignais que ce soit l'abominable Milly. Elle adore se rapprocher sournoisement pour épier ce que je fais. Une vraie peste fouineuse, celle-là.

— Elle se sent seule, je pense. Elle n'a pas beaucoup d'amis.

Zoé fit la grimace.

— Drôle de façon de se faire des amis, d'espionner les gens. De toute façon, je lui parle qu'en français. C'est comme ça que je me débarrasse rapidement d'elle.

Elle sourit. Clarissa jeta un œil au carnet de Zoé. Rouge comme une tomate, celle-ci le pressa contre elle.

— C'est qu'un vieux carnet que j'ai trouvé. Personne ne s'en servait. C'est vrai, Clarissa. Les premières pages étaient toutes jaunies et racornies. Pardon si j'ai fait une bêtise.

L'air coupable, elle se leva d'un bond.

— La vieille dame me cherche ? Elle veut que je travaille ma lecture, j'imagine.

À son grand désarroi, Clarissa songea que Zoé ne se sentait toujours pas chez elle.

— Pas du tout. Tu es libre de t'occuper comme tu le souhaites. Et ne t'inquiète pas pour le carnet. Tu as bien fait, dit-elle en souriant. Montre-moi ce que tu dessines.

Zoé hésita.

— Tu n'es pas obligée si tu n'en as pas envie, précisa Clarissa. Ça m'intéresse, voilà tout. Je me rappelle ton dessin très réussi à l'orphelinat. Je dessine si mal que le talent des autres m'impressionne.

— Bon, d'accord.

Encore un peu réticente, Zoé laissa Clarissa la prendre par le bras et l'emmener sur le banc, sous la tonnelle de rosiers. Une fois qu'elles furent assises, Zoé lui montra le carnet.

Clarissa tourna lentement les pages. Il y avait là des dizaines de dessins. Les croquis dépeignaient leurs sujets de manière saisissante, en quelques traits. D'autres portraits étaient magnifiquement travaillés. Des dessins raffinés montraient les plantes et les fleurs du jardin, ainsi qu'une araignée aux détails extraordinaires.

Il y avait des portraits pleins de vie des petites filles de lady Tarrant, dont Debo avec son chat Mittens autour du cou. Plusieurs portraits de lady Tarrant, de Lucy, de lady Scattergood, un avec ses chiens, et même des dessins individuels des chiens dont on reconnaissait les personnalités. Il y avait également Betty et Joan, les femmes de chambre, et Jeremiah, le jeune valet de pied qui s'occupait des chiens. Et une caricature de Treadwell, d'un humour prodigieux, qui suscita l'hilarité de Clarissa.

Un certain nombre de dessins représentaient Clarissa. Ils la laissèrent dubitative. Elle paraissait presque... jolie ? Non, comme son père se plaisait à le dire, on ne saurait faire d'une buse un épervier, mais...

— Zoé, ils sont très réussis. Très, très réussis, dit-elle en se réprimandant d'avoir oublié d'acheter du matériel de dessin pour sa sœur.

Zoé haussa une épaule.

— Ils sont pas trop mal, bougonna-t-elle. J'ai encore beaucoup à apprendre.

— Ils sont bien mieux que ça ! Tu as un réel talent.

Elle serra rapidement Zoé dans ses bras.

— Tu devrais voir les horribles aquarelles que j'ai essayé de peindre quand j'étais enfant. Affreuses, je t'assure. Et celles d'Izzy n'étaient guère mieux, ajouta-t-elle avec amusement. En fait, tu ne les verras jamais : nous avons dû les brûler.

Elle lui rendit son carnet de croquis.

Sa sœur méritait d'avoir un professeur de dessin. La pauvre fille travaillait dur pour apprendre à écrire et à lire convenablement, et avec une patience infinie elle les laissait corriger son accent et sa grammaire à tout bout de champ. En revanche, elle apprécierait des cours de peinture et de dessin.

Clarissa se releva, requinquée. Toutes ses pensées concernant Clayborn avaient été chassées par l'association de la beauté et de la fraîcheur du jardin et de l'excitation que lui inspiraient ses projets pour sa petite sœur talentueuse.

— Viens. J'ai envie d'une tasse de thé. Et Cook a préparé des biscuits à l'orange. Une recette d'Alfonso, le cuisinier de mon beau-frère. Ça sentait divinement bon. Il a dû les sortir du four, à présent.

— Jamais goûté des biscuits à l'orange, dit Zoé. Ni d'orange, d'ailleurs.

— Eh bien, nous devons remédier à cela. Avant toute chose, du thé et des biscuits. Ils sont confectionnés avec de la poudre d'amande. Et des oranges, bien sûr. Ils sont légers, moelleux. Un pur délice. Tu vas adorer.

Bras dessus, bras dessous, les deux sœurs repartirent vers la maison.

Lord et lady Peplowe étaient des hôtes éminemment populaires. Toute la haute société s'entassait dans les fêtes informelles qu'ils donnaient à leur domicile. Race n'aurait pas rechigné à bénéficier de moins d'attention – les mères désireuses de marier leurs filles étaient en nombre.

Et il avait oublié que Penny, la fille cadette des Peplowe, était sur le marché du mariage. La salle était remplie de jeunes hommes potentiellement candidats.

Il était arrivé un peu en retard, comme à son habitude. Non qu'il soit assidu à ce genre d'événement, mais quand un homme courtisait une jeune femme, y assister semblait nécessaire.

Il tiqua. *Courtiser.* Il courtisait bel et bien. Et le monde entier en était informé.

Il repéra Clarissa qui dansait une danse folklorique avec un jeune coquet. Sa robe beige et abricot ondoyait à chaque mouvement, caressant ses formes voluptueuses d'une manière qui lui assécha la bouche.

Il attendit que la danse s'achève. Et quand le freluquet partit lui chercher un verre, il entra en action.

— Vous êtes ravissante, comme toujours, mademoiselle Studley. Cette couleur vous va à merveille, et la coupe est magistrale.

Elle fit la moue, vaguement irritée au lieu d'être flattée.

Il inclina le buste.

— M'offrirez-vous la prochaine danse ?

Elle hésita, regarda autour d'elle comme pour vérifier qui se tenait à proximité. Puis elle fit un petit pas vers lui. Son teint rosi respirait la pureté. Il pouvait sentir son parfum, une délicate odeur de rose qui n'appartenait qu'à elle. Il dut se retenir de l'étreindre.

Sur la pointe des pieds, elle murmura d'une voix douce :

— Vous n'êtes pas obligé de danser avec moi, lord Randall. Il y a une foule d'hommes ici pour qui danser avec moi n'est pas une obligation. Mais je vous remercie pour vos égards fort consciencieux.

Sur ce, elle s'éloigna en trombe. Race s'efforça de ne pas rester bouche bée en la regardant partir.

Une danse avec elle, une *obligation* ? Des égards *consciencieux* ? Que diable voulait-elle dire par là ? Une danse avec elle était un privilège, pas une sorte d'obligation.

Il cligna des yeux, choqué. Jamais il n'avait essuyé une telle rebuffade. En fait, c'étaient généralement les femmes qui faisaient le premier pas, et signifiaient clairement que ses attentions seraient appréciées – plus qu'appréciées.

Avait-il perdu son charme ? L'aisance avec laquelle il attirait les femmes l'avait-elle rendu paresseux ? Devenait-il arrogant ? Déplaisant ?

Il devait en avoir le cœur net.

Se faufilant dans la foule, il retrouva Clarissa et effleura son coude. Elle se retourna.

— J'aime danser avec vous, mademoiselle Studley, déclara-t-il fermement. Ce n'est pas une obligation. Pas plus que mes égards ne sont « consciencieux », quoi que cela signifie.

Elle lançait des regards gênés autour d'eux.

— Baissez d'un ton. Les gens nous regardent.

— Au diable les gens, dit-il, mais plus discrètement. Je veux une explication.

Elle le regarda un instant, puis haussa les épaules.

— Je voulais simplement dire que vous n'avez pas à vous soucier de moi. Je comprends très bien que vous vous sentiez obligé de me surveiller, pour le compte de Léo, mais je n'en ai vraiment pas besoin.

— Mais…

— Et je vous saurais gré de cesser de m'importuner.

— Vous *importuner* ?

Il était sidéré.

— Oui. Et de m'espionner. À présent, bonne soirée.

Elle disparut bien vite dans la foule.

L'importuner ? L'espionner ? Il crut avoir reçu une gifle.

Il ne l'importunait pas : il la courtisait. Pour ce qui était de l'espionner, il ignorait d'où cette idée lui venait.

N'avait-elle pas percé ses intentions à jour ? Il pensait que toutes les femmes savaient reconnaître un homme qui s'intéressait à elles. Il était certain de n'avoir laissé planer aucun doute à ce sujet. Elle devait comprendre.

Donc… que fallait-il en déduire ? Qu'elle n'était pas attirée par lui ? Et qu'il avait mal interprété les signes de sa part ?

L'idée l'effarait. De toute sa vie, il n'avait jamais imposé ses attentions à une femme réticente ou indifférente.

Il repensa à leur baiser, à sa façon de presser son corps contre lui, de le caresser en retour avec ferveur. Non, elle était assurément attirée par lui, autant qu'il l'était par elle. Alors que se passait-il ? Quelqu'un lui aurait dit quelque chose pour la dégoûter de lui ? Mais qui ? Et quoi ?

Une pensée révoltante le paralysa. S'était-elle déjà fiancée à ce fichu Clayborn ? Dans ce cas, sa loyauté l'inciterait certainement à repousser les attentions de Race. Parbleu, il fallait qu'il sache. Il avait besoin de parler avec elle, loin de la foule.

— Les puissants sont tombés bien bas, railla une voix féminine à côté de lui. J'aurai au moins vu l'irrésistible lord Randall congédié, en des termes on ne peut plus éloquents, par une petite gourde insipide, totalement dénuée de charme et de style.

Il se retourna.

— Lady Snape, dit-il froidement.

Il ne l'avait jamais appréciée, et ces jours-ci elle le détestait. Le syndrome de la femme rejetée.

Elle s'esclaffa.

— J'ai tout entendu. C'était... royal.

— N'est-ce pas, dit-il d'une voix glaciale.

— Il n'y a aucun espoir, vous savez. Elle m'a dit l'autre soir qu'elle vous considérait comme un oncle. Un oncle bienveillant.

Elle pouffa et fit volte-face. Sans cesser de rire, elle se fraya un chemin tel un serpent entre les convives.

Un oncle ?

Il orienta son regard vers l'endroit où Mlle Studley causait gaiement avec Penny Peplowe et sa mère.

Elle l'avait accusé de l'importuner. De l'espionner. Et d'après lady Snape, elle le considérait comme un oncle !

Il devait clarifier cela au plus vite. Toutefois, il ne l'aborderait plus de la soirée. Elle avait été claire, du moins pour ce soir. Et il devait échapper à la pression de cette foule qui spéculait, toujours prête à faire courir ses rumeurs.

Il devait aller là où personne ne se souciait de ses hypothétiques intentions matrimoniales. Retrouver la paix. Il prit la direction de son club.

Dieu merci, il s'en allait. Clarissa espérait avoir l'air sereine. Intérieurement, elle était comme de la guimauve, et ses mains tremblaient. Heureusement que les gants du soir existaient ! Elle sourit et approuva d'un geste ce que disait Penny Peplowe, sans savoir de quoi il retournait. Sûrement une anecdote amusante.

Son bref échange avec lord Randall l'avait profondément déstabilisée. Elle avait dû mobiliser chaque bribe de résolution qu'elle possédait pour le défier, l'enjoindre de ne plus la suivre et lui assurer que Léo n'avait pas de souci à se faire.

Bien sûr, elle n'avait pu expliquer la vérité, à savoir que sa seule présence la troublait. C'était déjà suffisamment ardu de combattre cette attraction sans lui mettre la puce à l'oreille.

Laisser un débauché entrevoir cette petite vulnérabilité serait fatal.

Et elle avait réussi : elle lui avait dit, clairement et les yeux dans les yeux, qu'elle n'avait pas besoin qu'il la surveille au nom de Léo.

Pour quel résultat ! Il n'avait pas insisté et une minute plus tard il se lançait dans une conversation avec cette horrible lady Snape qui, la main sur son bras, roucoulait avec ses manières de séductrice absolument abjectes.

Les hommes. On ne pouvait pas leur faire confiance !

L'air agréablement familier du club de Race l'enveloppa dès qu'il poussa la porte. Un mélange de fragrances : cuir ancien, feu de bois, tabac, journaux fraîchement repassés, porto et brandy. Une odeur qui rimait avec l'aisance et le confort pour les narines masculines, et très appréciable pour son esprit meurtri.

À l'étage, le salon seulement éclairé par la lueur de la flambée réunissait six messieurs qui somnolaient sous leurs journaux. Deux jouaient aux cartes, et quelques buveurs solitaires ruminaient en silence dans leurs verres. L'un des buveurs était un vieux camarade d'école. Barney Temple était avachi dans un fauteuil de cuir rouge.

— Tu t'es échoué là, Temp ? le taquina Race en s'asseyant à côté de lui.

— Rien qu'un peu, maugréa Barney en levant son verre pour trinquer dans le vide. Qu'est-ce qui t'amène, Race ?

— Différentes choses. Et toi ?

— Besoin d'un refuge. Ma mère ne peut pas venir me chercher ici.

— À ce point ?

La mère de Barney n'avait de cesse de comploter pour marier son fils qui fuyait cette perspective.

Race commanda un cognac. Les deux hommes burent dans un silence paisible, chacun ressassant ses problèmes.

Faisant tourner son verre, Race regarda les flammes à travers l'alcool. Il tenta d'analyser les contradictions de Mlle Studley, sans leur trouver de logique. Pour ce que cela l'aidait, autant qu'il effeuille une marguerite pour savoir si elle l'aimait un peu, beaucoup ou pas du tout.

Il avait la certitude qu'elle l'appréciait et était attirée par lui. Mais était-ce suffisant pour se marier ?

— Si tu étais une femme, Temp, voudrais-tu m'épouser ?

Barney le regarda de travers en s'écartant un peu.

— Désolé. Pas mon style, mon vieux.

— Pas ça, idiot. *Si* tu étais une femme.
— Oh, une femme...
Concentré, Barney fronça les sourcils.
— Ne t'imagine pas que j'y aie un jour songé. Pourquoi y songerais-je ? J'aime être un homme. Si j'étais une femme... diantre, je ne supporterais pas ça. Tous ces froufrous et ces falbalas, des corsets, ces chaperons qui vous suivent à la trace. Impossible de faire un pas sans qu'une vieille commère vous montre du doigt. Mes sœurs ont vécu l'enfer avant de se marier.
Il but une goulée de brandy et continua, se prenant au jeu.
— Et n'oublions pas toutes les choses que je ne pourrais pas faire : siffler du gin avec des vieux copains chez Jackson, après un combat stimulant sur le ring, et... Oh, Seigneur ! Pas de danseuses ni rien de ce genre ! Bon sang, Race, tu ne peux pas me demander ça.
— Je ne te le demande pas, espèce de poivrot. Ce que je demande, c'est : si tu étais une femme, la possibilité de te marier avec moi te semblerait-elle tentante ?
Barney le regarda longuement avec des yeux ronds.
— Une possibilité tentante, hein ?
— C'est ça.
— Ça dépend.
— De quoi ?
— De la fille, évidemment. Si elle cherche un titre, une fortune et un mari complaisant, tu n'aurais pas de difficultés...
— Pas ce genre-là, grommela Race.
Ce type de femme ne lui était que trop familier. En outre, il ne serait pas complaisant de la façon dont Barney le suggérait.
— Oh, le genre romantique, tu veux dire ? s'exclama celui-ci. Je ne t'imagine pas marié avec

une romantique. Ne touche pas aux romantiques. Elles s'accrochent, soupirent, pleurent, et s'attendent à ce que tu sois aux petits soins avec elles lors de soirées à mourir d'ennui. L'Almack's, dit-il sur un ton horrifié. Et elles te feront renoncer aux danseuses ! Permets-moi cette question : est-ce raisonnable ? Bien sûr que non. Race, mon vieil ami, ne t'approche pas des gamines romantiques, et évite de te faire passer la corde au cou tant que tu le peux.

— Dois-je comprendre à travers cette diatribe qu'une fois de plus ta mère te met la pression pour que tu te maries ?

Barney ronchonna.

— Je l'évite depuis des semaines. Elle a une jeune fille à l'esprit. Une demoiselle convenable qu'elle a rencontrée je ne sais où. M'imagines-tu avec quelqu'un de « convenable » ?

— Pas vraiment.

— Moi non plus.

Barney vida son verre, fit signe au serveur et, une fois resservi, il se détendit dans son fauteuil. Dans les vapeurs de l'alcool, il sourit à Race.

— C'est agréable, ne trouves-tu pas ? Échanger son opinion, donner des conseils... Peu de personnes me demandent conseil.

— Je ne vois pas pourquoi, ironisa Race.

Barney était un bon camarade, mais dénué de profondeur. Cela étant, ses divagations avaient soulevé un point pertinent. Race n'entretenait pas de danseuse de ballet, mais sa réputation de jouisseur pouvait représenter un obstacle pour une jeune femme idéaliste et romantique.

Ironique, si l'on songeait à l'origine de cette réputation.

Il réfléchit. Clarissa et sa sœur vivaient à Londres depuis peu de temps. Nul doute qu'elles avaient à peine goûté à tous les plaisirs qu'offrait la métropole.

Elles avaient vivement apprécié la sortie qu'il avait organisée à l'Astley's Amphitheatre. Barney lui avait soufflé une nouvelle idée.

Lorsqu'il revit la jeune femme, Race savait précisément quoi faire.

— Êtes-vous allée à l'opéra dernièrement, mademoiselle Studley ?

Elle pivota vers lui.

— Je vous demande pardon ?

— L'opéra. Covent Garden. *Le Mariage de Figaro* de Mozart. J'ai entendu dire que c'était magistral.

— Je n'en doute pas, dit-elle avec froideur.

Elle paraissait irritée.

— Je pense que cela vous plairait. Que diriez-vous d'y assister avec ma cousine Maggie et son mari, Mme Price-Jones et peut-être…

— Non, merci, trancha-t-elle avant de s'éclipser.

Ou plutôt, de détaler d'un pas raide. La démarche d'une femme un brin vexée. Que diable avait-il dit d'offensant ?

Il ressassa la conversation. Parfaitement inoffensive. Réjouissante, même. Une invitation à une agréable sortie.

Peut-être n'aimait-elle pas la musique. Après tout, elle devait régulièrement endurer les soirées musicales de lady Gastonbury…

Zoé descendit l'escalier en sautillant. Par cette belle journée, elle prévoyait de rendre visite à lady Tarrant et aux enfants et, en particulier, de parler d'art avec Lucy. C'était une telle joie de converser avec quelqu'un d'avisé, qui s'entretenait avec plaisir de sujets tels que la perspective, les angles, la lumière et toutes les choses qu'elle brûlait d'envie de maîtriser. Elle n'avait pas entendu évoquer ces sujets depuis le décès de sa mère.

La cerise sur le gâteau ? Avec Lucy, elles parlaient exclusivement en français. C'était presque comme si maman était revenue. Presque...

Elle se rendit tout d'abord dans le salon préféré de lady Scattergood pour demander la permission et vérifier que la vieille dame n'avait pas besoin d'elle.

Par la porte entrouverte, elle entendit lady Scattergood s'adresser à Mme Price-Jones. Zoé levait la main pour toquer à la porte quand une bribe de conversation la pétrifia.

— Certes, mais c'était une chose de faire passer Izzy pour légitime. C'en est une autre avec la jeune Zoé, disait Mme Price-Jones.

Zoé colla son oreille pour écouter.

— Malgré tout, poursuivit le chaperon, Izzy, et avec elle Clarissa, ont pris des risques. Des rumeurs continuent de circuler. Seul le mariage d'Izzy avec Léo les a étouffées en partie. Trop de gens rechignent à offenser un comte. Et ils sont nombreux à croire que Léo ne s'abaisserait pas à épouser une bâtarde.

Zoé déglutit.

— D'accord, mais elles ont bel et bien réussi, dit lady Scattergood. Les filles, je veux dire. Et Clarissa maintient que la jeune Zoé est sa sœur. J'ai tendance à partager son avis. Qui plus est, Zoé est un amour, je l'aime beaucoup. À mon sens, l'illégitimité est une sottise que les hommes ont inventée pour contrôler les femmes.

— C'est épatant de tenir ce discours, Olive, mais tu ne trouveras pas grand monde pour en convenir publiquement. C'est la loi. Zoé est un amour et je l'aime beaucoup aussi. Et j'en conviens, elle est la jumelle d'Izzy, mais cela ne change rien au fait qu'elles sont illégitimes. La différence est qu'Izzy a grandi avec Clarissa et a tous les avantages de son éducation. Elle a l'allure d'une lady et s'exprime comme telle.

En revanche, Zoé... il suffit qu'elle ouvre la bouche pour qu'on devine qu'elle a vécu dans la rue.

S'ensuivit un bref silence. Zoé appuya la tête contre le mur. Était-ce catastrophique à ce point ?

Lady Scattergood émit un petit bruit de dénégation.

— Son français est impeccable, et son accent nettement aristocratique. Je ne doute pas que sa mère était la fille d'un noble.

— Je le concède. Il n'empêche que les salons sont remplis de personnes qui parlent un anglais des plus soutenus, mais ne sauraient reconnaître un accent français d'origine aristocratique. Sans oublier qu'elle manque sévèrement d'éducation. Il est vrai que son écriture est élégante, mais son orthographe et sa grammaire sont effroyables.

— Oh, tais-toi donc ! Elle est encore jeune. Nous avons bien le temps d'y remédier. Elle me fait souvent la lecture.

— Je sais. Et je l'aide aussi. Elle fait des progrès, mais est-ce suffisant ? J'en doute. Et Clarissa a la tête dans les nuages quand il s'agit de Zoé.

— Le cœur de Clarissa déborde de chaleur et d'amour.

— J'en conviens. Malgré tout, elle ne convaincra personne que Zoé est sa sœur légitime. Si elle s'y emploie, elle échouera, ce qui relancera les commérages. Et cette fois, il sera plus ardu de les contester. Clarissa et Izzy, ainsi que ton neveu Léo, seront entraînés dans un effroyable scandale.

La bile monta dans la gorge de Zoé.

Il y eut un court silence.

— Je ne vois pas ce que nous pouvons faire, Althea, reprit lady Scattergood. Clarissa est une fille adorable, généralement douce et docile, mais sur ces sujets-là elle est inflexible. Regarde comme elle a bravé son père pour garder Izzy. Elle n'était qu'une enfant, et Bartleby Studley une grosse bête méchante et un tyran qui aurait dû être noyé à la naissance !

Mme Price-Jones soupira.

— Alors que faire ? Personnellement, l'illégitimité de l'enfant est le cadet de mes soucis. Et je ne crois pas à ces inepties sur les péchés des pères qui se répercutent sur leur progéniture. Mais on ne peut nier que cela importe aux yeux du monde. Ainsi, je ne peux pas rester bras croisés pendant que Clarissa court à sa perte.

Zoé devina que lady Scattergood haussait les épaules.

— Eh bien, il ne nous reste plus qu'à aider la jeune Zoé à devenir une dame. Ou du moins à la faire passer pour telle, en croisant les doigts. Elle est encore jeune… Finalement, une tasse de thé ne serait pas de refus. Veux-tu tirer le cordon pour appeler Treadwell, s'il te plaît ?

Zoé se retira à pas feutrés.

10

Il fallait en passer par là. Même si Race avait peu envie d'y assister, c'était le seul moyen d'être sûr de parler à Clarissa. Elle l'évitait à la moindre occasion, et il devait défendre sa cause. Elle serait bien en peine de se dérober, cette fois.

Il arrangea son jabot, puis s'avança pour sonner à la porte.

— Encore le jeune Randall ? lança allègrement une voix derrière lui.

Race se retourna.

— Sir Oswald.

Bien sûr, les aînés constituaient l'essentiel du public des salons littéraires de lady Davenham. De même que les jeunes dames avec leurs mères.

— J'ignorais que vous étiez étudiant en littérature, dit le vieil homme.

— Je ne le suis pas.

Le vieillard eut un petit rire.

— *Cherchez la femme,* alors ? Bien joué. Quelqu'un que je connais ? Les jolies demoiselles sont légion dans ces soirées. Lady Davenham adore s'entourer de jeunes gens. Pour rester jeune, dit-elle, et qui suis-je pour la contredire ?

La porte s'ouvrant, le majordome les invita à entrer. Race et sir Oswald gagnèrent un vaste salon où des rangées de chaises étaient disposés en demi-cercle face à une estrade basse. Il aperçut Clarissa, assise à l'opposé. Le dos tourné, elle discutait avec quelqu'un derrière elle. Son chaperon, vêtu comme de coutume d'une tenue colorée qui agressait les yeux, s'était par chance installé loin d'elle.

Lady Davenham était assise à l'avant, resplendissante avec son ample turban d'où ressortaient plusieurs mèches ondulées. Race s'inclina au-dessus de la main de l'hôtesse puis, la laissant bavarder avec sir Oswald, il se rapprocha de Clarissa. Coup de chance, la chaise à côté d'elle était libre. Il se laissa choir dessus.

Elle se retourna.

— Lord Randall, dit-elle sans réussir à cacher sa surprise. J'ignorais que vous étiez féru de lecture.

— Oh, je suis plein de surprises... De plus, je voulais vous parler.

Une ridule se creusa entre les sourcils de la jeune femme.

— À quel sujet ? demanda-t-elle avec prudence.

— Vous m'évitez.

— Moi ? dit-elle, trahie par la rougeur de ses joues.

— Ne le niez pas. D'autre part, continua-t-il, vous dites à qui veut l'entendre que je suis comme un oncle pour vous. « Un oncle bienveillant », si mes souvenirs sont bons.

Elle rit.

— Est-ce lady Snake qui vous a raconté ça ?

— Lady Snape, exactement.

Elle rit encore.

— De toute façon, j'ai dit ça pour l'énerver. Elle déversait son fiel sur moi, et je voulais lui montrer que ses méchancetés me glissaient dessus. Apparemment, elle a marché. Je m'en réjouis.

Il se raidit.

— Que vous a-t-elle dit ?

Clarissa secoua la tête.
— Peu importe.
— Cela m'importe. Elle est d'une malveillance redoutable, et je ne la laisserai pas vous lacérer avec ses serres.
Clarissa arqua les sourcils.
— Vous n'êtes pas responsable de moi, ni de ce que disent les gens.
— Je n'insinuais pas...
— Mais si.
— Soit. Mais...
— Merci. Quand ma sœur est partie en voyage de noces, j'ai réalisé que je devais apprendre l'indépendance. Depuis toujours, nous sommes inséparables et je crains d'avoir laissé Izzy aux commandes la plupart du temps. Il faut que ça change. Alors je m'emploie à avoir plus... plus d'assurance. Et savoir me comporter face à des personnes comme lady Snake en fait partie.
Il réfléchit intensément.
— Je vois, lâcha-t-il enfin. Vous avez raison. J'étais fâché à l'idée qu'elle vous ait donné des coups de bec pour se venger de moi.
— Se venger de vous ?
Il grimaça.
— Par dépit. Elle digère mal d'avoir été rejetée.
— Rejetée ? Par vous ?
— Et pas qu'une fois. Mais assez parlé d'elle. J'ai une question pour vous : pourquoi m'évitez-vous ? Vous aurais-je offensée d'une quelconque manière ?
Elle le regarda d'un air pensif. Puis elle secoua la tête.
— Non, vous ne m'avez pas offensée. Ni rien de ce genre.
— Pourtant vous m'évitez.
Elle se mordit la lèvre.
— On peut dire ça.

— À cause du baiser ?

La rougeur explosa sur ses joues. Elle darda des coups d'œil autour d'elle, mais personne ne les écoutait.

— Non, pas à cause de ça. Ça, c'était... très bon.

— *Bon ?*

Race la fixa du regard. Les gâteaux étaient bons. Les fruits étaient bons. Ses baisers n'avaient jamais été qualifiés de « bons », même dans sa jeunesse lorsqu'il était novice.

Elle opina.

— Oui, très bon. Mais je ne peux pas aller plus loin.

Il se renfrogna.

— Et si je précisais que mes intentions sont honorables ?

Elle hésita, incrédule.

— Même si elles l'étaient, ce serait vain.

Elle déglutit avant de murmurer :

— J'exige d'un mari qu'il soit fidèle.

— Je l'exige aussi d'une épouse.

Devant son scepticisme, il ajouta :

— Soyez assurée qu'une fois marié je n'aurai pas d'aventure.

Elle secoua la tête.

— Chassez le naturel, il revient au galop.

— Je ne suis pas un animal sauvage, se défendit-il, vexé. Un lion, éventuellement, mais...

— Les lions règnent sur une meute de lionnes. Autrement dit, ils contrôlent un harem. Très peu pour moi.

Son rire exprima le désenchantement.

— Je vois que ça ne me rend pas service d'échanger des mots avec vous. Alors, que devons-nous échanger ? Je sais : pourquoi pas des baisers ?

Une invitation coquine brillait dans ses yeux.

— Doucement ! Cette conversation est grotesque.

— Cette conversation est nécessaire. Que répondriez-vous si je vous disais que je…

Au même instant, lady Davenham agita sa clochette. Les spectateurs encore debout se précipitèrent vers leurs sièges. Soudain, Race et Clarissa furent cernés de toutes parts, et leur bref moment d'intimité prit fin. Flûte. Mais il y aurait certainement un entracte, avec du thé et des gâteaux.

Une jeune femme assise sur la petite estrade ouvrit un livre en annonçant d'une voix claire :

— *L'Apparence d'un ange et le Cœur d'un démon,* par Selina Davenport. Début du tome 2.

— C'est l'une des nièces de lady Davenport, chuchota Clarissa.

Race se pencha vers elle.

— Vous ne pensez pas vraiment à moi comme à un oncle, j'espère ?

Les joues roses, elle secoua la tête.

La nièce débuta sa lecture. Bras croisés, Race patienta.

Juste ciel, il avait failli déclarer sa flamme devant un essaim de vieilles curieuses ! Qu'est-ce qui ne tournait pas rond chez lui ? Il était connu pour son sang-froid. Il avait toujours su quoi dire, quand et à qui. Mais étrangement, dès lors que cela impliquait Clarissa Studley, il redevenait un jeune puceau enclin à laisser échapper des paroles censées rester secrètes, des choses privées. Et dans des circonstances inappropriées.

Mais, au moins, elle ne pensait pas à lui comme à un oncle.

Il écouta la lecture, qui se révéla étonnamment divertissante. Lorsque l'entracte fut annoncé et que le thé et les pâtisseries furent servis, il se retrouva dans l'incapacité de s'arroger le moindre instant à l'abri des regards avec Mlle Studley. Tout le monde était d'humeur loquace.

La seconde partie du programme ressembla à la première, à ceci près qu'une autre nièce lut les textes. À la fin, alors que les spectateurs se dispersaient, il reprit espoir, mais le satané chaperon entreprit de coller à la jeune femme comme une sangsue.

Race savait reconnaître une défaite.

Et encore un bal. Clarissa faisait la queue à l'entrée avec Mme Price-Jones, attendant d'arriver devant leurs hôtes, lord et lady Frampton. Pour être honnête, elle se lassait de cet interminable tourbillon de soirées, de réceptions et de bals. Certains chérissaient ce genre de vie ; pas Clarissa.

Elle aurait aimé passer une semaine entière à vaquer à ses activités. Lire, apprendre à connaître Zoé, jouer avec les fillettes de lady Tarrant ou les chiens, faire un peu de jardinage ou travailler dans ce que lady Scattergood avait baptisé « l'office de Clarissa », où elle confectionnait ses crèmes et ses lotions.

Elle se passionnait pour la fabrication de soins, testant diverses associations de plantes et de fleurs. À Londres, c'était beaucoup plus facile de se procurer les ingrédients spéciaux ou rares qui lui étaient nécessaires.

Mais la saison en était plus qu'à sa moitié, et Mme Price-Jones avait insisté sur la nécessité de trouver un fiancé avant l'été. Non que Clarissa se sente obligée de s'exécuter, vu qu'elle ne comptait pas se fiancer si elle ne rencontrait pas le bon candidat.

Cela expliquait leur présence à ce bal. Et à l'entrée de cette nouvelle salle, elle se demanda une fois de plus qui l'inviterait à danser.

La vraie question à ses yeux, dut-elle admettre, consistait à savoir si lord Randall serait présent. Ce qui était idiot. Elle avait fait de son mieux pour le décourager, mais l'espoir qu'il soit néanmoins venu refusait de s'éteindre.

Ces pensées contradictoires la rendaient folle.

Elles saluèrent leurs hôtes puis entrèrent dans la grande salle, laquelle embaumait les fleurs fraîches et les guirlandes de feuillage qui la décoraient avec faste. En temps normal, Mme Price-Jones préférait faire son apparition avec ce qu'elle nommait un « retard gracieux », mais elles étaient arrivées dès le lancement de la soirée. La première danse n'ayant pas encore eu lieu, le joli motif décoratif tracé à la craie sur le sol était encore visible.

— J'aperçois Lucy Thornton et son mari, dit Mme Price-Jones. Si nous allions les rejoindre ?

Lord Randall arriva une demi-heure plus tard, splendide dans son ensemble de soirée noir. Elle se sentit aussitôt nerveuse, mais il n'essaya pas de l'aborder. Il se contenta de la saluer d'un mouvement de tête en allant se joindre à un groupe d'hommes.

Des hommes, pour changer. Pas des dames.

Clarissa se dit avec un soupir de soulagement qu'il ne l'importunerait pas. Mais ce qu'elle aurait dû éprouver et ce qu'elle éprouvait en réalité étaient deux choses diamétralement opposées…

Plus que trois danses avant le souper. Clarissa se sentait à bout de forces. C'était éreintant de faire la conversation avec les gens, de paraître sémillante et intéressante. Elle était à deux doigts d'invoquer une migraine pour partir tôt, mais dernièrement elle avait trop souvent utilisé cette excuse avec son chaperon. En outre, elle détestait mentir.

— Mademoiselle Studley ?

Reconnaissant la voix, elle se retourna promptement.

— Monsieur Clayborn. Je… je ne pensais pas vous voir ce soir.

Elle avait espéré ne jamais le revoir, en fait.

— Il fallait que je vous parle. J'ai besoin de…

— S'il vous plaît. J'ai été très claire sur mes sentiments, à plusieurs occasions. Je n'ai rien d'autre à ajouter.

Elle lui tourna le dos.

— J'aimerais juste m'excuser.

Elle pivota, juste assez pour le regarder.

— Vous l'avez déjà fait.

— Mais nous nous sommes quittés en mauvais termes. J'ai eu un comportement indigne envers vous. Je n'en dors plus.

Il avait en effet le teint blafard, les traits tirés.

Il la regardait avec des yeux implorants de chiot.

— Accordez-moi quelques minutes de votre temps, s'il vous plaît. Que je vous dise ce que j'ai sur le cœur, et que j'allège ma conscience. Après cela, je ne vous importunerai plus.

Elle hésita.

— Vous avez ma parole, insista-t-il.

Elle soupira.

— Très bien, parlez.

Et finissons-en.

— Pas ici. Trop d'yeux sont tournés vers nous. Et d'oreilles.

Il fit un geste vague.

— Pourquoi pas là-bas, dans le petit salon ? Je pourrai présenter mes excuses en privé. Ce sera fait en moins d'une minute.

Quelques personnes les épiaient, en effet. Et même si elle ne voulait pas passer une seule minute en compagnie de M. Clayborn, elle voyait combien il était déterminé. Autant en finir une fois pour toutes.

— Entendu.

Il lui offrit un sourire reconnaissant.

— Merci. J'y vais en premier, pour vérifier si la voie est libre. Retrouvez-moi dans un instant. Ainsi, nous ne ferons pas jaser.

Elle acquiesça. Cette scène avait un côté ridicule, mais elle voulait juste en finir. Le plus tôt serait le mieux.

Il repartit en boitant et, peu après, disparut dans le salon. Après quelques minutes, elle le suivit.

— Merci d'être venue.

Il referma la porte derrière elle avec un cliquètement. Se retournant, elle s'aperçut qu'il retirait son frac.

Elle poussa un cri de surprise.

— Que faites-vous ? Arrêtez ça immédiatement !

Il lança le vêtement sur le côté.

— Ce ne sera pas long.

En dessous, sa chemise était déchirée, une manche quasi détachée. Il tira sur sa cravate.

— Je sors d'ici.

Elle le poussa pour accéder à la porte. Fermée à clé.

— Ouvrez cette porte tout de...

Elle s'interrompit. Il déboutonnait le pont de son pantalon. Ses yeux étaient sombres et effrayants.

— Monsieur Clayborn !

La salle était remplie de monde derrière cette porte. Elle ouvrit la bouche pour appeler à l'aide, mais avant qu'elle ait pu émettre un son il se jeta sur elle, écrasa une main sur sa bouche et la pressa contre le mur pour l'empêcher de bouger. Alors qu'elle le griffait à deux mains, il enroula sa cravate autour de ses poignets, qu'il coinça dans son dos. Elle se débattait, en vain. Il était trop fort pour elle.

Une main sur sa bouche, il utilisa l'autre pour tirer sur le décolleté de sa robe. De solide facture, le tissu résista. Il jura, tira plus violemment jusqu'à réussir à le déchirer, exposant son épaule et sa poitrine.

Lorsque son regard tomba sur ses seins, son emprise sur sa bouche se relâcha légèrement. Libérant sa tête d'un geste preste, elle hurla le plus fort qu'elle put.

— Au secours ! Au secours !

Aussitôt, dans un craquement, la porte s'ouvrit d'un coup. *Lord Randall ! Dieu merci !*

Empoignant Clayborn par le col, il l'arracha à Clarissa. Presque dans le même mouvement, il le tourna face à lui et le terrassa d'un furieux uppercut. Clayborn s'effondra sur le sol en geignant.

Des curieux s'amassaient déjà devant la porte, spéculant à haute voix sur ce qui se tramait. Mme Price-Jones força le passage. Race referma la porte derrière elle, non sans avoir lancé aux gens :

— Un malheureux incident. Rien d'inquiétant.

Reportant son attention sur Clarissa, il saisit sa joue d'une main tendre, l'incitant à incliner sa tête pour qu'elle le regarde.

— Comment vous sentez-vous, ma douce ? Ce porc vous a fait mal ?

— Non, je n'ai rien...

Elle essayait de rassembler les lambeaux de sa robe pour se couvrir.

— Quelle fille courageuse, dit-il doucement.

Elle se mordit la lèvre, consciente que s'il lui témoignait ne serait-ce qu'un peu plus de sympathie, elle éclaterait en sanglots.

— Il m'a piégée.

Mme Price-Jones enveloppa son châle autour d'elle. Jetant un regard derrière son chaperon, elle vit Clayborn se relever. Lord Randall suivit son regard.

— Tout cela n'est qu'un malheureux malentendu, argua Clayborn en se reboutonnant d'un geste preste. Randall a dépassé la limite. Nous avons un accord, Mlle Studley et moi, depuis un petit moment.

Il essuya un filet de sang avec sa cravate et continua :

— Ce soir, nous nous sommes fiancés. Dans le feu de l'action, la passion nous a submergés.

Clarissa eut un cri choqué.

— Mensonge ! Cet accord n'a jamais existé. Nous ne sommes pas fiancés. Il m'a dupée pour me faire entrer dans cette pièce, où il m'a agressée !

Lord Randall émit un grondement.

— Agresser une demoiselle innocente, espèce de vermisseau lâche et sournois ? Vous avez tenté de la piéger pour la contraindre au mariage, c'est ça ? Je vais vous donner une leçon que vous n'oublierez pas de sitôt.

Il bondit sur Clayborn, les poings serrés.

Avec un petit couinement apeuré, Clayborn ouvrit la porte à toute volée et se faufila parmi la foule telle une anguille. Nul doute que les invités les avaient entendus, car une femme cria :

— Honteux !

Une autre :

— Déshonorant !

Un homme vociféra :

— Une rossée, c'est tout ce qu'il mérite !

Lord Randall posa sur la jeune femme un regard flamboyant.

— Êtes-vous sûre que ça va, Clarissa ?

Elle hocha la tête, tremblante mais résolue.

— Je veille sur elle, assura Mme Price-Jones.

À ces mots, lord Randall s'élança à la poursuite de Clayborn. Quelqu'un lui cria :

— Pistolets à l'aube, Randall ? Il vous faut un témoin ?

Clarissa poussa un cri d'effroi. Un duel ? Non, non, non ! Lord Randall risquait d'être blessé. Tout était sa faute. Si seulement elle n'avait pas été aussi idiote, pour se laisser mystifier par le plan odieux de Clayborn...

Clayborn s'extirpa de la pression des corps agglutinés autour de l'entrée du salon et se mit à courir de guingois. Au même instant, quelqu'un lui fit un croc-en-jambe. Trébuchant, il s'affala au milieu de la piste de danse.

En trois pas, Race se campa au-dessus de lui.

— Lève-toi, misérable pleutre.

Peu lui importait que Clayborn ait été blessé en servant sa patrie. Ce vaurien recevrait la rossée qu'il méritait. Race n'oublierait jamais la pâleur de Clarissa, qui s'efforçait de maintenir un semblant de contrôle alors qu'elle était visiblement au bord des larmes. Pourquoi ne pas céder aux sanglots ? Elle avait été agressée, tout de même !

Il était dans une fureur froide. Il avait vu la robe déchirée, les griffures et les rougeurs sur sa poitrine, les traces autour de sa bouche. Des hématomes apparaîtraient sous peu. Clayborn allait payer pour chaque marque qu'il avait laissée sur elle. Et plus encore.

Effrayé, Clayborn se mit à rouler sur le parquet en tenant sa jambe faible et en gémissant.

— Ne me touchez pas, je suis blessé.

— Tu vas voir comme je vais te blesser, gronda Race. Lève-toi.

— Je ne peux pas, geignit Clayborn. C'est ma jambe. Je me suis fait une fracture… Aïe, aïe, aïe ! Je souffre !

— Permettez ? s'avança un homme grisonnant, tiré à quatre épingles. Je suis médecin. Laissez-moi examiner votre jambe.

— Non ! Je vous interdis ! s'écria Clayborn. Ne me touchez pas. C'est… trop douloureux.

Le médecin s'agenouilla près de lui.

— Monsieur, n'ayez crainte. Je vais juste retirer votre botte pour évaluer la gravité de la blessure.

— Non, non, je vais mieux. Ne me touchez pas.

Ivre de peur, Clayborn agitait en tous sens sa jambe invalide pour échapper aux mains du médecin.

— Oh, pour l'amour du ciel !

Race s'interposa en plaçant un pied sur le haut de sa cuisse afin de l'immobiliser. Dans une bordée de jurons, Clayborn repoussa son pied de toutes ses forces, sans gagner un seul centimètre.

— Allez-y, docteur, le pria Race.

Au désespoir, Clayborn secouait la tête.

— Non, non, je vous ordonne de ne pas me toucher...

— Mieux vaut retirer la botte au plus vite, monsieur, dit le médecin sur un ton apaisant. Si votre jambe enfle, nous devrons découper la botte, ce qui serait un terrible gâchis, ne croyez-vous pas ? Des bottes aussi coûteuses, tout de même.

Tout en parlant, il tira doucement sur la botte.

— Laissez ça ! Je vous l'ordonne !

Avec son autre jambe, Clayborn tentait de chasser le médecin à coups de pied.

— Ne faites pas l'enfant, aboya Race.

Un jeune homme de haute stature s'approcha et, d'un geste détaché, appuya son pied sur l'autre jambe de Clayborn pour le clouer au sol. Clayborn gisait telle une étoile de mer échouée, jurant et flanquant de vaines tapes sur les pieds qui l'immobilisaient.

— Allons, allons, Blondinet, dit aimablement le jeune homme. Laissez le gentil docteur ôter cette botte.

« Blondinet » ? Malgré sa fureur, Race sourit. Ce jeune homme était, pour ce qu'il en savait, un parfait inconnu. En outre, son ami Grantley se joignit à eux. Grantley et le jeune homme échangèrent des salutations. Ils étaient vraisemblablement de vieilles connaissances.

Le jeune homme se présenta à Race, comme si un homme ne se tortillait pas sous son pied en geignant des jurons.

— Je ne pense pas que nous ayons été présentés, Randall. Je m'appelle Thornton. Ma tante, lady Tarrant, et ma femme Lucy sont de bonnes amies de Mlle Studley.

— Ravi de vous rencontrer, répondit Race en souriant. J'apprécie votre aide.

— Heureux de donner un coup de main. Ou de pied, si je puis dire.

Il baissa les yeux.

— Arrêtez de faire des chichis, Blondinet. Vous êtes entre de bonnes mains. Ou de bons pieds.

Il adressa un clin d'œil à Race.

— Comment ça se passe là-dessous, docteur ? s'enquit celui-ci.

— Voilà, voilà...

Le médecin retira la botte et la posa par terre. Mais elle bascula, déversant quelques cailloux sur le sol.

— Qu'est-ce donc ? s'exclama le médecin.

Il secoua la botte. Elle cliqueta. Il la retourna et des petits cailloux pointus en tombèrent avant de s'éparpiller sur le parquet.

— Du gravier ! s'exclama le médecin sans cacher sa surprise. Pourquoi diable mettre du gravier dans sa botte ?

À côté de lui, Grantley murmura un juron. Race comprit en un éclair.

— C'est pour simuler sa claudication, tempêta-t-il. Marcher sur des cailloux le fait boiter sans y penser. Et il grimace chaque fois qu'ils se plantent sous son pied.

— Mais c'est... scandaleux, déclara le médecin.

— Sans aucun doute, approuva Grantley.

— Enlevez ce bas, ordonna Race. Examinons cette fameuse blessure de guerre.

Sans se soucier que Clayborn résiste, le docteur tira sur son bas et sortit la jambe de ses chausses. Des murmures stupéfaits s'élevèrent du cercle des personnes qui se pressaient autour d'eux.

— Une jambe brisée, ça ? Il n'y a même pas une cicatrice, dit Race avec un coup d'œil à Thornton. Vous le saviez, n'est-ce pas ?

Thornton en convint.

— J'ai servi avec lui dans l'armée… une très courte période. Il s'est engagé une fois que le gros des combats était passé. Du moins pensions-nous être au bout de nos peines, sur le moment. Il n'avait pas prévu Waterloo. Il faut dire que personne ne l'avait vu venir. J'avais été libéré de mes engagements militaires entre-temps, comme bon nombre de camarades, mais quand Bonaparte s'est évadé de l'île d'Elbe, nous avons tous rempilé. Hormis Blondinet, qui était horrifié à l'idée de combattre réellement. Il a tout fait pour se défiler.

Il eut un rire moqueur.

— La veille de Waterloo, il est « tombé » sur des éclats de verre et s'est entaillé la main droite. Il nous a fait croire qu'il utilisait cette main-là pour tirer. Personne n'a vu la prétendue plaie, bien sûr. Il brandissait un bandage énorme et en faisait une montagne, se plaignant d'être dévasté de ne pas pouvoir combattre. Il a fui Bruxelles avant le début de la bataille.

— Néanmoins, il prétend avoir combattu à Waterloo, d'où il serait revenu avec cette affligeante blessure, dit Race.

La foule bruissa, bouillonnant de rage. Les gens n'aimaient pas être mystifiés.

Thornton afficha une expression dégoûtée.

— Oui, à ce qu'on raconte. Il prétend être un héros de guerre blessé. Il mise sur la bravoure et le mérite qui reviennent à d'autres hommes, bien meilleurs que lui. C'est profondément abject !

— Tout à fait d'accord. Et le nom Blondinet, ça remonte à l'armée ?

— Les troupes le surnommaient Blondinet Pieds d'Argile.

Ils s'étaient un peu écartés, la foule commentant avec exaltation l'événement.

— Hé, Randall, il se débine ! avertit quelqu'un.

Se retournant, Race vit Clayborn qui se carapatait, l'air hagard, cramponné à sa botte et son bas. Il boitait – réellement cette fois.

— Je pensais que vous alliez le rouer de coups, lança un homme avec de la déception dans la voix.

— J'ai des choses plus importantes à faire.

Comme voir Clarissa de toute urgence.

— Pas moi, dit Grantley en s'élançant à la poursuite de Clayborn.

Celui-ci s'enfuit avec un cri de terreur.

— Blondinet vient d'être publiquement déshonoré, déclara Thornton. Il ne pourra plus se montrer dans les soirées mondaines avant un bon moment. Voire jamais.

— Je sais. Merci de m'avoir épaulé, dit Race. À présent, j'ai des affaires pressantes à régler.

Il serra la main de Thornton, puis du médecin, et se dirigea vers le petit salon.

Tandis que Race se frayait un passage dans la foule, des bribes de conversations parvenaient à ses oreilles.

— Avez-vous remarqué ? Sa culotte était déboutonnée...

— Elle l'a suivi à l'intérieur. Je l'ai vue !

— Jusqu'où sont-ils allés avant... ?

— ... prétend qu'ils avaient un accord...

— ... une héritière, vous savez...

Race avait envie de s'arrêter pour les confronter à leurs commérages. Au lieu de cela, il continua de marcher, les dents serrées. Affronter ces imbéciles ne ferait qu'alimenter les médisances.

Un petit groupe s'attardait à l'entrée du salon. Certains pressaient l'oreille contre la porte.

— Pardon, dit-il avec froideur. N'avez-vous rien de mieux à faire ?

Il les toisa jusqu'à ce que la plupart s'écartent et s'éloignent sans se presser. Il entra, referma la porte et s'arrêta, craignant de surgir au milieu d'une querelle.

— Je refuse ! Ça m'est égal si les gens parlent. Ce qu'ils disent m'est égal, déclarait Clarissa avec véhémence.

— Vous devez le faire, répondit son chaperon. Et je suis sûre qu'il le fera aussi. Il a un petit faible pour vous. Il est extrêmement protecteur.

— Je ne demanderai pas ça de...

Clarissa s'interrompit en voyant Race.

— Vous n'allez pas vous battre en duel, n'est-ce pas, lord Randall ? S'il vous plaît, dites-moi que vous ne vous battrez pas.

— Il n'y aura pas de duel, répliqua-t-il d'un ton sec.

Ainsi, après tout ce remue-ménage, elle continuait à se tracasser pour le scélérat ?

— Du moins, pas avec moi, ajouta-t-il.

Avec Grantley, c'était une autre question.

— Oh, je m'en réjouis...

Son corps entier parut se détendre.

Le chaperon lissa le châle autour des épaules de Clarissa.

— Mais il a eu ce qu'il méritait, j'espère ?

— J'ai fait le nécessaire. Il est parti. Vous ne le reverrez plus.

Il n'avait pas détaché ses yeux de Clarissa.

— Êtes-vous certaine d'aller bien, mademoiselle Studley ?

Elle confirma d'un hochement de tête, avec un sourire tremblotant qui montrait sa vaillance.

— Un peu troublée, mais vous êtes arrivé juste à temps. Je vous remercie.

— Malgré tout, sa réputation est anéantie, déclara Mme Price-Jones.

— Je vous l'ai dit, je m'en moque, s'empressa de dire Clarissa. Cela n'a pas la moindre importance.

Toutefois, cela en avait pour Race. Il avait entendu les spéculations malveillantes, répandues en l'espace de quelques minutes. Elles iraient en s'aggravant, deviendraient plus méchantes au fur et à mesure. Elle ne méritait pas un tel déshonneur.

— Avez-vous passé un accord avec Clayborn ?

Il fallait qu'il en ait le cœur net.

— Non ! s'indigna-t-elle. Il n'y a jamais rien eu de ce genre entre nous. Il m'a demandé ma main, certes, mais j'ai refusé. Plus d'une fois.

Ce qui signifiait qu'il avait insisté.

— Elle doit impérativement se fiancer, dit Mme Price-Jones à Race avec un regard lourd de sens. Un scandale est inévitable. Mais tout s'arrangerait si elle se fiançait.

— Je ne..., commença Clarissa.

— Vous cautionneriez des fiançailles avec ce malotru ? questionna Race, outré.

Le chaperon leva les yeux au ciel.

— Pas avec lui, évidemment ! Avec quelqu'un d'autre. Quelqu'un de respectable.

Son regard était éloquent, et Race se rembrunit. Pensait-elle à lui ? Il était si peu respectable, du moins aux yeux de la bonne société.

Mme Price-Jones n'en démordait pas.

— Des fiançailles protégeraient Clarissa d'un affreux scandale. Cela détournerait les discussions de l'incident qui s'est déroulé dans cette pièce.

Elle le dévisagea avec insistance.

— Alors, lord Randall... ?

Clarissa secouait frénétiquement la tête.

— Non, vous ne pouvez pas lui demander ça !

— C'est la meilleure solution, martela son chaperon. Derrière ce mur, les commérages vont déjà bon train. Ça bourdonne comme un essaim d'abeilles. Et vous et votre réputation, ou ce qu'il en reste, êtes au cœur des médisances. Nous devons déplacer ces ragots vers un autre sujet, plus reluisant.

De nouveau, elle transperça Race du regard.

— Quelque chose qui les prenne par surprise. N'êtes-vous pas de mon avis, lord Randall ?

Clarissa secoua la tête.

— Je ne peux pas vous demander ça. Ce n'est pas juste. Je ne donnerai pas mon accord. Je ne pourrai pas.

— Je ferai tout ce qui est en mon pouvoir pour vous protéger, mademoiselle Studley. Je me sens responsable du fait qu'il vous a mise dans cette situation par la ruse. Permettez que je me fasse pardonner.

— Comment pouvez-vous dire ça ? Vous m'avez secourue.

— Je n'aurais pas dû le laisser vous attirer dans cette pièce, pour commencer.

Il l'avait vue suivre Clayborn, ce qui l'avait mis mal à l'aise et l'avait incité à s'attarder devant la porte. Mais quand il l'avait entendue hurler… Il n'oublierait jamais cet instant.

Elle secoua de nouveau la tête.

— Non, c'était entièrement ma faute. J'aurais dû rester prudente. Quoi qu'il en soit, vous n'êtes pas responsable de moi.

Race respira profondément. Ce n'était pas ainsi qu'il avait imaginé ce moment, mais comme il se présentait à lui…

Il lui prit la main.

— Mademoiselle Studley, me feriez-vous l'honneur de devenir ma femme ?

Son visage se chiffonna. Elle tira sur sa main.

— Non, je ne peux pas, répondit-elle d'une voix étranglée. Ce n'est pas juste que vous... que vous...

— Ridicule ! s'écria Mme Price-Jones. Monsieur a raison. C'est la solution au problème. Dès que les gens apprendront que Randall le Débauché a enfin succombé, on ne parlera plus que de ça.

Elle tapota l'épaule de Race.

— Ne vous tracassez, je m'occupe de calmer les appréhensions de Clarissa. Considérez-vous comme fiancé.

— Mais je..., reprit la jeune femme, les yeux brillants de larmes.

— Petite sotte, vous ne serez pas obligée de vous marier ! Après quelques semaines, quand l'incident sera oublié et qu'un autre scandale accaparera les esprits, vous aurez tout loisir d'annuler ces fiançailles. Sans causer de tort à quiconque. Vous en convenez, lord Randall ?

— J'en conviens, confirma-t-il d'un ton sec.

Les dames pouvaient annuler des fiançailles. Pas les messieurs.

Clarissa se mordit la lèvre, son regard implorant fixé sur Race.

— Lord Randall, dites-moi que cela est contraire à votre volonté.

— C'est ma volonté, je vous assure.

— Pour préserver ma réputation ?

— Et pour vous servir.

Ce n'était pas du tout ce qu'il avait envie de lui dire mais, la voyant au bord de la crise de nerfs, il n'allait pas ajouter à la pression qu'elle subissait. Au vu de tout ce qu'elle endurait déjà, sa capacité de résistance l'impressionnait.

— Vous voyez ? lança Mme Price-Jones. À présent, séchez vos larmes, remerciez lord Randall pour son aimable proposition, gardez la tête haute quand vous traverserez la foule, et laissez lord Randall vous raccompagner à la maison, saine et sauve.

Qu'il la raccompagne ? Seul ? Son chaperon lui lança un regard éloquent.

— Je vous retrouve devant l'entrée, après avoir répandu la bonne nouvelle.

Après avoir redirigé les commérages, autrement dit.

Clarissa leva vers lui ses beaux yeux noyés de larmes.

— Êtes-vous sûr de ce que vous faites, lord Randall ?

— Tout à fait sûr. Et profondément honoré.

Race aurait aimé l'enlacer pour chasser tous ses doutes. Ce qu'il pouvait se permettre à présent. Mais pas ici, pas maintenant, en particulier avec ce chaperon qui surveillait chacun de ses gestes de ses petits yeux ronds, sans oublier la foule de vautours derrière la porte.

Il tendit son mouchoir à Clarissa. Elle essuya ses larmes.

— Je vous rendrai visite demain pour prendre les dispositions nécessaires.

Elle tressaillit.

— Quelles dispositions ?

— L'annonce officielle, rien de plus. Pas de quoi se tracasser, dit-il pour l'apaiser. Je pense que le majordome de lady Scattergood m'autorisera à entrer, cette fois.

— Il vaudrait mieux.

Avec un petit rire étranglé, elle souffla dans son mouchoir.

— Au pire, passez par le jardin. Oui, ce serait préférable. Retrouvons-nous dans le pavillon d'été à 9 heures.

Elle jeta un regard à son chaperon.

— Nous n'y serons pas dérangés.

— Entendu. Allons-y ? proposa-t-il en lui offrant son bras.

Un brave sourire plaqué sur son visage marqué par les larmes, elle resserra le châle autour d'elle et glissa la main dans le pli de son coude. Sur une longue inspiration, elle hocha la tête. Lorsque Mme Price-Jones ouvrit la porte, les quelques curieux qui musardaient encore devant le petit salon reculèrent à la vue du couple.

Lord Thornton et sa femme étaient parmi eux. Mme Thornton s'avança pour réconforter Clarissa, mais la jeune femme était encore au bord des larmes, et toute marque de sympathie risquait de déclencher ses sanglots. Aussi, Race s'abstint de ralentir. Il hocha la tête en passant.

— Nous attendons vos vœux de bonheur, lord Thornton, lady Thornton...

Les conversations bruissèrent dans leur sillage, vers la sortie.

Derrière lui, il entendit Mme Price-Jones :

— Je confirme qu'ils sont fiancés, et depuis un certain temps. Bien sûr, c'est ce qui a provoqué la panique de Clayborn, qui a tenté de retourner la situation en sa faveur. Nous avions gardé le secret en vue d'une annonce officielle. Mais maintenant, il n'y a plus de raison de différer les choses et de cacher leur joie.

11

— Quoi ? Et après, il t'a coincée ?

Zoé était assise en tailleur sur le lit de Clarissa. Elles sirotaient du chocolat chaud et grignotaient des pâtisseries. Le soleil matinal filtrait par la fenêtre.

— Oui, et avec sa main sur ma bouche, je ne pouvais pas crier ni m'échapper. Il était trop fort, bien plus fort qu'il n'en a l'air.

Zoé hocha la tête.

— Tu pensais ça parce qu'il boite et qu'il marche avec une canne, dit-elle avec pertinence.

— Possible, oui.

— Pourquoi tu ne lui as pas envoyé ton genou dans les cacahuètes ?

Clarissa la regarda d'un air incertain.

— De quoi parles-tu ?

— Ses roubignoles.

Guère avancée, Clarissa secoua la tête. Zoé n'en revenait pas.

— Punaise, voilà ce qui arrive quand on est élevée pour devenir une lady. On t'apprend rien d'utile.

— On *ne* t'apprend rien, rectifia Clarissa. Et je ne comprends toujours pas.

— Bah, tu as dit qu'il avait ouvert le devant de sa culotte, c'est bien ça ?

— Oui.

— C'est là qu'ils rangent leurs cacahuètes. Ses parties, si tu préfères.

Clarissa fronça le nez.

— Tu veux parler des... parties masculines ?

Zoé s'esclaffa et imita l'accent de Clarissa :

— Ouais, ses « parties masculines ». Ou ses cacahuètes, ses bourses, ses bijoux de famille, ou une dizaine d'autres noms. Faut savoir que c'est la zone la plus sensible chez un homme. Si tu y flanques un bon coup de pied, ou si tu enfonces ton genou dans son entrejambe, il sera obligé de te lâcher vu qu'il se pliera en deux en geignant. Et là, tu pourras te sauver.

Clarissa la considérait avec inquiétude.

— As-tu déjà été obligée de faire ça ?

Zoé haussa les épaules.

— Une fois ou deux.

— Je suis désolée pour toi.

— C'est pas grave. Là d'où je viens, les filles doivent savoir se défendre. C'est plutôt moi qui suis désolée que personne ne t'ait appris ça avant.

— En société, ce n'est pas nécessaire, commença Clarissa, mais devant son air sceptique elle se corrigea : Tu as raison. Nous sommes élevées dans l'idée que nous sommes en sécurité parce que, au sein de la société, les hommes sont censés avoir de bonnes manières, mais...

— Pas tous, dit Zoé en se levant du lit. Alors maintenant, tu sais. Vise les cacahuètes.

Clarissa sourit.

— Merci de m'éduquer, petite sœur.

Zoé posa sa tasse vide sur le plateau, sur un guéridon.

— J'espère que ce lord Randall est bon avec toi, Clarissa, reprit-elle, soudain sérieuse. Et que tu seras heureuse avec lui.

— Oh, c'est juste un arrangement. Ces fiançailles sont une astuce pour réorienter les commérages.

— Mais je pensais... je pensais qu'il te plaisait.

Clarissa lutta pour ne pas rougir.

— Eh bien... il ne manque pas de charme, et c'est le meilleur ami de mon tuteur. Alors naturellement, je l'aime bien. Cela dit, c'est un tombeur-né. Jamais une fille comme moi ne l'intéresserait, en d'autres circonstances.

— Pourquoi pas ?

Elle tâcha d'adopter un ton désinvolte.

— Il ne sort qu'avec les plus belles femmes.

— Tu es belle, dit Zoé, et comme Clarissa contestait elle insista : Si, tu l'es. Belle de bout en bout.

Clarissa haussa une épaule.

— De toute façon, c'est un libertin. Je ne me marierai pas avec un homme incapable de me rester fidèle. J'ai vu le mal que les infidélités de mon père ont fait à ma mère.

— Et à la mienne, murmura Zoé.

Il y eut un bref silence. Clarissa déglutit à grand-peine.

— Je suis si heureuse que nous nous soyons trouvées, Zoé. Je ne peux pas te dire à quel point je me réjouis d'avoir une autre sœur, et je sais que lorsqu'elle te rencontrera, Izzy sera tout autant enchantée.

— Ouais, bougonna Zoé. Je te remercie pour tout ce que tu as fait pour moi. Tu es quelqu'un de bien, Clarissa, et... j'ai été heureuse ici.

Clarissa attendit un « mais », mais Zoé s'arrêta là. Elle entassa la vaisselle sale sur le plateau.

— Je descends tout ça et je préviens Betty que tu es prête pour ton eau chaude, si tu veux ?

— Volontiers, merci.

Clarissa vérifia la pendule en similor sur le manteau de la cheminée et repoussa les couvertures. Lord Randall serait là dans une heure.

Fiancée. À lord Randall.

Hier, après les rebondissements de la soirée, Clarissa était rentrée à bout de forces. Néanmoins, elle avait très peu fermé l'œil de la nuit. Après tous ces événements, entre l'agression traumatisante de Clayborn et la demande encore plus troublante de lord Randall, ses pensées s'entrechoquaient.

Elle était fiancée à lord Randall !

Elle déglutit. Dans quelques minutes, il serait là pour discuter de leurs fiançailles.

Et même si toute la nuit elle s'était évertuée à identifier ce qu'elle ressentait, ce n'était pas clair dans son esprit.

La demande de lord Randall était un simple stratagème pour détourner les ragots, elle le savait. « Vous ne serez pas obligée de vous marier », avait affirmé Mme Price-Jones.

Quel soulagement ! Seul problème, Clarissa ne se sentait pas soulagée. Il avait prétendu vouloir lui rendre service. Ce qui semblait pratique. Et gentil. Mais la lueur dans ses yeux gris, quand il avait dit cela, n'avait rien de gentil. Lorsqu'il la regardait, ses yeux recelaient une sincérité et une intensité qu'elle ne savait interpréter.

Oh, elle se faisait des illusions, sans doute. À force de se laisser emporter par ses désirs, elle imaginait des choses qui n'étaient pas réelles. C'était insensé. Il lui briserait le cœur, si elle n'y prenait pas garde. Elle devait se protéger.

Il fallait qu'elle apprenne à se contrôler, qu'elle cesse de déplorer que les choses ne soient pas différentes, et qu'elle cesse de… rêver.

Ces fiançailles étaient un simulacre, une fiction pour détourner l'attention de la société du sordide incident avec M. Clayborn. Et cela distrairait les gens, elle n'en doutait pas. Tandis qu'elle s'habillait, elle imagina les conversations :

— Quand je songe que ce libertin, fin connaisseur de la beauté féminine, connu pour fuir le mariage, s'est laissé attraper par une gamine sans attrait, avec sa fortune pour seul atout...

— Et il n'a même pas besoin d'argent...

— C'est un peu fumeux. Il doit y avoir une autre raison. Probablement qu'elle attend un heureux événement ?

— Ignorez-vous ce qui s'est passé entre Clayborn et cette fille ? Randall est intervenu pour sauver sa réputation. C'est le meilleur ami de son tuteur, vous savez. Il y avait trop de témoins pour que l'incident du bal ne s'ébruite pas.

— Randall le Débauché ? Je n'en crois rien. On ne peut pas dire qu'il soit réputé pour ses actes chevaleresques, encore moins s'ils conduisent au mariage.

Clarissa imaginait sans peine les rires cyniques qui s'ensuivraient. Parce que, bien sûr, l'idée même d'un Casanova galant était absurde.

— Je sais. C'est un mystère.

— La fille peut encore se désister.

D'autres rires résonneraient.

— Le feriez-vous ? Refuseriez-vous d'épouser Randall le Débauché ? Ne dites pas de sottises...

Face à son miroir, Clarissa ajusta le drapé de son châle. Les spéculations seraient abominables. Néanmoins, elle devrait sourire et les endurer. Ou afficher une royale indifférence.

Plus tard, elle romprait leurs fiançailles. Il le fallait, pour son bien comme pour celui de Randall. Le piéger dans un mariage non désiré serait une étrange façon de le remercier pour sa galanterie.

Et puisqu'il lui était apparemment facile de rester calme et impassible face à une supercherie, elle devrait apprendre à faire de même. Elle fixa la fille quelconque et grassouillette qui la regardait dans le miroir et se répéta à elle-même : « Calme et impassible. »

— Tout n'était que mensonges, s'indigna Clarissa. Même sa blessure ?

Dans le pavillon d'été, lord Randall avait à peine terminé de lui expliquer comment M. Clayborn avait simulé son handicap en versant du gravier dans sa botte pour claudiquer de manière convaincante.

Elle était réellement stupéfaite. Tous ces petits cris de douleur qui suscitaient la compassion... Chaque souffrance, il se l'infligeait à lui-même. Pour tromper son monde.

Elle secoua la tête.

— Je ne comprends pas l'intérêt de créer une supercherie aussi complexe – et plutôt douloureuse. À quelles fins ?

Il haussa les épaules.

— Pour attirer la sympathie ? Se donner de l'importance ? Ou pour que vous soyez plus disposée à l'épouser. Qui sait ?

Elle ne comprenait toujours pas. M. Clayborn était bel homme, d'agréable compagnie, et héritier de la fortune de sa grand-tante. Pourquoi simuler une blessure ?

— Et toutes les fois où il évoquait avec tant de modestie ses prouesses à Waterloo, auxquelles tout le monde croyait ! Je présume qu'il s'agit là aussi de mensonges.

— Il n'était même pas présent à Waterloo.

Lord Randall relata l'histoire que lord Thornton lui avait narrée.

C'était épouvantable. Songer qu'elle avait imaginé, quoique brièvement, que M. Clayborn aurait pu faire un mari convenable... Elle tressaillit. Elle l'avait échappé belle.

Elle se dirigea vers la porte ouverte et se tint dans l'embrasure, absorbée dans la contemplation du jardin. Son esprit bouillonnait. Le jardin au matin sentait la fraîcheur et la végétation luxuriante, le genre de parfum qu'elle adorerait reproduire un jour, bien que ce soit irréalisable. Quelques oiseaux pépiaient dans un buisson, se chamaillant, à moins qu'ils ne s'accouplent.

— Je connais peu lord Thornton, dit-elle en se retournant. Mais je connais bien sa femme, Lucy. Ils sont en visite à Londres et logent chez sa tante, lady Tarrant, qui habite la maison juste là, dit-elle en la montrant. Lady Tarrant est une amie proche. En fait, vous devez probablement entendre ses petites filles jouer dans le jardin. Ce sont ses belles-filles.

Sitôt qu'il la rejoignit, elle oublia tout, hormis la sensation de son grand corps puissant, si près d'elle qu'ils se touchaient presque. Elle sentait sa chaleur, son eau de Cologne. Elle prit une respiration furtive. L'odeur de lord Randall… Elle, fiancée ? Elle ne pouvait y croire. Même si cela n'irait pas plus loin. Elle se pencha un peu plus et le huma encore. La senteur d'un homme. *D'un libertin*, se rappela-t-elle.

— Je n'entends rien. Juste les oiseaux, dit-il.

Elle tendit l'oreille. Il avait raison. Étrangement, les habituels rires et cris des enfants n'emplissaient pas le jardin aujourd'hui. Elle avait pourtant vu Nanny McCubbin faire sortir les fillettes un peu plus tôt. Il est vrai qu'elles étaient bien silencieuses. Elle ne s'était pas arrêtée pour leur parler, car elle se rendait à son rendez-vous avec lord Randall.

Clarissa laissa le moment se prolonger autant qu'elle put. Elle redoutait la suite de la conversation – le vrai motif de cette rencontre : leurs fausses fiançailles.

— Vous n'allez pas le défier en duel finalement, dites-moi ? demanda-t-elle soudain en rentrant dans le pavillon.

Il secoua la tête.

— Cela ne ferait qu'attiser les ragots. Mais quoi qu'il advienne, je ne le tuerais pas. Lui tordre le cou, possible, ou le réduire en bouillie, dit-il avec un sourire attristé. Mais c'est un personnage pathétique et lâche. De toute façon, d'après mes sources, il a déjà quitté Londres.

— Tant mieux. Cela me tracassait. Je ne veux pas que vous perdiez la vie.

— Content de l'entendre, dit-il sur son ton sec, avec un sourire qui remua ses entrailles.

Agitée, elle se laissa tomber sans réfléchir sur le siège le plus proche : un grand fauteuil. Aussitôt il s'assit à côté d'elle, si près qu'ils se touchaient presque. Elle avait une conscience aiguë de sa proximité.

C'était sur ce même fauteuil que Léo avait séduit Izzy. Ou était-ce l'inverse ? Elle ne l'avait jamais vraiment su.

Elle devait changer de place, au risque que ce soit bizarre. Grossier. Comme si elle n'avait pas envie qu'il s'assoie à côté d'elle – ce qui était vrai. Et en même temps faux.

Lord Randall se détendit contre le dossier rembourré de son siège, jambes croisées. Sa tenue était informelle, composée d'un pantalon en peau de daim et de hautes bottes d'équitation.

Elle se redressa, s'appliquant à ne pas remarquer le daim velouté qui épousait ses cuisses fermes de cavalier.

— Nous devons discuter de ces fausses fiançailles, commença-t-elle.

Il avança le buste et se tourna face à elle.

— Ces fiançailles ne sont pas fausses, corrigea-t-il.

— Mais je pensais...

— Nos fiançailles sont réelles et nous engagent l'un envers l'autre… jusqu'à ce que vous décidiez qu'elles ne nous lient plus.

— Jusqu'à ce que je décide ? dit-elle, confuse. Pourquoi ne pourriez-vous pas les annuler ?

Il s'adossa dans son fauteuil.

— Parce qu'un homme n'a pas ce pouvoir.

— C'est injuste. Pourquoi pas ?

— La parole d'un homme équivaut à un engagement. Ne pas l'honorer ou revenir sur une promesse serait indigne.

— Mais une dame le peut ? Pourquoi n'est-ce pas aussi déshonorant pour elle ?

— C'est la prérogative de toute représentante du beau sexe. Elle a le droit de se raviser.

— Pourquoi ? Parce que les femmes sont des créatures frivoles, trop sottes et pas assez fiables pour comprendre le concept de l'honneur ? se fâcha-t-elle.

Il haussa les épaules.

— Je n'ai pas dit ça, et je ne le pense pas. Je n'ai pas inventé les règles.

— Mais vous les respectez.

Il changea de sujet.

— Ce devrait être Léo, votre tuteur, qui annonce officiellement les fiançailles. Je pense qu'il rentre la semaine prochaine ou la suivante. Dans l'intervalle, nous devrons nous montrer ensemble en public à chaque opportunité, et laisser les cancans opérer.

— Si je comprends bien, les gens parleront de vous et moi, mais aussi de M. Clayborn et moi ?

Elle ferma les yeux. Elle détestait attirer l'attention.

— Ils jasent déjà. Ma cousine Maggie, qui n'était même pas au bal hier soir, a déjà eu vent de la nouvelle. Elle m'a envoyé un mot de félicitations ce matin.

Elle rouvrit les yeux.

— Elle a cru à ces fiançailles ? En se fondant sur une rumeur ?

— Elle l'avait prédit depuis notre première promenade à cheval.

— Cette sortie-là ?

Elle faillit s'étrangler. Comment Maggie pouvait-elle penser... Clarissa était restée circonspecte pour ce qui était de ses sentiments envers lord Randall, elle en était certaine.

Il eut un sourire paisible.

— Elle est folle de joie. Elle me charge de vous transmettre ses plus sincères félicitations et de vous souhaiter « la bienvenue dans la famille ».

« La bienvenue dans la famille » ? Alors ça...

— Pourquoi ne lui avez-vous pas dit que ces fiançailles sont mensongères, une mascarade, un subterfuge ?

— Parce qu'elles ne le sont pas. Ainsi que je l'ai dit, elles sont réelles et nous engagent l'un envers l'autre, jusqu'à ce que vous décidiez de ne plus m'épouser.

— Vous savez que je ne le peux pas.

— Pourquoi pas ?

Sa voix rauque était en quelque sorte... caressante. Incapable de préciser sa pensée, elle secoua la tête.

— Je ne peux pas, voilà tout.

Il se rapprocha un peu plus.

— Ce n'est pas une réponse, Clarissa, dit-il d'une voix plus intense. Pourquoi pensez-vous ne pas pouvoir vous marier avec moi ?

Là encore, elle secoua la tête, évitant son regard. Il enchaîna :

— En ce qui me concerne, je ne vois qu'une seule raison qui vous empêcherait de m'épouser : vous ne m'aimez pas.

Il laissa passer un instant.

— Est-ce la raison, ma douce ? Vous ne m'aimez pas ?

Son cœur se fendilla au son de sa voix affectueuse, de ses mots tendres, de son infime insistance.

— Arrêtez ! Ce n'est pas équitable. Vous me demandez ce que je ressens, alors que je sais que vous ne pouvez pas m'aimer et...

— Pourquoi ne le pourrais-je pas ?

Elle le fixa, éberluée.

— Vous ne pouvez pas, murmura-t-elle.

— Pourquoi pas ?

Il se tenait si près qu'elle sentait son souffle chaud sur sa peau.

— Parce que... parce que...

Tenant son menton dans sa main, il releva son visage et l'embrassa avec douceur, effleurant ses lèvres des siennes. La caresse légère titillait... aguichait. Et fascinait. Elle savait qu'il ne fallait pas, qu'elle devait résister, le repousser. Et s'enfuir.

Cependant, la sensation était merveilleuse. Elle en voulait encore.

Elle prit une longue respiration, puis pressa sa bouche sur la sienne, l'ouvrant dans une invitation muette. Il réagit instantanément, et le baiser doux et tendre devint passionné, épicé et exigeant.

Une déflagration. Une brûlure, mystérieuse, dangereuse et exaltante. Elle fondait contre lui, accrochée comme quelqu'un qui se noie – si ce n'est qu'elle ne se noyait pas : elle flottait. Magnifiquement.

Puis quelque chose – un son lointain – la sortit de cet état onirique créé par ses baisers.

Elle détacha sa bouche de la sienne et posa le visage sur son épaule. Les yeux fermés, elle haletait, recouvrant à grand-peine un semblant de calme. Elle avait envie de s'enfouir contre son torse et d'y rester à tout jamais, mais en même temps de partir aussi vite que possible, le plus loin possible de lui.

Il lui briserait le cœur. Si elle le laissait faire.

Il lissa ses cheveux en arrière. Du bout du doigt, il caressa sa nuque. De délicieux frissons la parcoururent.

Comme il était doué, si adroit et... *expérimenté.* Le mot fut comme une gerbe d'eau froide.

Elle s'écarta.

— Je ne pense pas que nous devrions recommencer, dit-elle d'une voix tremblante, un peu éraillée.

Il passa une mèche de cheveux derrière son oreille.

— Pourquoi pas, ma douce ? Nous sommes fiancés, après tout. Et ne me dites pas que vous n'avez pas apprécié, je ne vous croirais pas.

Ne pouvant se résoudre à nier, elle changea de sujet.

— Ces fiançailles sont à la fois mensongères et temporaires. Inutile de prétendre le contraire... et...

— Je n'oserais pas.

Il prit sa main, la retourna et suivit de son doigt une ligne sur sa paume.

— Une jolie ligne de cœur, murmura-t-il.

Saisie d'un frémissement, elle tira sur sa main et s'efforça d'adopter un ton plus neutre. Difficile, avec son ventre transformé en gelée chaude et tremblante. Mais il n'avait pas besoin de le savoir.

— Nous devons discuter de l'étape suivante.

— N'est-elle pas déjà définie ? Nous montrer ensemble, partout.

Elle hocha la tête et se leva. Ses jambes vacillaient de manière alarmante. Elle espérait que cela ne se voyait pas.

— Alors je vous vois demain à l'Almack's.

— L'Almack's ? répéta-t-il.

Elle se renfrogna, surprise par le ton de sa voix.

— Oui. Quel est le problème ?

Tout la haute société allait à l'Almack's. S'ils voulaient être vus ensemble, afin que tout le monde tire les conclusions attendues, l'Almack's était l'endroit idéal.

— Aucun problème, soupira-t-il. À l'Almack's, alors.

Il se leva à son tour et serra son bras sous le sien, déterminé à l'escorter jusqu'à sa maison.

— J'ai envie de me promener un peu dans le jardin, dit-elle en espérant qu'il s'en irait pour qu'elle retrouve ses esprits avant d'affronter lady Scattergood et Mme Price-Jones, et leur avalanche de questions.

— Très bien.

Il bifurqua dans une allée.

— Je..., commença-t-elle, mais quand il la questionna du regard elle souffla : Oh, rien...

Ils déambulèrent dans le jardin verdoyant imprégné de senteurs, bras dessus bras dessous mais sans parler, ce pour quoi Clarissa était reconnaissante. Ils avançaient d'un pas tranquille vers le grand platane qui se déployait au centre. C'était le terrain de jeu préféré des filles Tarrant, pourtant elle n'entendait ni cris ni rires. Elles étaient probablement rentrées.

Mais quand ils tournèrent à l'angle, ils découvrirent les trois fillettes assises en demi-cercle dans l'herbe. Elles sanglotaient. Leur gouvernante, debout à côté d'elle, se tordait les mains et les raisonnait avec douceur.

Aussitôt, Clarissa lâcha le bras de lord Randall et se précipita vers elles.

— Que vous arrive-t-il ?

Elle s'agenouilla devant les enfants.

— C'est maman, sanglota Lina.

— Elle... elle va avoir le bébé, ajouta Judy, le visage tendu à force de retenir ses larmes.

Étant l'aînée, elle s'employait à montrer l'exemple. Malgré ses efforts, une larme ou deux s'échappèrent, qu'elle essuya d'un revers de main.

— Et elle va mourriiiir, pleura Debo.

— Quoi ? Pourquoi dis-tu ça ? s'exclama Clarissa, stupéfaite.

— Sukey et Ethel l'ont dit. On les a entendues.

Clarissa se tourna vers la gouvernante.

— Sukey et Ethel ?

— Deux aides-cuisinières écervelées qui pensent tout savoir mieux que tout le monde, expliqua-t-elle, contrariée.

Lina hoqueta.

— C'est comme la p-pauvre prin-princesse...

Clarissa soupira. Le décès de la princesse Charlotte, morte en couches l'année précédente, avait bouleversé la nation, et nombreux étaient ceux qui continuaient de la pleurer. À l'évidence, ce drame avait frappé l'esprit des enfants.

— Vous ne pouvez pas le savoir, dit-elle sur un ton réconfortant.

D'un regard, elle questionna la gouvernante, qui secoua la tête.

— Je n'ai pas dit le moindre mot sur...

Elle lança un regard éloquent vers la fenêtre de la chambre où lady Tarrant endurait les affres de l'accouchement.

— Mais elles ont entendu les aides parler en cuisine, et elles se sont monté la tête. Quoi que je dise, il n'y a pas moyen de leur faire entendre raison.

Les enfants en savaient toujours plus que les adultes ne daignaient leur dire. Autrefois, elle et Izzy savaient toujours ce que les domestiques s'escrimaient à leur cacher.

— Alors il n'y a pas de raison de penser... ?

— Non, mademoiselle. Aucune raison. Mais ces enfants écoutent-elles leur gouvernante ?

Elle secoua la tête avec frustration. Les yeux de Judy lancèrent des éclairs.

— Notre maman est morte quand elle est née, dit-elle en montrant la petite Debo. Alors ne dites pas que nous nous inquiétons pour rien. En plus, papa est avec elle, et tout le monde sait que les hommes ne sont présents à la naissance que quand… quand…

— Oh, ma chérie.

Clarissa prit Judy dans ses bras mais l'enfant la repoussa, refusant tout réconfort. Debo la regarda à travers ses larmes, son chat serré contre sa poitrine, son pelage hirsute trempé de larmes. Clarissa s'assit entre elle et Judy, et enveloppa la benjamine de son bras. Debo s'appuya contre elle.

— Avec tout ça, il y a de quoi s'inquiéter, c'est vrai, dit une voix grave derrière elles.

Les enfants, éberluées, levèrent les yeux sur Randall. Clarissa avait oublié sa présence.

— Mais elle n'est pas morte pour l'instant, si ? ajouta-t-il.

Désarçonnées par ce franc-parler, elles restèrent muettes.

— Il se peut que votre papa ait juste envie d'être avec votre maman quand le bébé viendra au monde, continua-t-il. Pour ma part, j'ai l'intention d'être présent lorsque ma femme aura un bébé.

Toutes le regardaient avec hébétude. Y compris Clarissa. Il sourit.

— Je vous promets que c'est vrai. Cela dit, puisque votre maman est occupée à donner la vie à votre petit frère ou votre petite sœur, et que votre papa est à ses côtés pour la soutenir, que pensez-vous qu'ils diraient s'ils savaient que vous êtes toutes là, à pleurer ?

Judy le fixa un instant et redressa le dos. Elle hoqueta, puis déglutit. Il lui sourit.

— Bien joué. Nous n'avons pas été présentés, demoiselle. Comment t'appelles-tu ?

— Ju-Judy.

— Le diminutif de Judith. Très joli prénom. Il signifie « belle et attentionnée ». Tu le savais ? C'est un nom de reine. Je ne saurais dire au pied levé combien de reines ont porté le nom de Judith, mais elles sont nombreuses.

Judy cligna des yeux.

— Penses-tu pouvoir être courageuse, Judith, pour le bien de tes sœurs, de ta maman et de ton papa ?

Elle déglutit et hocha vaillamment la tête. Les yeux de Clarissa s'embuèrent.

— J'en étais sûr, approuva-t-il.

Ensuite, il s'accroupit devant Lina.

— Et toi, ma jolie, nous ne pouvons pas savoir de quoi demain sera fait, mais nous pouvons choisir comment l'affronter. Pourquoi se soucier d'un avenir que nous ne pouvons pas connaître ?

— Mais je ne veux pas que maman meure !

Lina éclata en sanglots.

— Il n'y a rien de plus naturel, admit-il avec douceur. Viens là, ma puce.

Il ouvrit les bras. Lina avança à quatre pattes. Il se releva en la portant dans ses bras, serrée contre son torse. Accrochée à lui, la fillette sanglotait sur son épaule. Il se contenta de la bercer, frottant son dos et murmurant des mots apaisants.

Enlaçant Debo, les yeux humides, Clarissa regardait le grand homme réconforter l'enfant. Elle ignorait que lord Randall pouvait être aussi tendre, compréhensif, patient. Alors qu'il ne connaissait même pas ces enfants.

Les sanglots de Lina se calmèrent graduellement. Lord Randall sortit un mouchoir de sa poche et essuya son minois.

— Comment t'appelles-tu, jeune demoiselle ? Nous n'avons pas été présentés. Moi, c'est lord Randall. Et toi ?

— Lina, dit-elle timidement. Le diminutif de Selina.

— Ah, ça vient de « lune » en grec. Quoi, tu ne le savais pas ?

Elle secoua la tête, et il continua :

— La déesse Séléné parcourait le ciel sur un char d'argent pour répandre la lumière dans les ténèbres.

Il la scruta.

— Oui, je pense que tu pourrais être celle qui apporte la lumière dans la nuit.

Lina enfouit le visage contre son épaule. Mais Clarissa aperçut un petit sourire tremblant. Il était aussi habile avec les petites filles qu'avec les femmes.

Avec Lina dans ses bras, il s'intéressa à Debo. Appuyée contre Clarissa, la fillette était épuisée par ses pleurs.

— Quel beau chat tu as, commenta-t-il.

— Mittens, dit-elle sur un ton bourru.

— Mittens ? Comme des mitaines ? C'est amusant. Et à qui appartiennent ces mitaines ?

Elle le regarda un instant, puis rit.

— T'es bête ! Il est à moi. Je m'appelle Debo.

— Diminutif de Deborah ?

Elle le regarda de travers.

— Nan. Juste Debo.

Il hocha la tête.

— Tu sais que Deborah était une femme sage et forte, à ne jamais sous-estimer ? Je vois que toi aussi, tu as ces qualités.

Il se tourna vers la gouvernante.

— Est-ce trop vous demander de servir du lait et des cookies dans le pavillon d'été ? Et peut-être aussi, si vous avez ça, d'apporter un jeu de mikado ou un autre du même genre ?

La femme lui fit un grand sourire.

— Soyez béni, sir. J'apporte ça tout de suite.

Elle partit à grands pas.

Lord Randall aida Clarissa à se lever. Tous ensemble, avec les fillettes et le chat, ils se rendirent dans le pavillon d'été.

Lord Randall proposa un jeu de devinettes. À grand renfort de grimaces hideuses et grotesques, il fournit des indices aux plus jeunes. Bien vite, l'hilarité secoua le groupe entier.

— Tout le monde peut jouer ? demanda une voix masculine dans l'entrée.

— Papa ! crièrent les fillettes.

Elles l'encerclèrent, leurs bras noués autour de lui. Retombant dans le silence, elles le scrutèrent avec une soudaine appréhension.

Il sourit, souleva Debo avec son chat et enveloppa les deux plus grandes de son autre bras.

— Les filles, vous avez un petit frère en bonne santé.

— Et maman ? s'enquit Lina d'une voix chevrotante.

Lord Tarrant sourit et ébouriffa ses cheveux.

— Maman va très bien, ma chérie. Juste un peu fatiguée. Quand elle sera prête à vous recevoir, dans un petit moment, je vous présenterai votre frère. Avant cela, faites un sort à ce lait et à ces biscuits que Nanny vous apporte.

Il s'assit à l'écart, non sans difficulté, vu que ses enfants refusaient de le lâcher. La gouvernante déposa un plateau.

Au-dessus de la tête de ses enfants, lord Tarrant dit à voix basse à Clarissa et lord Randall :

— Je ne vous remercierai jamais assez pour ce que vous avez fait pour mes filles. Nanny m'a expliqué. J'étais loin d'imaginer qu'elles se tourmentaient à ce point. Je vous suis infiniment reconnaissant, et ma femme le sera aussi.

— Ça m'a fait plaisir, répondit lord Randall. Et félicitations pour le bébé. Si en grandissant il ressemble à ses sœurs, vous serez fiers de lui. Vos filles sont magnifiques.

Il prit la main de Clarissa, et ajouta :

— J'espère que nous aurons des enfants aussi merveilleux.

Lord Tarrant les regarda avec surprise, puis sourit.

— Vous allez vous marier ? En voilà une merveilleuse nouvelle ! Félicitations. Je cours l'annoncer à Alice, elle sera ravie.

Clarissa ouvrit la bouche pour nier. Comme lord Randall pressait sa main, elle ravala tout commentaire.

— Merci, murmura-t-elle, le rouge aux joues.

Ces fiançailles lui semblaient factices, même si lord Randall s'évertuait à jouer le jeu.

— Transmettez mes amitiés à lady Tarrant, ajouta-t-elle. Et félicitations pour le bébé. J'irai la voir demain ou après-demain, quand elle sera prête à recevoir de la visite.

Laissant lord Tarrant avec les petites filles, ils retournèrent dans le jardin.

— Vous avez été remarquable avec ces enfants, dit Clarissa au bout d'un moment. Comment saviez-vous quoi faire ? Avez-vous... avez-vous des enfants ?

Elle se prépara à sa réponse. Les Casanovas étaient réputés pour engendrer des bâtards. Son père en avait eu deux.

À sa connaissance.

— Non, pas d'enfant.

— Alors...

Il lui fit un clin d'œil.

— Croyez-le ou non, mais j'ai été un enfant autrefois.

Ils repartirent lentement vers la maison de lady Scattergood. Dans le silence, Clarissa ne se sentait pas obligée de faire la conversation, ce qui était un soulagement.

— Oh, Clarissa ! Maman se demandait si... Oh !
Au détour du sentier, Milly s'arrêta net.
— Lord Randall.
Elle le lorgna avec méfiance et recula de quelques pas comme si, eu égard à sa réputation, il risquait de lui sauter dessus pour la violer.
— Bonjour, Milly, dit Clarissa. Que voulait savoir votre maman ?
— Savez-vous qui a acheté la maison à l'angle ?
— Non.
Milly fit la moue.
— Ça énerve maman. Elle est certaine que c'est un vulgaire marchand.
Clarissa ne s'intéressait aucunement aux divagations de Mme Harrington.
— Qui que ce soit, ce ne sont pas nos affaires. S'il n'y a rien d'autre, bonne journée, Milly.
— Vous ne devriez pas être seule avec un homme comme lui, marmonna Milly.
Clarissa se retourna.
— Comment ?
Milly remua avec embarras.
— Maman dit qu'il ne faut pas faire conf...
— Votre mère dit beaucoup de bêtises ! s'emporta Clarissa. Comment osez-vous parler de lord Randall de cette manière ? Avec moi, il est et a toujours été parfaitement respectueux. Dans tous les cas, lui et moi sommes fiancés. Courez donc le dire à votre mère, Milly !
Les yeux de Milly s'arrondirent.
— Fiancés ? Vous et ce libertin ?
— Non, moi et ce gentleman !
— Eh bé ! Je ne sais pas ce que maman aura à dire à ça.
— Pourquoi ne vous dépêchez-vous pas d'aller le vérifier par vous-même ? riposta Clarissa. Venez, lord Randall.

Lui prenant le bras, elle l'entraîna dans l'allée, laissant Milly avec des yeux de merlan frit.

— Eh bien, vous êtes un dragon, finalement, commenta-t-il.

Clarissa s'empourpra.

— Mais elle était si grossière avec vous, c'était injuste !

Il eut un petit rire.

— Je me moque de ce que pensent les filles sottes comme elle ou leurs mères.

— Pas moi.

Il resta un instant silencieux.

— C'est ce que je constate.

Ils atteignirent le portail à l'arrière de la maison de lady Scattergood.

— Alors, dit Clarissa en essayant de paraître pragmatique, vous verrai-je à l'Almack's demain soir ?

Il parut un peu dérouté.

— À l'Almack's ? Ah oui, c'est mercredi...

Il s'inclina au-dessus de sa main, avec un infini romantisme. Ses yeux plongés dans les siens souriaient.

— D'ici là, portez-vous bien, mon petit dragon protecteur.

Clarissa monta lentement les marches menant à sa chambre. Elle avait découvert une nouvelle facette de lord Randall, ce matin. Sa façon de traiter les fillettes, avec bienveillance et compréhension, et une tendresse inouïe... Il serait un père formidable.

De toute sa vie, elle n'avait pas reçu un seul mot bienveillant de son propre père.

Et quand Milly avait parlé de lui en termes rudes et dédaigneux, son tempérament d'ordinaire réservé s'était embrasé. Sans qu'elle puisse s'en empêcher.

Son « petit dragon protecteur ».

Cela étant, l'image que Milly avait de lui correspondait en tout point à ce qu'elle-même, ainsi que la moitié de la haute société, pensait.

Aujourd'hui, son opinion sur lui avait radicalement évolué. Frappée par ce constat, elle s'arrêta dans l'escalier. Elle risquait de tomber de plus en plus amoureuse de lord Randall.

Et cela la terrifiait.

12

L'Almack's. Race examina l'imposant édifice de l'autre côté de la rue. Les gens s'attroupaient déjà à l'intérieur, les dames dans leurs soies et leurs mousselines, les gentlemen en hauts-de-chausses à l'ancienne. Comme lui.

Depuis toujours, les femmes le poursuivaient de leurs assiduités. Dès lors qu'il avait exprimé son désintérêt pour le mariage, seules les femmes mariées et les veuves l'avaient pourchassé, et bien vite il avait découvert que pour nombre d'entre elles il ne comptait pas vraiment.

Quelle ironie. S'il avait commencé à fréquenter les événements mondains, c'était uniquement pour Clarissa. Et c'était précisément ce qui avait déclenché la rumeur le déclarant prêt à se marier – ce qu'il était, il devait l'admettre. À ceci près qu'il ne courait pas après n'importe quelle jeune femme convenable : Clarissa était la seule qu'il voulait.

Mais, aux yeux de la société, il s'était indubitablement placé sur le marché du mariage et était considéré comme une cible légitime. À présent, depuis les événements du bal des Frampton, il devait montrer qu'il était pris.

Pendant des années, il avait fui les soirées, en particulier celles qui attiraient les jeunes filles à marier récemment entrées dans le monde. Ou les demoiselles dont c'était la deuxième ou la troisième saison et dont l'attitude désespérée était, à vrai dire, assez agaçante.

Il était allé à l'Almack's deux fois pour être précis, des années plus tôt. Il avait perdu son père l'année précédente et, ayant reçu un titre et une fortune substantielle, était devenu une proie pour les mères pleines d'ambition et leurs filles.

Après cela, il n'avait plus remis les pieds à l'Almack's.

Jusqu'à ce soir.

Il arrangea son pantalon court, respira un bon coup, traversa la rue et entra.

Le silence se fit soudain, suivi du gazouillis exalté des spéculations.

En quelques minutes il fut assailli, discrètement mais sans relâche, par des jeunes filles et des matrones, toutes intriguées par les incidents du bal des Frampton. Et même si tout le monde était sidéré par les révélations sur Clayborn, la plupart des questions, directes ou indirectes, se résumaient à une seule : les rumeurs sur ses fiançailles avec Mlle Studley étaient-elles fondées ?

Chaque fois, il répondait par l'affirmative, ajoutant qu'il était le plus heureux des hommes. Nombreuses furent celles qui ne cachèrent pas leur scepticisme et jetèrent des regards éloquents dans la salle. Où sa fiancée brillait par son absence.

Où était-elle ? Elle avait souligné qu'elle l'attendrait ici même.

Il patienta, salua, bavarda. Et patienta encore en affrontant les questions et en avalant des boissons écœurantes. Et patienta toujours tandis que l'aiguille de l'horloge avançait avec une lenteur effarante vers l'heure magique : 23 heures, quand les portes de l'Almack's seraient définitivement fermées pour les retardataires, quel que soit leur rang.

Finalement, l'heure arriva et Race sortit du bâtiment. Où diable était-elle ? Recommençait-elle à l'éviter ? Il ne pouvait y croire. Nul doute qu'ils avaient amélioré leur niveau de compréhension mutuelle, et même leur proximité depuis les événements dans le jardin, à la fois avec les fillettes en détresse et quand elle l'avait défendu farouchement contre la jeune Milly. Son attitude lui avait réchauffé le cœur.

Raison de plus pour se demander où elle était. Clarissa n'était pas du genre à ruser, à prétendre qu'elle viendrait quelque part si elle n'en avait pas l'intention.

Le plus vraisemblable était qu'elle ait eu un empêchement. Peut-être un mal de tête l'avait-il contrainte à se coucher tôt. Mais dans ce cas elle lui aurait fait porter un petit mot.

Toutes sortes de possibilités germant dans son cerveau, il accéléra le pas.

Quand il arriva à Bellaire Gardens, toutes les fenêtres étaient éclairées. Ainsi, personne ne s'était couché de bonne heure.

Il tira énergiquement sur la sonnette.

Le son retentit à travers la maison. Si ce majordome l'envoyait sur les roses... eh bien, il n'avait jamais frappé un majordome – ni aucun domestique, d'ailleurs – mais il y avait une première fois à tout.

Mais quand la porte s'ouvrit, ce ne fut pas le vieux majordome ronchon qui apparut mais Clarissa, blême et désemparée.

— Oh, c'est vous, dit-elle sur un ton déçu.

Elle jeta un œil derrière lui, scruta la rue, avant de reporter son attention sur lui. Avec un effort visible, elle se ressaisit.

— Je suis profondément désolée, j'aurais dû vous avertir que j'avais changé mes plans. D'après votre tenue, je devine que vous êtes allé à l'Almack's.

Il entra et referma la porte derrière lui.

— En effet. Qui espériez-vous voir à l'instant ?

Elle déglutit.

— Zoé, ma petite sœur, dit-elle, le visage déformé par l'effroi. Elle est partie. Elle s'est enfuie.

Il l'attira entre ses bras.

— Du calme, ça va s'arranger...

La serrant contre lui, il respira son parfum. Et tandis que sa main frottait son dos, il la sentit s'apaiser.

Après quelques instants, elle prit une longue respiration tremblante et s'écarta, à son grand regret.

— Merci. Je suis navrée de pleurer comme une madeleine mais c'est que... elle est seule.

Les lèvres pincées, elle luttait pour garder son calme.

Il l'emmena dans le salon côté rue qui était, par chance, inoccupé. Ils s'assirent sur le canapé.

— Racontez-moi ce qui s'est passé.

— Je ne sais pas. Elle était là ce matin, elle semblait tout à fait normale. Je ne l'ai pas vue de la journée mais ce n'est pas inhabituel. J'ai pensé qu'elle était avec Betty, ou partie voir Lucy – lady Thornton – de l'autre côté du jardin. Elle y va souvent. Mais quand Betty est venue m'aider à me préparer pour aller à l'Almack's, j'ai découvert qu'elle non plus n'avait pas vu Zoé de la journée.

Pensive, elle plissa le front.

— En réfléchissant, j'ai réalisé que ces derniers temps Zoé était un peu... étrange.

— Comment cela ?

— Hier, au petit déjeuner, je lui ai raconté ce qui s'était passé avec M. Clayborn. Avant de descendre, elle m'a remerciée d'une très étrange manière. Elle a ajouté qu'elle avait été heureuse ici, comme si...

— Comme si cette période touchait à sa fin ?

Elle acquiesça d'un mouvement de tête.

— Vous l'interprétez comme un au revoir ?

— Maintenant, oui. J'ai omis de préciser qu'en la cherchant dans la maison nous avons trouvé une lettre sur son lit. Je reviens.

Elle sortit précipitamment et réapparut peu après avec une missive pliée, ainsi qu'un rouleau de feuilles noué par un ruban. Elle lui montra le mot.

Cher Clarisa et lady Skatergood je m'en vais je suis très reconnaissante pour tout ce que vous avait fé vous avez été très bonne et gentilles avec moi mais ça marchera pas, de dire que je sui ta sœur, Clarisa. Je suis pas une lady et personne ne croirat que j'en suis une. Et ça retombera sur toi et ta sœur et je veux pas sa. Alors je pars. Ne me cherchez pas et vous inquiétez pas je me débrouillerai. Je vous offre ces dessins, c'est mon petit cadeau pour vous remercier pour toute votre gentillesse et pour que vous m'oubliez pas. merci de donner à Lucy et lady Tarrant et aux fillettes les dessins d'elles. Avec mon amour et ma reconnaissance.

affectueusement Zoé

Race replia la lettre.

— Je vois. Vous savez qu'elle a raison, n'est-ce pas ?

Elle le regarda, éberluée.

— Comment pouvez-vous dire ça ? Elle est ma sœur.

— Cela reste à prouver.

Il leva la main.

— Non, je ne cherche pas à discuter votre lien de parenté. La ressemblance avec votre sœur est flagrante. Mais il est vrai que les gens ne croiront pas qu'elle est issue d'une bonne famille. Cela se voit dès qu'elle prononce un mot. Essayer de la faire passer pour votre sœur raviverait les commérages.

— Ça m'est égal ! Je me moque des cancans de la bonne société ! Elle est ma sœur, je veux qu'elle vive avec nous. Je veux qu'elle soit en sécurité et se sache aimée.

Il la prit dans ses bras.

— Doucement. Je sais que vous ne vous souciez pas de ce que pensent les autres. C'est une des choses que j'aime chez vous.

Surprise, elle leva vers lui ses magnifiques yeux remplis de larmes et de doutes. Mais le moment était mal choisi pour la convaincre de sa sincérité.

— Ne vous tracassez pas, nous la retrouverons. À présent, essuyez vos larmes et réfléchissez bien. Où a-t-elle pu aller ? Que sont ces autres feuilles ?

Sans un mot, elle lui passa le rouleau. Il dénoua le ruban et déroula les feuilles. Il s'agissait de dessins – une dizaine, à la plume, à l'encre ou certains au crayon. Ils représentaient Clarissa, lady Scattergood, Mme Price-Jones, des servantes, des chiens et d'autres motifs, notamment les trois fillettes qu'il avait rencontrées dans le jardin. Le dernier était un autoportrait.

— Ils sont très réussis. Ils sont de Zoé ?

Elle hocha la tête.

— Elle a un talent fou.

Il examina le portrait de Clarissa.

— Elle a parfaitement saisi vos traits.

Clarissa secoua la tête.

— Je ne suis pas aussi jolie.

— Non, vous n'êtes pas jolie, concéda-t-il. Mais vous êtes belle et elle voit cette beauté en vous. Comme je la vois.

Elle s'empourpra et, avant qu'elle ait pu répliquer, il continua :

— Elle voit aussi la beauté en lady Scattergood, regardez. Elle n'a pas minimisé son âge ou les rides sur son visage, mais la beauté intérieure ressort. Et l'expression…

Clarissa étudia le dessin de la vieille dame et opina.

— Je dois la retrouver et la ramener à la maison. Elle est dans la nature, toute seule et… et…

Tout pouvait arriver à une belle jeune fille isolée.

— Cessez de vous torturer. Nous la trouverons.

Il glissa l'autoportrait de Zoé dans sa poche. Les dessins ne donnaient aucun indice sur l'endroit où elle avait pu se réfugier.

— Réfléchissez. Où a-t-elle pu aller ? Aurait-elle pu retourner à l'orphelinat ?

— Oh non, elle déteste cet endroit ! Et elle n'a rien emporté, à part les vêtements miteux dans lesquels elle est arrivée.

Elle le regarda, le teint pâle.

— Je n'arrête pas de me creuser la tête, je ne vois pas où elle a pu aller. Je ne pense pas qu'elle connaisse quelqu'un chez qui se réfugier.

— Et là où elle vivait avant l'orphelinat ?

Sans doute s'était-elle rendue dans un endroit familier. Songeuse, Clarissa fronça les sourcils.

— Je ne sais pas. Je ne pense pas qu'elle ait mentionné un lieu en particulier. Tout ce que je sais, c'est que sa mère était peintre et modèle pour artistes. Betty en sait peut-être plus que moi. Elles ont sympathisé.

Elle convoqua la femme de chambre.

Betty resta sur le seuil en se tordant les mains sur son tablier, bouleversée par la fugue de Zoé.

— Non, mademoiselle, elle ne m'a jamais dit où c'était. Je ne connais pas bien Londres et les noms de lieux ne m'évoquent pas grand-chose. Je suis désolée, mademoiselle. Elle n'a jamais dit qu'elle voulait partir, sinon je l'en aurais empêchée. Vous pouvez me croire.

— Je sais, Betty. Ce n'est pas ta faute, dit gentiment Clarissa. Merci pour ton aide.

C'était une façon de la congédier, mais Betty hésita.

— Qu'y a-t-il ? lui demanda Race. Voulez-vous ajouter quelque chose ?

Betty se mordit la lèvre.

— Je ne suis pas sûre, monsieur, c'est juste que... elle m'a laissé quelque chose, et m'a demandé d'y faire attention jusqu'à ce qu'elle puisse le récupérer. Ça fait plusieurs jours. J'étais occupée, je n'ai pas fait attention sur le moment. Mais maintenant je me demande... Je vous l'apporte ?

— Oui, s'il te plaît, dit Clarissa.

Betty partit en courant.

— Elle ne m'en a pas parlé quand je l'ai questionnée, expliqua-t-elle à Race. Je me demande ce que c'est.

Betty reparut avec un épais tube en carton.

— Zoé l'avait avec elle quand nous l'avons ramenée de l'orphelinat, se rappela Clarissa. Je n'ai pas osé lui demander ce que c'était. Elle était tellement sur la défensive au début, et elle avait si peu d'affaires...

Des bouchons fermaient le tube des deux côtés. Clarissa en ôta un, inclina le tube, et un épais rouleau glissa dans sa main. Elle le déroula avec soin.

— Des peintures !

— D'autres créations de Zoé ? s'enquit Race.

— Non, ce sont de vraies peintures pour la plupart, en couleurs, certaines réalisées sur toile.

Elle les examina minutieusement.

— Il y a des aquarelles et des huiles. Zoé n'avait pas de matériel de peinture. J'avais prévu de lui en acheter mais ça m'est sorti de la tête, dit-elle avec désarroi.

— Vous lui en offrirez quand nous la retrouverons, déclara Race. Examinons ces peintures. En espérant trouver un indice.

Parmi les œuvres, deux aquarelles et une petite huile représentaient Zoé enfant.

— Oh, regardez : sa mère a dû peindre celle-ci. Déjà toute petite, elle ressemblait tant à Izzy..., souffla Clarissa.

Elle la posa prudemment et prit la suivante. L'aquarelle montrait un manoir à la française.

— Je me demande s'il s'agit de l'endroit où vivait sa mère en France.

Elle avisa un carnet de croquis en dessous.

— Ce carnet pourrait contenir quelque chose d'utile.

Elle tourna les pages.

— Non, il y a principalement des visages, pas de lieu mais...

Elle s'interrompit, les yeux écarquillés.

— Qu'est-ce que c'est ? s'étonna Race.

Sans voix, elle tourna le carnet face à lui. Trois petits croquis à l'encre et au crayon, très saisissants, représentaient un homme élégant, brun, les cheveux bouclés. Beau et arrogant, imbu de lui-même.

Race secoua la tête. Personne de sa connaissance.

— Ça vous rappelle quelqu'un ?

— Mon père, murmura-t-elle. Le mien, celui d'Izzy et de Zoé. Il n'y a pas d'erreur possible. S'il était en couleurs, ses yeux seraient verts. Vert clair. Cruels.

Elle dévisagea Race.

— C'est notre preuve ! Ces dessins confirment que Zoé est notre sœur.

Race hocha la tête. Cela prouvait au moins que la mère d'Izzy avait connu sir Bartleby Studley. C'était son style d'artiste. Le même style que la plupart des peintures et des dessins du tube. Et la ressemblance entre Zoé et cet homme était flagrante. Ainsi qu'avec Izzy.

— Pourquoi Zoé ne nous a-t-elle pas montré ce carnet ? murmura Clarissa. Elle devait savoir que cela prouverait sa filiation.

— C'est certainement une preuve de plus, admit Race.

— Peut-être que ça lui faisait trop de peine de se plonger dans les affaires de sa mère. Je le sais d'expérience, observa-t-elle.

Ou bien elle ne voulait pas prouver qu'elle était la sœur de Clarissa, songea Race. D'ailleurs, elle s'était enfuie.

Clarissa réfléchit un instant, et posa le carnet de côté.

— Examinons le reste.

Elle étala les derniers croquis et peintures.

— Sa mère n'a pas peint celui-ci, remarqua Race en indiquant une petite huile sur toile. Le style est trop différent.

Il montrait une jeune femme blonde en robe élimée, exactement du même bleu que ses yeux. Elle tenait un bébé sur ses genoux. Par la fenêtre en arrière-plan, on devinait les contours brumeux de plusieurs bâtisses, la plus haute surmontée de trois cheminées de guingois.

— Ce doit être la mère de Zoé avec elle bébé, chuchota Clarissa. Ces œuvres sont précieuses pour elle. Pourquoi les laisser ici ?

Pensif, Race hocha la tête. Où diable était allée cette fille ? Londres était immense. Elle pouvait se trouver n'importe où.

Betty se racla la gorge.

— D'après moi, mademoiselle, là où elle est allée, elle n'a pas de coin sûr pour les ranger. Il valait mieux les laisser ici, où elle sait qu'elles ne craignent rien.

Elle regarda sa maîtresse avec optimisme.

— Ça veut dire qu'elle a l'intention de revenir un jour ou l'autre, non ?

Clarissa soupira.

— En supposant qu'elle puisse revenir.

— Cessez d'imaginer le pire, gronda Race en se levant. Allez chercher votre chapeau et votre manteau, toutes les deux. Nous sortons.

— Où allons-nous ? s'étonna Clarissa.

— Nous commencerons par l'orphelinat. Pour voir s'ils savent quelque chose.

— Il est minuit passé, souligna Clarissa. Et nous sommes en tenues de soirée.

Cela lui était sorti de l'esprit.

— Très juste. En ce cas, je passe vous chercher demain matin à la première heure : 8 heures, cela vous convient ?

— Le plus tôt sera le mieux, approuva Clarissa. J'espère de tout cœur qu'elle est en sécurité. Je déteste songer à tous ces lieux où elle pourrait errer. Londres, la nuit...

— Nous la retrouverons, décréta Race avec plus d'assurance qu'il n'en ressentait.

— C'est ce grand bâtiment blanc devant nous, indiqua Clarissa.

Lord Randall signala au cocher de s'arrêter. Il avait l'air fatigué. Son élégant pardessus était attaché jusqu'au cou, ce qui était étrange par ce temps clément. Toutefois, le vent était frais.

Autre détail étonnant, il était venu en fiacre, au lieu d'un de ses équipages personnels. Un fiacre relativement miteux, en outre, mais elle avait trop hâte de partir à la recherche de Zoé pour s'en soucier. Il y avait de la place pour quatre dans la cabine, ce qui était tout ce qui lui importait. Un homme de forte carrure, modestement vêtu, s'agrippait à l'arrière, apparemment aux ordres de lord Randall.

Sorti en premier, celui-ci aida les jeunes femmes à descendre. Clarissa avait tenu à ce que Betty les accompagne, pour échanger quelques mots avec les orphelines pendant qu'elle s'entretiendrait avec la surveillante en chef.

— Vous êtes sûre que vous ne préférez pas que je vienne ? s'enquit lord Randall.

— Certaine.

Il fallait qu'elle fasse cela seule.

Dans le bâtiment, Clarissa demanda à s'entretenir avec Mlle Glass. Celle-ci la conduisit dans son bureau, laissant Betty dans le couloir ainsi qu'elle l'espérait. Clarissa expliqua la raison de sa venue.

Mlle Glass afficha un air suffisant.

— Elle a pris la fuite, dites-vous ? Je vous avais prévenue que cette fille ne vous attirerait que des soucis.

— Je ne suis pas là pour me plaindre, riposta Clarissa. J'ai juste besoin de l'adresse où elle vivait avant d'être admise à l'orphelinat. L'adresse où elle était quand sa mère est décédée.

— C'est impossible. Mes archives sont confidentielles.

— Étant son employeuse, j'estime que vous êtes tenue de me fournir tous les détails pertinents. Et vite, s'il vous plaît. Le temps presse.

Zoé avait passé la nuit dehors, pour ce qu'elle en savait.

À l'abri derrière son grand bureau en bois, Mlle Glass haussa les épaules.

— Je ne peux rien pour vous. Je le redis, mes archives sont confidentielles. Je ne peux divulguer aucun détail à qui que ce soit.

— Je ne suis pas n'importe qui, rétorqua Clarissa. Vous avez accepté de me confier cette jeune fille, la première fois que je suis venue. Alors qu'est-ce qui vous empêche de me transmettre les détails de son passé ?

La femme s'adossa dans son fauteuil, les doigts pressés sous son menton.

— Le règlement, c'est le règlement.

Clarissa avait envie de hurler de frustration. Elle savait sans l'ombre d'un doute que l'attitude de cette mégère était guidée par l'esprit de contradiction. Nulle raison objective ne l'obligeait à lui cacher l'ancienne adresse de Zoé.

Une ombre assombrit l'embrasure de la porte. Mlle Glass écarquilla les yeux. Clarissa se retourna. Lord Randall, imposant dans l'entrée, s'adressa à elle :

— Je vous demande pardon, ma chérie, mais je n'aime pas faire patienter les chevaux avec ce vent. Avez-vous l'adresse ?

— Non, parce que Madame refuse de la donner.

Il haussa un sourcil à l'intention de Mlle Glass.

— Présentez-nous, ma chérie.

Ces mots doux la surprirent, mais elle obtempéra :

— Mlle Glass, lord Randall.

— Le fiancé de Mlle Studley, ajouta-t-il.

Mlle Glass se leva et contourna son bureau.

— Lord Randall, c'est un honneur...

— Pareillement.

Il lui sourit. La femme lissa sa jupe avec embarras.

— Mademoiselle Glass, ronronna-t-il presque, nous cherchons l'ancienne adresse de Zoé Benoît, l'une de vos protégées. Je suis sûr que vous tenez des archives.

— Oui, bien sûr, mais il y a des règles...

— Une petite adresse, c'est tout ce dont nous avons besoin. Si vous préférez, je pourrais solliciter mon ami sir Cedric Greenspan, administrateur de cet établissement. J'ai vu son portrait dans le couloir. C'est un homme occupé, je sais. J'ai bien connu son fils à l'école…

Mlle Glass pressa les lèvres.

— Bien entendu, il est inutile de déranger sir Cedric pour une broutille.

Elle sortit un grand registre du tiroir de son bureau, dont elle tourna les pages. Son pince-nez sur son long nez, elle le consulta. Après un instant, elle soupira.

— Eh bien, elle n'est pas répertoriée dans la liste. Regardez.

Elle tourna le grand livre face à eux. En effet, Zoé Benoît n'apparaissait pas dans la liste des orphelines.

— Cherchez à Susan Bennet, suggéra Clarissa. Zoé a dit que vous aviez changé son nom, parce qu'il faisait trop étranger.

Avec un regard acerbe, la femme tourna la page.

— Ah, je l'ai trouvée, dit-elle en feignant l'innocence. Crookneedle Lane.

La mine sombre, lord Randall en prit note.

— Merci pour votre aide, mademoiselle Glass. Venez, mademoiselle Studley.

Après avoir récupéré Betty, ils regagnèrent le fiacre. Lord Randall donna des indications au cocher et monta après elles.

— Cette bonne femme ! râla Clarissa alors qu'ils repartaient. Évidemment, elle est devenue docile et serviable quand vous êtes apparu avec votre titre et votre charme. Et votre vieux copain d'école.

Il rit.

— Je n'ai jamais rencontré sir Cedric Greenspan de toute ma vie. Ni son fils, si tant est qu'il en ait un.

— Mais vous avez dit…

— J'ai vu son portrait dans l'entrée, et son nom était inscrit sur la plaque en dessous. J'ai tenté le coup. Ça a marché, non ? Pourquoi êtes-vous fâchée ?

Parce qu'elle voulait réussir par elle-même et avait échoué. Sans son intervention, ils seraient repartis bredouilles. De ce fait, son mécontentement n'était pas raisonnable. Elle se faisait un sang d'encre pour Zoé.

— As-tu trouvé quelque chose, Betty ?

— Juste qu'elle aimait parler des artistes qui habitent là-bas, mademoiselle.

Lord Randall hocha la tête.

— C'est logique. Je vous dépose chez vous avant de...

— Pardon ? Nous ne rentrons pas. Nous allons chercher Zoé.

— Non, décréta-t-il en agitant la feuille avec l'adresse. Cela se trouve dans les bas quartiers. Ce n'est pas convenable pour une jeune dame. Ou sa servante.

— Alors ça ne convient pas à Zoé non plus. Sortons-la de là au plus vite.

— Trop risqué. Vous ne savez même pas si elle s'y cache.

— Plus vite nous allons la chercher, mieux ce sera. Il est exclu que je rentre chez moi. Si nécessaire, j'irai à pied à Crookneedle Lane, ou si c'est trop loin je prendrai un fiacre sans vous !

Bras croisés, elle le regarda de travers.

— Moi aussi, renchérit Betty.

Il roula des yeux, regarda longuement Clarissa, puis transmit l'adresse au cocher.

— Mais vous ne descendez pas du fiacre, gronda-t-il.

Elle haussa les épaules, sans rien promettre.

— Je suis sérieux, Clarissa. Ni vous ni Betty ne connaissez bien Londres. Vous n'imaginez pas à quel point ces quartiers sont dangereux. Là où nous allons, ce n'est pas le plus dangereux de tous, mais c'est loin d'être paisible. Non, ne discutez pas. Je sais que vous ne voulez pas qu'elle reste là-bas une seconde de plus que nécessaire, si toutefois elle y est. Moi non plus, d'ailleurs. Mais soit vous promettez de m'obéir, soit je fais demi-tour et je vous reconduis à Bellaire Gardens.

Il n'avait pas l'air de plaisanter.

— Très bien, finit-elle par agréer, contrariée. Je vous le promets.

Mais cela allait à l'encontre de ses valeurs d'attendre docilement dans le fiacre avec sa domestique, pendant que lord Randall s'aventurerait au cœur du danger en quête de sa sœur.

Il se pencha et lui prit les mains.

— Je sais que c'est difficile, ma chérie, mais c'est déjà terrible que votre sœur soit perdue. Je ne supporterais pas de vous exposer aussi au danger. Ou que vous vous égariez.

Sa voix sincère, la lueur dans ses yeux… Elle sentit les larmes affluer. Tournant son attention vers la fenêtre du fiacre, elle cilla pour les ravaler.

Elle soupira.

— D'accord.

Soudain, ce fut comme s'ils entraient dans un autre pays, passant de rues larges et d'apparence respectable à un dédale de ruelles de plus en plus étroites et crasseuses. L'attelage cliquetait sur les pavés, ralentissait en croisant les charrettes à bras, les passants et les chiens. Les constructions, anciennes et décrépies, penchaient sur le côté comme si elles avaient poussé de concert au fil des siècles.

Le fleuve n'était pas loin, Clarissa en décelait l'odeur. Ce n'était pas la seule qu'elle sentait : il y avait aussi celle des ordures qui pourrissaient dans le caniveau, empilées dans des coins où les rats furetaient, indifférents à la présence des hommes.

Elle frissonna.

C'était une journée ensoleillée, mais les maisons étaient si rapprochées, les rues et les venelles si étriquées que le soleil touchait à peine le sol. Les gens étaient émaciés, dépenaillés, le visage fermé. Des estropiés – d'anciens soldats, à en juger par leur apparence – mendiaient. Des enfants rachitiques cavalaient en bandes, braillant comme des créatures sauvages.

Était-ce ici que Zoé avait grandi ? Où sa jeune mère s'était-elle réfugiée après avoir fui la Terreur en France ? Passant d'une demeure aristocratique à cela ? Comment l'avait-elle supporté ?

L'équipage ralentissant, lord Randall déboutonna son pardessus et s'en défit. Clarissa fut surprise par ce qu'il portait en dessous : une culotte en peau de daim usée et tachée, des bottes éraflées, une veste délavée, et autour du cou un simple foulard.

Il croisa son regard.

— Je m'adapte pour ne pas faire tache dans le paysage.

À en juger par les gens qu'elle apercevait depuis la voiture, il se fondrait sans mal dans la masse. À présent, elle comprenait pourquoi il avait préféré louer un fiacre.

Ils s'arrêtèrent devant l'entrée d'une ruelle, à peine assez large pour que deux personnes l'empruntent côte à côte.

— C'est ici, milord, indiqua le cocher.

Lord Randall s'empara d'une canne à pointe d'acier.

— Mon valet reste avec vous et Betty, dit-il à Clarissa. Le cocher aussi est à mon service, mais ne descendez du fiacre sous aucun prétexte.

Avant qu'elle ait pu répondre, il lui donna un petit baiser et sauta sur le pavé.

Elle le regarda par la vitre aborder chaque passant en montrant le portrait de Zoé, sans succès. Comme ils n'avaient qu'un nom de rue, Zoé pouvait être dans n'importe laquelle de ces bâtisses délabrées. Voire dans aucune d'elles.

Il se rapprocha d'une vieille femme qui fumait la pipe, assise sur une marche. Des nœuds de cheveux blancs dépassaient de la guenille nouée sur sa tête. Il lui montra le portrait, auquel elle jeta un œil. Comme tous les autres, elle haussa les épaules et secoua la tête.

Alors que lord Randall poursuivait son enquête, la vieille femme le suivit des yeux, puis ôta sa pipe de sa bouche et siffla avec deux doigts. Un gamin apparut en courant. Elle lui dit quelque chose, et il hocha la tête.

Intriguée, Clarissa vit le garçon disparaître par la porte derrière elle. Que lui avait dit la vieille femme ?

Les minutes suivantes, Clarissa continua de surveiller la maison. Soudain, le garçon réapparut. Il avança la tête, scruta les environs et fit signe d'approcher à quelqu'un à l'intérieur. Une silhouette frêle enveloppée dans un manteau à capuche, un petit ballot serré contre elle. Lorsqu'elle se précipita dans la ruelle, Clarissa poussa un cri de stupéfaction. Sans même distinguer le visage de la fille, elle reconnaissait sa façon de se mouvoir.

Aussitôt, elle se rua hors du fiacre et s'élança à sa poursuite.

— Zoé ! cria-t-elle. Zoé !

La silhouette s'enfonça en toute hâte dans un étroit passage.

— Attends ! hurla Clarissa en la suivant.

La silhouette s'arrêta et se retourna.

— Zoé… c'est moi, Clarissa !

Zoé la fusilla du regard.

— Que fais-tu ici, Clarissa ? Ignores-tu que c'est dangereux ?

Parvenue devant elle, Clarissa la saisit dans ses bras.

— Si c'est dangereux pour moi, ça l'est pour toi. Comment as-tu pu partir comme ça ? J'étais inquiète au plus haut point, comme nous tous. Ne sais-tu pas que nous t'aimons ? Rentre à la maison avec moi, s'il te plaît.

Zoé secoua la tête avec ardeur.

— Je ne suis pas assez bien pour toi, Clarissa. Je n'appartiens pas à ton monde sophistiqué, et je n'y serai jamais à ma place.

— Penses-tu que je m'en soucie ? Il n'y a que toi qui m'importe !

Clarissa l'étreignit de nouveau.

— Mais la société...

— Pouah, la société !

— Mademoiselle, intervint Betty à voix basse, qui avait suivi sa maîtresse. Mademoiselle, derrière vous...

Clarissa jeta un coup d'œil autour d'elle. Une demi-douzaine d'hommes à l'allure grossière les encerclaient.

L'un d'eux lui sourit, révélant des dents jaunes et cariées. Son regard sur elle la fit se sentir sale.

— Admirez les jolis oiseaux avec leurs beaux plumages. On pourrait en tirer un bon prix. Hein, les gars ?

Paniquée, Clarissa cherchait de l'aide autour d'elle. Où étaient les hommes embauchés par lord Randall ? Mais le fiacre était hors de vue.

Zoé poussa Clarissa derrière elle.

— Fiche-nous la paix, Jake, ordonna-t-elle.

Il ricana.

— T'es plus chez toi ici, fillette.

— Tu crois ça ? riposta Zoé avant de pousser un ululement strident.

Ce son fit courir des frissons dans le dos de Clarissa. Très vite, des gamins accoururent de toutes parts. Ils jetèrent des pluies de légumes et de fruits pourris sur les hommes. Jurant, ceux-ci se baissèrent en proférant d'horribles menaces.

— Ces types vous importunent, mademoiselle Studley ?

Lord Randall apparut derrière eux. Dévissant l'extrémité de sa canne, il tira une épée.

— À présent, messieurs, lança-t-il avec un sourire glaçant, qui veut être le premier à goûter ma lame ?

Il se jeta en avant en fouettant l'air avec l'épée. Les importuns battirent en retraite.

— Faisons-lui sa fête, il est seul, railla le meneur en essuyant des éclaboussures de fruit sur son visage.

— Toi d'abord, Jake, dit un autre.

Un morceau d'aliment jaune gouttait sur son torse. Peu après, le garde costaud apparut en haletant derrière les voyous. Il en saisit un par le col, le projeta violemment contre un mur et fit front avec lord Randall devant les filles, en brandissant une sorte de gourdin. Par-dessus son épaule, il dit à Clarissa :

— Je m'excuse, mademoiselle, je vous avais perdue.

— Y sont deux maintenant, fit l'un des voyous en retirant des bouts de fruit sur son visage. Et j'aime pas l'air du colosse.

— Ouais, ça vaut pas le coup, marmonna un troisième.

En l'espace de quelques secondes, ils se dispersèrent dans la nature. Lord Randall rengaina son épée et sortit une poignée de pièces de sa poche.

— Merci pour votre aide, dit-il en lançant les pièces aux gamins des rues qui se bousculèrent pour les ramasser.

Randall se tourna vers Clarissa.

— Dans le fiacre, immédiatement !

— J'ai trouvé Zoé, se défendit-elle.

Elle ne lâchait pas la main de sa sœur, de crainte qu'elle ne s'enfuie encore.

— Je vois ça, aboya-t-il, furieux.

Ils retournèrent là où le cocher les attendait.

— Pouvais pas laisser le fiacre, milord. Pas dans un quartier pareil, s'excusa le cocher.

Lord Randall rejeta ses excuses d'un geste impatient et ouvrit la porte.

— Montez, ordonna-t-il.

— Une petite minute, dit Zoé avant de se diriger précipitamment vers la fumeuse de pipe.

Clarissa s'apprêta à la suivre, mais lord Randall l'arrêta.

— Si elle ne veut vraiment pas venir, elle ne restera pas, lui dit-il. Elle s'enfuira encore, et cette fois nous ne serons peut-être pas aussi chanceux.

Il avait raison. Elle ne pouvait pas forcer sa sœur à rester. Clarissa se mordit la lèvre lorsque Zoé se pencha au-dessus de la femme. À sa stupéfaction, après quelques mots, elle l'étreignit, puis revint vers le fiacre.

Elle défia du regard lord Randall.

— Je connais Old Moll depuis toujours. Ne vous connaissant pas, elle s'est méfiée et m'a prévenue pour que je me cache.

Sans un mot, lord Randall remonta la ruelle en direction de la vieille femme. Zoé se tendit, mais Clarissa toucha son bras.

— Rassure-toi, il ne lui fera aucun mal.

— Comment tu le sais ? Tu as vu sa tête ? Il est sacrément en rogne.

— Je sais, mais il ne lui fera rien. Je te le garantis.

Clarissa n'aurait su dire comment elle savait qu'il ne ferait jamais de mal à une femme, mais elle en était convaincue.

Ce fut bref. Il prononça quelques mots, puis lui lança quelque chose qu'elle attrapa, quelque chose qui scintilla à la lumière, avant de regagner le fiacre.

— Bellaire Gardens, ordonna-t-il au cocher.

Il grimpa, et le fiacre démarra.

13

Avachi dans l'angle du fiacre qui cahotait sur les pavés, Race regardait dehors sans rien voir. Son esprit le ramenait sans cesse au souvenir de Clarissa, cramponnée désespérément à la main de sa sœur, encerclée par ces révoltants chacals.

Pourquoi diable était-elle sortie du fiacre ? Il lui avait demandé de ne pas en bouger – ce qu'elle avait promis de faire !

S'il ne les avait pas trouvées…

Une minute de plus, et c'était trop tard. Le pire aurait pu leur arriver.

— Quel était ce son que tu as émis ? demanda Clarissa à Zoé. C'était extraordinaire.

Zoé éclata de rire.

— Ça a marché, hein ? Une famille arabe habitait au-dessus de chez nous. Les filles m'ont appris à faire le youyou. C'est pas facile, ça m'a pris des siècles pour y arriver, mais après on s'en servait pour appeler à l'aide ou nous alerter entre nous.

Elle lança un regard à Race.

— Siffler aussi est une sorte de code. Ce qu'a fait Old Moll pour me prévenir.

Race ne répondit pas car il fulminait trop. Leurs bavardages insouciants, comme si elles n'avaient pas risqué leur vie ou, pire encore, comme si elles sortaient d'une aventure exaltante, le hérissaient.

— Je n'étais pas sûre que quelqu'un reconnaisse le youyou. Je n'étais qu'une mioche quand maman est morte et qu'on m'a emmenée. Mais certains s'en sont rappelés. Je pense qu'Old Moll l'a entendu et a envoyé les gamins chasser Jake et sa bande. Ils les ont bien canardés, conclut-elle avec amusement.

Clarissa et Betty rirent aussi.

Les dents serrées, Race inspira un bon coup. Comment pouvaient-elles en rire avec autant d'insouciance ? Ignoraient-elles qu'elles avaient frôlé la catastrophe ? Et s'il ne les avait pas trouvées ? C'était un pur coup de chance qu'il ait tourné à gauche plutôt qu'à droite, dans ces ruelles tortueuses, et soit tombé sur elles.

Le fiacre poursuivait sa route. Race regardait obstinément dehors.

— Où as-tu passé la nuit ? s'enquit Clarissa.

— Par terre, chez Old Moll.

Zoé sourit.

— J'ai pas beaucoup dormi. Je suis devenue fragile depuis que j'habite avec vous. Le sol était trop dur. Et crasseux. Et il y avait des rats.

Clarissa et Betty poussèrent des cris horrifiés.

— Ouais, c'était pas comme ça quand je vivais là avec maman. Du moins… j'ai peut-être oublié comment c'était vraiment.

— Au moins, tu étais en sécurité chez Old Moll.

Zoé grimaça.

— Ça n'aurait pas été gratuit.

Race imaginait sans mal en quoi aurait consisté sa rétribution. Une belle jeune fille dans les bas-fonds ? Clarissa était trop innocente pour le comprendre, mais il avait vu la vieille femme de près. Le fard sur son visage.

Zoé lui lança un regard futé.

— Et c'est pas ce que vous pensez, lord Randall. Je sais quel était le métier de Moll, mais elle a toujours été gentille avec nous, et quand maman est tombée malade elle nous a aidées autant qu'elle a pu. Elle ne m'aurait pas obligée à suivre son exemple. J'aurais dû faire du ménage ou un truc comme ça.

— Du ménage ? répéta Clarissa. Je n'y crois pas.

— Bah, elle m'a accordé une semaine, et si je n'avais pas pu payer...

— Qu'aurais-tu fait, en réalité ?

— Des dessins. Dessiner à la craie sur le trottoir pour que les gens s'arrêtent pour regarder. Des dessins au crayon pour ceux qui veulent payer. C'est comme ça que maman a commencé.

Elle regarda Clarissa d'un air coupable et précisa :

— J'ai pris le carnet de croquis et des crayons à lady Scattergood.

Clarissa haussa les épaules.

— Je suis sûre que ça aurait marché. Il te fallait t'installer au bon endroit pour attirer des gens qui ont les moyens.

— Ouais, j'avais déjà choisi mon coin.

Quelques minutes passèrent.

— Pourquoi t'es-tu sauvée, Zoé ? Tu n'étais pas heureuse avec nous ?

Zoé soupira.

— Évidemment que j'étais heureuse. Vous avez tous été si gentils avec moi. Mais je ne corresponds pas à ton monde.

Clarissa jeta un regard à Race. Il lui avait fait la même remarque.

— Peu importe mon monde, comme tu dis. Je n'ai jamais apprécié de me mêler à la haute société, de toute façon. J'ai peu de vrais amis et ceux-là ne se soucieront pas de tes origines.

Zoé secoua la tête.

— Je sais que certaines familles reconnaissent leurs bâtards, mais seulement si les mères sont bien nées.

— Ta mère est née dans l'aristocratie.

— En France. Personne ici ne la connaissait. Pour ce qu'ils en savent, elle se prostituait dans les bordels. Elle ne le faisait pas, mais je ne peux pas le prouver.

— Personne n'a besoin de savoir que tu es... euh, moins bien née. Écoute, ne nous tracassons pas pour ça. Nous trouverons un plan.

L'estomac de Zoé grogna.

— Oh, mon Dieu, je n'y ai pas pensé ! dit Clarissa. Tu dois avoir faim. Nous te nourrirons en arrivant à la maison. Mais d'abord, tu dois faire ta toilette et te changer. Si lady Scattergood te voyait dans ces haillons, elle aurait une crise d'apoplexie. Elle voulait faire brûler tes vêtements à ton arrivée, souviens-toi.

— Mais c'est du gâchis ! Mes habits ne sont pas neufs mais je peux encore les porter, contesta Zoé. Et là où j'étais, je ne pouvais pas y aller avec les belles robes d'Izzy. Des gens sont déshabillés et laissés nus dans la rue juste pour leurs vêtements, tu sais.

Clarissa eut l'air horrifiée, à la fois à l'idée d'un tel crime et à cause du détachement de Zoé.

— Tu ne fugueras plus, dis-moi ?

À ce moment-là, l'estomac de Zoé se mit à gargouiller bruyamment. Tout le monde rit.

— Tu déjeuneras bientôt, promit Clarissa. Oh, mais... Seigneur ! C'est encore l'heure du petit déjeuner. Nous sommes partis aux aurores. Avec de la chance, lady Scattergood et Mme Price-Jones ne seront pas encore levées.

Quand le fiacre s'arrêta devant la maison, les trois demoiselles sautèrent à terre. Clarissa sonna. Un instant plus tard, le majordome leur ouvrit. Entre-temps, Race avait libéré ses hommes. Les femmes se dépêchèrent d'entrer et il les suivit d'un pas tranquille, réprimant un sourire devant le dédain du majordome.

— Lady Scattergood veut vous parler, dit-il à Zoé. Elle vous attend dans son salon.

— Moi ?

— Vous. Seulement vous, précisa-t-il d'un air suffisant.

La jeune Zoé n'était visiblement pas sa personne préférée. S'il était capable d'apprécier qui que ce soit, songea Race.

Zoé lança un regard anxieux à Clarissa.

— Elle s'est tracassée pour toi, lui expliqua celle-ci. Je pense qu'elle veut juste s'assurer que tu vas bien.

Image même de la réticence, Zoé se dirigea d'un pas lent vers le salon de la maîtresse des lieux.

— Zoé, l'appela Clarissa, et la jeune fille se retourna. S'il te plaît, ne t'enfuis plus. Si tu ne veux pas vivre avec moi, ce n'est pas grave, nous trouverons une solution. Mais ne t'enfuis plus. Je ne supporterais pas de te perdre une nouvelle fois.

Zoé la dévisagea un moment. Revenant sur ses pas, elle l'enlaça.

— Je ne m'enfuirai plus, promis. Je suis désolée de t'avoir causé du souci. Je croyais que tu serais contente d'être débarrassée de moi.

— Comment as-tu pu croire une chose pareille ? répliqua Clarissa, sidérée.

Zoé haussa les épaules.

— Depuis que maman est morte, personne ne s'est inquiété pour moi. Sauf peut-être Old Moll, mais tant que je lui étais utile.

Selon Race, la bienveillance d'Old Moll n'aurait duré que jusqu'à ce que Zoé puisse gagner sa vie. Il remerciait le ciel qu'ils l'aient retrouvée aussi vite.

Zoé repartie, Clarissa fit un pas à sa suite, mais il lui toucha le coude.

— Un mot en privé, si possible.

Elle jeta un œil inquiet à Zoé, sur le point de frapper à la porte du salon, puis acquiesça.

— Oui, bien sûr.

Il l'escorta vers le petit salon et referma la porte derrière eux. Elle se tourna vers lui avec un sourire chaleureux.

— Merci infiniment de nous avoir aidées à retrouver Zoé. Nous n'aurions pas réussi sans vous. Je vous suis profondément reconnaissante.

— Je ne veux pas de votre gratitude, gronda-t-il.

— Oh.

Son sourire s'évanouit. Après un moment, elle hasarda :

— Quelque chose vous contrarie, lord Randall ?

— Me « contrarie » ?

Le mot était faible. Il n'aurait su préciser ce qu'il éprouvait. De toute sa vie, il n'avait jamais été aussi agité, furieux, frustré et... soulagé.

— Oui, vous avez l'air fâché. À cause de quoi ? s'enquit-elle en l'examinant, la tête penchée.

La joyeuse insouciance de sa question attisa les braises de son émoi.

— Vous osez me demander pourquoi je suis contrarié ? Je vais vous le dire ! Vous m'aviez promis de rester dans le fiacre, mais vous en êtes sortie !

— Oui, je sais, parce que j'ai vu Zoé. Et si je ne l'avais pas suivie...

— Vous auriez pu vous faire égorger.

— Oh, je ne pense pas. Ces hommes étaient très pénibles, mais ils ne nous auraient pas tuées. Ils parlaient de vendre je ne sais quoi... nos vêtements, je suppose. Une histoire d'oiseaux et de jolis plumages. Zoé prétend que des gens sont dévêtus et...

Il la saisit aux épaules.

— Ils n'avaient pas l'intention de vendre vos vêtements, petite sotte. C'est vous qu'ils voulaient vendre ! Dans un bordel !

Ses yeux écarquillés le fixèrent un instant. Puis elle sourit et employa ce ton apaisant qui l'exaspérait :

— Mais ils ne l'ont pas fait. Vous et votre employé, ainsi que ces enfants malicieux, les avez chassés. Tout s'est bien terminé, vous ne croyez pas ? Nous avons retrouvé et ramené Zoé à la maison, en sécurité.

Ce serait si tentant de la secouer pour lui faire admettre la réalité. Au lieu de quoi, il lâcha ses épaules et ménagea quelques pas de distance entre eux.

— Je ne parle pas de Zoé, articula-t-il.

— Mais c'est pour elle…

— Je vous parle du risque insensé que vous avez pris ! Et si je ne vous avais pas trouvée ? Et si Jacobs n'était pas arrivé ? Quelques pommes pourries ne vous auraient pas sauvée.

Elle lui offrit un sourire hésitant.

— Mais vous m'avez trouvée, et tout se termine pour le mieux. Je ne comprends pas pourquoi vous êtes fâché.

— Parce que si je ne peux pas me fier à vous pour honorer vos promesses…

— Je tiens mes promesses en général, s'indigna-t-elle. Mais là, j'ai vu Zoé détaler et vous aviez disparu. Si je n'étais pas partie à sa poursuite, elle nous aurait échappé.

— Vous étiez à deux doigts, dit-il en claquant des doigts sous son nez, d'être brutalisée par ces chacals.

— Ne vous avisez pas de claquer des doigts sous mon nez ! rugit-elle.

— Je claque des doigts autant que je veux !

Il la fustigeait du regard, éberlué, furieux et… soudain excité. Il inspira longuement, essayant de modérer sa voix.

— Écoutez, Clarissa, vous protéger relève de ma responsabilité et…

Elle tapa du pied.

— Je ne suis pas d'accord ! Vous n'êtes en aucun cas responsable de moi ou de ma sécurité.

— Je le suis.

— Foutaises ! Je ne sais pas ce que Léo vous a deman…

— Il ne s'agit pas de Léo. Nous sommes fiancés, vous en rappelez-vous ?

Elle repoussa l'argument d'un geste.

— Ça ? Une fiction commode pour détourner l'attention de la société. Quel est le rapport avec le sujet, je vous prie ?

Il la regarda avec intensité.

— Quel est le rapport ?

Au lieu de s'expliquer, il l'attira dans ses bras et sa bouche s'écrasa sur la sienne. Il voulait la châtier, lui apprendre qu'elle ne devait pas se montrer aussi imprudente, qu'en situation de danger elle devait lui obéir.

Parce que, bon sang, elle aurait pu perdre la vie ! Sa gorge tranchée par une lame crasseuse. Attirée dans un tripot immonde et violée. Vendue à une maison close, disparue à tout jamais.

Le comprenait-elle ? Avait-elle la moindre idée des risques qu'elle avait pris en sortant du fiacre ?

Absolument pas !

Regrettait-elle ce qu'elle avait fait ?

Aucunement ! Elle se réjouissait du résultat, papotant avec animation sur le trajet du retour comme si elle avait accompli un acte merveilleux !

Elle avait failli signer son arrêt de mort.

Pour couronner le tout, elle l'embrassait avec son enthousiasme coutumier, les bras noués autour de son cou, et il ne pouvait tolérer cela. D'une seconde à l'autre, il tomberait à genoux et implo…

Un homme devait savoir se replier en cas de danger.

Il relâcha son étreinte. Le souffle court, il recula.

— Et maintenant, comprenez-vous ?

Ses yeux gris enflammés, il se précipita vers la porte, l'ouvrit d'un coup sec avant de se retourner :

— Et pour votre information, nos fiançailles ne sont pas une satanée « fiction ». Et ne sont en aucune façon « commodes ». Bonne journée !

Il claqua la porte derrière lui.

Alors qu'elle fixait la porte fermée, ses genoux se dérobèrent sous elle. Elle s'effondra sur le canapé. « Et maintenant, comprenez-vous ? » Elle ne comprenait rien du tout. Elle savait seulement qu'elle avait des ennuis. De gros ennuis.

Ce baiser avait été différent, très différent... et enivrant. Voire plus. Elle avait goûté un tourbillon d'émotions entremêlées : désespoir, peur, possessivité. Colère et frustration. Et soulagement.

Il avait été tellement secoué qu'il en avait perdu son habituel sang-froid. Mais, à ses yeux, ce lord Randall était plus attirant que jamais.

— Approchez, l'encouragea lady Scattergood.

Zoé s'avança dans le salon. Assise dans son fauteuil paon, la vieille dame était coiffée d'un turban et enveloppée dans une superposition de châles indiens, entourée par ses chiens. Elle examina Zoé à travers son face-à-main un long moment.

— Alors, demoiselle ? Qu'avez-vous à dire pour votre défense ? Vous avez fugué, c'est bien ça ? Nous nous sommes tous fait du mauvais sang. Tout le monde craignait pour votre sécurité. Tout ça pour quoi ?

Elle pointa son face-à-main sur Zoé, ses yeux noirs brillants.

— Pourquoi vous êtes-vous enfuie ? N'êtes-vous pas heureuse ici ?

— Oh si, m'dame, et je suis désolée.

— N'êtes-vous pas suffisamment nourrie ?

— Si, bien sûr.

— Quelqu'un vous bat ? Vous force à vous asseoir sur des braises ?

Zoé s'empourpra.

— Oh, ça non. Vous avez été gentille et généreuse. C'est juste que...

— Juste que quoi ? Crachez le morceau, demoiselle !

— Je ne suis pas à ma place ici.

— Pas à votre place ici ? Balivernes ! D'après qui ?

— Eh bien, d'après vous, m'dame. Vous et Mme Price-Jones.

— Mme Price-Jones et moi ?

— Oui, m'dame. Je vous ai entendues parler de moi. Je pense que c'est Mme Price-Jones qui a dit que je causerais la perte de Clarissa. Et vous étiez d'accord. Je ne veux pas ça, moi. Alors...

— N'importe quoi ! Des inepties ! Qui écoute aux portes n'entend rien de bon sur soi. Que cela vous serve de leçon, jeune fille. Et je gage que vous n'avez pas entendu toute la conversation.

— Pas toute, m'dame.

— Vous pensez que vous pourriez causer la perte de Clarissa ? Des fariboles ! Elle est sous ma protection ! Alors, chassez ces stupidités de votre esprit. Quel était votre plan ? Comment aviez-vous l'intention de survivre ?

— J'allais devenir artiste de rue.

— Pardon ?

— Artiste de rue. Maman a débuté comme ça, en dessinant des portraits à la craie sur le trottoir.

— Artiste de rue. Doux Jésus.

La vieille dame s'empara des dessins que Zoé avait faits d'elle et de ses chiens.

— Ce sont vos œuvres ?

— Oui, m'dame.

Le silence s'éternisa.

— Donc, vous pensez que vous n'êtes pas à votre place ici.

— Oui, m'dame. Je ne... ne suis rien. Je ne suis pas domestique, et je ne serai jamais une lady. Et je ne fais rien – rien d'utile, je veux dire.

Lady Scattergood la regarda d'un air consterné.

— « Utile » ? Grands dieux, le but de l'existence n'est pas d'être utile. Les cochons sont utiles. Les poulets sont utiles. Les domestiques sont utiles. Mais les membres de la société, y compris moi-même, poursuivent une existence complètement inutile, et cela ne les empêche pas d'être heureux. Certains sont ornementaux, je le concède.

Elle examina Zoé.

— Néanmoins, c'est votre vœu : vous voulez être *utile* ?

Terme qu'elle prononça comme s'il s'agissait d'une flaque répugnante dans laquelle elle aurait posé le pied. Zoé acquiesça.

La vieille dame s'accorda quelques minutes de réflexion, la scrutant comme une sorte d'oiseau rare. Puis elle se redressa dans un sursaut.

— Je sais ! Puisque vous êtes déterminée à vous rendre utile, je vous engage pour devenir mon artiste à résidence.

— Votre quoi ? Artiste en résidence ? C'est pas un métier qui existe.

Lady Scattergood leva son face-à-main.

— Les pratiques culturelles des maisonnées de l'aristocratie britannique vous sont-elles familières ?

Zoé rougit.

— Non, m'dame.

— Fort bien. Vous voilà artiste en résidence. Votre première commande consiste à peindre un portrait de moi. Pas une futilité à l'encre ou au crayon. Une vraie peinture, vous m'entendez ? Et quand vous aurez fini, vous vous attellerez aux portraits de chacun de mes adorables petits chiens. Compris ?

— Oui, mais je n'ai pas de peinture...

Lady Scattergood agita la main avec impatience.

— Tut-tut, épargnez-moi ces broutilles. Achetez le nécessaire et demandez au marchand de m'envoyer sa facture. Vous pouvez disposer.

— Oui, m'dame. Merci, m'dame.

Abasourdie par la tournure des événements, Zoé fit la révérence et s'apprêta à prendre congé.

— Et, Zoé ?

— Oui, m'dame ?

— Cette fois, quand vous ôterez ces loques répugnantes que vous portez, brûlez-les.

— Oh, mais...

— Brûlez-les.

Zoé soupira.

— Oui, m'dame.

Quelques jours plus tard, Clarissa se préparait à rejoindre Zoé dans le jardin quand elle se retrouva face à son tuteur. Léo, désormais son beau-frère, ouvrait le portail à l'arrière de la résidence de lady Scattergood.

— Léo ! s'exclama-t-elle, ravie. Vous êtes rentrés ! Depuis quand ? Où est Izzy ?

Il eut un large sourire.

— Nous sommes arrivés très tard dans la soirée. Izzy vous cherche dans le jardin. J'allais présenter mes respects à tante Olive. Je suis très heureux de vous voir, Clarissa. Vous avez l'air en grande forme.

— Merci. Bienvenue à la maison, Léo. Je dois vite trouver Izzy. Elle m'a tellement manqué !

Alors que Clarissa passait devant lui pour traverser le jardin, il l'arrêta, la main sur son bras.

— Mes félicitations pour vos fiançailles, Clarissa. J'ai été heureux de l'apprendre. Race sera un excellent mari.

Elle cligna des yeux.

— Mais nous ne sommes pas réellement fiancés. C'est un leurre, un plan pour détourner l'attention du monde d'un affreux scandale que M. Clayborn a voulu provoquer.

— J'ai su, pour Clayborn. Une ignoble supercherie. Mais...

Il la regarda avec gravité.

— ... ce n'est pas ainsi que Race m'a présenté vos fiançailles. Il m'a rendu visite à la première heure, ce matin. J'ignore comment il a su que nous étions rentrés, et encore moins pourquoi il s'est senti obligé de sonner à ma porte à cette heure indue...

Il s'interrompit, les joues rouges.

— J'ai dû l'accueillir en robe de chambre.

Clarissa haussa une épaule.

— Que vous a-t-il dit ?

— Il semblait sérieux dans son projet de vous épouser. Nous avons brièvement discuté des modalités - bien sûr, les détails seront réglés par les notaires...

Les modalités ? Elle fut soudain prise de vertige.

— Il ne peut pas être sérieux ! Il fait semblant. Il vous fait une farce, Léo.

Il secoua la tête.

— Je suis sûr que non. Il est sérieux comme un pape. Il m'a demandé ma permission, je la lui ai accordée. J'ai rédigé l'annonce qui paraîtra dans la *Gazette*. Je voulais juste vous la faire lire auparavant.

Il sortit une lettre de sa poche.

— Non ! Vous ne pouvez pas l'envoyer. C'est une grossière, une terrible erreur.

Il fronça les sourcils.

— Ces fiançailles ne vous réjouissent donc pas, Clarissa ?

Elle secoua la tête frénétiquement.

— Ce ne sont pas des fiançailles ! Ce n'est pas réel. Ça ne peut pas l'être.

— Ne désirez-vous pas épouser Race ? D'après ce que m'a dit Izzy, j'ai compris que vous aviez peut-être des sentiments pour lui, mais si elle s'est méprise et que vous vous sentez forcée à cause de ce scandale avec Clayborn…

Incapable d'endurer un mot de plus, elle fondit en larmes et remonta en courant dans sa chambre, où elle se jeta sur son lit.

Dans le jardin, Izzy humait les parfums de fleurs et de feuillages, teintés d'une légère odeur de fumée. Elle avait hâte de revoir sa sœur. Oh, le mariage était une félicité, et elle avait adoré chaque instant de sa lune de miel ! Malgré cela, Clarissa lui avait manqué, de même que partager ses idées et ses sentiments avec sa sœur. Léo était merveilleux, mais discuter des émotions n'était pas son fort. Rien que d'y songer, elle rit.

Ils s'étaient réveillés tôt, comme à l'accoutumée, et avaient fait l'amour lentement, magnifiquement, alors que l'aube auréolait les toits de Londres de délicates lueurs roses et dorées. C'était sa manière préférée de se réveiller : reprendre conscience au gré des caresses de Léo dont l'intensité s'accentuait, les sensations… Oh, elle n'avait pas de mot pour les décrire…

À quelles splendeurs cet homme l'avait-il initiée ! Elle frissonnait de bien-être en y repensant. Ils venaient de recommencer à faire l'amour quand Matteo avait frappé à la porte pour annoncer que lord Randall demandait à parler à Léo.

Elle rit de nouveau en se rappelant l'agacement de son mari. Il avait râlé, juré, l'avait embrassée, puis s'était glissé hors du lit. Dans sa lourde robe de chambre en soie brodée, il avait ouvert la porte, jeté un regard vers elle, assise dans le lit au milieu d'un fatras de draps et de couvertures. Puis il était revenu sur ses pas pour l'embrasser avec fougue, au point de la laisser quasi en pâmoison.

« Maudit Race. Il vaudrait mieux pour lui que ce soit urgent », avait-il maugréé avant de la laisser.

Elle regarda autour d'elle. Une belle matinée comme celle-ci, Clarissa devait être dans son jardin bien-aimé. Peut-être sous la tonnelle de roses.

Tournant dans l'allée pour vérifier, elle faillit heurter une jeune femme.

— Oh, pard..., commença-t-elle avant de la fixer du regard.

La fille aussi, avec ses grands yeux verts écarquillés, la regardait de la tête aux pieds.

— Bon sang ! C'est donc vrai, s'exclama-t-elle. Je présume que vous êtes Izzy.

— Et vous devez être Zoé. Oh, mince, Clarissa m'avait prévenue que la ressemblance était troublante. Elle m'a écrit quand j'étais en voyage. Mais à ce point, je n'aurais pas imaginé !

— Moi non plus. Je ne m'attendais pas à ce que ce soit aussi...

Zoé fit un geste vague. Elles continuèrent à se dévisager.

— Vos cheveux sont un peu plus clairs que les miens, j'ai l'impression. Pas tout à fait noirs.

Zoé acquiesça.

— Et je suis moins grande que vous.

— Quel âge avez-vous ?

— Presque seize ans.

— Vous grandirez encore un peu.

Izzy scrutait sa sœur, submergée par un flot d'émotions mélangées. Elle sautilla sur ses orteils.

— Je suis si contente ! J'ai envie de vous prendre dans mes bras, dit-elle en avançant. Je peux ?

Zoé haussa les épaules. Izzy l'étreignit avec exubérance.

— Bonjour, petite sœur, dit-elle en s'écartant, tenant ses mains. Je suis extrêmement enchantée.

— Alors ça ne vous embête pas ? fit Zoé, stupéfaite.

— Quoi donc ? Que vous me ressembliez ? Bien sûr que non. Clarissa ressemble à sa mère, mais nous deux, nous avons tout pris de notre abominable père.

— Pas ça : le fait que je sois ici. Quand les gens me verront, les mauvaises langues s'en donneront à cœur joie. En particulier à propos de vous. Parce que vous êtes une bâtarde… Oh non, je n'aurais pas dû dire ça. Vu que j'en suis une aussi. Quel est le mot convenable que les dames utilisent ?

Izzy rit.

— Illégitime ? Enfant naturel ? Par opposition aux enfants non naturels, ce qui a l'air très grave, pouffa-t-elle. Les grandes dames n'emploient jamais ces mots, mais je vois que vous et moi aimons appeler un chat un chat.

Zoé se mordit la lèvre.

— Ouais, mais quand ils nous verront, les gens parleront. Et ça pourrait causer votre perte, à vous et à Clarissa. Elle a été si bonne avec moi, je ne voudrais pas…

— Sornettes ! déclara Izzy. Clarissa et moi avons discuté de tout cela en arrivant à Londres, et si vous pensez qu'elle ou moi préférerions être acceptées par des langues de vipère plutôt qu'avoir une adorable petite sœur, vous faites erreur. Clarissa s'est opposée à lord Salcott qui voulait qu'elle m'abandonne. Et avant ça, à notre père qui tentait de se débarrasser de moi. Avec vous, elle en fera autant.

Le front de Zoé se plissa.

— Lord Salcott ? N'est-il pas...

— Mon mari, oui, fit Izzy en riant. Il lui a fallu un moment pour succomber, mais ça a fini par arriver. Et il nous soutiendra, vous verrez.

— Oui, mais vous êtes mariée, cela vous protège. Pas Clarissa, pour l'instant. Même si lord Randall sait y faire...

— Lord Randall ? Lui et Clarissa ont finalement... ?

Zoé grimaça.

— Bon, ils sont soi-disant fiancés, même s'il n'y a pas eu d'annonce officielle...

Izzy tapa dans ses mains.

— Je le savais ! J'étais sûre qu'elle plaisait à Race, mais je pensais que Clarissa ne...

— Oh, ce sont de fausses fiançailles, l'interrompit Zoé grossièrement. Ou du moins, c'est ce qu'elle répète sans cesse. Elle prétend que c'est pour sauver les apparences.

— Ça m'a l'air compliqué. Où est Clarissa ? Je pensais la trouver dans le jardin avec ce beau soleil.

— Sais pas. J'aurais cru qu'elle serait dehors, moi aussi.

— Je vais la chercher. Oh, Zoé, je suis folle de joie d'avoir une nouvelle sœur ! Nous bavarderons plus tard, promis. Je veux tout savoir sur vous. D'ailleurs, tutoyons-nous à l'avenir, d'accord ? Avant toute chose, je dois trouver ma sœur. Mon autre sœur ! Quelle joie de pouvoir dire ça : deux sœurs ! À très vite.

Elle enlaça Zoé, avant de partir à grands pas vers la maison de lady Scattergood.

Elle trouva Clarissa dans sa chambre, qui aspergeait son visage d'eau fraîche pour atténuer ses yeux rougis.

— Oh, ma chérie, tu as pleuré ! s'exclama Izzy.

Clarissa éclata en sanglots.

Une heure plus tard, les deux sœurs étaient assises en tailleur sur le lit de Clarissa, face à face, comme elles le faisaient enfants. Elles s'étreignaient, pleuraient un peu, riaient beaucoup et s'enlaçaient de nouveau. Puis, quand Clarissa eut séché ses larmes, en partageant du chocolat chaud et de succulents biscuits à l'orange, elles discutèrent.

— Ça n'aurait pas été si terrible si lord Randall n'était pas apparu partout où j'allais, expliqua Clarissa. Es-tu certaine que Léo ne lui a pas fait promettre de garder en permanence un œil sur moi ?

— Sûre et certaine, confirma Izzy. Il a bien demandé à Race de t'emmener faire du cheval, sachant que personne ne monte ici, et que dans Hyde Park c'est un peu monotone pour une bonne cavalière. Mais rien de plus.

— Il m'a emmenée faire une promenade à cheval, et j'admets que c'était très plaisant de pouvoir sortir de Londres et galoper en pleine nature – et il est venu avec sa cousine Maggie, que j'aime beaucoup. Mais ensuite il était partout, aux bals et à tous les événements, où chacun sait qu'il ne se montre jamais. Il est même venu à l'une des soirées musicales de lady Gastonbury.

Izzy s'esclaffa.

— Ça lui apprendra. Cicely était en forme ?

— Et il est venu aux soirées de la société littéraire.

— Tout indique qu'il te courtisait sérieusement, commenta doucement Izzy.

— Je sais, et c'est le problème. Si je ne l'avais pas croisé partout, je ne serais pas...

Elle s'interrompit et détourna le regard.

— Tombée amoureuse de lui ?

Clarissa poussa un soupir de tragédienne.

— Oh, ne le dis pas, s'il te plaît.

— Inutile de nier, ma chérie. Tu l'étais déjà à moitié avant que je me marie, et tout porte à croire que tu es complètement éprise, maintenant.

— Mais non ! Je ne peux pas. Tu sais que c'est impossible, Izzy !

Clarissa se frotta les yeux avec un mouchoir chiffonné tout trempé.

Il y eut un long silence. Clarissa prit un biscuit à l'orange et picora la bordure dentelée.

— Le problème est qu'il est trop charmant. Il sait me faire rire avec des absurdités incroyables. Tu aurais dû entendre son discours sur les canards.

Elle mâchonna son biscuit, avant de continuer :

— Et quand je danse avec lui - car il m'invite chaque fois et c'est impossible de refuser... pourtant, tu sais que je ne danse pas si bien que ça –, c'est comme si... J'ai l'impression de flotter entre ses bras protecteurs. Je me sens heureuse.

Sans dire un mot, Izzy pressa sa main. Elle paraissait troublée. Clarissa poursuivit :

— Mais les libertins sont ainsi, n'est-ce pas ? Ils savent y faire pour que les dames ressentent ça. Et quand il m'a emb...

Elle s'interrompit, l'air coupable, esquivant le regard de sa sœur.

Izzy faillit s'étrangler avec son biscuit.

— Clarissa Studley ! Tu l'as laissé t'embrasser ?

Clarissa sentit ses joues devenir brûlantes. Elle hocha la tête.

— Alors, comment était-ce ? Tu connais l'adage de Mme Price-Jones sur la nécessité d'embrasser beaucoup de crapauds...

Clarissa soupira.

— Il n'est pas un crapaud.

Et c'était peu dire ! Ses baisers hantaient ses rêves.

Izzy gloussa et essuya les miettes sur ses doigts.

— Je m'en doute. Donc, tu as laissé Race Randall t'embrasser. C'est formidable.

— J'ai aussi laissé M. Clayborn m'embrasser, admit Clarissa.

Izzy applaudit.

— Quel toupet ! Petite friponne ! Et ?

— Clairement un crapaud.

Izzy éclata de rire.

— Donc, Race Randall t'a séduite avec ses danses et ses baisers.

— Pas seulement. Oh, Izzy, si tu l'avais vu avec les petites filles de lady Tarrant ! Elle a accouché, à propos. D'un petit garçon. Ils l'ont baptisé Ross, comme le défunt frère de lord Tarrant.

— C'est touchant. Nous irons les voir plus tard. Mais ne change pas de sujet. Raconte-moi comment Race Randall s'est comporté avec ces fillettes.

Clarissa relata dans quelles circonstances ils avaient trouvé les enfants en détresse.

— Si tu avais vu ça, Izzy ! Il a su apaiser leurs craintes et remettre de la joie dans leur cœur. Et sa façon de prendre Lina dans ses bras, de la laisser pleurer à chaudes larmes sur sa cravate… avec tant de patience et de douceur. Rien qu'à le regarder, j'ai failli éclater en sanglots à mon tour.

En le voyant si prévenant avec trois enfants qu'il ne connaissait même pas, elle avait compris qu'elle était irrémédiablement amoureuse de lui.

— Je ne connaissais pas cet aspect de sa personnalité, admit Izzy. Je n'ai vu que le charmeur de ces dames, et l'ami de Léo. Léo a une entière confiance en lui, tu sais.

Clarissa hocha la tête.

— Ça ne me surprend pas. Cela dit, les hommes sont différents entre eux, tu ne crois pas ? Quand ils se font des promesses, eh bien, leur code de l'honneur leur impose de les respecter. Quand ils donnent leur parole à une femme, c'est une autre question.

Ses deux sœurs illégitimes en attestaient.

— Il est galant aussi, continua-t-elle. Il a volé à mon secours lorsque M. Clayborn m'a agressée. Car il s'agissait bien d'une agression, Izzy. Il a déchiré ma robe et il était déterminé à aller jusqu'au bout. Il avait déboutonné le devant de sa culotte.

Izzy écarquilla les yeux.

— Seigneur ! Quel monstre !

— Heureusement que lord Randall a surgi et m'a arrachée à ses griffes. Plus tard, c'est lui qui a démasqué Clayborn avec son stratagème sur sa prétendue blessure.

— Quelqu'un a raconté cela à Léo par courrier. Des cailloux dans sa botte ! Mais j'aimerais savoir ce qu'a fait Race Randall ensuite.

— C'est à ce moment-là qu'il m'a demandé ma main. Et avec Mme Price-Jones, ils m'ont convaincue que c'était pour le mieux. Que cela changerait la nature des commérages, pour que je n'en souffre pas. Sur le moment, il a souligné le fait que j'étais libre d'annuler à tout moment. Tout cela n'était qu'une stratégie, pas de vraies fiançailles. Seulement, j'ai croisé Léo tout à l'heure, et il m'a informée que ce matin lord Randall lui a parlé du mariage avec beaucoup de sérieux. Ils ont même discuté des modalités !

Elle essuya un nouveau flot de larmes. Izzy attendit qu'elle se calme.

— Dis-moi, Clarissa, où est le problème ? Tu aimes lord Randall, et tout porte à croire qu'il t'aime aussi.

Clarissa secoua la tête.

— Il me lance des mots doux à tout-va, comme un… comme un fermier sème des graines ! C'est juste un séducteur. Comme papa.

Izzy grimaça.

— Pas tout à fait comme papa. Papa aurait ignoré des enfants en larmes, et il n'aurait jamais offert d'épouser une jeune femme pour sauver sa réputation. Mais je comprends ce qui te tracasse. Tu as peur qu'il te brise le cœur, c'est ça ?

Clarissa hocha la tête.

— Les débauchés ne sont pas réputés pour leur fidélité. Et je ne supporterais pas qu'il... qu'il...

Son visage se crispa. Izzy la serra contre son flanc.

— Je sais, ma chérie, je sais.

14

— J'ai parlé de ton problème à Léo hier soir.

Le matin suivant, après le petit déjeuner, Izzy s'était arrangée pour retrouver sa sœur dans le pavillon d'été.

Clarissa cligna des paupières.

— Tu en as parlé à Léo ?

Penser qu'Izzy évoquait ses soucis personnels avec son mari lui fit un choc. Cependant, c'était dans l'ordre des choses : toutes leurs relations devaient s'adapter. Malgré sa contrariété, elle s'abstint de commenter.

— Oh, ne fais pas cette tête. Léo ne dira rien.

— Je sais, mais...

— Léo est ton tuteur et Race, son meilleur ami. De toute façon, il a principalement été question de Race. Pas de toi, nigaude.

— Oh.

Principalement ?

— Pour tout dire, c'est lui qui a amorcé la conversation. Il craint que tu ne subisses des pressions pour te marier contre ta volonté.

— Des pressions de qui ?

— De la société en général. Et de Mme Price-Jones en particulier.

Clarissa soupira.

— Je ne m'en préoccupe pas tant que ça. L'opinion de la société m'importe peu, et bien que Mme Price-Jones soit pressée de me marier pour ne plus m'avoir à sa charge...

— Pourquoi donc ? Elle est grassement rémunérée pour te chaperonner, et elle ne perçoit pas de revenus propres.

Clarissa eut un petit rire.

— Mme Price-Jones connaît deux messieurs aux cheveux gris, très riches et très corrects, qui rivalisent pour obtenir sa main. Tu as raté ça pendant ton voyage de noces.

— Non !

— Si ! Et elle les a prévenus qu'elle ne pourrait pas songer au mariage, et encore moins décider entre les deux, tant qu'elle m'avait dans les pattes.

— Futée, la vieille bique. Tant mieux pour elle. Je savais qu'elle cherchait à se remarier. Il est vrai qu'elle en a besoin, vu qu'elle n'a rien hérité du premier. Alors, qui sont ces deux soupirants grisonnants ? Non, oublie cela, je ne veux pas parler d'elle. C'est de toi dont il est question.

Clarissa soupira. Elle aurait amplement préféré changer de sujet. Mais Izzy ne l'entendait pas de cette oreille et ajouta :

— J'ai dit à Léo que la réputation de débauché de Race me faisait peur. Sais-tu ce qu'il m'a répondu ?

Clarissa attendit.

— Que la réputation de Race est exagérée.

Clarissa fit la moue.

— Oh, vraiment ? Mais encore ?

Izzy pinça les lèvres.

— C'est là que Léo m'a énervée. Il refuse de discuter de la vie privée de Race. Il a ajouté que si tu as des craintes par rapport à sa réputation, le mieux serait de lui en faire part directement.

— Lui faire part de mes craintes ? reprit Clarissa, incrédule. Tu veux que je l'aborde en glissant : « Lord Randall, êtes-vous un débauché comme tout le monde le prétend ? » Bien sûr, il démentira. Il se présentera comme un saint. Et après ? Suis-je censée le croire sur parole ?

— Je sais, Clarissa. Ce n'est pas idéal, mais que faire d'autre ? Tu l'aimes, n'est-ce pas ?

Le regard de Clarissa s'échappa. Il lui en coûtait de l'admettre à haute voix, même devant sa chère sœur.

— Si tu l'aimes, tu dois te battre pour lui, conseilla Izzy.

— Me battre pour lui ? Tu veux dire, me battre contre toutes ces beautés qui fourmillent autour de lui dès qu'il apparaît en société ?

Les doigts recourbés, elle mima des griffes tout en feignant un air féroce. Ce qui ne manqua pas d'amuser Izzy.

— Pas te battre physiquement. De toute façon, elles te mangeraient toute crue. Elles sont plus hargneuses et impitoyables que tu ne pourrais l'être.

— Alors, dans quel sens ?

— Dans le sens où tu dois affronter tes peurs et prendre des risques. Si tu le mettais face à sa réputation, que pourrait-il advenir de pire ?

— Il pourrait advenir que je sois complètement humiliée.

La seule idée de se confronter à lui la plongeait dans des abîmes d'embarras.

— Peut-être. Mais imagine que cela apaise les tensions, et que tu réalises qu'il mérite ton entière confiance ?

Clarissa se mordit la lèvre. Un silence s'étira.

— La possibilité d'un bonheur futur ne justifie-t-elle pas que tu risques de te ridiculiser ? En privé, avec lord Randall pour seul témoin ? insista Izzy.

Clarissa réfléchit à cela, puis exhala un long soupir.

— Je suppose que si, admit-elle à contrecœur.

Pour autant, elle ne s'imaginait pas en avoir le courage.

— Rien ne presse. Penses-y. Et maintenant, allons voir lady Tarrant et son bébé.

Clarissa se leva promptement, soulagée de cette diversion.

— Bonne idée ! Je vais lui apporter ce bouquet de fleurs et la petite robe que j'ai cousue pour le bébé, avec des broderies autour du cou. Elle est minuscule, c'est si mignon. Que lui offres-tu ?

— Rien que j'aie cousu. Tu es plus adroite que moi aux travaux d'aiguille. J'ai acheté une boîte à musique qui joue une jolie mélodie. De délicats tintements, disons. Et Alfonso a préparé ses *pizzicati,* de délicieux biscuits à la confiture, pour elle et ses enfants.

Elle souleva le petit panier qu'elle avait apporté.

— Et Zoé ? N'aimerait-elle pas venir ?

Clarissa sourit.

— Je la soupçonne d'être déjà sur place. Elle rend visite à Lucy, la filleule de lady Tarrant, quasiment tous les jours. Elles discutent peinture. Depuis que lady Scattergood l'a nommée « artiste en résidence », elle peint sans relâche. Et elle a obtenu sa permission de faire le portrait de la famille Tarrant, avec le bébé et les fillettes.

Elle s'empara du bouquet de fleurs.

— Prête ?

Elles passèrent un moment merveilleux en compagnie de lady Tarrant. Même si elle avait les traits tirés, la jeune maman irradiait de bonheur, et le bébé était gracieux. Elles offrirent leurs cadeaux et, chacune leur tour, prirent le petit Ross dans leurs bras, jusqu'à ce qu'il s'agite et que lady Tarrant indique qu'il avait faim.

— Je le nourris moi-même, dit-elle avec fierté. Je sais que ce n'est pas dans les mœurs, et tout le monde recommande à James d'engager une nourrice, mais je n'aurais jamais imaginé avoir la chance de mettre un bébé au monde. Maintenant qu'il est né, je veux vivre pleinement la maternité.

Clarissa, Izzy et Zoé se retirèrent. Alors qu'elles descendaient l'escalier, le son d'une dispute leur parvint. Judy et Lina se querellaient.

— J'ai dit...

— Non, moi j'ai dit...

Clarissa et Izzy échangèrent un regard amusé.

— Des sœurs.

— Vous vous disputiez, enfants ? s'enquit Zoé.

— Rarement, mais quand ça éclatait...

Alors qu'elles riaient, Izzy redevint subitement sérieuse.

— Un problème, Izzy ? s'enquit Clarissa.

— Je viens d'avoir une idée lumineuse.

— Partage-la.

— Pas ici. Dans le pavillon d'été. Tout de suite. Oui, viens aussi, Zoé. Espérons que l'infortunée Milly ne traîne pas dans les parages.

— Au pire, nous la ferons fuir, décréta Zoé. Dès que je déblatère en français, ça la fait déguerpir.

Gloussant, elles se dirigèrent vers le pavillon d'été. Pas de Milly en vue.

— Alors, cette idée ? questionna Clarissa sitôt qu'elles furent installées dans leurs fauteuils préférés.

Izzy présenta son idée.

— Brillant ! approuva Zoé. On faisait un peu la même chose à l'orphelinat, quand des filles racontaient de vilains mensonges sur les autres.

— Clarissa ? Qu'en penses-tu ? demanda Izzy.

Elle fronça le nez.

— Je ne suis pas de cet avis, finit-elle par admettre. Je ne veux pas l'épier, et cela y ressemble. De plus, ce serait affreusement gênant. Tu imagines demander aux gens quelque chose d'aussi... d'aussi... ?

Elle frémit d'effroi.

— Il ne s'agit pas vraiment de l'épier, corrigea Izzy. Et de cette façon, tu serais fixée sans devoir te confronter à lui.

Clarissa secoua la tête.

— Non, je dois trouver le courage de lui parler.

Izzy se renfrogna.

— En admettant que tu t'armes de courage, il peut toujours mentir. Tu l'as dit toi-même.

— Je sais, mais que puis-je faire d'autre ?

— Suis mon plan, insista Izzy. Ça pourrait même s'avérer amusant.

Clarissa n'en démordait pas.

— Non, ça ne me plaît pas. En plus de risquer de lancer je ne sais quel potin, c'est injuste d'agir derrière son dos.

— Mais...

— Non. Ta proposition ne me convient pas. À présent, je dois aller me changer. Je dois rendre visite à des connaissances cet après-midi, et Mme Price-Jones va m'attendre.

Izzy et Zoé la regardèrent partir.

— Elle est gentille comme tout, Clarissa, dit Zoé. Mais elle ne tentera rien pour se sortir de là, hein ? Elle ferait n'importe quoi pour aider les autres, mais quand il s'agit d'elle... elle se ramollit comme un sabayon.

Izzy hocha la tête.

— Je sais. Notre père et sa mère ont sapé sa confiance en elle.

Elle regarda Zoé d'un air espiègle.

— Si elle ne le fait pas, je le ferai pour elle. Maintenant que j'y pense, c'est même préférable. Elle n'est pas mariée, et sa réputation est trop fragile pour ce genre de ruse, en particulier depuis le scandale

Clayborn. Comme je suis mariée, j'échapperai plus facilement aux accusations.

Dans son lit ce soir-là, Clarissa repensa à la conversation qu'elle avait eue avec ses sœurs. Après mûre réflexion, elle était parvenue à une fâcheuse conclusion. Elle avait deux choix : continuer sans rien changer, ce qui impliquait d'être malheureuse, partagée et incertaine, et l'amènerait à rompre ses fiançailles ; ou trouver le courage d'interroger lord Randall sur son libertinage. Ce qui la conduirait à... Impossible de savoir. Mais ce serait *quelque part.*

Le fait est qu'à l'idée de l'affronter sur un sujet aussi délicat elle était en proie à une confusion extrême.

Mais si elle ne tirait pas cela au clair...

Elle repensa à lady Tarrant et à son bébé. Elle avait tenu le petit Ross dans ses bras. Il était si fragile, avec son regard franc et ses mains minuscules aux doigts écartés et aux ongles parfaits.

Elle avait envie d'un bébé. Elle voulait se marier et avoir un bébé à elle. Enfin, elle devait s'avouer qu'elle voulait lord Randall. Elle s'était appliquée à ne pas s'éprendre de lui, mais cela s'était révélé chimérique.

Se glissant hors du lit, elle alluma la lampe à gaz et reprit la liste qu'elle avait établie il y avait bien longtemps.

1) Un homme aussi différent de papa que possible. Et *4) Gentil, en particulier avec les enfants. Et les animaux.*

Elle songea à son comportement envers les fillettes. Peut-être était-il un débauché, mais il n'avait rien de comparable à son père. Lord Randall ferait un père formidable. Au pire, s'il était infidèle, il serait gentil avec elle et leurs enfants, à n'en pas douter.

2) ~~Séduisant.~~ Attirant. Pour moi. Et intéressant.

Cela allait sans dire. Elle se sentait vivement attirée par lui, au point que tout homme qu'elle croisait faisait pâle figure à côté de lui.

6) Pas de coureur de dot.

Il était fortuné, donc aucune crainte.

5) Respectueux.

D'après elle, il la respectait, du moins ne dédaignait-il pas ses opinions comme d'autres hommes. Et il l'écoutait avec une réelle attention.

Elle soupira. Elle en revenait toujours aux numéros 3 et 7.

3) Fidèle. 7) Pas de débauché.

C'était le hic. Il était un libertin notoire. Pouvait-elle lui faire confiance pour rester fidèle ? Et s'il la trompait, le tolérerait-elle ?

8) ~~Amour.~~ AMOUR.

La récompense suprême. C'était un pari, un risque à prendre, mais qui en valait la peine.

Sa décision prise, elle reposa sa liste. Il fallait qu'elle lui parle, bien que ce soit difficile et embarrassant. Elle n'avait pas vraiment le choix. Et même s'il lui mentait, elle aurait au moins essayé.

Le soir suivant, elle assista à une soirée avec Mme Price-Jones, Izzy et Léo. Pour sa première sortie publique depuis qu'elle était rentrée de lune de miel, Izzy vibrait d'excitation. Elle portait une nouvelle robe qui faisait partie de son trousseau, en soie vert émeraude assortie à ses yeux.

— Ça fait du bien de ne plus être limitée aux blancs et aux pastels si fades, confia-t-elle à Clarissa, vêtue d'une robe jaune très clair. Bientôt, tu pourras arborer ces charmantes couleurs vives aussi, comme Mme P.-J. et moi.

Elle lança un regard à la tenue du chaperon – rouge, vert, violet – et lui fit un clin d'œil.

— J'aime bien les couleurs claires, dit Clarissa.

— Certes, mais quand tu seras mariée à lord Randall, tu pourras t'habiller comme tu voudras.

— Ce ne sont pas de vraies fiançailles, lui rappela sa sœur.

Izzy se contenta de rire.

Après avoir salué leurs hôtes, elles déambulèrent au gré de leurs amies et firent de nouvelles rencontres. Au bout d'un moment, Clarissa remarqua qu'Izzy était en pleine conversation avec lady Snape. Lady *Snake* ! Elle espérait qu'elle ne déversait pas son hostilité sur sa tendre sœur. Izzy était en voyage, la première fois que Clarissa avait croisé cette odieuse dame. Une jalouse débordante d'amertume, à son avis.

La seconde fois qu'elle aperçut sa sœur, elle conversait avec une autre femme qui l'avait prévenue de ne pas s'éprendre de Race. Son nom lui était inconnu.

Un peu plus tard, elle remarqua qu'elle échangeait avec une autre invitée resplendissante et, peu après cela, avec l'audacieuse lady Windthrop.

Toutes les femmes avec qui Izzy bavardait ce soir étaient superbes, très à la mode, et avaient une... réputation sulfureuse. Bon, sa sœur était une femme mariée à présent, et une comtesse. De ce fait, Izzy était libre de se mêler au beau monde.

Sans doute qu'avant le mariage elle avait trouvé son entourage un peu morose, et elle se délectait de sa nouvelle liberté. C'était inévitable que le mariage provoque des changements. Nul doute qu'Izzy était très heureuse, se dit Clarissa, et c'était tout ce qui comptait.

Mme Price-Jones circulait au sein d'un groupe plus jeune que d'ordinaire, suivie de près par ses deux prétendants grisonnants. Elle sourit en observant leurs manœuvres pour se faire mutuellement de l'ombre.

Soudain, lord Randall apparut près d'elle. Il l'informa que la première danse allait commencer dans la salle adjacente, et elle oublia complètement sa sœur et son chaperon.

Ils participèrent à une danse folklorique, ce qui était parfait car l'esprit de Clarissa restait fixé sur une unique pensée : comment questionner lord Randall sur sa réputation de débauché ?

Finalement, elle procéda sans finesse, ayant trouvé l'audace de déclarer à la fin de la danse :

— Lord Randall, il faut que nous parlions.

Il haussa les sourcils.

— Il me semblait que vous aviez l'air préoccupée, ce soir. Est-ce important ?

Elle déglutit.

— Très. J'ai besoin de vous parler en privé.

Il jeta des regards dans les salles remplies de convives.

— Pas un seul coin tranquille. Puis-je vous rendre visite demain ?

— Non, Mme Price-Jones s'immiscerait dans la discussion. Elle ne s'est pas gênée quand Léo courtisait ma sœur. Elle ne les a pas laissés ensemble une seule seconde.

Izzy retrouvait Léo en secret dans le pavillon d'été, tard le soir. Clarissa ne voulait pas suivre son exemple, surtout pour le genre de conversation qu'elle avait à l'esprit. Le pavillon d'été était un lieu romantique.

De surcroît, elle ne voulait pas que Milly ou quelqu'un d'autre fasse intrusion.

— Votre chaperon ne monte pas à cheval, dit-il après un temps de réflexion.

— Non, mais Izzy monte, et elle voudra probablement nous suivre.

— Le pavillon d'été dans le jardin ?

— Non.

Izzy et Zoé s'en servaient toutes les deux.

— Bon, et si je passais vous prendre pour vous emmener en promenade dans ma voiture ? Je n'ai pas oublié la façon dont votre indomptable chaperon s'est insinué dans le phaéton de Clayborn. Mon carrick n'a que deux places. Et comme nous sommes fiancés, une balade dans le parc dans une voiture à capote est tout à fait convenable.

Elle approuva d'un geste.

— Faisons ça.

Bavarder pendant qu'il conduisait n'était pas idéal, mais elle n'avait pas de meilleure idée.

— 10 heures demain matin ?

Elle acquiesça, vaguement nauséeuse. Voilà, elle avait franchi le pas. Fixé un rendez-vous. Ne restait plus qu'à survivre à la nuit, jusqu'à 10 heures. Ensuite... Elle frissonna.

Néanmoins, elle ne pouvait y échapper. Son avenir en dépendait.

Ils parcoururent en silence les rues menant à Hyde Park. Il y avait déjà du monde, mais sans commune mesure avec la fréquentation aux heures les plus prisées. Lord Randall adopta une allure soutenue vers une zone du parc relativement déserte.

Clarissa était reconnaissante qu'il n'ait pas entamé la conversation en chemin. Elle était en proie à une vive anxiété à l'idée de l'interrogatoire à venir et de ses conséquences. Alors qu'elle s'était préparée à se hisser maladroitement à bord du cabriolet lorsqu'il était venu la chercher, il l'avait simplement soulevée en la tenant par la taille, sans effort, bien qu'elle ne soit pas légère.

Cela avait semé la pagaille dans ses pensées.

Les chevaux ralentirent au pas à l'approche d'un arbre à la ramure tentaculaire qui ombrageait l'allée, sous lequel ils s'arrêtèrent. Lord Randall noua les rênes et se tourna face à elle.

— Alors, est-ce à propos de nos fiançailles ?

Clarissa hocha la tête.

— Souhaitez-vous les annuler ? ajouta-t-il, crispé.

— Je... je ne suis pas sûre, réussit-elle à marmonner.

Elle n'avait pas fermé l'œil de la nuit, se retournant en tous sens, emmêlée dans ses draps, tourmentée par des questions qui tournaient en boucle dans son esprit pendant qu'elle imaginait ce qu'elle dirait en fonction de ses réponses. Un labyrinthe de possibilités. Sous le couvert de la nuit, elle s'était sentie plutôt éloquente ; à présent, elle peinait à aligner deux mots.

— Vous savez que je prends nos fiançailles au sérieux ?

Elle le dévisagea.

— Vraiment ? En êtes-vous sûr ?

— Sûr et certain. Par contre, vous continuez à avoir des doutes, n'est-ce pas ? Des questions sur moi ?

— Oui.

Elle ignorait comment le formuler mais, à son grand soulagement, il lui évita cette peine.

— Est-ce à cause de ma réputation ?

— Oui.

Elle lui était infiniment reconnaissante de lui faciliter la tâche.

Il opina.

— Je vous promets de répondre honnêtement.

Il laissa passer un silence.

— Les gens parlent. Ils aiment jaser. Et je crains d'avoir utilisé cela à mon avantage.

Clarissa le regarda avec étonnement. Ce n'était pas du tout à cela qu'elle s'attendait.

— À votre avantage ? Comment les commérages pourraient-ils constituer un avantage ?

Il eut un sourire attristé.

— C'est une longue histoire sans intérêt.

— Elle m'intéresse, dit-elle avec douceur.

Les mains croisées sur les genoux, elle attendit. Après un instant de réflexion, il se lança.

— Cela a probablement commencé avec mon père. Après le décès de ma mère, j'avais à peine onze ans, il… Je pensais qu'ils s'aimaient profondément, et peut-être était-ce le cas, mais après sa mort c'est devenu un coureur de jupons. À tel point qu'avant même la fin de mes études il était surnommé Randall le Débauché.

Il coula un regard vers Clarissa.

— Oui, comme moi, ajouta-t-il. Cela ne m'affectait pas, j'étais en internat puis à l'université. Mais ensuite, il est mort…

Sans un mot, elle posa une main compatissante sur son bras.

— J'ai hérité de son titre et de ses biens. Et quand je suis arrivé à Londres, j'étais jeune et naïf, avide de découvrir la grande vie. J'ai vite été… pourchassé. Par des mères cherchant un mari pour leurs filles, et par leurs filles elles-mêmes. Qui ne s'intéressaient pas tant à moi qu'à mon titre ou à ma fortune. Mais quel jeune homme de vingt et un ans a envie de se ranger avant même d'avoir goûté aux possibilités de l'existence ? Certainement pas moi. Alors j'ai appris à badiner, mais en restant insaisissable.

Les oiseaux gazouillaient dans l'arbre au-dessus de leurs têtes. Clarissa fit mine de les observer pendant qu'elle réfléchissait à ses propos. Elle pouvait concevoir son désir de ne pas se marier trop jeune, mais comment le flirt l'avait-il mené à sa réputation de libertin ? Il y avait un monde entre les deux. Elle lui fit part de ses réflexions.

— Oh, ce n'était que le début, répondit-il. J'ai eu une liaison avec une femme plus âgée. Pas de beaucoup, mais elle était expérimentée. C'était une très belle femme, malheureuse avec son mari qui la négligeait. Du moins, c'était sa version. Je l'ai crue.

— Il ne la négligeait pas ?

Il ricana.

— Comment le savoir ? J'ai compris après coup qu'elle cherchait à le rendre jaloux. Il nous a surpris ensemble. Avec le recul, je pense qu'elle l'avait prévenu. Il a explosé de rage, cela a fait un énorme scandale. Assorti d'un duel auquel nous avons tous deux survécu, encore que j'aie été blessé à l'épaule. Étant en tort, j'ai tiré en l'air, mais je pense qu'il aurait aimé m'abattre. Par chance, il visait mal.

Elle le regarda d'un air troublé. L'histoire était sordide, mais il n'avait que vingt et un ans.

— Et B... la femme en question, n'a même pas essayé d'être discrète. Elle a adoré que cela vire au drame, et a même pris un malin plaisir à répandre des ragots. Peu à peu, au fil de ses indiscrétions, sans doute pour asticoter son mari, j'ai acquis une réputation d'amant magnifique. Ajoutons à cela mon goût pour la séduction... et je suis devenu à mon tour Randall le Débauché.

Clarissa réfléchit à ce récit et secoua la tête.

— Non, vous ne m'avez pas tout dit.

— C'est certain, mais je n'ai plus jamais fréquenté de femme mariée. Ni séduit une innocente.

Clarissa se mordit la lèvre. Pouvait-elle croire cela ? Elle le désirait, mais...

— Je ne prétends pas être blanc comme neige, loin de là. Et même si je ne devrais pas vous parler de ça, j'ai promis de jouer cartes sur table. J'ai eu des maîtresses, plusieurs au fil des années, bien que pas en même temps, précisa-t-il comme s'il lisait dans ses pensées. Plusieurs étaient veuves, nullement intéressées par le mariage. Ce qui faisait partie de leur attrait, je l'admets. J'ai aussi entretenu une ou deux amantes, qui comprenaient parfaitement la nature de notre arrangement. Comprenez-vous ce que je vous explique ?

Elle hocha la tête.

— N'oubliez pas que mon père était un séducteur notoire.

— Je n'ai pas oublié, dit-il avec gravité. Je présume que c'est en partie la source de vos interrogations.

Elle opina.

— Tous les séducteurs ne se ressemblent pas, ajouta-t-il.

— Je le sais, dit-elle calmement.

Elle repensa à son attitude à l'égard des filles de lord Tarrant. Le soleil filtra à travers les branchages.

— Mais comment les commérages ont-ils été à votre avantage ? Je ne comprends pas.

— Ces mères qui cherchent à marier leurs filles, vous vous rappelez ? Une fois ma réputation salie, leur enthousiasme à me jeter leurs filles innocentes dans les bras s'est amoindri. Dès que je m'en suis rendu compte, j'ai encouragé tout le monde à croire que j'étais comme mon père. Que je méritais réellement le surnom de Randall le Débauché. À vrai dire, j'ai sciemment cultivé ma réputation de libertin. J'ai fait du charme ici et là, pris soin de ne jamais être vu plus de deux fois avec la même beauté et adopté toutes les manières du débauché désinvolte indigne de confiance.

— Vous avez réussi.

Il eut un rire amer.

— Oui, et voyez où cela m'a conduit. Fiancé à la seule femme qui m'intéresse, mais qui ne croit pas un mot de ce que je dis.

La seule femme qui l'intéressait ? Cela pouvait-il être la vérité ? Elle avait envie d'y croire, mais...

— Plusieurs dames du monde m'ont indiqué compter parmi vos... amies intimes, disons. Qu'avez-vous à répondre à cela ?

Il exhala un soupir de désespoir teinté d'ironie.

— Je n'ai pas de réponse. J'ignore pourquoi elles font ces mensonges. Il n'y a pas une once de vérité là-dedans, même si j'avoue n'avoir jamais démenti une rumeur qui associe mon nom à une lady. Je ne sais pas de qui vous parlez en particulier, mais à part les deux veuves, qui resteront anonymes, aucune d'elles ne vivant plus à Londres, je n'ai pas eu de maîtresse dans la haute société, même le temps d'une nuit. Je ne peux pas le prouver, mais je vous jure que c'est la vérité.

Il avait l'air d'une sincérité à toute épreuve. Clarissa comprenait mal pourquoi une dame s'amuserait à ternir sa réputation...

— Lady Snape ?

Il grogna.

— Plutôt partager le lit d'une vipère.

Elle se remémora qu'il lui avait dit un jour que lady Snape souffrait d'avoir été rejetée par lui... D'autres noms lui effleurèrent l'esprit, mais elle décida que ce serait dégradant d'énumérer toute la liste.

Elle devait se décider : le croire ou non.

Elle soupira et se tourna de côté. Il était assis trop près pour qu'elle garde les idées claires.

— Cela ne vous ennuie pas si nous avançons ? demanda-t-il après une minute. Je n'aime pas laisser les chevaux à l'arrêt trop longtemps.

— Non, bien sûr.

À l'approche d'un terrain de cricket, les chevaux ralentirent de nouveau. Lord Randall se contracta légèrement au moment où le lanceur approchait en courant. La balle vola, mais le batteur la renvoya vers le ciel, au-dessus des joueurs.

— Frappe ! Tu peux encore marquer six points ! Bien joué !

Son enthousiasme enfantin était émouvant.

— Vous aimez le cricket, constata Clarissa. Vous jouez ?

Surpris par sa question, il eut l'air embarrassé.

— Je jouais, plus jeune. Je ne vivais que pour ça, avoua-t-il avec un soupçon d'amertume.

Il enroula les rênes autour de ses longs doigts. Les chevaux s'immobilisèrent.

— Cela vous a moins intéressé en grandissant ?

Clairement pas, mais elle était curieuse de savoir ce qui avait causé cet embarras, ainsi que l'étrange tonalité de sa voix.

— Je ne joue plus, dit-il.

Ce qui ne répondait pas à sa question. Il y avait une émotion forte enfouie là-dessous.

— Quand avez-vous joué pour la dernière fois ?

Il y eut un long silence. Absorbé dans la contemplation du terrain de cricket sans sembler le voir réellement, il coula un bref regard vers elle. Finalement, il répondit avec dureté :

— Quand ai-je joué pour la dernière fois ? Le jour où ma mère est morte.

Elle attendit la suite.

— En minable égoïste que j'étais, j'ai choisi de jouer au cricket pendant que ma mère s'éteignait.

Son amertume et son dégoût de lui-même étaient corrosifs. Elle posa une main sur son bras.

— Vous l'ignoriez, peut-être ? Personne n'est venu vous chercher ?

Il émit un son dégoûté.

— Oh, je le savais. J'étais en internat, loin de la maison. Mon père m'a envoyé un message pour que je rentre, parce que ma mère déclinait très vite.

Son visage frémit.

— Ce n'était pas la première fois que je recevais ce genre de message. Loin de là. Et chaque fois que j'étais rentré, ma mère allait mieux. Alors j'ai ignoré ce message-là. Nous devions jouer la finale, je ne voulais pas la rater.

— Je vois.

— Vous croyez ? gronda-t-il.

Son amertume, décida-t-elle, n'était pas dirigée contre elle mais contre l'enfant qu'il avait été. Elle le laissa ruminer quelques minutes.

— Avez-vous gagné ? dit-elle.

Il se retourna brusquement.

— En quoi est-ce pertinent ? Oui, nous avons gagné, mais ma mère...

Sa voix se brisa. Dents serrées, il détourna le regard. Un petit nerf sur sa mâchoire vibrait. Elle toucha son bras.

— Je pense que si j'étais mourante, dit-elle avec douceur, et que je devais choisir entre avoir mon fils à mon chevet – de surcroît après plusieurs fausses alertes – ou qu'il gagne un match important, je choisirais le cricket. Je choisirais la joie pour mon fils, sachant le chagrin qui surviendrait ensuite.

Il rejeta sa compassion d'un mouvement de tête.

— Vous ne comprenez pas.

Elle ne le contredit pas. Personne ne pouvait comprendre le chagrin des autres. C'était quelque chose d'unique, de propre à chacun, quelle que soit la situation. Tout ce qu'elle pouvait faire était l'écouter. Et faire preuve d'empathie.

— Votre mère a-t-elle été longtemps malade ? demanda-t-elle.

Il reporta son attention sur le terrain.

— Des années. J'ai été convoqué à la maison six fois au cours des deux années qui ont précédé, mais son état de santé s'améliorait toujours. Alors j'étais renvoyé à l'école.

— Mais cette fois, il ne s'est pas amélioré.

— Non.

— Et depuis ce jour, vous vous sentez coupable.

De nouveau, il se tourna brusquement vers elle.

— C'est ma plus grande honte ! Ne le voyez-vous pas ? Si j'avais abandonné le cricket, peut-être...

— Qu'elle se serait rétablie ? Peut-être, mais peut-être pas. Vous ne pouvez pas le savoir. Et il ne sert à rien de vous torturer.

Elle patienta un instant.

— Ne pensez-vous pas qu'elle préférait vous imaginer heureux et victorieux sur un terrain de cricket, plutôt que patientant en silence et pleurant dans une chambre de malade ?

Même s'il ne répondit pas, il lui sembla qu'une partie de sa tension s'était relâchée. En silence, ils regardèrent le lanceur envoyer la balle. Le batteur la rata et elle retomba derrière lui.

— Je l'aimais, dit-il avec émotion. Je pensais que mon père l'aimait aussi. J'en étais sûr, mais...

— Vous doutez parce que, après sa mort, il est tombé dans la débauche ?

Il hocha la tête.

— Et s'il n'avait pas supporté de la perdre et s'était jeté dans la légèreté pour oublier ? suggéra-t-elle.

Interloqué, il la regarda.

— J'imagine que c'est possible, admit-il lentement.

— Ce qu'il a fait après la mort de votre mère ne reflète pas nécessairement l'homme qu'il était réellement.

— Peut-être pas, soupira-t-il. D'où tenez-vous cette sagesse ? Est-ce ce qui s'est passé avec vos parents ?

Elle eut un petit sourire.

— Non. Mon père n'a jamais éprouvé d'affection pour ma mère. Seule sa fortune l'intéressait. Et après leur mariage, à partir du moment où il a appris que l'argent prenait la forme d'un fidéicommis et qu'il ne pourrait l'empocher, il l'a traitée de manière abominable. Cela ne faisait aucune différence pour ma mère. Elle l'a aimé jusqu'à son dernier souffle.

— Quel âge aviez-vous quand elle s'est éteinte ?

— Huit ans.

— Vous étiez à ses côtés ?

— Je suis restée à son chevet jusqu'au bout. Des jours entiers. Elle avait à peine l'air de remarquer ma présence. Tout ce qu'elle voulait, c'était mon père. Il n'est pas venu, évidemment.

Il lui prit la main et la pressa gentiment. Elle soupira.

— La mort a tendance à laisser les vivants avec une culpabilité insurmontable.

— Vous parlez de votre père ?

— Non. De moi. Pendant des années, j'ai ressassé ce que j'aurais dû faire pour ma mère.

— Vous aviez huit ans. Et il y avait des médecins où vous habitiez.

— Je ne parlais pas sur le plan médical. Elle a bénéficié des meilleurs traitements. Pour qu'elle m'aime, je voulais dire...

Comme il fronçait les sourcils, elle développa :

— Elle tenait à moi, bien sûr, mais j'ai toujours su que j'étais une déception pour elle. Et pour mon père.

— Mon Dieu, pourquoi ?

Elle haussa les épaules.

— Mon père voulait un garçon, ma mère voulait que mon père l'aime. Et elle savait qu'elle l'avait déçu en ayant une fille inutile.

Plus précisément, une fille qui n'était même pas jolie.

— C'est qu'ils n'ont pas vu le trésor qu'ils avaient créé, chuchota-t-il en lui pressant la main.

Il ne portait pas de gants, et la chaleur de sa peau la réconforta.

Touchée par son compliment, elle se força à apporter une note positive.

— Ne soyez pas triste pour moi. J'ai eu une enfance très heureuse, à partir du moment où Izzy est venue vivre avec moi. Et l'amour inconditionnel entre sœurs est si précieux qu'il compense tous les malheurs.

Elle se languissait de l'amour inconditionnel d'un mari aussi, ce qu'elle ne pouvait pas lui dire. L'amour ne se demande pas ; il doit être donné librement.

Des applaudissements retentirent sur le terrain de cricket. La balle avait été interceptée par un joueur. Les cris ramenèrent Clarissa et Race dans l'instant présent.

Elle sourit, un peu embarrassée.

— Eh bien, nous avons cédé à la mélancolie. Il est probablement l'heure que je rentre. Mais nous avons eu une conversation importante, ne pensez-vous pas ?

Il donna une impulsion sur les rênes, et le carrick avança vers la sortie du parc.

— Nous sommes parvenus à une meilleure compréhension, c'est exact, dit-il en contournant un chariot à l'arrêt. Toutes ces sombres révélations vous incitent à rompre les fiançailles, ou non ?

Il pivota pour l'examiner intensément.

— Vous n'êtes toujours pas sûre de vouloir m'épouser, Clarissa ?

15

Clarissa prit une profonde inspiration. Ils avaient abordé quantité de sujets, mais elle ne lui avait pas encore posé la question la plus essentielle.

— D'autres questions ? s'enquit-il. Devons-nous retourner dans l'intimité du parc ?

— Non, ce ne sera pas long.

Nerveuse, elle s'éclaircit la voix.

— Vous avez expliqué que votre réputation de séducteur était... exagérée. Je l'accepte, mais j'ai besoin de savoir...

Elle se racla encore la gorge.

— J'ai besoin de savoir si vous pensez que vous pourriez m'être fidèle. Si nous étions mariés, bien sûr.

Il changea les rênes de côté pour prendre sa main dans la sienne.

— Je ne trahis jamais ma parole. Jamais je ne trahirais mes vœux de mariage.

Les yeux dans les siens, il effleura sa main de ses lèvres.

— Avez-vous compris que je tiens réellement à vous ? Parce que je tiens à vous, vous savez. Vous êtes la seule que j'aie jamais voulu épouser. Et si j'avais la chance de vous avoir pour femme, je ne mettrais jamais votre confiance en péril.

Il n'y avait aucune trace d'humour dans sa voix, pas de légèreté qui aurait indiqué qu'il appliquait les règles de la bienséance. Ou qu'il flirtait.

Comme elle avait envie de le croire !

La circulation s'intensifiait. Silencieux, il se concentrait sur la conduite du cabriolet.

Clarissa prit sa décision. Elle ne chasserait probablement jamais tous ses doutes, mais si elle ne l'épousait pas, elle le regretterait toute sa vie. Même si elle finissait par le regretter... Elle eut un rire étranglé, tant ses pensées manquaient de logique.

Si elle l'épousait, il serait fidèle – ou pas. Seul le temps le dirait. Elle n'avait pas l'intention de vivre en redoutant le pire. Le mariage était risqué, et si elle devait miser son cœur sur un charmeur furieusement attirant, autant bannir ses doutes et le faire entièrement.

Il n'était pas comparable à son père. Il était gentil, tendre et...

Et elle l'aimait. Elle se donnerait à lui sans retenue.

Elle ouvrit la bouche pour lui annoncer qu'elle l'épouserait, mais il prit la parole en premier.

— Vous n'êtes pas obligée de vous prononcer maintenant. Je ne veux pas vous pousser à répondre. Le mariage est probablement la décision la plus importante de toute la vie. Prenez votre temps. Et quand vous serez décidée, vous devrez être sûre au fond de vous-même que votre choix est le bon.

Si elle avait besoin d'un nouvel encouragement pour consentir à l'épouser, elle ne trouverait pas mieux que sa compréhension et sa patience. Elle voulut se lancer, mais il ajouta :

— En tout cas, je serai en voyage toute la semaine prochaine. Des problèmes urgents m'appellent sur mon domaine. Je vous rendrai visite à mon retour. Nous verrons alors si vous avez pris votre décision. Cela vous semble acceptable ?

Elle hocha la tête. Non qu'elle soit soulagée de bénéficier d'un délai, mais ils traversaient à présent un marché. Et bien qu'elle ait enfin trouvé le courage de lui parler, elle préférait éviter de prononcer les mots qu'elle gardait verrouillés dans son cœur depuis si longtemps parmi les choux, les vendeurs ambulants, les mendiants, les musiciens de rue et les chiens errants qui se bagarraient.

Ce n'était pas le lieu rêvé pour une déclaration romantique d'amour et de confiance.

— Je dérange ?

Zoé hésitait devant la porte de l'office de Clarissa. En réalité, il s'agissait d'un cellier inutilisé que lady Scattergood lui prêtait pour qu'elle confectionne ses lotions et ses eaux parfumées. Clarissa adorait cette pièce : c'était son petit royaume.

Elle se retourna en s'essuyant les mains sur une serviette.

— Non, pas du tout. J'ai fini à l'instant de mélanger un baume. Que voulais-tu ?

Zoé renifla.

— Ce que ça sent bon ! Rose, c'est ça ? Avec autre chose ?

— Oui, mon préféré. Et c'est de l'eau de lavande qui macère avec des herbes. J'expérimente. Alors, que veux-tu ?

— Je peux te parler ?

— Bien sûr.

Clarissa retira une petite pile de feuilles d'une chaise en bois cintré et l'invita à s'asseoir. Zoé ne bougea pas.

— Dans le pavillon d'été, si ça ne t'ennuie pas…

— Très bien.

Un problème personnel, donc. L'inquiétude s'infiltra dans le ventre de Clarissa devant l'air grave de sa petite sœur.

Elle la suivit dans le jardin, jusqu'au pavillon d'été. À sa grande surprise, Izzy était déjà là, patiemment assise, ainsi que Lucy Thornton, la filleule et nièce par alliance de lady Tarrant. Lorsque Clarissa consulta sa sœur du regard, elle haussa très légèrement les épaules, signifiant qu'elle ignorait de quoi il retournait.

— Que se passe-t-il ?

— Je veux...

Zoé jeta un regard à Lucy, qui l'encouragea d'un mouvement de tête.

— Nous voulons vous parler de notre plan.

— Un plan ?

Zoé avait-elle élaboré un plan avec Lucy ?

— Je sais que tu veux m'introduire dans la société, Clarissa, mais tu sais aussi bien que moi qu'à la seconde où ces gens poseront les yeux sur moi ils me relieront à Izzy et ne parleront plus que du fait qu'elle est une bâ... qu'elle est illégitime, et moi aussi. Ce ne sera bénéfique pour aucune de nous, encore moins pour toi.

— Ne te tracasse pas pour m...

— Tu sais que c'est vrai. Même cette peste de Milly l'a vu au premier coup d'œil, dit Zoé. Mais moi et Lucy avons la solution, je pense. Si tu es d'accord.

Clarissa cilla et agita la main.

— Explique-moi.

Lucy intervint.

— Vous savez que mon mari et moi sommes venus pour la naissance du bébé. Du moins, je suis venue pour Alice et le bébé, mais mon mari est là aussi parce qu'il est question de le transférer de l'ambassade de Vienne à celle de Paris.

— Très intéressant, dit poliment Clarissa, se demandant quel était le rapport.

— Il a appris hier qu'il était nommé à Paris.

— Félicitations.

— Et c'est là que j'interviens, fit Zoé. Lucy m'a invitée à les accompagner à Paris.

— À Paris ? s'exclama Clarissa, atterrée.

Izzy prit sa main d'un geste réconfortant.

— Oui, confirma Lucy. Zoé se trouve dans une position...

— Et vous pensez que l'enlever à sa famille l'aiderait ? explosa Clarissa.

— Je sais que c'est difficile, admit Lucy avec douceur. Mais je pense que Zoé réussira si elle vit avec moi – avec nous – à Paris. J'en ai longuement parlé avec mon mari. Il serait heureux de l'accueillir dans notre foyer, comme ma dame de compagnie. Cela lui laisserait le temps de s'adapter à sa nouvelle situation...

— Dans un pays étranger ?

— Zoé est à moitié française, lui rappela Izzy.

Clarissa lui assena un regard lourd de reproches. De quel côté était Izzy ?

Lucy continua :

— Ce n'est pas tout. Zoé a besoin de perfectionner son anglais, lu et écrit, et nous devons lisser son accent et ses manières en société.

— Je suis capable de l'aider, assura Clarissa.

Elle venait à peine de trouver Zoé ; elle refusait de la perdre.

Il y eut un court silence.

— Je vois que j'ai besoin d'expliquer pourquoi je suis la personne idéale pour cette mission, dit Lucy après un instant de réflexion. Mais je dois vous demander de garder mon histoire confidentielle.

Clarissa et Izzy échangèrent un regard avant de hocher la tête.

— Quand j'étais enfant, commença Lucy, mon père, qui était – il n'y a pas d'autre terme – une crapule, m'a placée dans une série de pensionnats pour jeunes filles de bonne famille. Une série, parce qu'il ne s'acquittait pas du paiement des frais exorbitants, donc j'étais renvoyée.

Elle sourit.

— C'était perturbant, mais cela m'a inculqué plusieurs choses importantes. J'ai reçu une bonne éducation, bien que fragmentée, et j'ai appris à m'adapter aux nouvelles rencontres. J'ai croisé beaucoup de filles plus élevées que moi socialement. Et croyez-moi, elles n'étaient pas tendres. Mon accent au début était... disons fâcheux. Mais quand j'ai fêté mes seize ans, je m'exprimais comme une dame du monde.

Clarissa s'apprêta à parler, mais Lucy enchaîna.

— Ce n'était que le début. Après l'école, mon père m'a laissée avec une soprano autrichienne à la retraite qui m'a enseigné l'allemand et la musique, se servant de moi comme femme de chambre le reste du temps. Elle était très stricte, mais cela a payé. À Vienne, j'étais souvent complimentée pour mon allemand. Sans le parler couramment, je maîtrise une prononciation aristocratique.

— Oui, mais...

— Ensuite, mon père m'a emmenée chez une comtesse française, une émigrée qui avait fui la Révolution. Elle m'a aussi utilisée comme servante mais, fidèle à ses engagements, elle a rectifié ma grammaire et ma prononciation en français.

Elle sourit à Zoé.

— Ce qui m'a permis de reconnaître que le français de Zoé est aristocratique. Et c'est ce qui fait de moi la mieux placée pour lui apprendre ce qu'elle a besoin de savoir. Parce que je suis passée par là, moi aussi.

— Je... vois, lâcha Clarissa avec réticence.

— De plus, à Paris, elle pourra rencontrer du monde sans craindre que son accent ne la trahisse. Elle s'exprimera exclusivement en français en public, même avec les Britanniques, jusqu'à ce que son accent anglais soit irréprochable. Ce qui améliorera son aisance et sa confiance en elle.

Zoé intervint avec enthousiasme :

— J'ai déjà dit autour de nous – du moins à Milly – que j'étais votre cousine française. Alors je pourrai revenir plus tard comme une cousine que vous n'avez pas vue depuis longtemps. Pas comme votre sœur bâtarde. Tout le monde s'émerveillera devant ma ressemblance avec Izzy, mais personne ne devinera pourquoi je lui ressemble autant. Parce que je serai française.

— Ce plan me paraît tout à fait pertinent, commenta Izzy en pressant la main de Clarissa.

Il l'était. Clarissa ne pouvait le nier. Elle n'aurait jamais soupçonné Lucy d'être autre chose qu'une parfaite lady anglaise, ayant reçu une parfaite éducation aristocratique. Quelle enfance difficile elle avait dû avoir ! Mais Zoé lui manquerait, alors qu'elle commençait à peine à faire sa connaissance...

Lorsque Izzy lui pressa de nouveau la main, Clarissa sut ce qu'elle devait faire.

— C'est un excellent plan, approuva-t-elle en se forçant à sourire à Zoé et Lucy.

Elle se leva, serra étroitement Zoé dans ses bras, et si l'étreinte dura un peu trop longtemps et fut un peu trop vive, et si ses yeux se mouillèrent, eh bien, elle ne pouvait rien contre ça.

Si elle aimait Zoé, elle devait la laisser partir pour qu'elle apprenne à voler de ses propres ailes, loin des regards inquisiteurs et des ragots de Londres.

Elle étreignit ensuite Lucy, et celle-ci lui murmura à l'oreille :

— Je sais que c'est dur, mais je vous promets de prendre soin d'elle.

Clarissa regarda Zoé et s'efforça de trouver quelques paroles légères.

— Et tu auras plein de choses à raconter, avec tes peintures.

— Oui, c'est un point de plus, s'enthousiasma Zoé. D'après Lucy, je pourrai suivre des cours chez les meilleurs artistes de Paris. Nous pourrons peut-être rencontrer Mme Le Brun.

— Qui ça ? demanda Clarissa.

— Mme Élisabeth Louise Vigée Le Brun, expliqua Lucy. C'est une artiste française qui a peint des portraits de Marie-Antoinette et d'autres célébrités, mais qui avait fui la France à cause de la Révolution...

— Comme maman, intervint Zoé.

— En exil, elle a peint les personnalités les plus éminentes en Italie, en Russie, en Allemagne et en Autriche, où j'ai eu le privilège d'admirer certaines de ses œuvres. Je dirais qu'elle est la version féminine française de sir Thomas Lawrence. Vous avez entendu parler de lui, je suppose ?

Clarissa et Izzy hochèrent la tête. Sir Thomas était le portraitiste anglais le plus en vogue.

Zoé regarda sa sœur aînée.

— Alors, ça ne t'embête pas que je parte avec Lucy, Clarissa ?

Cela l'embêtait immensément, mais elle voyait bien que c'était sa volonté. Plus que tout, elle voulait le bonheur de sa petite sœur.

— Je pense que c'est une merveilleuse idée. Tu seras très heureuse, dit-elle avec chaleur. Mais tu dois nous écrire souvent, nous tenir informées de tes progrès.

Zoé fronça le nez.

— Je crois que ça me fera un bon entraînement pour ma grammaire et mon orthographe.

Toutes éclatèrent de rire.

— Quand partez-vous ? demanda Clarissa à Lucy.

— Nous avons prévu de partir après le baptême de Ross. Je serai sa marraine, annonça-t-elle fièrement.

Clarissa déglutit. Le baptême aurait lieu la semaine suivante.

— En ce cas, nous devons nous hâter de préparer tout ce dont Zoé aura besoin. Notamment une garde-robe. Bien sûr, nous vous verserons une pension pour elle.

— Inutile..., commença Lucy.

— Il n'y a pas à discuter, décréta Clarissa. Zoé est notre sœur.

Izzy marqua son assentiment d'un hochement de tête. Zoé sauta sur place et la serra dans ses bras.

— Merci, Clarissa ! Tu es si bonne avec moi. Je sais pas quoi dire.

Elle enlaça aussi Izzy, avant de repartir avec Lucy. Après quoi, Izzy enroula un bras autour de Clarissa.

— Tu as très bien fait. Je sais que tu ne veux pas la perdre, mais ça me paraît la solution idéale, encore plus avec l'expérience de lady Thornton.

Clarissa soupira.

— Je sais. Mais je...

Izzy l'enlaça.

— Oui, je comprends. Nous la connaissons à peine, mais elle est déjà dans nos cœurs.

— Ah ah ! grogna lady Scattergood qui buvait son thé en lisant son courrier du matin. Ça explique tout !

— Ça explique quoi, lady Scattergood ? demanda Clarissa.

Même si elle quittait rarement sa maison, la vieille dame entretenait une correspondance prolifique avec ses amies dans différentes régions du royaume. Son courrier faisait souvent l'objet d'exclamations et de bougonnements, en général parce que les lettres étaient biffées et rebiffées, et rédigées dans une écriture si minuscule qu'elle devait les étudier à l'aide de sa loupe. Parfois, elle recourait aux jeunes yeux de Clarissa.

Elle agita une feuille de papier.

— Ceci vient de mon amie Mariah Pultney. Elle habite un coin perdu du pays. J'ai oublié où, mais ce n'est pas là où vit Margery Doulton.

Clarissa et Mme Price-Jones n'étaient pas plus avancées.

— Qui ?

— Margery Doulton… Quel est son nom de femme mariée, déjà ? Ah oui, Margery Faircloth, la grand-tante du jeune Clayborn. Tu sais, celle qui devait lui léguer sa fortune.

— Je vois.

Clarissa beurrait un petit pain. Cuthbert Clayborn ou sa grand-tante et sa fortune ne l'intéressaient pas outre mesure.

Lady Scattergood agita sa lettre en jubilant.

— Mariah m'écrit en quoi consiste précisément cette fortune.

Clarissa ajouta de la confiture de fraises et mordit dans son pain. Mme Price-Jones lui coula un regard.

— En quoi consiste sa fortune, Olive ? s'enquit le chaperon.

Lady Scattergood gloussa.

— Un cottage et un enclos pour vaches ! C'est tout ! Apparemment, son mari a épuisé leur fortune très tôt après leur mariage. Ensuite, il a rendu l'âme. Elle a dû vendre leur maison pour payer les dettes qu'il avait laissées, et s'est installée dans ce cottage il y a quelques années, au dire de Mariah. Pas un très grand cottage, précisa-t-elle.

Elle inspecta la missive.

— Cela élucide notre petite énigme. Ce misérable était un fieffé coureur de dot, et sa grand-tante le soutenait. Je ne l'ai jamais appréciée, même jeune. Elle avait déjà tendance à enjoliver la réalité.

Clarissa regarda son petit pain à moitié mangé. Ainsi, Clayborn l'avait courtisée pour son héritage.

Songeuse, elle sirota son thé. Elle savait qu'il n'était pas celui qui lui convenait, même sans connaître sa réelle situation. C'était un menteur fini.

Et elle l'avait repoussé malgré son physique avenant, sa prétendue richesse et sa prétendue blessure de guerre. Elle s'était fiée à son intuition. Cette pensée était pour le moins réconfortante.

Elle croqua dans son pain. La confiture était un régal.

Lady Scattergood pouffa.

— Un cottage et un enclos à vaches ! Tu as raté le gros lot, Clarissa.

Au cours de la semaine suivante, Clarissa fut emportée dans un tourbillon d'engagements en société, principalement parce que Izzy, de retour à Londres en tant que comtesse récemment mariée, était invitée partout et voulait profiter de son nouveau statut social. Elle acceptait toutes les invitations, que Clarissa recevait également, et se faisait de nouvelles amies, très différentes des jeunes filles célibataires avec qui elles se mélangeaient autrefois.

Clarissa se réjouissait de voir Izzy aussi confiante et épanouie – voire exubérante parfois. Pour elle, cependant, chaque événement était d'une grande platitude, et pas seulement parce qu'elle savait qu'elle perdrait bientôt sa petite sœur.

Lord Randall lui manquait. Ses yeux gris qui suivaient tous ses déplacements dans une salle, sa façon de hausser les sourcils pour partager son amusement. Et quand il l'embrassait… Oh là là.

Elle se languissait de son retour.

À présent, elle regrettait de ne pas lui avoir annoncé qu'elle voulait l'épouser. Elle avait enfin surmonté ses appréhensions et était impatiente de fixer une date.

Toutefois, avec ses journées remplies par les mondanités, les visites à lady Tarrant et au bébé, les promenades dans le parc, les emplettes pour Zoé et les bals, galas, parties de cartes et spectacles, Clarissa avait à peine le temps de penser.

Mais ses nuits étaient remplies de rêves. Des rêves d'un homme grand, svelte, charmant, amusant, gentil, dont les baisers étaient tout simplement... magiques.

Race revint de Londres le mercredi soir, à la tombée de la nuit. Rentré un jour en avance, il avait même espéré arriver plus tôt, mais un chariot renversé sur la route l'avait immobilisé plusieurs heures.

Clarissa serait sans doute sortie, à une soirée ou une autre, et même s'il faisait un brin de toilette, se rasait et se changeait, il ne réussirait pas à bénéficier d'un moment seul avec elle. Pas comme il le souhaitait, en tout cas. Ce jour-là dans le carrick, il avait été sûr, ou presque, qu'elle était sur le point d'accepter de l'épouser.

Ces derniers jours, il avait rejoué leur conversation dans son esprit, minute par minute, et il pensait... peut-être... Il y avait eu ce moment où elle avait ouvert la bouche comme pour faire une déclaration... et l'avait refermée.

Malgré cela, rien ne lui permettait d'être certain de sa réponse.

Peut-être n'avait-elle pas cru à son explication sur sa réputation. Certes, c'était difficile à croire. Il songea au mal qu'il s'était donné au fil des années pour embellir les rumeurs, s'assurer que sa réputation soit aussi sulfureuse que nécessaire. Et c'était maintenant ce qui faisait obstacle à son bonheur. Quelle ironie !

Épuisé et affamé, il décida de faire un détour par son club pour dîner et se détendre. Après un repas copieux, à base de pain de viande aux rognons, il se retira dans la salle de lecture. Là, il eut la surprise de trouver Léo.

— Tu n'escortes pas ta femme dans une fête, ce soir ? dit-il en se laissant tomber dans un confortable fauteuil en cuir face à son ami.

— C'est l'Almack's, ce soir, répondit Léo sur un ton laconique.

Race comprit aussitôt pourquoi il avait évité d'y aller. Les dames appréciaient le ratafia et l'orgeat servis là-bas, mais les messieurs détestaient cela. Survivre à une soirée dans cet environnement surchauffé était une gageure.

Il commanda un brandy au serveur.

— Le chaperon de Clarissa et ses deux prétendants grisonnants les ont escortées, annonça Léo après que le verre de Race fut servi.

— Des prétendants grisonnants ?

— Ce sont les termes de ma femme.

Léo avait prononcé « ma femme » avec tant de fierté et de satisfaction que Race sourit.

— Apparemment, continua son ami, Mme Price-Jones est courtisée par deux hommes d'âge avancé qui rivalisent pour l'épouser. À ce qu'on m'a dit, elle attend que Clarissa soit mariée pour faire son choix.

Il haussa un sourcil interrogateur.

— Ah..., dit Race, énigmatique.

— Pas d'évolution de ce côté pour l'instant ?

— J'ai bon espoir. Mais non, rien de certain.

Il but une gorgée d'alcool et apprécia la brûlure dans sa gorge. Demain, quand il parlerait avec Clarissa, il devrait en savoir plus. D'ici là, il resterait sur des charbons ardents.

Les minutes suivantes, ils bavardèrent de choses et d'autres. Race évoqua les problèmes survenus sur son domaine. Léo lui parla d'un ami commun qui avait perdu une fortune aux tables de jeu, au point d'avoir dû vendre ses chevaux. Il semblait nerveux. Il s'agitait, lançait des regards à Race, puis détournait les yeux. Race voyait bien que quelque chose le tourmentait.

Il était sur le point de l'inciter à cracher le morceau quand Léo se hasarda, sur un ton bourru :

— J'ai une question à te poser, Randall.

— Oui ?

— Les gens parlent. Bon, les femmes...

— Continue, dit Race avec prudence.

Les femmes parlaient souvent de lui. Des inepties, le plus souvent.

— Le fait est qu'elles me posent des questions. Des questions intimes et bigrement embarrassantes.

Race arqua un sourcil.

— Ah bon ? Qu'as-tu encore traficoté ?

— Pas sur moi, imbécile. Des questions sur toi.

Race posa son verre.

— Des questions intimes sur moi ? Et elles te les posent, à toi ?

— Je te le dis, c'est bigrement embarrassant. Et inapproprié, avec ça.

— Quelle sorte de questions ?

— Sur... sur l'état de ton postérieur.

— Mon postérieur ? répéta Race, consterné.

— Pour savoir si la marque en forme de cœur sur ta fesse gauche est une tache de naissance ou un tatouage.

Race écarquilla les yeux.

— Fichtre, je ne comprends pas. Je n'ai aucune marque sur le derrière. Pas de tache de naissance, et certainement pas un tatouage.

— Tu en es sûr ? insista Léo, sourcils froncés.

— Évidemment, j'en suis sûr !

Pourquoi s'intéresserait-on à une marque inexistante sur ses fesses ?

— Que leur as-tu répondu ?

— D'aller au diable, bien sûr. Et que je n'avais pas connaissance de l'état de ton fessier !

— Qui t'a posé la question, précisément ?

— Plusieurs femmes, en réalité. Certaines connues pour avoir badiné avec toi, d'ailleurs.

Il énuméra une liste de noms. Au sixième, Race le coupa.

— Très bien, arrête là. Ça suffit.

Il secoua la tête, totalement perdu.

— Pourquoi s'interrogent-elles sur une telle chose ? reprit Léo. Je présume que personne ne t'a jamais questionné sur tes fesses, auparavant.

— Personne, bien sûr, grommela Race, indigné.

— Ne me regarde pas avec cet air-là. Je ne suis pas à l'origine de cette sottise.

Une pensée vint à Race.

— Cela dit, maintenant que j'y réfléchis, cela explique en partie une conversation que j'ai eue avec lady Windthrop la semaine dernière, la veille de mon départ. Nous discutions, quand soudain elle s'est penchée vers moi et m'a posé une question hors de propos. Elle m'a demandé de but en blanc mon opinion sur les tatouages. Sans qu'il y ait de lien avec notre conversation.

— Que lui as-tu répondu ?

Il haussa les épaules.

— Qu'ils conviennent mieux aux marins et à d'autres du même acabit. À quoi elle a répliqué : « Donc, vous n'êtes pas tatoué ? » Et j'ai dit : « Bien sûr que non. » Là, elle s'est exclamée « Ah ah ! » et elle s'est volatilisée.

Léo cogita un instant.

— Bizarre.

— Fichtrement bizarre.

Pire que bizarre, oui. Il espérait que ces spéculations saugrenues n'étaient pas parvenues aux oreilles de Clarissa.

Un valet de pied entra, alimenta le feu et remplit les verres. Race attendit qu'il ressorte.

— Cette maudite rumeur doit cesser.

— Oui, mais comment faire ?

— À la prochaine personne qui te demandera s'il s'agit d'une tache de naissance ou d'un tatouage, réponds que je n'ai ni l'un ni l'autre.

Léo le considéra d'un œil moqueur.

— Si tu te figures que je vais informer quiconque de l'état immaculé de tes fesses, tu as une araignée au plafond. Et une grosse.

Ce même mercredi soir, Clarissa se préparait à sortir à l'Almack's. Lord Randall avait dit qu'il rentrerait à Londres le lendemain. Elle brûlait d'impatience.

Izzy apparut à la porte de sa chambre.

— Es-tu prête ?

— Pratiquement. Mais n'avions-nous pas prévu de nous retrouver dans l'entrée dans… vingt minutes ? dit-elle après avoir vérifié l'heure sur la pendule en similor.

— Si, mais avant cela, j'ai quelque chose à te dire. Quelque chose que tu aimerais entendre, je pense.

Elle se tourna vers Betty.

— Merci, Betty. Je vais aider ma sœur à terminer de se préparer.

Betty regarda Izzy d'un œil critique avant de hocher la tête.

— Est-ce Joan qui vous a coiffée ?

Souriante, Izzy fit un petit tour sur elle-même.

— Oui, c'est très élégant, tu ne trouves pas ? Tu l'as magnifiquement formée. Je suis enchantée, dit-elle en posant un baiser sur sa joue. Mais j'ai besoin de parler à ma sœur.

— Chaque chose en son temps, milady.

Tout d'abord, la servante choisit un châle, le déplia sur les épaules de Clarissa et l'ajusta. Izzy trépignait presque d'impatience mais Betty, ayant grandi avec les deux filles, ne s'en soucia pas, apportant les dernières retouches à la coiffure de Clarissa. Perfectionniste dans l'âme, elle ne permettrait pas que celle-ci sorte autrement que tirée à quatre épingles.

Finalement, elle leur souhaita une agréable soirée, adressa un clin d'œil à Clarissa et disparut.

— Qu'est-ce qui ne peut pas attendre, Izzy ? demanda Clarissa.

Sa sœur était-elle enceinte ?

Les yeux d'Izzy s'éclairèrent.

— Tu te souviens de mon plan pour découvrir la vérité sur le passé de débauché de lord Randall ?

Un mauvais pressentiment saisit Clarissa.

— Celui que nous avions finalement décidé de ne pas suivre ?

— Moi, je n'avais pas décidé cela.

— Izzy… tu n'as pas fait ça !

Izzy rit, clairement contente d'elle-même.

— Oh, ne me regarde pas comme ça ! Tu as besoin de savoir s'il est digne de ta confiance ou pas. Et cela a brillamment fonctionné. Pour commencer, j'ai dressé une liste de toutes les dames qui sont réputées avoir eu une liaison avec lord Randall.

Clarissa ferma les yeux.

— Izzy, grogna-t-elle. Comment as-tu pu ?

— Ne te tracasse pas, il n'y en avait que douze ou treize. Bref, j'ai commencé lors du bal de la semaine dernière. J'ai posé à chacune d'elles la même question.

Clarissa redressa le dos, paniquée.

— Tu n'as pas posé la question de but en blanc ?

— Non, bien sûr. En quoi serait-ce astucieux ? Toujours est-il qu'elles ont toutes nié, et avec ce genre de regard entendu propre à certaines d'entre elles. Tu sais, elles nient avec les mots mais leur expression sous-entend toutes sortes de choses.

— Continue.

Clarissa redoutait de découvrir ce que son plan avait d'astucieux.

— Nous leur avons dit que c'était pour un pari.

— Nous ?

— J'ai enrôlé Mme Price-Jones. Rassure-toi, elle sera discrète. Et elle s'est follement amusée.

Elle continua, en dépit des geignements de sa sœur :

— Nous avons demandé à chaque lady si la marque en forme de cœur sur la fesse gauche de lord Randall était une tache de naissance ou un tatouage.

Clarissa en resta un instant bouche bée.

— Izzy, tu n'as pas osé ! Les questionner sur son derrière ? Et pour commencer, comment as-tu appris qu'il avait une marque ? Léo te l'a dit ?

Le rire d'Izzy retentit.

— Non, bien sûr que non. Il ne sait rien de tout cela. Il me ferait une scène s'il savait.

Clarissa imaginait ce qu'il ressentirait.

— Dis-moi tout. Comment as-tu découvert que lord Randall a une marque en forme de cœur sur les fesses ?

Les yeux verts d'Izzy pétillaient d'hilarité.

— C'est ça, l'astuce. Il n'en a pas. Du moins, j'ignore s'il en a une ou pas. J'ai inventé cette histoire.

Stupéfaite, Clarissa secoua la tête.

— Je ne comprends pas.

— Nous avons demandé à chaque dame de la liste si la marque était de naissance ou si c'était un tatouage. En ne leur offrant que deux alternatives. Et tu sais quoi ? Aucune n'a répondu qu'elle n'en savait rien. Ou qu'il n'avait pas de marque sur les fesses. Pas une seule !

Clarissa ne savait quoi dire. Ce plan était totalement farfelu.

Izzy continua, éminemment contente de sa ruse :

— L'une d'elles a essayé d'esquiver en déclarant froidement que ce pari était vulgaire. Et n'avais-je pas mieux à faire de mon temps que spéculer sur la tache de naissance d'un gentleman ? Mais tu vois : elle a répondu à ma question, même indirectement. Et son teint a rosi. Toutes les autres ont répondu volontiers. La plupart penchaient pour la tache de naissance, mais plusieurs ont déclaré que, à la réflexion, il devait s'agir d'un tatouage. Tu sais ce que ça prouve, n'est-ce pas ?

Clarissa était pétrifiée. Toute cette histoire était insensée. Absolument scandaleuse et inutile, maintenant qu'elle avait décidé de faire confiance à lord Randall quoi qu'il advienne. Que dirait-il s'il l'apprenait ? Il serait furieux. Et qui pourrait le blâmer ?

— Cela prouve, énonça Izzy, qu'*aucune* de ces femmes n'a été la maîtresse de lord Randall !

Ce qui était exactement ce qu'il avait déjà dit à Clarissa.

— Oh, Izzy, j'aurais préféré que tu t'abstiennes...

— Pourquoi ? Je pensais que tu serais folle de joie d'apprendre enfin la vérité.

— Je lui ai posé la question la semaine dernière, avant qu'il parte en voyage. Et il m'a expliqué d'où venait sa réputation. Je savais déjà qu'elle était grossièrement exagérée, et que la plupart des dames de la société mentaient, par voie de conséquence. Même si le pourquoi m'échappe encore.

Izzy écarquilla les yeux.

— Tu lui as demandé directement ? Vraiment ? Mais, Clarissa, c'est formidable ! Je pensais que tu ne trouverais jamais le courage. Alors, que vas-tu faire ?

Clarissa s'empourpra.

— J'avais l'intention de l'épouser.

À présent, elle en était moins sûre. Peut-être ne voudrait-il plus de la femme qui avait indirectement lancé des potins aussi atroces sur une partie intime de son anatomie.

Izzy l'enlaça.

— Je suis si heureuse pour toi. Quand a lieu le mariage ?

Clarissa secoua la tête.

— Rien n'a encore été décidé.

Izzy la scruta.

— Un problème ? Tu n'as pas l'air vraiment ravie.

Clarissa se força à sourire. Sa sœur avait fait ce qu'elle pensait être le mieux. Elle aurait dû s'y opposer plus fermement dès le départ.

— Oh, tu sais, il y a tant de choses à faire. Je dors mal. Et j'ai un léger mal de tête. Je n'ai pas une folle envie de sortir.

— Ma pauvre chérie, pourquoi ne l'as-tu pas dit ? Veux-tu une tisane ?

Sans attendre, Izzy tira le cordon de la sonnette pour demander une tisane contre la migraine inexistante de Clarissa.

Izzy était si fière de son plan astucieux. De fait, il était astucieux, Clarissa devait l'admettre. Mais à présent, elle regrettait éperdument de ne pas avoir dit à lord Randall qu'elle l'aimait, la dernière fois qu'elle l'avait vu, en dépit des choux, des mendiants et des navets. Qu'elle l'aimait et souhaitait l'épouser.

Parce que maintenant, il penserait que sa décision découlait de l'enquête menée par sa sœur et son chaperon. Une enquête affreusement embarrassante. Nul doute que la moitié de la haute société spéculait ces jours-ci sur son tatouage ou sa tache de naissance.

Elle pressa les mains sur ses joues en feu. Pourquoi, oh, pourquoi avait-elle choisi de se concentrer sur son *postérieur* ?

Il serait furieux, à n'en pas douter. Les hommes faisaient grand cas de leur dignité. Sans doute voudrait-il annuler les fiançailles. Et, le sachant trop honorable pour en arriver à cette extrémité, la seule chose à faire pour elle consistait à prendre les devants.

16

Quand Race regagna son domicile plus tard dans la soirée, un petit mot de Clarissa l'attendait. Elle lui demandait un rendez-vous dans le jardin dès que possible, les derniers mots étant soulignés. En précisant de ne le dire à personne – également souligné.

Dès que possible ? Il aurait pu y aller de ce pas, sinon qu'il était 1 heure passée. Soit elle dansait à l'Almack's, soit elle se préparait à se coucher. À la première heure demain matin, alors.

Il écrivit qu'il la retrouverait dans le jardin à 8 heures, puis envoya un domestique livrer son message. En se couchant, il se demanda ce qu'elle voulait. L'urgence lui faisait craindre le pire.

À 7 heures 45 le lendemain matin, il était rasé, vêtu de peau de daim et chaussé de bottes hautes, et se dirigeait vers la maison de Léo.

Avec un sourire complice, Matteo, le majordome de Léo, le fit entrer dans le jardin partagé derrière la maison.

Le ciel était d'un doux gris nacré, luisant d'une lumière naissante qui n'avait pas encore réussi à filtrer. Le jardin était calme, immobile, le silence seulement percé par le joyeux chant d'un merle quelque part dans un arbre.

Il accéléra le pas.

Il jeta un œil dans le pavillon d'été, lequel était vide. La tonnelle de roses, alors ?

Ses bottes crissaient sur le chemin de gravier. Au détour d'un virage, elle apparut, faisant les cent pas, adorable en rose très clair.

Le voyant, elle accourut à sa rencontre. Il ouvrit les bras pour l'enlacer mais elle s'immobilisa d'un coup, les mains levées pour le garder à distance. Pâle, les yeux immenses, elle l'examina avec appréhension. Que diable lui arrivait-il ?

— Mademoiselle Studley ?

Elle déglutit à grand-peine.

— Je vous demande pardon, lord Randall. Je ne voulais pas. Je n'étais pas d'accord mais ma sœur... oh, elle pensait bien faire mais... Oh, s'il vous plaît, ne soyez pas en colère contre elle, c'est ma faute, j'aurais dû être plus ferme. Mais je ne savais pas, et je suis sincèrement dé-dé-désolée.

Sa voix vacilla. Il fut troublé de voir ses magnifiques yeux baignés de larmes retenues.

— Dites-moi ce qui vous bouleverse, et si je peux faire quoi que ce soit...

— Mais c'est là tout le problème, vous ne pouvez rien faire ! C'est trop tard.

Quand Race s'avança pour l'attirer contre lui, elle s'écarta de nouveau, les mains levées comme un bouclier.

— Non, vous ne savez pas ce que nous... ce que j'ai fait. C'est si choquant.

Il sentit l'inquiétude l'envahir. Que diable avait-elle pu faire ?

— Dites-moi.

Elle observa un long silence, se mordant la lèvre. Puis les mots se déversèrent comme un torrent.

— Tout est ma faute. J'aurais dû vous faire confiance. J'avais déjà confiance, mais elle l'ignorait.

Cela dit, j'aurais dû être plus ferme, plus claire, plus courageuse, parce qu'elle doutait que je trouve le courage, voyez-vous, mais je l'ai trouvé. Sauf qu'elle ne le savait pas. C'est pourquoi elle a décidé... Mais si j'avais su, je n'aurais jamais... mais j'aurais dû m'en douter et l'arrêter. Bon, je ne l'ai pas fait, et à présent c'est trop tard. Alors vous voyez, tout est ma faute.

Il ne voyait rien du tout, hormis qu'elle était trop tourneboulée pour tenir des propos cohérents. Il l'emmena s'asseoir sous la tonnelle.

— À présent, dites-moi ce qui vous a bouleversée et je vous promets de tout arranger, si je le peux.

— Vous ne le pouvez pas !

Elle prit de longues inspirations tremblantes, sortit un mouchoir en dentelle trempé et roulé en boule, et se moucha avec férocité. Puis elle tourna vers lui son visage blême. Même avec le nez rouge et les yeux brillants de larmes, elle restait à ses yeux la plus belle des femmes.

— C'est ma faute, dit-elle une énième fois. C'était l'idée d'Izzy, mais elle n'y aurait jamais songé si je vous avais fait confiance dès le début. Et je vous fais confiance, maintenant, encore qu'après avoir entendu ce que j'ai à vous dire vous ne me croirez probablement pas. Mais quand elle a eu cette idée, j'avais encore des doutes. Nous n'avions pas mis les choses au clair. Dans le carrick, vous savez ? Comme elle l'ignorait, elle l'a fait.

— Elle a fait quoi ? demanda-t-il avec douceur, espérant entrer dans le vif du sujet.

— Elle a commencé son... appelons cela une enquête.

Il enleva un pétale de rose tombé sur son épaule, et le frotta entre le pouce et l'index. Aussi velouté que sa peau.

— Une enquête sur quoi ?

— Sur votre vie de débauche, dit-elle d'un ton tragique. Et vos... vos *f-f-fesses* !

Une larme glissa sur sa joue satinée. Elle l'essuya d'un geste, puis déroula une longue histoire emmêlée dans laquelle une chose lui apparut enfin clairement : la raison pour laquelle les femmes de la haute société spéculaient sur son derrière.

— Autrement dit, votre sœur a demandé à toutes ces femmes si j'avais une tache de naissance ou un tatouage en forme de cœur sur le postérieur ? résuma-t-il à la fin.

— Oui, dit-elle en le fixant d'un air abattu. La fesse gauche. Je suis tellement désolée...

— Et elles ont toutes répondu que c'était l'une ou l'autre ? Une tache de naissance ou un tatouage ?

Elle hocha la tête en se mordant la lèvre, l'image même de la contrition. Se préparant à ce qu'il s'indigne et explose de fureur.

Race ne put se retenir plus longtemps. Rejetant la tête en arrière, il éclata de rire. Incrédule, elle le dévisagea.

— Vous trouvez ça drôle ?

— Ah oui ! Grotesque, ridicule, insolite et désopilant, réussit-il à dire malgré son hilarité.

Il y avait autant de soulagement que d'amusement dans sa réaction, car il avait craint quelque chose de réellement désastreux, et qu'elle lui annonce la fin de leurs fiançailles. Mais cela... Il rit de plus belle. Toutes ces femmes discutant de son séant. C'était trop cocasse.

— Et vous n'êtes pas en colère contre moi ? Ou contre Izzy ?

— Même pas un peu.

Devant son air incrédule, il passa un doigt sur sa joue.

— Cessez de vous faire du souci, ma douce.

Alors les larmes coulèrent. Il la prit dans ses bras en murmurant des mots apaisants et en lui frottant le dos. Tout était étrangement paisible dans le jardin. Ils étaient assis sous une cascade de roses au parfum magnifié par la rosée, réchauffés par le soleil matinal. C'était l'essence même de Clarissa : elle sentait toujours la rose.

Après quelques minutes, ses sanglots cessèrent dans un frémissement. Il sécha ses yeux avec son mouchoir.

Elle se redressa, arrangea sa robe et lissa ses cheveux autour de son visage. Race se contentait de l'observer. Après un moment, elle coula vers lui un regard dubitatif.

— Ça ne vous embête vraiment pas ?

— Votre sœur mérite une bonne correction, mais non, ça ne m'embête pas. Les commérages me glissent dessus. J'ai vécu toute ma vie avec ça. Et son plan était... très futé. J'en conviens.

Elle soupira.

— Vous n'allez pas me croire, mais j'avais décidé de vous faire confiance avant leur enquête. Grâce à notre mise au point. Dans le carrick.

— Je vous crois.

Elle parut médusée.

— Me pardonnerez-vous ?

— Je vous pardonne. À une condition.

— Une condition ? répéta-t-elle avec appréhension.

— Que vous m'épousiez le plus tôt possible.

Ses yeux s'écarquillèrent.

— Vous voulez toujours m'épouser ? Après ce mauvais tour ?

— Oui. Toujours.

— Alors je vous épouserai, lord Randall, dit-elle timidement. Je sais que vous tenez à moi, et cela suffira parce que je vous aime et j'ai confiance en vous et...

— Que je tiens à vous ? C'est peu dire, adorable sotte. Je vous aime éperdument, passionnément, avec toutes les fibres de mon corps et toutes les gouttes de sang de mon cœur. Je vous adore. Je...

Il renonça à continuer, les mots étant trop faibles. À la place, il le lui montra.

Prenant son visage entre ses mains, il recouvrit sa bouche d'un baiser. Elle l'embrassa en retour, avec toute la fougue et la douceur dont il avait envie. Les bras noués autour de lui, elle l'attira contre elle comme si elle en voulait plus.

Tout comme il en voulait plus.

Après un moment, il se força à desserrer son étreinte. Son corps palpitait de désir, et il devait lutter pour recouvrer son sang-froid. Pourquoi fallait-il que cette scène se déroule au beau milieu d'un jardin partagé, où n'importe qui pouvait surgir ? Il n'avait pas son pareil pour choisir son moment. Pas brillant, pour un débauché.

Un coup d'œil à la femme dans ses bras, et toute irritation s'évapora. Seigneur, elle était adorable...

Lovée dans le creux de son corps, pelotonnée contre son cœur, elle leva vers lui des yeux étincelants d'amour et d'excitation.

— Vous m'aimez, susurra-t-elle.

Ce n'était pas une question.

— Je vous ai aimée au premier regard. Depuis le bal des Arden, à vrai dire.

Elle se redressa.

— Le bal des Arden ? Quand cet affreux lord Pomphret a révélé que ma sœur Izzy était une bâtarde ?

Il la reprit dans ses bras, là où était sa place, blottie contre son cœur.

— Oui. Vous avez traversé cette piste de danse comme une jeune Boadicée, la tête haute, et défié quiconque contesterait la légitimité de votre sœur. Vous étiez si belle, si brave, que j'ai fait le vœu dans l'instant que vous seriez l'unique femme pour moi, et que je ferais tout pour vous convaincre de devenir mon épouse.

Avec un long soupir attendri, elle plaqua la joue sur sa poitrine.

— Je vous ai aimé aussi presque depuis le début.

— Vraiment ? Pourtant, vous avez clairement déclaré que vous ne vouliez pas de moi dans votre vie.

Elle posa sur lui un regard triste.

— Je sais. Je suis désolée. Je me suis efforcée de ne pas tomber amoureuse de vous, mais c'était plus fort que moi. Je redoutais tant d'épouser un débauché, voyez-vous, à cause de...

Elle esquiva son regard.

— Votre père ?

Il comprenait, à présent. Elle hocha la tête.

— Il a brisé le cœur de ma mère, encore et toujours, avec ses infidélités. Et le cœur de la mère d'Izzy... et celui de la mère de Zoé.

Après un bref silence, il chuchota :

— Je vous chérirai et je protégerai votre cœur aussi longtemps que je vivrai.

C'était un serment solennel.

Elle se jeta à son cou et l'embrassa.

Quelque chose n'allait pas.

Les préparatifs du mariage s'emballaient à la vitesse d'une calèche en fuite. Ce qu'ils avaient planifié comme une petite cérémonie intime, avec la famille et quelques amis, devenait un événement mondain.

Race savait pourquoi. Il avait eu vent des ragots.

Apparemment, l'insaisissable Randall le Débauché s'était vu mettre la corde au cou par une fille quelconque mais fortunée. La société était en émoi, à tel point que même lui avait connaissance des chuchotements et des spéculations.

Comme avait-elle réussi ? se demandait-on.

Il était impossible qu'il veuille d'elle !

S'enfuirait-il à la dernière minute ?

Et, bien sûr, tout le monde voulait assister au mariage pour voir cela de près.

Dix jours plus tôt, quand ils étaient sortis du jardin pour confirmer leurs fiançailles, Clarissa était heureuse, radieuse, tout excitée. À présent, les dernières fois qu'il l'avait vue, elle était blafarde et préoccupée. Oh, elle faisait des efforts pour paraître insouciante, plaquant un grand sourire de temps en temps sur son visage, mais elle jouait mal la comédie, et il voyait bien que quelque chose la rongeait.

Les cancans, sans doute.

Pourtant, plusieurs fois, elle lui avait assuré qu'elle se moquait du qu'en-dira-t-on. Alors quel était le problème ?

Race l'emmena dehors, vers son endroit préféré du jardin : la tonnelle de roses.

— Qu'est-ce qui ne va pas, ma chérie ? Vous semblez soucieuse.

La question parut la troubler.

— Oh, c'est vrai ? Pardon. Je... Ce n'est rien. Une idiotie.

— Une idiotie ? Dites-moi ce qui vous tracasse.

Elle regarda alentour, comme si elle cherchait l'inspiration. Ne trouvant rien, elle se tassa un peu.

— C'est une broutille. Je... Tout le monde raconte que notre couple n'est pas... équilibré.

— « Pas équilibré » ? C'est-à-dire ?

— Vous êtes charmant, affable, attirant, sophistiqué, et je ne suis qu'une fille de la campagne, timide et dodue, quelconque et...

— Assez ! Vous êtes magnifique, et certainement pas quelconque. Et si les autres ne le voient pas, eh bien, je me fais une joie de garder votre beauté secrète, connue par le petit cercle de personnes qui vous aiment.

Il l'embrassa. Un jour, elle prendrait conscience qu'elle était vraiment belle, comme elle l'était à ses yeux.

Il s'obligea à rompre le baiser. Il brûlait d'envie de lui faire l'amour, mais ce n'était ni le moment ni l'endroit.

— Est-ce vraiment ces ragots qui vous rendent soucieuse ?

Elle soupira.

— Pas seulement.

— Quoi d'autre ?

Il laissa passer un instant avant d'ajouter :

— Bien sûr, si c'est personnel, je n'insisterai pas, mais si c'est à ma portée je pourrais vous aider…

Elle rougit.

— C'est juste… la nuit de noces.

Le soulagement l'envahit. Des appréhensions de vierge. Il aurait pu s'y attendre, sachant qu'elle n'avait plus sa mère pour la conseiller. Race la serra contre lui et l'embrassa sur la tempe.

— N'ayez crainte, ma chérie. Vous apprécierez, vous verrez.

— Oh, je sais. Izzy m'a expliqué certaines choses. Ainsi que Mme Price-Jones. Et j'ai hâte, je vous assure. J'ai envie de vous, mais…

— Quoi ?

— Je crains de vous décevoir.

Il l'embrassa de nouveau.

— Vous ne me décevrez pas.

Visiblement, elle ne le croyait qu'à moitié. Une seule chose lui prouverait qu'elle était véritablement aussi belle et désirable qu'il le pensait.

Une énorme pression pesait sur les épaules des jeunes mariés le jour de leurs noces. Tout le monde les observait, tout le monde savait ce qui les attendait, tout le monde excepté la mariée vierge, laissée dans l'ignorance jusqu'aux révélations de la première nuit. C'était barbare.

Elle soupira, alanguie contre lui.

— J'aimerais juste que ce soit passé, que nous puissions vivre notre vie.

— Cela reste faisable, si tel est votre souhait.

Elle ne cacha pas sa stupéfaction.

— Comment ? Faire l'impasse sur le mariage ? Mais c'est impossible ! Tous les préparatifs...

— Pas le mariage, la nuit de noces. Anticipons tous les deux, sans que personne le sache.

Ses yeux s'écarquillèrent. Une rougeur naquit sur ses joues tandis qu'elle assimilait cette suggestion.

— Cela vous rassurerait, ajouta-t-il. Et cela vous libérerait l'esprit, vous pourriez profiter du jour du mariage sans vous préoccuper de la nuit à venir.

— Le pouvons-nous ? souffla-t-elle. Mais où ? Comment ?

— Laissez-moi faire.

— Pas le pavillon d'été.

— Non, un endroit où nous ne serons pas dérangés. Laissez-moi tout arranger.

— Quand ?

Elle était nerveuse, constata-t-il. Plus tôt ils passeraient à l'acte, mieux cela vaudrait. De plus, il lui tardait de l'aimer comme elle le méritait.

— Ce soir.

Elle tressaillit.

— Ce soir ?

— Pourquoi attendre ? Vous n'avez pas d'engagement qui ne puisse être annulé, dites-moi ?

— Non, chuchota-t-elle.

Il se leva.

— Bien. Retrouvons-nous ici à 20 heures.

Après un dernier baiser, il disparut. Cet événement capital nécessitait qu'il prenne ses dispositions. Il était impératif que tout soit parfait.

Clarissa se faufila hors de la maison peu avant 20 heures. Elle s'était enveloppée dans une cape de velours gris foncé, la capuche remontée pour passer inaperçue. En proie à un mélange de nervosité, d'excitation et d'anticipation, elle avait à peine touché son dîner. Puis elle était montée dans sa chambre, prétextant un début de mal de tête, qu'une nuit de sommeil chasserait.

Après cela, elle avait attendu que la voie soit libre pour descendre l'escalier sans faire de bruit. Comme elle détestait mentir, même pour des bagatelles ! Néanmoins, il le fallait.

Elle patienta sous la tonnelle de roses. Un étrange point de rendez-vous, mais sans doute était-ce préférable qu'attendre dans la rue qu'il passe la prendre – et il était impensable qu'il vienne la chercher chez lady Scattergood. Mais où prévoyait-il de l'emmener ?

Le soleil était bas dans le ciel. Quelques abeilles bourdonnaient, butinant les roses chargées de pollen avant de regagner leur ruche. Où vivaient les abeilles dans une ville ? À la campagne, elles avaient des ruches que les fermiers fabriquaient pour elles, et elle avait quelquefois aperçu des nids au sein d'un tronc creux, ou un essaim suspendu à un arbre. Mais il n'y en avait pas à Londres. Et les arbres au tronc creux étaient vite abattus...

Oh, où était-il ?

— Prête ?

Sa voix grave la fit sursauter. Il portait un pantalon en daim, de hautes bottes cirées, un manteau gris foncé et un gilet chamois. Ce n'était pas une tenue de soirée.

Bien sûr que non, puisqu'ils allaient... au lit.

— Oui.

Elle se leva d'un bond. Ses bras la saisirent et, sitôt qu'il l'embrassa, elle se sentit rassurée.

— Où allons-nous ?

— Pas loin.

Il enroula un bras autour d'elle et l'entraîna de l'autre côté du jardin.

— Nous ne sortons pas par la maison d'Izzy et Léo, si je comprends bien ?

— Non.

C'était un vrai soulagement. Elle aimait sa sœur, mais cet interlude était privé.

— Vous faites des mystères.

Il sourit.

— Me faites-vous confiance ?

— Bien sûr.

— Alors continuez à me faire confiance. C'est une surprise.

Il l'emmena vers un portail à l'arrière d'une des maisons donnant sur le jardin. Elle s'arrêta.

— C'est la maison qui a été vendue il y a quelque temps, et que le nouveau propriétaire a entrepris de rénover.

— Tout à fait, dit-il en ouvrant le portail avec une clé qu'il avait sortie de sa poche.

Elle ne bougea pas.

— Connaissez-vous le propriétaire ?

Il inclina la tête sur le côté sans répondre.

— Vous avez le droit d'entrer ?

— N'avez-vous pas dit que vous me faisiez confiance ?

Malgré ses réserves, elle le suivit à l'intérieur. Le soleil du crépuscule qui filtrait par les fenêtres jetait sa lueur nacrée sur les travaux en cours. Il émanait de la maison une vague odeur de peinture, de plâtre et de sciure. Les outils des artisans étaient abandonnés dans un coin : une échelle, un seau, et des rouleaux de papier peint.

Gênée de faire intrusion – même en supposant qu'il ait la permission –, elle avança vers la porte d'entrée qui donnait sur la rue.

— Pas par là, là-haut, dit-il en montrant l'escalier, récemment ciré.

Elle hésita. Ils allaient faire l'amour ici, dans la maison d'un inconnu à moitié rénovée ? Elle s'était imaginé un lieu agréable, comme une suite dans un hôtel.

— Je pensais...

— Ayez confiance.

Avec un soupir, elle monta les premières marches.

— Très bien.

Mais s'il s'attendait à ce qu'elle fasse l'amour à même le sol, parmi les outils, ou même sur une toile de protection, il se berçait d'illusions.

Toutefois, il n'était pas capable d'une chose pareille. Il fallait qu'elle lui fasse confiance.

Sur le palier à l'étage, il s'arrêta devant une porte close.

— Fermez les yeux, et ne les rouvrez qu'à mon signal, dit-il.

Les yeux fermés, elle se laissa guider dans la pièce.

— Ouvrez-les.

— Ooooh...

Émerveillée, elle regarda autour d'elle. Les rougeoiements du soleil couchant brunissaient les feuilles des arbres au-dehors, la lumière révélant une chambre entièrement meublée. Un papier peint au motif chinois bleu clair et doré recouvrait les murs. Sur le parquet lustré se déployait un large tapis moelleux, bleu et beige. Une armoire, une coiffeuse et une table de toilette munie d'un broc d'eau et d'un lavabo étaient disposées contre les murs. Au centre de la pièce, le grand lit en bois sculpté était agrémenté d'oreillers rembourrés, ainsi que d'un édredon en satin. Le couvre-lit rabattu en signe d'invitation laissait entrevoir des draps blanc neige. Le contraste avec le capharnaüm du rez-de-chaussée était saisissant.

— À qui appartient cette maison ?

Il sourit.

— À nous.

— Nous ? répéta-t-elle en lançant des coups d'œil dans la chambre. Vraiment ?

Il opina de la tête.

— Mais comment ? Quand ? Et pourquoi ne l'avez-vous pas dit plus tôt ?

— Pour vous faire la surprise.

— La surprise est mille fois réussie.

Songeuse, elle fronça les sourcils.

— Vous avez dû acquérir cette maison... je ne sais pas, il y a des semaines ? Des mois ?

Elle n'aurait su préciser la date, mais l'écho des travaux résonnait dans le jardin depuis un bon moment.

Son sourire s'accentua.

— Je l'ai achetée trois jours après le bal des Arden.

Il la laissa assimiler cette nouvelle.

— Je vous ai dit que j'avais jeté mon dévolu sur vous à ce moment-là. J'espère que les travaux seront terminés avant notre retour de voyage de noces.

Elle y croyait à peine.

— Vous avez acheté cette maison ? Pour moi ? Trois jours après le bal des Arden ?

Il confirma d'un hochement de tête.

— J'ai pensé que vous aimeriez avoir votre sœur de l'autre côté du jardin. Et lady Scattergood aussi. Lady Tarrant et les fillettes. Et bien sûr, vous garderez votre jardin bien-aimé. Pour les périodes où nous serons à Londres, évidemment. Le reste du temps, nous résiderons dans mon domaine à la campagne.

Elle promena un regard émerveillé sur la chambre. Tout ce temps écoulé…

— Je l'adore, naturellement. Elle est parfaite. Mais… si j'avais refusé ?

Il haussa les épaules.

— L'espoir fait vivre.

Abasourdie, elle s'assit sur une chaise tapissée de satin jaune paille.

— Et cette chambre ? demanda-t-elle avec un geste ample.

— Ah, ça, j'ai dû l'aménager aujourd'hui. Un peu à la va-vite, et une légère odeur de peinture flotte dans l'air, même si j'ai laissé les fenêtres ouvertes toute la journée pour aérer.

Elle secoua la tête.

— Oh, ça sent plutôt le neuf et le propre. Mais je n'en reviens pas que vous ayez préparé tout cela dans la journée. Jusqu'au linge de lit. Tout est magnifique.

— Le linge de lit était l'élément crucial. Pour le reste, nécessité fait loi…

— Quand le diable mène la danse, termina-t-elle d'un ton faussement sévère. Me traitez-vous de diable, Race Randall ?

Il eut un petit rire.

— Non, ma douce, c'est le diable en moi qui m'a incité à préparer cette chambre pour l'événement le plus important de ma vie.

La raison initiale de sa présence lui revint soudain.

— Oh… ça.

— Oui, mon amour. Ça.

Il s'approcha d'un air de prédateur. Soudain saisie d'anxiété, elle s'échappa devant la fenêtre. La splendeur du couchant filtrait entre les feuilles des arbres. Elle apercevait à peine le jardin en dessous. Même sans rideaux, la chambre était protégée des regards.

— Vous n'aurez pas besoin de cela.

Elle sentit sa cape glisser sur ses épaules. Un court instant, elle fut tentée de s'accrocher au vêtement. Mais c'était ridicule. Elle avait envie de cela, envie de cet homme. Elle avait confiance en lui. Elle l'aimait.

Se retournant, elle fut entourée de ses bras.

— Des doutes ? murmura-t-il.

Incapable de parler, elle secoua la tête. Nerveuse, oui. Des doutes ? Seulement quant à sa capacité à le satisfaire. Elle l'aimait, entièrement.

Il l'embrassa avec douceur en l'attirant vers le lit. Après avoir étalé sa cape sur le fauteuil, il défit son manteau.

Clarissa s'assit au bord du lit. Qu'était-elle censée faire, à présent ? Se dévêtir aussi, supposait-elle, mais elle n'y avait pas réfléchi au préalable. Sa robe était agrafée dans le dos : elle avait besoin d'une servante pour la détacher. Elle aurait dû mettre une autre robe, mais elle n'avait songé à rien d'autre qu'à être jolie pour lui. Pourquoi n'y avait-elle pas pensé ? Chaque fois qu'elle imaginait sa nuit de noces, elle se voyait prête, sous les draps, dans la belle nuisette en soie brodée que Mlle Chance lui avait offerte. La couturière en offrait une à chacune de ses fidèles clientes qui se mariaient.

Clarissa tritura nerveusement le tissu de sa robe. Quel moment embarrassant... D'un instant à l'autre, il se retournerait en s'attendant à ce qu'elle ait retiré sa robe.

Il ôta ses bottes, ses chaussettes.

Elle se pencha pour enlever une chaussure, mais un lacet s'était coincé. Elle tira dessus, sans succès.

— Permettez-moi.

En pantalon et chemise, il s'agenouilla à ses pieds. Sans même essayer de démêler le lacet, il fit glisser sa chaussure de son pied, puis l'autre. Assise là comme une poupée, elle se sentait idiote, les yeux fixés sur ses épais cheveux noirs, avec l'envie d'y plonger les doigts mais incapable de bouger.

Il aligna ses chaussures sur le côté, puis saisit les liens de ses bas. Le contact de ses mains froides sur sa peau la fit sursauter.

— Désolée, murmura-t-elle. J'ai besoin d'une servante pour dégrafer ma robe. Je n'ai pas réfléchi...

Souriant, il se leva.

— Je suis à votre service ce soir, dit-il en l'invitant à se redresser. À présent, ma jolie...

Elle grimaça. Ses mains se posèrent sur ses épaules.

— C'est quoi, cette grimace ?

— Je vous l'ai déjà dit : je n'aime pas les compliments forcés. Je sais que vos intentions sont louables mais vraiment, je n'en ai pas besoin. Je sais que je ne suis pas jolie.

— Des compliments forcés ? Vous pensez qu'aujourd'hui, plus que tout autre jour, j'userais de fausses flatteries ?

Elle se contenta de le regarder.

— Venez.

Il l'entraîna vers la psyché. Après un coup d'œil à son reflet, elle évita le miroir. Elle détestait se regarder.

— Quasiment toutes les femmes que j'ai connues, lui dit-il avec douceur, sont critiques envers leur physique. Même celles que les gens trouvent infiniment belles ne voient que leurs défauts dans un miroir. En revanche, si vous pouviez vous voir à travers les yeux d'un homme, plus spécifiquement les miens...

Elle ne pouvait prononcer un mot alors qu'il se tenait derrière elle, face au miroir, le regard intense.

— Votre visage est adorable, il irradie l'honnêteté, la gentillesse et la force. Et chaque fois que je vous vois, j'ai envie de faire ça.

Il passa le dos de ses doigts le long de sa joue.

— De la soie chaude, si douce... avec une pointe de rose, de la couleur d'un pétale de rose.

Comme une rougeur s'épanouissait sur ses joues, elle déglutit.

— Vos yeux sont aussi purs qu'un ruisseau de montagne, tellement expressifs et charmants que par moments je serais heureux de m'y noyer. Et quand vous souriez, l'éclat qui rayonne de vos yeux est enchanteur... Ce qui m'amène à votre bouche pulpeuse.

Son pouce longeant ses lèvres, un frémissement sensuel la parcourut.

— Infiniment délectable.

Il la fit pivoter, se pencha et l'embrassa, juste un frôlement des lèvres sur les siennes. Cela la laissa avide, assoiffée de lui. Elle se hissa sur la pointe des pieds et lui rendit son baiser.

Un fredonnement rauque dans la gorge, il suçota sa lèvre inférieure. Les jambes de la jeune femme tremblaient, soudain affaiblies. Ses doigts s'agrippèrent à ses épaules.

Lentement, les mains de Race frôlèrent ses hanches, caressèrent sa taille, et enveloppèrent ses seins d'un geste léger. Ceux-ci semblèrent gonfler sous la caresse. Ses mamelons, sous les épaisseurs de tissu, devenaient de petites pointes dures, douloureuses. Lorsqu'il les frotta avec son pouce, elle ravala un cri de surprise. Une chaleur liquide se diffusait dans son ventre.

Alors que ses mains exploraient son dos, elle sentit ses longs doigts chauds sur les attaches de sa robe. Elle frissonna. Il la déshabillait.

— Vous ne pouvez pas voir cette partie de vous, si blanche et veloutée, mais je mourais d'envie de faire ceci toutes les fois où je vous ai vue. Et maintenant...

La retournant face à la psyché, il posa les lèvres sur sa nuque. Sa bouche brûlante était humide sur sa peau. Des frémissements de plaisir la traversèrent. Arquée contre lui, elle absorba la chaleur de son corps.

Ses doigts enlevèrent les épingles dans ses cheveux avec adresse. Puis il la déplaça sous les derniers rayons du soleil.

— Vos cheveux sont un nuage de cannelle. Un millier de couleurs dans le couchant.

Par la fenêtre, elle regarda le soleil embrasé qui perçait les nuages bas. Un souffle d'air fit frémir les feuilles des arbres devant la fenêtre, les faisant danser.

— Et le parfum...

Il enfouit le visage dans ses cheveux.

— Vous gardez sur vous le délicieux parfum des roses.

— Je fabrique une eau à base de pétales de roses, bredouilla-t-elle.

Clarissa était à peine capable d'assembler une phrase. Ses caresses, ajoutées au discours amoureux qu'il murmurait, la rendaient vulnérable et ivre de désir.

Elle sentit sa robe s'abaisser sur ses épaules, puis sur ses hanches.

— Même vos épaules sont adorables, si lisses, rondes et laiteuses, susurra-t-il en les embrassant.

Des frissons brûlants affluaient là où sa bouche la touchait.

Elle le contemplait dans le miroir, fascinée par l'intensité de son expression, sa concentration presque féroce fixée sur elle.

Ses grandes mains glissèrent le long de son corps. Quand sa robe tomba sur le sol, elle en eut à peine conscience. Sans réfléchir, elle l'enjamba. Se baissant, il la lança sur le dossier de la chaise, sur son manteau, puis ses bras l'enlacèrent de nouveau.

À présent en nuisette de lin, intensément consciente de sa nudité en dessous, elle pivota dans ses bras, noua les mains autour de son cou et se dressa sur ses orteils pour l'embrasser.

17

Il l'attira contre lui, pressée contre son corps puissant et torride. Cuisse contre cuisse, poitrine contre poitrine. Une vive excitation enveloppait Clarissa tandis que sa bouche recouvrait la sienne, tendre mais passionnée. Et possessive.

Il avait un goût de... Impossible à définir. Une pointe de brandy, peut-être, mais plus enivrante que tout : sa saveur virile, exaltante.

Elle se pressa au plus près de lui, ouverte à tout ce qu'il exigerait d'elle. Elle s'était déjà donnée moralement à lui. À présent, le don de soi était physique, glorieusement physique.

Ses doigts suivant sa mâchoire, elle apprécia la légère abrasion de sa peau fraîchement rasée. La fragrance de son eau de toilette se mélangeait à une odeur plus sombre, plus masculine. Elle se remplit les narines de sa senteur. Épicée, unique. Grisante.

Sans cesser de l'embrasser, il la souleva aisément, ce dont elle s'émerveilla. Il la porta sur le lit mais, après un autre baiser, il s'écarta. Elle se sentit instantanément démunie. Il abaissa son pantalon, son caleçon et les jeta sur le côté. Tout ce qu'il portait à présent était une chemise en lin blanc, descendant à mi-cuisse.

Elle voulait le voir dans tout son mystère masculin.

Ses yeux assombris par le désir la contemplaient.

Elle ne pouvait se résoudre à lui demander d'ôter sa chemise. Engourdie par un mélange de timidité et de désir, elle exécuta la seule idée qui lui vint : elle retira sa nuisette et la lança, restant nue et nerveuse face à lui.

Sous son regard qui s'attardait sur elle, elle leva les mains d'un geste pudique. Mais il les saisit.

— Ma chérie, ne me cachez pas cette splendeur.

« Splendeur » ?

Il baisa ses mains, l'une après l'autre, et quand il les lâcha, elles retombèrent. S'écartant un peu, il se débarrassa de sa chemise, qui flotta au-dessus du parquet. Elle retomba sur la nuisette, mais Clarissa n'y fit pas attention.

Elle n'avait jamais vu un homme dénudé avant lui, seulement des statues. Et il était tellement...

— Vous êtes beau, murmura-t-elle, la main tendue pour le toucher.

Pas la partie la plus intime, bien sûr, pas tout de suite. Mais son torse ferme, ses épaules larges et ses bras puissants.

— Les hommes ne sont pas beaux.

— À travers mes yeux, vous l'êtes, dit-elle avec un air sensuel.

Il eut un petit rire.

Ses yeux dévoraient cette partie mystérieuse de lui, si dure, tendue, fascinante. Mais avant qu'elle ait pu se repaître du spectacle, il l'allongea sur le dos et la rejoignit sur le lit. Là, il embrassa sa bouche, ses paupières, sa poitrine, son ventre.

Ses grandes mains chaudes survolaient, pétrissaient et caressaient sa peau. Clarissa se sentait désirée, pour la première fois de sa vie. Il la vénérait avec ses mains, sa bouche et son corps. Elle essaya de le caresser comme il la caressait, mais elle était affaiblie. Elle avait perdu toute aptitude à penser. Elle ne pouvait que ressentir.

Les mains de Race glissèrent sur son ventre, effleurant le triangle à sa base et caressant ses cuisses. Ses jambes s'ouvrirent d'elles-mêmes, tremblantes.

Sa main se faufilant entre ses cuisses, il toucha les replis secrets. Au début, elle se raidit. Puis il entreprit de la caresser avec son doigt qui coulissait en elle. La sensation, certes étrange, n'était pas déplaisante.

Parcourue par de doux frissons, elle bougea au rythme de sa main, avide d'aller plus loin, sans savoir où. Jusqu'à ce que l'envie devienne étourdissante. Elle était devenue une masse de désir torride.

Elle se tortilla, son corps entier réagissant automatiquement à son contact. Impuissante sous l'emprise d'une force qu'elle n'avait jamais connue, elle sentit l'envie se muer en urgence.

La tension s'accrut en elle jusqu'à ce qu'elle se sente au bord de… quelque chose.

Alors la bouche enfiévrée de son amant se referma sur un sein. Quand il le suça avec vigueur, elle se souleva presque du lit, transpercée par des lances d'extase.

Elle entendit un petit cri aigu tandis que, arquée, elle s'envolait vers un royaume inconnu. Qu'elle n'aurait même pas osé imaginer.

Puis elle s'effondra contre lui. Mais avant qu'elle ait pu reprendre ses esprits, il s'enfonça en elle. Lorsqu'elle se contracta, il s'immobilisa.

— Tout va bien se passer. Faites-moi confiance.

À la première poussée, elle perçut une petite pointe de douleur, bien moindre que ce qu'elle avait cru.

Ainsi, une page se tournait. Elle n'était plus vierge.

Immobile sous lui, elle se sentait étirée, remplie. Abasourdie par l'émerveillement. Tout était si étrange, un peu inconfortable, et pourtant c'était exactement la chose à faire.

Elle explora son corps avec ses paumes, le long de ses côtes, ses épaules, se délectant de la sensation de ce corps musclé. Il était ferme, embrasé, et curieusement crispé. Tendu comme un arc, comme s'il se retenait. De quoi ?

Frémissant sous ses caresses, il glissa les mains entre ses cuisses. Ses doigts la caressèrent. Aussitôt, son corps réagit, avide. Il commença à bouger en elle, berçant, poussant, l'emplissant à un rythme primitif. Ayant perdu tout contrôle, elle s'accrochait à lui, emportée par sa cadence alors qu'ils s'élevaient ensemble... de plus en plus haut...

Elle s'entendit hurler tandis qu'elle explosait autour de lui. Il grogna – un son lointain. Et sur une ultime poussée, il se libéra en elle.

Quand Race émergea de son état de torpeur, la nuit était tombée. La lune, dans son dernier quartier, diffusait une faible lueur argentée sur les cimes des arbres, laissant entrer juste assez de lumière pour qu'il voie le visage endormi de Clarissa. Son torse se gonfla de bonheur tandis qu'il contemplait sa frimousse et écartait délicatement une mèche de cheveux.

Ses yeux s'ouvrirent en papillotant.

— Comment vous sentez-vous ? murmura-t-il.

Elle sourit et s'étira sans retenue.

— Merveilleusement bien.

Ce fut plus fort que lui : il se pencha et l'embrassa. Réagissant immédiatement, elle répondit avec enthousiasme, l'enlaça et se blottit contre lui.

— Et si nous recommencions ? suggéra-t-elle.

Il eut un petit rire grave.

— Pas ce soir. Je pense qu'il faut vous laisser récupérer.

Elle fit la moue.

— Mais je me sens très bien !

Il l'embrassa de nouveau, soulagé qu'elle ait apprécié cette première expérience. Il était on ne peut plus prêt à lui faire l'amour mais, non sans mal, il s'abstint. Ce soir, elle avait perdu sa virginité.

— D'ici à notre nuit de noces, vous pourrez faire l'amour plusieurs fois par nuit. Dans l'immédiat, un peu de retenue s'impose.

— Oh, très bien, dit-elle, visiblement désappointée. Nous devons partir tout de suite ?

— Non, il est encore tôt.

Lorsqu'il l'attira contre lui, elle se pelotonna dans ses bras, les jambes enchevêtrées aux siennes, la joue sur son torse. Ils restèrent ainsi sous le léger halo de la lune qui s'élevait doucement, bavardant de choses et d'autres. Il lui parla du jardin que sa mère avait planté sur son domaine, hélas négligé.

Elle lui révéla le projet de sa nouvelle petite sœur de partir en France pour apprendre à devenir une dame. Et une artiste. Et confia sa tristesse à l'idée de la perdre, même si elle s'était résignée par respect pour la volonté de Zoé.

Ils discutèrent de la maison. Elle se souciait peu de la décoration intérieure, le jardin l'intéressant davantage. Oh, mais elle aimerait disposer d'une pièce pour confectionner ses crèmes et ses lotions. Toutefois, elle appréciait tous les choix qu'il avait faits pour la chambre. Il lui confia qu'il avait consulté Matteo, le majordome napolitain de Léo qui avait supervisé la rénovation de la maison de son ami.

Tout en parlant, elle le caressait, un peu comme un chat. Cela mettait sa retenue à rude épreuve, car elle était encore innocente en matière d'érotisme. Dire que cette femme remarquable s'apprêtait à devenir son épouse.

Ils discutèrent du mariage. Elle admit qu'elle aurait préféré une petite cérémonie, mais ses sœurs ainsi que lady Scattergood et Mme Price-Jones s'occupaient de tout, sans révéler ce qu'elles planifiaient. Aux yeux de son chaperon, un mariage modeste suggérerait qu'il était insignifiant, et après le scandale il était nécessaire de faire sensation.

— Je serais heureux d'intervenir, proposa Race. C'est votre journée, après tout.

Elle sourit et frotta sa joue contre lui.

— Merci. Je suis tentée, mais je ne peux vraiment pas. Elles se donnent tant de mal. Je n'aurai qu'à me laisser faire. C'est l'affaire d'une journée, après tout.

La lueur dans ses yeux lui serra le cœur.

— Maintenant que je sais ce qui m'attend, ou nous attend, à la fin de la journée, j'ai de quoi me réjouir, ajouta-t-elle.

Il l'embrassa, ému par son âme généreuse. Il savait qu'elle n'était pas à l'aise en société, sous le regard des autres. Mais il avait bon espoir que cela s'arrange à mesure qu'elle prendrait confiance en sa beauté unique.

— Vous m'avez donné du fil à retordre, vous savez, admit Race.

— C'est entièrement votre faute. Je pensais que vous étiez un débauché sans scrupules. Tout le monde le dit.

— Mais je vous ai assuré que c'était inexact.

Elle leva les yeux au ciel.

— Car, bien sûr, les hommes ne mentent jamais aux femmes pour parvenir à leurs fins.

Il s'esclaffa.

— Soit. Mais sachez que je ne vous ai jamais menti. Et je ne vous mentirai jamais.

— Maintenant, je le sais, chuchota-t-elle.

— Oui, après que votre sœur a déclenché des spéculations parmi la haute société sur l'état de mon postérieur.

— Je suis navrée pour ça. Mais j'ignorais qu'elle mettrait son plan à exécution.

Elle tapota ladite partie de son anatomie, ce qui le fit tressaillir.

— Qu'y a-t-il ? demanda-t-elle.

— Rien. C'est juste un peu, euh… sensible.

— Pourquoi ? Vous êtes-vous blessé ?

— Pas exactement.

Soulevant le drap, il se retourna pour lui montrer le fameux fessier.

— Oh, Race ! Est-ce douloureux ?

— Seulement quand vous m'avez touché. Ce sera cicatrisé dans quelques jours.

— Oh, Race…

Les larmes aux yeux, elle le serra dans ses bras. Sur le haut de son séant, un cœur avait été tatoué autour d'un nom : *CLARISSA*.

Quand la lune fut à son point le plus lumineux, il estima que le moment était venu de se séparer.

— Il se fait tard. Il sera bientôt minuit, je pense, dit-il de mauvais gré.

Elle soupira, lui donna un dernier baiser et s'extirpa du lit. Ils s'habillèrent en silence. En enfilant sa robe, elle poussa un petit cri.

— Qu'y a-t-il ?

— J'ai dit à ma femme de chambre de ne pas m'attendre.

Il finit par comprendre.

— Les agrafes de la robe ?

Elle opina.

— Je ne réussirai jamais à les détacher seule.

— Alors ne les fermez pas.

D'abord surprise, elle rit.

— Si je ne l'agrafe pas, la robe tombera sur mes chevilles au premier pas.

— Pas si nous attachons les premières agrafes. Avec la cape par-dessus, personne ne le verra. Et il n'y a que quelques pas à faire dans le jardin. Laissez-moi faire, dit-il en se mettant à l'ouvrage.

Puis, incapable de résister, il plaqua un baiser langoureux sur sa nuque veloutée.

Elle frémit sous ses lèvres et, se retournant, l'embrassa encore.

— J'aurais aimé pouvoir rester.

Oh, mais elle malmenait son sang-froid ! Deux agrafes et il la ramènerait dans le lit... Non. Après sa première fois, elle devait être irritée. Il prit sa cape et la déplia sur ses épaules.

— Moi aussi, mais dans dix jours, nous serons mari et femme. Nous pourrons passer autant de temps ensemble que nous le voudrons.

Tandis qu'ils descendaient l'escalier, Race présenta ses projets pour le reste de la maison. Mais à cause de l'obscurité, il renonça vite.

— Revenons dans la matinée pour l'examiner, offrit-il.

Il la fit sortir par la porte de derrière, puis verrouilla derrière lui. Le portail grinça quand il le referma.

— Il a besoin d'huile.

Malgré le faible éclat de la lune, on y voyait assez. Le jardin était une composition d'argent et d'ombres. Les odeurs végétales de la nuit, sublimées par la rosée, les enveloppaient.

Assurément une nuit romantique.

Main dans la main, ils cheminaient, faisant de fréquentes haltes pour s'embrasser. Race n'était pas rassasié d'elle.

— Clarissa Studley !

Une voix stridente brisa soudain la magie. Race soupira. L'agaçante voisine, sans doute.

Clarissa ne lâcha pas sa main.

— Milly, que faites-vous dehors à cette heure de la nuit ?

Milly émit un cri outré.

— Ce que je fais ? Et vous ? Seule, avec un homme !

— Un homme auquel je suis fiancée, précisa calmement Clarissa.

— Tout de même, c'est inconvenant.

Clarissa l'ignora.

— Bonne nuit, Milly, dit-elle avant de repartir.

— Avez-vous entendu le portail grincer ? lança Milly. Celui de la maison où il y avait ces ouvriers grossiers. Quelqu'un a dû essayer d'entrer par effraction. Ou de pénétrer dans le jardin, ce qui est bien plus grave !

Elle jeta un regard anxieux dans l'allée qu'ils venaient de remonter. Puis elle fixa Race et Clarissa.

— C'était vous, n'est-ce pas ? Vous sortez de là. Vous étiez dans cette maison !

Clarissa haussa les épaules. Une étrange expression marquant son visage, elle se détourna en partie de Milly, voûtée sous sa cape. Race se demanda ce qui lui arrivait.

Milly continua :

— Donc, vous savez qui l'a achetée. Qui est-ce, Clarissa ? Maman veut à tout prix savoir.

— Le nouveau propriétaire, dit Race, est un homme très respectable. Originaire du Nord, je crois. Il a fait fortune dans la fabrication... de saucisses. Des saucisses de porc.

Un son étouffé s'échappa de sous la capuche de Clarissa.

— Des saucisses ! s'écria Milly, horrifiée. Maman sera ulcérée. Nous ne pouvons décemment pas vivre à côté d'un vulgaire fabricant de saucisses !

— Il fabrique aussi de succulents pieds de porc marinés, à ce qu'on m'a dit. Quoique je ne les aie pas encore goûtés.

D'autres sons assourdis se firent entendre sous la capuche de sa bien-aimée.

— *Des pieds de porc marinés !* s'offusqua Milly. Maman en mourra !

— Je gage qu'il ne se passera rien d'aussi radical, l'apaisa Race. Ses procédés de fabrication sont sains. On pourrait manger sur le sol de son usine. Et je pense que personne n'obligera votre mère à manger ses pieds de porc marinés.

Milly le fixa.

— Maman, manger des pieds de porc marinés ? Vous êtes fou !

Elle courut rapporter l'abominable nouvelle à sa mère.

Clarissa éclata de rire.

— Race Randall, vous êtes un drôle d'énergumène, dit-elle. Des pieds de porc marinés ? Jamais entendu parler.

— Je suis quasiment sûr que cela existe. Mais pourquoi vous teniez-vous voûtée ? Avez-vous mal au dos ?

— Non. Ma robe est mal attachée, elle glisse. Je n'ai rien trouvé de mieux pour la retenir. Je craignais qu'elle ne tombe devant Milly.

Amusé, il rattacha les premières agrafes sous la cape. Et ils reprirent leur flânerie.

— Il ne manquerait plus que la porte de derrière soit verrouillée. Ou que lady Scattergood ait du mal à trouver le sommeil et regarde par la fenêtre de sa chambre. Cela lui arrive parfois, vous savez. Elle a un jour pris Izzy sur le fait, alors qu'elle rentrait en catimini d'un rendez-vous avec Léo dans le pavillon d'été. Elle a sommé Léo de s'expliquer dès le lendemain matin.

— Alors j'espère qu'elle dort à poings fermés, dit Race. Cette vieille dame me terrifie.

Clarissa rit et l'enlaça.

— Je vous protégerai. Sous ses airs caustiques, elle a bon fond. Mais elle est très sévère avec les hommes, j'en conviens.

Race ouvrit le portail en inspectant les fenêtres, toutes plongées dans le noir.

— Vérifiez que la porte est ouverte, dit-il. Ensuite, un dernier baiser.

Plusieurs baisers passionnés plus tard – car c'était tout simplement impossible de se contenter d'un seul –, il dut la laisser partir. Clarissa se faufila à l'intérieur. Race attendit que le verrou se referme pour retourner dans le jardin. Puis il attendit que la lueur de la chandelle à la fenêtre de la chambre lui signale que sa bien-aimée était en sécurité.

Dix jours jusqu'au mariage. Autant dire une éternité.

Épilogue

Église St. George, Hanover Square, Londres

L'orgue jouait en sourdine. Race faisait les cent pas dans l'église. Il sortit sa montre de sa poche et releva le clapet. Où était-elle ?

— Nous avons le temps. Les jeunes mariées sont traditionnellement en retard, observa placidement Oliver, le mari de sa cousine.

Oliver, le témoin de Race, était d'un calme exaspérant. Race aurait volontiers confié ce rôle à Léo mais, étant le tuteur légal de Clarissa, il lui incombait d'accompagner la jeune femme devant l'autel.

— Détendez-vous, dit Oliver. Asseyez-vous sur un banc.

Un banc ? Comment Race, qui avait les nerfs à vif, aurait-il pu s'asseoir tranquillement ? Absurde. Clarissa ne le laisserait pas tomber. Elle s'était promise à lui. Elle s'était même donnée à lui. Jamais elle ne bafouerait sa parole. Il lui confierait sa vie.

Ce qui était vrai et épatant, mais… *où était-elle ?*

Il continua de marcher de long en large.

Percevant un mouvement par les portes grandes ouvertes, il pivota sur lui-même. Mais ce n'était que lady Scattergood, déposée à l'extérieur par sa berline. Tandis qu'elle en descendait, il l'observa avec minutie.

Elle portait un voile épais et un large turban bigarré. Pourquoi un voile ? Il n'en avait pas la moindre idée. Quelle excentrique. Une autre femme voilée la dirigea vers un banc à l'avant de l'église. Une servante, sans doute, qui la guidait comme si elle était aveugle. D'ailleurs, ce devait être l'explication : lady Scattergood n'y voyait plus clair et se fermait au reste du monde. Clarissa serait ravie qu'elle ait fait l'effort de sortir.

Si toutefois elle venait.

Les deux dames voilées furent suivies par le chaperon de Clarissa, multicolore comme à son ordinaire, ou plus précisément vêtu d'une explosion de touches tropicales, avec un large chapeau piqué de fleurs et de plumes. Elle se présenta avec un élégant cavalier grisonnant à chaque bras.

Sa cousine Maggie faisant son entrée, elle adressa un petit bonjour à Race et envoya un baiser à son époux. Elle était suivie par Milly, la jeune fouine qui vivait à Bellaire Gardens, accompagnée par une corpulente version d'elle-même – sa mère. Doux Jésus, combien de fanfreluches et de volants était-il possible de superposer sur une seule robe ?

D'autres invités entrèrent dans l'église. Une foule prodigieuse, à vrai dire. Clarissa avait touché tant de monde avec son amabilité et sa bonté.

Il reconnaissait certains visages, qu'il avait vus au cercle littéraire de lady Davenham, y compris lady Davenham elle-même, accompagnée par ce bon vieux sir Oswald Merridew, qui lui adressa un clin d'œil. Et il y avait la dame dont la petite-fille feulait. Pourvu qu'elle ne chante pas !

Une dame âgée en tenue bleue entra en se tenant au bras de Betty, la femme de chambre de Clarissa. L'ancienne nourrice de celle-ci. Léo avait organisé son voyage à Londres pour le mariage. Clarissa ne se doutait pas qu'elle serait présente : c'était une surprise. La dame lui fit un grand sourire et, en retour, il inclina la tête. Une vieille fille au visage touchant.

Lord et lady Tarrant arrivèrent avec leurs trois fillettes, toutes joliment parées. Le bébé était resté à la maison, naturellement, mais pourquoi la plus petite faisait-elle grise mine ? Ah, elle n'avait pas pu amener son chat à l'église...

Aux côtés du couple Tarrant apparut le jeune homme qui l'avait aidé à démasquer Clayborn, Thornton, accompagné de son élégante épouse.

Plusieurs dames chics se succédèrent, dont lady Snape et lady Windthrop. Elles lui décochèrent leurs regards de femmes rejetées. Quelques messieurs en vogue, adeptes de la vie dissolue, les escortaient, ayant manifestement un coup dans le nez.

Bien qu'aucun d'eux n'ait été invité, tout le monde était admis dans une église. Ils n'étaient certainement pas là pour présenter leurs vœux de bonheur. Certains avaient parié qu'il se défilerait.

Peu importaient ces inepties. Il était là et attendait fièrement sa fiancée.

Son côté de l'église était également rempli, essentiellement de membres de sa famille et de camarades d'école ou de l'université.

Un bel homme, de grande taille, se glissa sur un banc du côté de la mariée. Vibart ! Que diable faisait-il ici ? Le mécréant avait eu le culot de courtiser Clarissa. S'il avait eu une once de décence, il serait retourné se terrer dans le trou d'où il était sorti, le bougre. Au lieu de cela, il avait l'audace d'assister au mariage. Et de se placer du côté de la mariée.

Vibart, surprenant son regard noir, sourit et baissa la tête.

Race tourna le dos à l'assemblée pour consulter sa montre.

— Elle va arriver, murmura Oliver. Ne vous tracassez pas.

Il ne doutait pas qu'elle viendrait. Mais quand ?

L'orgue s'interrompit au beau milieu d'une mélodie. Un accord magistral résonna. Enfin ! Il pivota face à l'entrée de l'église. Elle était là, son amour, sa vie, enveloppée dans une somptueuse création de satin et dentelle. Pour autant, sa robe ne l'intéressait pas. Seule la femme magnifique qui la portait comptait à ses yeux.

Lorsque leurs regards se rencontrèrent, elle lui fit un sourire qui lui coupa le souffle. Si belle.

Sa future épouse.

Race déglutit à grand-peine. Il s'était peu soucié de l'endroit où le mariage serait célébré mais à présent, dans cette atmosphère feutrée, avec le soleil qui projetait des arcs-en-ciel à travers les vitraux, avec le parfum de fleurs, de cire d'abeille et d'encaustique tout autour de lui, et l'être le plus précieux au monde qui marchait vers lui jusqu'à l'autel, il comprit que cette église était le lieu approprié, le seul endroit où une bénédiction pouvait lui être accordée – une bénédiction du nom de Clarissa.

Au bras de Léo, suivie de près par Izzy, Clarissa se força à parcourir lentement la nef. Il était là devant l'autel, grand, élégant… et adoré. Il avait l'air très sérieux mais, oh… l'expression dans ses yeux ! Si elle n'y prenait garde, elle fondrait en larmes. Or elle était déterminée à ne pas pleurer.

Elle jeta des regards aux personnes sur les bancs, surprise de les découvrir aussi nombreuses. À Londres, la bonne société sautait souvent la cérémonie religieuse, préférant le banquet. Là, ils étaient tous réunis, tant d'amis et de connaissances venus les célébrer.

Il n'y avait pas si longtemps que cela, elle avait débarqué avec Izzy à Londres où elles ne connaissaient personne. Et maintenant...

Les yeux embrumés, elle cilla furieusement. Hors de question qu'elle se marie avec des yeux rouges et larmoyants.

Elle fit quelques pas et chancela en avisant, parmi l'océan d'élégants couvre-chefs, un familier chapeau de paille piqué de coquelicots en soie rouge. Ça ne pouvait pas être... Mais si ! C'était Nanny, avec son chapeau préféré. Nanny qui refusait de faire le voyage jusqu'à Londres. Nanny qu'elle n'avait pas vue depuis une éternité.

La vieille dame lui sourit, au bord des larmes, et lui fit un petit geste.

Léo se pencha vers elle.

— Une idée d'Izzy. Elle savait que vous aimeriez avoir votre ancienne nourrice à vos côtés, aujourd'hui.

— Merci, murmura-t-elle en tendant le bras dans son dos pour presser la main d'Izzy.

Ils continuèrent de traverser la nef. Elle ne discernait plus le visage de Race. Il n'était plus qu'une haute silhouette floue.

Arrivée devant l'autel, elle sentit une larme rouler sur sa joue. Elle s'empressa de l'essuyer, confia son bouquet de roses à Izzy et tendit les mains vers son cher futur époux.

— Je suis désolée, chuchota-t-elle. Je ne voulais pas pleurer, mais...

— Vous êtes adorable.

Il embrassa sa main gauche d'un geste éminemment romantique, puis la droite.

Un soupir collectif s'éleva de la foule qui les observait.

Le pasteur s'éclaircissant la voix, tous se tournèrent vers lui.

— Mes bien chers frères, commença-t-il.

Le banquet de noces se tenait dans la maison de Léo. Ce serait l'un de ses derniers devoirs de tuteur. Leur calèche décorée de fleurs s'arrêta devant la porte, et un souriant Matteo apparut sur le seuil pour les accueillir. Clarissa se hâta de se reprendre. Les jeunes mariés s'embrassaient depuis qu'ils avaient quitté l'église.

Race eut un petit rire.

— N'ayez crainte, vous êtes toujours aussi belle.

Il aida Clarissa à descendre. Ensemble, ils entrèrent dans la maison.

Après avoir reçu une profusion de félicitations de la part de Matteo, ils s'apprêtaient à monter dans la salle de réception quand le domestique les arrêta.

— Non. Par ici, milord, milady. *Prego.*

D'un grand geste théâtral, il les dirigea vers l'arrière de la maison.

— Par une si belle journée, nous organisons le repas de noces dans le jardin, non ?

Avec un grand sourire, il les invita à sortir. Clarissa poussa un cri de surprise.

— Dans le jardin ? Quelle fabuleuse idée !

— Une suggestion de Race, admit Léo qui les rejoignit. Il m'a assuré que cela vous ferait plaisir, et comme vous n'êtes pas sans le savoir, Matteo aime les défis.

Clarissa étreignit son mari.

— Oh, c'est parfait, Race ! Vous n'auriez pas pu trouver mieux.

Elle remercia Léo et Matteo, qui s'inclina avec modestie.

Ils sortirent dans le jardin. Les végétaux en pleine floraison annonçaient le début de l'été. L'air parfumé sentait bon l'herbe coupée et une multitude de fleurs.

Ils déambulèrent dans l'allée, tournèrent à l'angle et trouvèrent une marée de tables dressées sur la pelouse, chacune recouverte d'une nappe blanche, de couverts en argent rutilants et de verres en cristal. Sur chaque table, plusieurs minuscules vases en cristal abritaient des boutons de roses ainsi qu'une variété d'autres fleurs.

À leur arrivée, un quatuor à cordes commença à jouer sur une estrade montée non loin de là. Clarissa regardait autour d'elle le lieu devenu magique.

Les invités arrivèrent. Ils échangèrent des bonjours, reçurent des félicitations, et remercièrent chacun pour les cadeaux. Sous la supervision de Matteo, des valets de pied circulaient en proposant des boissons et toutes sortes de mets appétissants.

— Quel magnifique mariage ! Vraiment magnifique.

Se retournant, Clarissa prit sa chère Nanny dans ses bras.

— Je n'en ai pas cru mes yeux quand je vous ai vue dans l'église. Vous ressemblez tant à votre chère maman !

Clarissa eut un pincement au cœur, mais Race apparut et lui prit la main.

— Alors, sa mère devait être une femme adorable.

— Oh, elle l'était, convint Nanny. Je l'ai élevée, vous savez, milord. Puis j'ai élevé Clarissa et Isobel.

— Vous avez fait un travail remarquable, madame Best.

Nanny lui adressa un grand sourire. Clarissa était émue qu'il se souvienne du nom de sa vieille nourrice, laquelle se sentait visiblement flattée par son attention.

Après une brève conversation, Race prit congé.

— Quel homme séduisant et charmant, Clarissa ! déclara Nanny en le regardant bavarder avec les invités. Je dois dire que toutes les deux, les filles, vous vous êtes brillamment mariées. Lord Salcott s'est montré extrêmement gentil avec moi. Il m'a envoyé sa calèche personnelle pour me conduire à Londres.

Doux Jésus, il ne regarde pas à la dépense ! Avec tout le confort fourni en chemin.

Izzy se joignit à elles. Elle prévoyait de faire visiter à Nanny les monuments londoniens avant de la raccompagner, avec Léo, au cottage où elle vivait sur la propriété de celui-ci.

Peu après, Nanny se retira dans la chambre d'amis de la maison d'Izzy. Être ici était pour elle un pur bonheur mais, ainsi qu'elle l'expliqua à Clarissa, elle avait besoin de se reposer.

Matteo avait aménagé un espace de réception pour lady Scattergood dans le pavillon d'été. C'est là qu'elle recevait les invités. Entre-temps, elle avait ôté son voile, mais pas sa mystérieuse suivante.

— Qui est donc la femme voilée avec la vieille dame ? demanda Race à Clarissa quand ils bénéficièrent d'un moment privé.

Clarissa rit et leva les yeux au ciel.

— Vous ne devinez pas ? C'est Zoé, bien sûr ! Lord et lady Thornton ont reporté leur départ pour assister au mariage. Je voulais qu'elle soit demoiselle d'honneur avec Izzy, mais elle n'a rien voulu entendre. Quelle obstinée, cette petite sœur ! Elle a dit qu'elle ne s'était pas cachée du grand monde tout ce temps pour nous faire honte, à Izzy et moi, le jour de mon mariage.

Race eut l'air songeur.

— Elle est très protectrice avec vous deux. Vous savez, je pense que nous devrions faire quelque chose pour elle.

— C'est-à-dire ?

— Elle part en France avec lord et lady Thornton, c'est bien ça ? Nous devrions lui allouer une rente.

— Déjà fait, dit Clarissa. Je vais lui verser une partie de la mienne, tous les trimestres, comme je l'avais fait avec Izzy avant qu'elle se marie.

— Très généreux de votre part, mon amour. Mais je songe à un arrangement permanent, afin qu'elle n'ait pas l'impression de dépendre de vous, ou de lord Thornton. Elle est farouchement indépendante, elle a sa fierté. Je lui dirai que cela fait partie du contrat de mariage : une sorte de rente pour les sœurs célibataires de la mariée.

Clarissa l'étreignit.

— Brillante idée. Je me suis demandé ce qu'il adviendrait de mon héritage une fois que je me marierais. Je présume qu'il vous revient entièrement.

— En effet, mais j'ai pensé que nous pourrions constituer un fidéicommis pour nos enfants. Qu'en pensez-vous ?

— L'idée me plaît… Pouvons-nous y réfléchir ? C'est essentiel que nos enfants ne manquent de rien, mais je ne voudrais pas qu'ils soient convoités pour leur héritage.

Comme elle-même l'avait été.

— Bien vu !

Jetant un regard derrière elle, il se raidit.

— Oh, Seigneur, j'avais oublié un rendez-vous urgent…

Elle se renfrogna.

— Un rendez-vous urgent ? Le jour de notre mariage ?

Elle suivit la direction de son regard et laissa échapper un rire. Deux femmes très résolues, agrémentées de fanfreluches, se dirigeaient vers eux. Mme Harrington et Milly.

— Nous devons les remercier pour cet immonde surtout de table qu'elles nous ont offert.

— Oui, et vous savez que je suis un piètre menteur, admit Race.

— D'où le rendez-vous urgent. Rassurez-vous, je m'occupe d'elles.

— Je savais que vous seriez l'épouse parfaite, dit-il avant de s'éclipser précipitamment.

Le repas de mariage avait été dévoré, les bouteilles vidées, les discours prononcés et le gâteau coupé. L'heure était venue pour les mariés de partir.

— Et si nous nous enfuyions discrètement ? proposa Clarissa à Race. J'appréhende de dire au revoir à tout le monde. Je suis sûre de pleurer, et je suis affreuse quand je pleure. Je deviens toute rouge et bouffie.

— Absolument pas, contesta Race. Vous avez déjà fondu en larmes cinq ou six fois aujourd'hui. Croyez-moi, vous étiez très belle.

Elle lui adressa un sourire désabusé.

— Vous êtes un adorable menteur.

— Belle, réitéra-t-il sur un ton ferme, avec un petit baiser.

Ils firent leurs adieux sans qu'elle pleure. Une foule hétéroclite de réels invités, de voisins curieux et de gamins des rues se rassembla sur le trottoir devant la maison de Léo pour leur dire au revoir, agitant la main sous une pluie de bons vœux.

Race lança une poignée de pièces vers la foule. Les gamins, ainsi que quelques badauds, se précipitèrent pour les ramasser alors que la calèche s'éloignait.

— C'est chose faite, déclara Clarissa en se détendant sur la banquette, exténuée mais ivre de bonheur. Où allons-nous, maintenant ?

— Pas loin.

La calèche bifurqua au premier tournant, puis encore au suivant, et s'arrêta devant la maison récemment rénovée.

— J'ai pensé que vous préféreriez passer notre première nuit de couple marié dans notre nouvelle maison, expliqua-t-il. Et demain, si le cœur vous en dit, nous partirons pour mon domaine. Qu'en pensez-vous ?

Elle soupira.

— C'est parfait. Je pensais que nous irions dans l'un de ces grands hôtels, mais votre idée est bien meilleure. Ces établissements m'intimident.

Il l'aida à mettre pied à terre.

— En ce cas, lady Randall…

— Lord Randall ! Clarissa ! Mais qu'est-ce que vous faites ?

Milly courait à leur rencontre, le visage marqué par l'inquiétude.

— Clarissa Studley, vous n'êtes pas… Dites-moi que vous n'allez pas chez cet ignoble fabricant de pieds de cochon marinés.

Une idée la foudroya.

— Ah, vous ne l'avez pas invité au mariage, j'espère ? Maman en serait morte s'il avait été là, dit-elle avant de préciser pour Race : Maman est la cousine d'un duc, vous savez.

— Mes condoléances, dit Race.

— Condoléances ? Mais…

Impatiente de débuter sa nuit de noces, Clarissa la coupa :

— Milly, cette maison est celle de lord Randall. Il l'a achetée.

Milly en resta coite un instant.

— Lord Randall l'a achetée ?

— Oui, confirma Race. C'est chez moi. À présent, si vous voulez bien…

Milly se rua vers lui et saisit son bras.

— Oh, merci, merci, merci, lord Randall ! Maman sera tellement soulagée. Et ravie. Et reconnaissante. Je suis sûre qu'elle retirera toutes les choses déplaisantes… et injustifiées qu'elle a pu dire sur vous, puisque grâce à vous nous n'aurons pas un vulgaire vendeur de pieds de cochon comme voisin. Elle envisageait de déménager, vous savez.

— Quelles choses déplaisantes ? s'enquit Clarissa.

— Tout le plaisir est pour moi, mademoiselle, dit sèchement Race. À présent, si vous voulez bien...

Il poussa Clarissa dans l'entrée et referma la porte derrière eux.

— Je veux savoir ce qu'elles disent de méchant sur vous, insista Clarissa, fâchée. Comment osent-elles ? Je ne laisserai personne médire sur vous, encore moins Milly et sa mère !

— Elles ne diront plus rien, mon petit dragon, maintenant que je leur ai évité d'avoir pour voisin l'effrayant lord Pieds-de-cochon. Ou est-ce sir Pieds-de-cochon-Marinés ? Il s'est marié à la riche Mlle Marinés, avant d'être fait chevalier pour service rendu aux pieds de cochon. Quoique, ajouta-t-il pensif, la famille de la demoiselle aurait pu s'y opposer.

— Sir Pieds-de-cochon-Marinés ? dit-elle avant de rire aux éclats. Vous êtes un drôle de coquin, Race.

— Je sais. À présent, mon amour, permettez-moi de vous montrer quelques délicieuses coquineries à expérimenter ensemble, puisque nous sommes mariés.

Il la souleva dans ses bras et, ignorant ses protestations – elle était trop lourde, prétendait-elle –, la porta dans leur chambre à l'étage.

— Voilà, dit-il en la déposant délicatement sur le lit.

Il prit un instant – bien que ce ne soit pas nécessaire – pour tirer les rideaux neufs. Ce cher homme était en vérité un peu essoufflé et tâchait de ne pas le montrer.

— Alors, où en étions-nous ?

— Vous alliez me montrer des coquineries à expérimenter ensemble. Délicieuses ou exquises ?

— Les deux, décréta-t-il en s'approchant d'elle.

Cela n'avait rien eu de coquin, songea-t-elle beaucoup plus tard, alanguie sur le lit. C'était une pure félicité.

Il avait commencé par simplement retrousser sa jupe et ses jupons, pour la familiariser avec ce qu'il appelait la « délicieuseté ».

De prime abord, cela l'avait un peu choquée qu'il mette sa bouche sur son intimité. Mais bien vite, elle s'était dissoute dans les ondes de plaisir, décidant, dès qu'elle avait recouvré un minimum d'esprit, qu'elle n'y voyait aucune objection.

Lentement, elle sortit de sa torpeur. Ses paupières s'ouvrant en quelques battements, elle le regarda se déshabiller. Allongée, se prélassant dans les derniers échos des sensations qu'il avait suscitées, elle admira son corps puissant, ses épaules larges, ses longues cuisses fermes... et le petit cœur vermillon au sommet de sa fesse gauche, avec son nom inscrit à l'intérieur en lettres élégantes. Cela la faisait sourire à chaque fois. Et réveillait un élan de joyeuse possessivité.

Il s'aperçut qu'elle le contemplait et, souriant, il entreprit de la dénuder, un vêtement après l'autre, sans cesser un instant de la caresser avec ses lèvres et ses mains. Une fois qu'ils furent tous les deux nus, ils explorèrent les « exquiseries », qui commençaient à peu près comme les « délicieusetés » mais étaient encore plus éblouissantes.

Izzy avait raison : c'était de mieux en mieux.

Ils s'assoupirent un moment. Puis elle le sentit remuer et sortir du lit. Ouvrant les yeux, elle le vit devant la fenêtre, extraordinaire dans sa nudité. Il écarta les rideaux et ouvrit la fenêtre, laissant entrer les derniers rayons du soleil et les odeurs du jardin.

Elle avait tellement de chance. Elle était bénie d'avoir trouvé cet homme merveilleux. Pourquoi avait-elle autant hésité ? Désormais, elle ne se sentait plus quelconque ou sans attrait : il la faisait se sentir belle. Elle ne se sentait même plus dodue : elle se sentait voluptueuse. Il la respectait, l'écoutait. Il l'aimait.

Et elle l'aimait, énormément.

Lorsqu'il se retourna, à la vue de son expression, il se dépêcha de la rejoindre.

— Que vous arrive-t-il, mon amour ? Quelque chose ne va pas ?

Elle secoua la tête. Son cœur était tellement rempli qu'elle ne pouvait prononcer un mot. Elle posa la main sur sa joue.

Le visage de Race s'attendrit.

— Heureuse ?

— Plus qu'heureuse, réussit-elle à chuchoter en lui offrant ses lèvres pour un baiser.

14407

Composition
FACOMPO

Achevé d'imprimer en Italie
par GRAFICA VENETA
le 7 avril 2025

Dépôt légal : mai 2025
EAN 9782290386972
OTP L21EPSN002545-555524

ÉDITIONS J'AI LU
82, rue Saint-Lazare, 75009 Paris

Diffusion France et étranger : Flammarion